# 歷 史 與 現 實

## 兩岸文學論集㈡

施淑 著

人間出版社

# 目錄

# 中國社會主義文藝理論的發展

## （一九二三～一九三二）

## 第一節　從文學革命到革命文學

### 一、社會化文學的提出

　　一九二三到二四年間，少年中國學會的刊物《中國青年》，出現一些帶著社會主義思想傾向的文學短論，它們的作者是鄧中夏、惲代英、蕭楚女等早期的共產黨員，它們的中心意念是對文學研究會「為人生而藝術」及創造社「為藝術而藝術」，這兩個在當時新文藝界已取得領導地位的文學觀的批判。這些文字是提倡「社會化」文學的最早文獻，也是稍後的革命文學運動的前哨，因當時還沒有社會主義的文藝理論介紹到中國來 [1]，所以在立論上，它們大概都以社會批判者的態度，對當時的文學現象提出意見，它們的主要論點是文學的社會功能的問題。在〈貢獻於新詩人之前〉一文，鄧中夏由社會革命的要求提出文學應盡的任務，他說：革命固然是因生活壓迫而起的經濟的、政治的奮鬥；但是喚醒人們的革命意識，鼓吹人們的革命勇氣，卻不能不首先激動他們的感情，而他認為在這方面文學是「最有效的工具」[2]。相同的觀點見於秋士〈告研究文學的青年〉，文中質問：文學是什麼？回答是：「助社會問題解決的工具」，又說真正的文學

家,「於社會改造事業實有重大的助力」[3]。除此之外,惲代英更
就五四新文學運動,提出對文學的具體任務的看法,在〈八股〉
一文中,他說:

> 現在的新文學若是能激發國民的精神,使他們從事於
> 民族獨立與民主革命的運動,自然應當受一般人的尊敬;
> 倘若這種文學終不過如八股一樣無用,或者還要生些更壞
> 的影響,我們正不必問他有什麼文學上的價值,我們應當
> 像反對八股一樣地反對他。[4]

這段話顯然把新文學運動看成中國革命的一環,因此便按照
當時革命工作的性質,規定給它相應的任務。

上述這些看法與少年中國學會的宗旨,在根本上是一致的,
它們可以說是具有社會意識的知識份子,對文藝領域的檢討。由
於如此,他們強烈反對為藝術而藝術的觀點,惲代英把只有藝術
價值而於人生無用的新文學作品,稱作「洋八股的文學」,鄧中
夏在〈新詩人的棒喝〉一文裡,也指責當時那些只知謳歌自然、
讚頌虛無的作品,不論辭藻如何華美,句調如何鏗鏘,「結果
是,以之遺毒社會則有餘,造福社會則不足」[5]。對於這一切,蕭
楚女乾脆稱之為「怯懦的瘋人生活」,認為它們「除了『浪
漫』,沒有一點別的意義」[6]。除了這些,他們對泛泛的為人生而
藝術的觀點也提出批判,在〈思想界的聯合戰線問題〉一文裡,
鄧中夏指出作品的立場問題,他認為文學研究會雖然標榜為人生
而寫作,但是「他們的人生,是個人的人生(少爺小姐的人
生),絕不是社會的人生」[7]。針對這問題,他提出「社會化的作
品」的要求,並發出文學界聯合戰線的主張,希望進步的、社會
化的作家聯合起來,迎擊學衡派的梅光迪一類的「無聊的新文學
家」,對於這點。他說:

　　　我們仍不存悲觀，我們也可以在其中萬中選一的得到
一些社會化的作品。我們並看見一些進步青年作家漸漸兒
亦有新的覺醒。……假若青年作家能夠認清他所處的物質
環境，和明白他所負的正當使命，……極力經營社會化的
作品，為社會改造和國民革命的前途盡力，這亦是我們可
以聯合的一支友軍啊！8

　　與社會化作品的命題有關，鄧中夏提出和後來的革命文學提
倡者強調的學習社會主義理論的問題。在〈貢獻於新詩人之
前〉，他希望那些「不知有漢，無論魏晉」的新詩人，「研究正
經學問和注意社會問題」，他所謂的正經學問是科學，對於這，
他提出了達爾文的《物種由來說》和馬克思的《剩餘價值論》為
例子，提醒他們注意乾燥無味、艱深難學的理論著作，把「人生
觀和社會觀弄個明白」，以期做個「有價值的新詩人」9。據此，
他以當時的詩人為對象，提出三個有關創作方向的意見，第一是
「須多做能表現民族偉大精神的作品」，以期恢復民族自尊；第
二「須多作描寫社會實際生活的作品」，對於這點，他要求「徹
底露骨的將黑暗地獄盡情披露，引起人們的不安，暗示人們的希
望」；第三「須從事革命的實際活動」，免致空嚷革命而無實際
經驗做基礎 10。上述三個意見以最後一項最為《中國青年》及文
學評論者注意，上面引的秋士的文章就說，真有意做文學家的應
該到民間去，到一切人到了的地方，因為「文學不是清高的事
業，不是『雅人韻事』。『雅人』是平民的仇敵。『雅人』是真
文學家的仇敵。真俗人才是真文學家」11。惲代英在〈文藝與革
命〉則堅持：「要先有革命的感情，才會有革命文學」，又說：

　　　最要緊是先要一般青年能夠做腳踏實地的革命家，在
這些革命家中，有些感情豐富的青年，自然能寫出革命的

　　文學。……倘若你希望做一個革命文學家，你第一件事是
要投身於革命事業，培養你的革命的感情。12

　　從五四新文學運動的發展來看，上述《中國青年》的主張，
在文學的社會意義的揭示上，除了比胡適的「改良」思想跨進一
大步，就是比陳獨秀的〈文學革命論〉，也更具體明確。陳獨秀
在他的「文學革命軍」的大旗上所書的三大主義只是：平易的抒
情的國民文學，新鮮的立誠的寫實文學，明瞭的通俗的社會文學
13，在意識上，它只能發展成文學研究會標榜的為人生及反映社
會現象的限度，而不像《中國青年》由改造社會及國民革命的要
求出發，使文學能夠達到批判和建設的作用。此外，《中國青
年》的文學短論所提出的聯合戰線、理論學習、作家的人生觀與
社會實踐的要求，都是後來的社會主義文學運動不斷提出來討論
的問題。就這一點而言，他們可以說是中國社會主義文藝理論的
最初播種者，接下來的開墾工作必須由實際從事文學工作的人來
完成。

　　當《中國青年》的早期共產黨員，由社會批判的視角提出社
會化作品的要求時，文學研究會和創造社的成員也醞釀著相同的
意識。惲代英〈八股〉一文發表後，文學研究會的理論大師茅盾
在一篇短文〈雜感〉裡，表示那「勇敢堅決的抗議」，「痛快之
至」，因此他跟著呼籲當時的青年文藝家說：不論對那抗議反對
也好，贊成也好，在創作時「第一先得注意這個問題」14。相似
的觀念表現在〈大轉變時期何時來呢？〉，文中除了表示不贊成
托爾斯泰主張的極端的「人生的藝術」，又引法國國際主義先驅
作家巴比塞（H. Barbusse）的話說：

　　巴比塞說：和現實人生脫離關係的懸空的文學，現在
已經成為死的東西；現代的活文學一定是附著於現實人生

的，以促進眼前的人生為目的了。國內文藝的青年呀，我
請你們再三的忖量巴比塞這句話！我希望從此以後就是國
內文壇的大轉變時期。15

　　這種對消極的「人生的藝術」觀念的檢討，以及因泛濫文壇
的頹廢唯美現象而來的求變心理，使他強調文學應該「擔當喚醒
民眾而給他們力量的重大責任」，不過在文學研究會原有的為人
生而藝術的宗旨下，他一時還跨不出資本主義的人道主義和人的
文學的思想模式，因此他著眼於現實人生的觀點，也就不像由革
命意識出發的鄧中夏和惲代英等人的旗幟鮮明。這種思想上的限
制，直到他一九二八年革命文學論戰期間寫的〈從牯嶺到東
京〉、〈讀《倪煥之》〉等文，仍可看出來。
　　比起茅盾的溫和態度，以郭沫若、成仿吾為代表的創造社，
在意識上的轉變是劇烈和徹底的。這些曾被瞿秋白形容為被中國
畸形的資本主義發展過程擠出軌道的時代孤兒，果然因為熱度關
係，迅速地由布爾喬亞的自我擴張和個性解放，擴張到階級鬥爭
的主題。一九二三年五月，當剛從蘇聯回來的瞿秋白，還沒來得
及寫出抗議京漢鐵路二七慘案的小說〈浪漫的獄中日記〉，以及
歌頌工農革命的〈赤潮曲〉、〈鐵花〉諸詩時，郭沫若在《創造
周報》發表了〈我們的文學新運動〉，文中大聲疾呼：白話文學
的內容是敗絮，是糞土，必須有新的運動來把它的 Bourgeois 惡
根性和盤推翻，必須以「黃河揚子江一樣的文學」來「反抗資本
主義的毒龍」。從破壞、反抗、否定一切做起，他預言：「我們
的運動要在文學之中爆發出無產階級的精神16。同一期的《創造
周報》還登了郁達夫的〈文學上的階級鬥爭〉，裡頭說當時的中
國已處於革命前的俄國似的受難情況，因此呼籲被壓迫的、不願
做統治階級的走狗的作家，應與全世界的無產者「結成一個世界
共和的階級」，以實現馬克思預言的「未來是我們的所有」的理

想 17。半年之後，成仿吾在〈從文學革命到革命文學〉一文裡，
暢談歷史的辯證發展、量變到質變、上層建築與下層建築的關
係，並聲言小布爾喬亞知識份子的責任是「再把自己否定一
遍」，開步走向「齷齪的農工大眾」。文末高呼革命的 Intelligent-
sia 團結起來，「莫愁喪失了你們的鐐銬 18！」緊接著這狂飆性的
轉向，郭沫若和成仿吾陸續發表了〈文藝之社會的使命〉、〈藝
術之社會的意義〉等論文，正式結束他們接替上帝罷工的「創世
工程之第七日」，開始負責起作為社會的人的使命 19。

　　就在創造社諸人急風暴雨的大轉向時期，《少年漂泊者》的
作者蔣光慈，一九二五年元旦在上海《民國日報》副刊《覺悟》
上，發表了〈現代中國社會與革命文學〉，以無產階級的立場對
當時的文藝界大張撻伐。文中譴責沒有一定人生觀的「市儈作
家」冰心女士，讚美郁達夫的作品「已經觸到了現社會的根本
——經濟制度」，又說郭沫若是「一個社會主義者，所以他能將
現社會的制度挖到深處，他是一個熱烈求人類解放的詩人，所以
他的歌聲能引起了我們的共鳴。」把郭沫若看成社會主義者和追
求人類解放的詩人，就當時通行的「浪漫」意義並不難理解，但
把冰心聯繫到市儈，把郁達夫放在經濟制度上考察，這意識上的
變化是突出的。對於這問題，文中解釋所謂市儈是「就作者的人
生觀及其所描寫，所醉心的生活」而言，按他的意思，市儈派的
文學家是暖室裡的花朵，沒有一定的人生觀，甚至於沒有什麼人
生觀，而且他們都是「近視眼」：

　　　　他們或者也感覺到社會的不平等，但總看不到不平等
　　的原因在那裡；他們也或者說幾句半痛不癢的話，但總不
　　能把頭抬高一些，眼放開些。激烈話，他們是不會說的！
　　革命是要教市儈望著生怕啊。20

恩格斯曾説，在資本主義時代，「隨著思辨離開哲學家的書房而在證券交易所裡築起自己的殿堂」，德國也就失去了曾經是它的光榮的偉大理論的興趣[21]。蔣光慈要説的大概也就是這警句的意思，因此他又説：

> 自從文學革命以來，所謂寫實主義一名詞，漫溢於談文學者的口裡。……不過我們莫要以為凡是寫實的就是好文學，都是我們所需要的文學。中國現在市儈派的小説家的一些作品，不能不説近於寫實主義，但是這些作品有價值嗎？不是！市儈的人生觀我們現在不需要，我們並且要永遠的反對。[22]

據此，他提出「革命的文學」的口號，認為只有革命性的、不安於現社會的、對「將來社會」抱希望的，才能成為革命的文學家。他的話雖沒有創造社激烈，但同樣站在對文學中的布爾喬亞氣味的反叛，他的態度是比較落實的，在思考上也較接近作為癥結所在的資本主義的意識形態問題。不過他雖提到經濟發展與文學的關係，但並沒有進一步解釋，很顯然，他的認識還不足以深入探討這兩個截然不同的領域的關聯問題，這一點他在早一年的〈無產階級革命與文化〉曾有討論，不過也只是襲用抽象概念和硬搬理論而已[23]。除此之外，他又在《覺悟》上以春雷社的名義辦過兩期文學專號，以〈我們是些無產者〉一詩為宣言，表明立場[24]。

上面所述是一九二五年五卅慘案以前，創作界轉向社會文學運動的徵兆，它們可以説是受了社會主義思想影響的心靈，在二七慘案的震撼下，對當時文學界的統治思想所下的戰書，而這預示五四運動後，一個文學上的嚴冬將盡，春雷已隱隱可聞了。

## 二、革命文學論戰

一九二六年，郭沫若發表〈革命與文學〉，這篇文章一向被
看成革命文學運動的宣言，文章開宗明義的説：

> 我們現代是革命的時代，我們是從事於文學的人。我
> 們所從事的文學對於時代有何種關係，時代對於我們有何
> 種要求，我們對於時代當取何種的態度，這些問題是我想
> 在這兒討論的。

在這裡，文學是被明確地放在時代上考慮的，作家也與歷史
聯繫了起來。接著，他就革命與文學的關係這中心問題解釋説：
「每個時代的革命一定是每個時代的被壓迫階級對於壓迫階級的
徹底反抗」，每個階級各有其代言人，作為意識生產的一種，這
就決定了「文學的這個公名中包含著兩個範疇：一個是革命的文
學，一個是反革命的文學」。在這分野上，為了判定二者的價
值，他首先指出：

> 文學是社會上的一種產物，牠的生存不能違背社會的
> 基本而生存，牠的發展也不能違背社會的進化而發展，所
> 以我們可以説一句話，凡是合乎社會的基本的文學方能有
> 存在的價值，而合乎社會進化的文學方能為活的文學、進
> 步的文學。

又説：

> 社會中的革命現象，自從私有財產制度產生以後是永
> 遠沒有止息的，社會中的財富漸次壟斷於少數人的手中，

所以每次革命都要力求其平，而使大多數人得到平等的機
會。所以社會進展的形式是辯證式（Dialectics）的。……
永遠進展起去，其根基都在求大多數人的幸福的生活。所
以在社會的進展上我們可以得一個結論，就是凡是新的總
就是好的，凡是革命的總就是合乎人類的要求，合乎社會
構成的基調的。

把這由進化論和辯證史觀構成的社會圖景放到文學上，郭沫
若於是得到如下的結論：

文學是永遠革命的，真正的文學只有革命文學的一
種。所以真正的文學永遠是革命的前驅，而革命的時期中
總會有一個文學的黃金時代出現。

關於文學所以會是革命的先驅，他由作家入手，曾經是醫科
學生的他，指出文學家並不是能夠「轉移社會」的天生異材，只
是神經過敏罷了。在革命時代，希求革命是最強烈最普遍的一種
「團體感情」，而且它常是悲劇的，因此文學便成了它的號角。
根據這些，他立了一個公式：「文學是革命的函數」[25]。

就是這些今天已經耳熟能詳的觀念，加上五卅以後的中國社
會現實，點燃了一九二八年網羅全國主要文學團體的革命文學論
戰。在這次論戰中，社會主義文藝理論大致確立，下面我們來看
它的發展情形。

革命文學論戰的主將是創造社諸人，被當作箭靶的是魯迅，
目標是關於無產階級文學的建立。這次扭纏著氣量、酒量、以至
年紀的論戰、人身攻擊花去好多篇幅，但卻頗使人意外地確立了
社會主義文藝理論的一些基本概念。先談有關文學的性質和意義
的討論。

　　接著蔣光慈沒說清楚的文學與經濟基礎的關係,創造社諸人
在討論文學的性質時都由唯物反映論入手,他們首先提出屬於意
識生產之一的文學與經濟發展的關係,在理論上大都根據馬克思
《政治經濟學批判·序言》中,闡釋「人們的社會存在決定人們
的意識」那一段話。在文章裡,他們有時直接引用馬克思的話,
有時則按他的意念加以發揮,前者如傅克興〈評駁甘人的〈拉雜
一篇〉〉,後者如成仿吾的〈從文學革命到革命文學〉、彭康
〈〈新月的態度〉的批評〉等。如彭康駁新月社「創造的理想主
義」的文學觀時說:

　　　　生產力底一定的發展程度,決定在社會的生產過程中
　　的人類相互的對立關係,社會形態是為表現這個關係的。
　　適應這形態的,有精神和風習底一定的狀態;宗教、哲
　　學、文學和藝術等是要與這一定的狀態所產生的能力,趣
　　味傾向及嗜好等一致的。
　　　　這是思想和文藝的發生緣由,因為思維本是受存在成
　　規定的。26

　　由這觀點,他認為新月社空洞地唱著理想、自由、尊嚴的文
學,是離開社會和歷史發展的「一朵虛花」,注定即刻就要消
滅。與這相似的看法表現在馮乃超的〈評駁梁實秋的〈文學與革
命〉〉,這篇文章先就梁實秋說的「一切的文明,都是少數的天
才的創造」,批評說:人類的精神活動不是超越時空的存在,而
是被物質生產和歷史條件決定的,因此「文化是一定社會的物質
的產物」。接著他又反駁文學與天才、人性的關係等抽象觀念,
他說:

　　　　決定詩人,哲學家,或藝術家的活動方向的——他們

的人生觀或世界觀，受他們的生存時代和圍繞他們的社會
環境的規定；一部分是環境的傳統的見解，而別一部分是
與環境的衝突而發生的。所以我們要研究歷史上的文學的
意義，不能不從社會環境，社會心理，世界觀及人生觀上
出發。

這些話所包含的意念仍來自《政治經濟學批判・序言》，序
言上說：隨著經濟基礎的變更，全部龐大的上層建築會或快或慢
的發生變革，會有新舊思想的衝突，而這仍需由社會生產力與生
產關係的矛盾去解釋。由這觀念，馮乃超於是接著說，在理解某
一藝術品或藝術家時，不能僅止於法國文藝史家泰納（H. Taine）
說的正確地考察當時的知能和道德的發展狀態，而應進一步追究
它所依存的「物質的生產條件」，因為這才是決定一切意識活動
的根本因素 27。

　・上述的經濟、社會決定論的文學觀，還可以在李初梨〈怎樣
地建設革命文學〉，忻啟介〈無產階級藝術論〉等文章中看到，
在觀念和態度上，它們大概都和上面所引的一樣，希望為文學找
到科學的、進步的解釋，把文學和社會現實聯繫起來，同時把作
家從天才與靈感的雲霧裡，還出一張「社會的人」的面目。由這
出發，他們接著就討論到文學的時代性和階級性的問題。這方
面，在一種自我批判的情緒下，這些由創造社蛻變出來的革命文
學論者，首先指出他們原以為文學是自我表現的口號，是「觀念
論的幽靈，個人主義者的囈語」，同時諷刺文學研究會標榜為人
生而藝術的話，是「小有產者意識的把戲，機會主義者的念佛」
28。根據辯證唯物論和馬克思學說對歷史發展的解釋，他們提出
思想發展規律和意識形態的問題，成仿吾在〈從文學革命到革命
文學〉中說：

歷史的發展必然地取辯證法的方法（dialektische meth-
ode）。因經濟的基礎的變動，人類生活樣式及一切的意識
形態皆隨而變革；結果是舊的生活樣式及意識形態等皆被
揚棄（Aufheben 奧伏赫變），而新的出現。[29]

Aufheben 是黑格爾哲學的術語，用以描述思想或事物的辯證
發展過程，含有否定、保存、提高的多重意義，這是當時常被創
造社諸人引用的觀念[30]。根據這觀念，彭康在〈〈新月的態度〉
底批評〉一文中，針對新月社認為當時是個病態、變態的社會，
需要健康理想的文學加以挽救這點，加以批判說：新舊社會的交
替是必然的、合理的，無所謂變態或病態，在這發展過程中：

新社會形態是從舊社會形態的胎裡發生的，因而舊社
會的瓦解過程即是新社會的具現過程。意識形態是與這過
程取同一的步驟的，舊意識形態的崩壞過程必然地又是新
意識形態的確立過程。這樣，在社會變革期中，與舊支配
勢力下的思想和文藝對立的，必定有代表新興勢力的思想
和文藝。

接著，他一一批判新月社在「不妨害健康」、「不折辱尊
嚴」的兩大原則下，自稱「不願意套上著色來武斷宇宙的光
景」，而要依憑理性與理智去看一個真，去看一個正；要依憑獨
立思想去發現時代所需要的標準、紀律、規範，等等的觀念，並
進而提出掌握歷史發展規律的新興文藝的優越性。他說：

思想和文藝的發生，必須有一定的社會的根據，因為
思想和文藝本是客觀的反映。正確地反映了客觀的，從真
正的認識出發的思想，才是合理的思想，牠是「一個

真」，牠是「一個正」。這樣的真及正的思想是有實踐的
價值和變更社會的權能的，因而在社會變革期中，牠是為
一切的「標準」「紀律」「規範」。[31]

在這充滿確信和積極的態度下，他又由實踐和變革社會的意
念，對新月社所謂的思想和文學不能「歸附功利」的看法，批判
說：「精神」要受「物質」的規定，「思想要有實踐的根據和實
踐的證明，牠要供給革命階級一個鬥爭的武器」。又對新月社認
為文學不能「依傍世訓」，不能「聽任思想的矯健化成冬烘的臃
腫」，批判說：從社會的客觀的根據而構成的思想，「要用來注
入於革命的民眾」，「也要受制於階級的利益」所產生的標準和
規範[32]。

　　上面這些觀念，可以清楚地聽到馬克思主義的回響，它們都
可以在當時的創造社刊物《文化批判》上，有關社會主義思想的
介紹，以及馬克思、恩格斯經典著作的片斷翻譯，如《關於費爾
巴哈的提綱》、《黑格爾法哲學批判·導言》、《政治經濟學批
判·序言》等，找到根據所在[33]。就在馬克思斷言的人的思維的
「此岸性」、階級鬥爭、意識形態與社會變革的提示下，這些革
命文學論者清除了五四運動後，包括他們自己在內的資本主義的
文學理論，開始建立一個以階級鬥爭為本的文學觀，這一切，在傅
克興的〈批駁甘人的〈拉雜一篇〉〉有較完整的闡述，文中說：

　　　在社會的階級制度沒有奧伏赫變以前，無論什麼文學
都是反映支配階級的意識形態的文學，任憑作家是什麼階
級的人，在他沒有用科學的方法，去具體的分析歷史的社
會的一般現象，解釋社會現實的運動以前，必然地他不能
把一切支配階級的意識形態克服，他的作品一定要反映支
配階級的意識，為支配階級作鞏固他的統治的工作。漠視

　　民眾現實的生活，將合理的生活建設在虛玄的幻影上。也
　　許他們生在和圍繞他們的社會不調和的裡面，作些暴露支
　　配階級的罪惡，表面上為群眾的痛苦吶喊（如魯迅）。但
　　是他們並不是超越階級鬥爭，而是站在支配階級的立場，
　　注射人道主義的麻醉藥，幻想永久不變的仁愛，教支配階
　　級怎樣去巧妙的施行剝削欺騙，……使一些奴隸們也可以
　　喁喁而治。[34]

　　相同的看法表現在他的另一篇文章〈評茅盾君底〈從牯嶺到
東京〉〉，文中說：舊文學之所以成為統治階級的文學，並不因
為它描寫封建地主、資本家，「而是因為牠所反映的意識形態，
是利於統治階級、擁護牠們的意識形態」[35]。此外，馮乃超在上
引評梁實秋的文章裡，也就社會矛盾的角度反駁文學是人性的表
現說：如果藝術是沒有階級性的，那麼在同一個時代，如法國十
八世紀末葉，作為王朝好尚的牧歌、感傷主義等，何以會被不熱
情的、合理主義的市民藝術所驅逐[36]？經過上述的討論，他們下
結論說文學是一定的階級意識的反映，在根本上它是一種宣傳
（propaganda），他們引辛克萊（U. Sinclair）在〈拜金藝術 Ma-
mmonart〉中的話來強調說：「一切的藝術都是宣傳。普遍地，
而且不可避免地是宣傳，有時是無意識地，然而經常是有意的宣
傳」。這句話普遍地被三〇年代思想進步的文藝工作者接受，例
如在論戰中與創造社針鋒相對，被他們認為落伍的魯迅，就常愛
引用這句話。

　　肯定了文學的階級性和宣傳作用後，革命文學論者進一步由
當時的中國社會現實，結合馬克思學說對資本主義這個歷史階段
的分析，提出無產階級革命和無產階級文學都是中國歷史發展的
必然趨勢，同時也是一種國際範圍的運動。對於這點，李初梨在
〈怎樣地建設革命文學〉說：「革命文學，不是誰的主張，更不

是誰的獨斷,由歷史的內在的發展——聯絡,牠應當而且必然地是無產階級文學」[37]。關於這所謂的歷史內在的發展或聯絡,郭沫若在〈革命與文學〉裡說:

> 我們的要求和世界的要求是達到同等的地位了。……資本主義的國際化便是我們現刻受著壓迫而力謀打倒的帝國主義。隨著資本主義的國際化而發生的,便是階級鬥爭的國際化,所以我們的打倒帝國主義的要求,同時也就是對於社會主義的一種景仰。……我們對內的國民革命的工作,同時也就是對外的世界革命的工作。[38]

在這國際主義的精神下,他呼籲文藝工作者必須把個人主義思想根本鏟除,對浪漫主義的文藝徹底反抗,而把無產階級文學這個「文藝的主潮認定」。相同的看法表現在成仿吾的〈從文學革命到革命文學〉,文中他高聲疾呼:

> 資本主義已經發展到了最後的階段(帝國主義),全人類社會的改革已經來到目前。在整個資本主義與封建勢力二重壓迫下的我們,也已經曳著跛腳開始了我們的國民革命,而我們的文學運動(全解放運動的一個分野),卻還睜著雙眼,在青天白日裡找尋以往的迷離的殘夢。[39]

認定了歷史潮流的不可抗拒,全人類解放要求之不能避免,這些胸懷祖國放眼世界的無產階級文學提倡者,於是也認識到文學的目的性和社會使命。在〈評茅盾君的〈從牯嶺到東京〉〉,傅克興尖銳地指出資產階級的批評家:

> 只承認文藝對於文藝自身有目的,內容如何,他們絕

不顧慮。可是從無產階級底立場上看來，這完全是資產階級擁護他們階級利益底把戲，要規定某作品底價值，必須要看他的內容，是否對於社會潮流能起作用，起什麼作用。

接著，他批判茅盾對「文藝的本質」的要求說：

> 文藝本來是宣傳階級意識底武器，所謂的本質僅限於文字本身，除此以外，更沒有什麼形而上學的本質。我們知道一切過去的作品在於生活的描寫，而現在最要緊的，在於如何應用文字的武器，組織大眾的意識和生活，推進社會的潮流。至於還要我們顧慮到資產階級所給與文藝的本質，那全是時代錯誤了。40

這是整個論戰的中心論點之一，也是引起最多爭執的問題。由人類的解放要求出發，革命文學論者一致堅持無產者的文學必定要成為戰鬥的武器，它的作者必須是個革命家，他不能僅止於觀照地「表現」社會生活，而應該實踐地在「變革」社會生活，因此他的「藝術的武器」同時就是無產階級的「武器的藝術」，是他們進行革命時的「一種有破壞力的物力」41。在這裡，他們就觸到了作家的立場和世界觀的問題。在〈怎樣地建設革命文學〉一文裡，李初梨認為一個作家若真的為革命而文學，那麼：

> 他就應該乾乾淨淨地把從來他所有的一切布爾喬亞意德沃羅基（按即 ideology）完全地克服，牢牢地把握著無產階級的世界觀──戰鬥的唯物論，唯物的辯證法。42

谷蔭在〈檢討〈檢討馬克斯主義階級藝術論〉〉也說：

藝術活動是社會生活中的一個分野，所以在階級鬥爭
尖銳化的現代，站在無產階級的立場的文藝作家，應該以
無產階級的意識，感情及意志去暴露各種社會事實的真
相，促進及鼓動無產大眾及中間份子的革命的鬥爭為目的
而從事創作，這是覺悟的文藝作家當面的任務，也是無產
階級藝術論的目前大綱。43

　　基於這些觀念，他們一致相信作家的意識鬥爭和生活實踐，
是達到這「武器的藝術」的保證，然而就在這裡，他們遭遇到了
馬克思論人類解放之道的「頭腦」與「心臟」的難題。在《黑格
爾法哲學批判・導言》裡，馬克思説：

哲學把無產階級當做自己的物質武器，同樣地，無產
階級也把哲學當做自己的精神武器；思想的閃電一旦真正
射入這塊沒有觸動過的人民園地，德國人就會解放成為人。
這個解放的頭腦是哲學，它的心臟是無產階級。哲學
不消滅無產階級，就不能成為現實；無產階級不把哲學變
成現實，就不可能消滅自己。44

　　這裡所説的「消滅」，仍是黑格爾的 Aufheben。李初梨在
〈請看我們中國的 Don Quixote 的亂舞〉，嘲笑過了中國文壇的
老騎士 Don 魯迅，醉眼朦朧中把無產階級文學看成敵人，接著就
引上面一段話的最後一句，來說明無產階級的解放過程，並解釋
被辯證唯物論指導的作品何以會是「武器的藝術」的道理。他説：

這兒所謂「哲學的實現」，是指能夠實現的哲學——
即辯證法的唯物論。
⋯⋯

　　普羅列塔利亞從一切有產者意識的解放過程，即同時
是普羅列塔利亞解放過程中的激烈的意識爭鬥。而意識爭
鬥的過程，正是普羅列塔利亞哲學的實現過程——換言
之，即普羅列塔利亞的現實的解放過程——之一部分。
　　這就是意識爭鬥的重要性及其實踐性。[45]

　　相似的見解，普遍地表現在創造社的論戰文字裡。面對這棘
手的問題，他們焦急地要求從學習裡把握辯證唯物論的世界觀，
從實踐中獲得無產階級的革命意識，以期出身資本主義社會的作
家能揚棄落伍的意識形態，使他們的作品達成由藝術的武器到武
器的藝術的任務。這個 Aufheben，不用說是困難的，因為在這裡
「頭腦」已不是原來的頭腦，「心臟」更不是自己的心臟，在越
俎代庖的情形下，這把立志為未來催生的，而本身仍在精神和物
質的辯證發展中的武器，自然無法像唐吉訶德那以今為敵的世襲
寶劍揮舞得那麼得心應手。中國的無產階級文學論者，在這裡碰
著了真正的挑戰。然而正如馬克思所說，「人類始終只提出自己
能夠解決的任務」，因為「任務本身，只有在解決它的物質條件
已經存在或者至少是在形成過程中的時候，才會產生」[46]。因此
這些朝向社會主義文藝思想道路的旗手，雖然被魯迅懷疑地看做
是在時代裡「翻著筋斗的小資產階級」[47]，終於還是完成了時代
指定給他們的使命。
　　經過反覆的辯論，創造社諸人一方面破除把無產階級文學看
成一個固定不變的觀念，一方面反對他們的反對者說的它只能由
無產階級來創造[48]。根據現實條件，他們認為在中國的無產階級
還沒有階級自覺以前，要他們創作反映無產階級意識形態的文學
是不可能的事。在這過渡階段，革命的知識份子雖屬於小資產階
級，但經過意識鬥爭，他們可以拋棄自己的原有思想「把以前的
文學清算，同時在嚴密的社會科學的基礎上，指示將來文學的出

路」[49]。據此，他們不強調無產階級文學必定要描寫無產階級，而把重心放在當時急需建立的作家的階級立場問題。郭沫若在〈桌子的跳舞〉把這一點分析得相當清楚，他說：無產者的文藝不必就是描寫無產階級的生活，資產階級的描寫，在無產者的文藝中是不可缺乏的。接著又說：

> 要緊的是看你站在那一個階級說話。
> 我們的目的是要消滅布爾喬亞階級，乃至消滅階級的；這點便是普羅列塔利亞文藝的精神。
> 普羅列塔利亞特中有革命的工賊存在。
> 從普羅列塔利亞特出身的文士也不能保無「文賊」。所以無產者所做的文藝不必便是普羅列塔利亞的文藝。
> 反之，不怕他昨天還是資產階級，只要他今天受了無產者精神的洗禮，那他所做的作品也就是普羅列塔利亞的文藝。[50]

相應於這些觀念，他們經常把無產階級文學的建立看成終極目標，而集中討論切合當時實際需要的革命文學的問題，對於這方面的了解，可以拿傅克興〈評駁甘人的〈拉雜一篇〉〉為代表，文中說：

> 革命文學是社會的經濟基礎變革底現階段所規定的無產者文學底一環，但不是牠的全體。革命文學與無產者文學同是宣傳新意識形態底文學，不過因社會的客觀條件不同，形式上當然同將來的無產者文學不同。牠的根本特徵，就是作者當勇敢地執行一切轉換其間所負底任務的時候，暴露一切壓迫、慘虐、憤懣，罪惡；調和地，全面地去表現那時候所得的感情，印象；使無產者大乘底意識組

織化，鼓勵他們執行他們社會的歷史的使命；使他們得著
正確的訓練，推動社會底潮流。當然這種作品並不是離開
現實社會的實踐，所可以抽象的得來的；沒有由正確的理
論所領導的實踐，是不能展開他的理論，克服小資產階級
底意識。他底作品必然地有舊意識形式底殘滓，不能算為
革命文學底作家。[51]

這些論斷雖然在細節上與其他革命文學論者不盡相同，但大
致上概括了這次論戰的主要意念，以及他們對革命文學的性質和
任務的了解，因此可以看做是一個結論。以這種認識為基礎，他
們又提出了創作理論和方法的主張，這方面他們一致由辯證唯物
論的觀點入手。在〈英雄樹〉一文中，郭沫若奉勸當時的作者
說：

當一個留聲機器——這是文藝青年們的最好的信條。
你們不要以為這是太容易了，這兒有幾個必要的信條：
第一，要你接近那種聲音，
第二，要你無我，
第三，要你能活動。[52]

對於這看法，他在〈留聲機器的迴音〉進一步補充說：留聲
機器指的是辯證法的唯物論，是一個警語，因為留聲機的聲音是
從客觀來的，客觀上有聲音才能有所反映，而「這種反映在人的
方面便是意識」，是「客觀規定意識，不是意識規定客觀」。把
這情形聯繫到文學創作，他於是得出創作者「必須的戰鬥的過
程」如下：

1. 他先要接近工農群眾去獲得無產階級的精神；
2. 他要克服自己舊有資產階級的意識形態，

3. 他要把新得的意識形態在實際上表示出來，並且能生產地增長鞏固這新得的意識形態。

他認為這些過程剛好像留聲機之「攝音發音」一樣，因此由這方式寫出來的東西，必能達到「主觀的內容和客觀的現實完全一致」。據此，他強調「留聲機器是真理的象徵，並進一步提醒文藝工作者：「不要亂吹你們的破喇叭（有產者的意識），暫時當一個留聲機器罷 53！」不過不論郭沫若如何鼓吹，他這種留聲機的辯證唯物論創作法，很快就招來反對的聲音，站在實踐和追求人類真理的立場，李初梨簡捷地說：「無論你如何接近那種聲音你終歸不是那種聲音」54。

繼郭沫若的機械唯物觀點之後，傅克興提出了「新寫實主義」的創作法，在〈評茅盾君底〈從牯嶺到東京〉〉中他改正郭沫若的留聲機觀點說：

> 革命文藝家應該用辯證法的唯物論的眼光，來分析客觀的現實，把這客觀的現實再現於他的作品，即是講革命文藝不可不立足於客觀的具體的美學上。如果革命文藝真正站在客觀的具體的美學上，才能真正同舊文學根本對立，才能真正化為無產階級文學。55

對於這「新寫實主義」，他認為是由客觀環境的要求，也即是由「工人的意識」而發生和存在的，因此在表現方法上它應該是通俗化和現實的。對於所謂「客觀具體的美學」，他在〈評駁甘人的〈拉雜一篇〉〉中稱之為「新美學的法則」，這一點他依據無產階級的世界觀和辯證唯物論解釋說：無產階級是實際的生產者，他的認識無處不是從行動上得來，所以未受任何形而上學的歪曲，是具體的正確的認識，他的世界觀「是在事物底媒介性上面，事物底發展沒落底過程上面，事物底全體性上觀察一

切」，因此這新的世界觀「所力說的真理是具體的流動的」。據
此，他聯繫到藝術和美的問題說：

> 在階級社會裡面，真、善、美同是反映階級意識底總
> 和。所以資產階級底意識不但覺得真理是抽象的，永久
> 的；善與美無不受同樣的色彩。在藝術底立場上，他們幻
> 想絕對美的現存，在無產階級呢，當然所主張的是具體的
> 流動的美。只有由這具體的美的表現，才能一步一步無限
> 地去拉近客觀的絕對的美底表現，才能積成客觀的絕對的
> 美底表現。在這點，無產階級底藝術根本上同從來的反
> 對。他們往往指特殊為普遍，以認識曲線底一部為全部而
> 盡量地擴大，所以結局成為形而上學，成為宗教論，所以
> 全體建在幻影上。

由這些觀點出發，他進一步提出了具體的創作方法，在同一
篇文章中他接著說：

> 我們的文藝，當然不是孤立的個人的描寫，不可不是
> 階級的集團的自我的描寫。我們的描寫當然不是抽象的，
> 以認識曲線的一部分為全體，而無限地擴張，使牠成為一
> 朵虛玄的花，因為我們的描寫，是由無產者的客觀的認
> 識，觀察現實的生活，由事物的媒介性，事物的過程上，
> 全體性上，內的聯絡上觀察而來的……。
> 當然我們底藝術不可缺乏活潑的創造力。而這創造力
> 在一切的生活底要素的發展裡面，常時是代表對立物底鬥
> 爭。
> 我們排斥中世紀的人所幻想的絕對美的現存，同時也
> 棄掉單只滿足於感覺，享樂的機械的實證美學。……我們

怎能達到創作這種文學的目的呢？當然第一是離不了具體
的革命的行動。還有兩個必需的條件：

第二，要把由矛盾底發展得來的現實生活底印象，調
和地，全面地，實證地去描寫。

第三，由這方法所創造而來的全體，應該為提高無產
階級底生活水準，當做組織的，鬥爭的工具去使用。

自然這三個條件不可不完全統一地實行，如果缺乏第
一個條件，全體不過是虛構；如果缺乏第二個條件，那麼
我們就沒了藝術——自然不是指從來的藝術，如果缺乏第
三個條件，那種作品不過是作者個人底手淫。[56]

以上所述，是從一九二三年到一九二八年中共第一次國內革
命失敗為止，中國社會主義文藝思想和理論的發展情形。由五四
新文化運動的演變來看，這個新的社會、經濟決定論的文學觀的
發生，標幟著知識份子間的思想分化的結果，其中有關革命文學
的論述，特別是傅克興的觀點，可以代表當時思想激進的文藝工
作者與原有的資本主義思想決裂後，對新興的社會主義文藝的認
識的水平線。由他們的主張，不難看出這是二十世紀初以蘇聯為
中心的無產階級文學運動的翻版，如他們對文學的社會歷史因
素、階級性、意識形態等的強調，對作家的世界觀、認識和描寫
方法的重視，都清楚地表現出當時蘇聯的無產階級文化（Prolet-
cult, or Proletarian Cultural and Educational Organization），到拉普
（RAAP, or Russian Association of Proletarian Writers）等組織的文
藝理論的回響。關於這些問題，我們將在下面一節討論。

## 第二節　左聯成立以後

### 一、左聯與無產階級文藝運動

　　一九三〇年三月二日，中國左翼作家聯盟在上海成立，這是社會主義文藝陣營的第一次正式編組。成立大會上決定這個組織的行動綱領是：一、這文學運動的目的在求新興階級的解放；二、反對一切對它的壓迫。主要的工作方針是：一、吸收國外新興文學的經驗，擴大運動，建立研究組織；二、幫助新作家的文學訓練、提拔工農作家；三、確立馬克思主義的藝術理論及批評理論；四、出版機關雜誌及叢書等；五、從事產生新興階級文學作品。除此之外又通過了一個理論綱領，這是一九二八年革命文學論戰後有關的思想鬥爭和理論建設的一個總結。配合上述行動綱領和工作方針，這創作理論由無產階級，也即資本主義世界的「掘墓人」的地位，如是宣稱：

　　　　社會變革期中的藝術，不是極端凝結為保守的要素，變成擁護頑固的統治之工具，便向進步的方向勇敢邁進、作為解放鬥爭的武器。也只有和歷史的進行取同樣的步伐的藝術，才能夠喚喊它的明耀的光芒。

　　　　詩人如果是預言者，藝術家如果是人類的導師，他們不能不站在歷史的前線，為人類社會的進化，清除愚昧頑固的保守勢力，負起解放鬥爭的使命。

　　　　我們的藝術不能不呈獻給「勝利不然就死」的血腥的鬥爭。

　　　　藝術如果以人類之悲喜哀樂為內容，我們的藝術不能不以無產階級在這黑暗的階級社會之「中世紀」裡面所感

覺的感情為內容。

　　因此，我們的藝術是反封建階級的，反資產階級的，又反對「穩固社會地位」的小資產階級的傾向。我們不能不援助而且從事無產階級藝術的產生。

　　我們的理論要指出運動之正確的方向，並使之發展……同時不要忘記學術的研究，加強對藝術的批判工作，介紹國際無產階級藝術的成果，而建設藝術理論。[57]

　　根據這個方向，一九三一年九月，因為當時實際情形的需要定立了白色地區戲劇運動的行動綱領[58]，接著又在十一月通過〈中國無產階級革命文學的新任務〉的決議，提出文藝工作的具體任務，其中除了理論綱領所指定的外，特別強調大眾化問題的重要性，思想方面則著重於「右傾機會主義及左傾空談」的鬥爭。關於「創作問題」的決議，分形式、題材及方法三個部分。形式方面以大眾化為方向，題材方面則規定：「作家必須注意中國現實社會生活中廣大的題材，尤其是那些最能完成目前新任務的題材」，這包括反帝國主義、反封建、反國民黨白色恐怖、分析軍閥地主資本家與帝國主義的關係、描寫工農運動及蘇維埃運動等重點，因為「只有這些才是大眾的，現代中國無產階級革命文學所必須取用的題材」。針對這一點，決議的末了特別指出：

　　必須將那些「身邊瑣事」的，小資產智識份子式的「革命的興奮和幻滅」，「戀愛和革命的衝突」之類等等定型的觀念的虛偽的題材拋去。

　　關於創作方法的部分，著重點完全放在思想的正確上，它的規定如下：

　　作家必須從無產階級的觀點，從無產階級的世界觀，
來觀察，來描寫。作家必須成為一個唯物的辯證法論者。
中國無產階級革命文學的作家，指導者及批評家，必須現
在就開始這方面的艱苦勤勞的學習。必須研究馬克思列寧
主義，研究一切偉大的文學遺產，研究蘇聯及其他國家的
無產階級的文學作品及理論和批評。同時要和到現在為止
的那些觀念論、機械論、主觀論、浪漫主義、粉飾主義，
假的客觀主義，標語口號主義的方法及文學批評鬥爭。
（特別要和觀念論及浪漫主義鬥爭）。

　　最後關於「理論鬥爭和批評」的決議，大要為：第一，「特
別要由大眾的批評來克服作家的小資產階級性，同路人性，以及
落後性」。第二，必須注意文藝領域內「各種各樣的反動的現象
和集團」，也必須注意「在各種掩飾下——「左」或灰色掩飾下
的反動性或陰謀性」。第三，理論家和批評家，「必須和過去主
觀論左傾小兒病及觀念論機會主義的理論及批評鬥爭，要和同志
們在理論鬥爭方面的怠工鬥爭，要和對於同志間發生的妥協調和
及掩飾態度鬥爭」[59]。

　　上面是左聯成立後到一九三六年春天解散為止，對於文藝活
動的重要決議，也即是這階段中，左翼文藝工作者的思想指標和
理論綱領。從所有的主張，可以發現這是革命文學論戰的延伸，
其中較突出的是無產階級革命文學口號的確立，對思想鬥爭和大
眾化問題的重視，還有就是它的政策化的氣息。前面一節曾提
過，革命文學論戰的發生是受了國際無產階級文學運動的影響，
左聯的產生和它對文藝活動政策化的規定，就是這影響的具體結
果，它以後的理論發展也莫不為此所決定，為了明白其間的關
係，我們必須對這國際性的運動稍加探討。

　　當革命文學論戰發生時，文藝界對於社會主義文藝理論的介

紹和翻譯是十分貧乏的。五四運動後，當西方前衛的文藝思潮迅速湧入時，以意識形態的鬥爭為理論中心的無產階級文學運動，卻遲遲未引起翻譯界的注意，這情形直到一九二五年任國楨譯了《蘇聯的文藝論戰》，才被打破。這書收有褚沙克（N. Chuzhak）、阿衛巴赫（L. Auerbach）、瓦浪斯基（A. Voronsky）等蘇聯新經濟政策時期（一九二二～二五）的批評論文[60]。接著，馮雪峰翻譯了日本昇曙夢的《新俄文學的曙光期》、《新俄的無產階級文學》、《新俄的演劇運動與跳舞》諸書[61]，開始較有系統地介紹無產階級文學運動。除此之外，魯迅領導的《莽原》週刊，也於一九二七年連載韋素園、李霽野合譯的托洛茨基《文學與革命》一書中的部分，後來又單行出版[62]。這些就是革命文學論戰發生時，有關社會主義文藝理論的介紹的大概情形，比起資本主義文藝理論的譯介，在質量上，它們都是單薄的。論戰結束後，魯迅因有感於論戰中一些概念糾纏不清，才先後由日文轉譯了普列漢諾夫的《藝術論》、盧那查爾斯基（A. Lunacharsky）的《文藝與批評》及《藝術論》，正式介紹馬克思主義的文藝理論。此外他又譯了一九二四～二五年間蘇聯文學團體對文藝問題的討論和決議，聯共中央一九二五年公佈的《關於文藝領域上的黨的政策》等[63]。從這以後，有關的翻譯介紹不斷出現於左聯的副屬刊物，而社會主義的文藝思想也逐漸匯成潮流，在三〇年代的文壇爭得一席之地，成為國際無產階級文藝運動，或一般稱之為新興文藝運動的一個支流。

　　作為無產階級文藝運動的一翼，左聯成立前後的一切主張，大致上都與蘇聯採取同一步調，在理論發展方面，革命文學論戰反映了十月革命後到拉普（RAAP, 蘇聯無產階級作家協會的簡稱）成立時的主要觀點。這個階段中，首先有無產階級文化的組織（一九一七），它的理論家波格達諾夫（A. A. Bogdanov）提出建立無產階級文化的主張，根據普列漢諾夫說的文學是一定的社

會生活和階級意願的反映，他進一步認為文學可以「組織」群衆
的意識和力量，可以作為政治鬥爭的工具，為了實現社會主義和
無產階級專政，無產階級必須有自己的文學，一種表現集體主義
精神的文學。對於作家方面，由於當時客觀條件的限制，波格達
諾夫採取兼容並包的態度，認為只要具有無產階級意識和傾向的
就可加入這新文學運動的陣營 64。這些觀點，經過繼起的文學團
體的補充和發揮，成為無產階級文學運動的根本理論。例如一九
一九年成立的鍛冶場派（The Smithy）宣稱文學是「建立未來的
共產社會的最銳利的工具」65。一九二二年成立的十月派（The
October）在綱領中説：文學是階級的武器，它的目的在於組織該
階級的心理和意識，因此無產階級文學是「按那作為共產社會的
創造者的無產階級的終極要求，將勞動大衆的心理和意識加以組
織的一種文學」66。一九二三年成立的左翼文藝戰線（簡稱列夫
LEF，即 The Left Front Arts），它的理論家褚沙克也説他們要建
立的是一種依據共產黨理想的「生活建設的文學」67。

　　從波格達諾夫提出無產階級文學的意念，到一九二五年聯共
中央公佈第一個文藝政策，這中間蘇聯左翼的文學陣營中，雖在
是否接受有資產階級傾向的同路人（Fellow-Travelers）作家，是
否文學應受黨的領導等問題，有過激烈爭論，但對於文藝的看法
基本上是一致的，他們的觀點歸納起來是：一、應根據事物是發
展的觀念來進行創作；二、必須通過文藝來組織群衆的心理；
三、重視動的現實而不是靜態的生活的描寫；四、藝術家不是天
才而是集體意志的一種表現；五、對於過去和當代的文藝的譴
責，認為它們是消極的、冥想的，與當前的需要無關 68。這些觀
點構成一九二五年第一次全蘇無產階級作家大會決議（The Resol-
ution of the First All-Union Conference of Proletarian Writers）的精
神，這個決議是一九二四年中，以十月派的機關雜誌《在前哨 On
Guard》為首的左翼激進派，與《赤色新地 Red Virgin Soil》的編

輯瓦浪斯基為代表的溫和派論戰之後，激進派一邊通過的文藝主
張。一九二五年聯共中央公佈的文藝政策，在工作方面雖採取瓦
浪斯基一派的意見，同意接受同路人作家和文學遺產，贊成創作
上的自由競爭，反對十月派理論家的獨斷專橫氣息，然而關於文
藝創作理論方面是完全站在左翼激進派一邊的 [69]。

　　經過聯共中央對文藝問題的政策性規定，一九二八年拉普成
立，直接受聯共中央支持。這個組織極力彌縫左右宗派的觀念對
立，企圖建立一套無產階級文學的理論，它的理論主將阿衛巴赫
和李別金斯基（Iu. Libedinsky），接納了瓦浪斯基的看法，認為
文學除了是階級鬥爭和改造世界的工具，同時也是一種認識生活
和現實的方法（a means of cognition of life）[70]。據此，他們發展
了一套以辯證唯物論的世界觀和創作方法為中心的文藝理論，它
的要點是：一、外界事物是完全可以認知的，文學是一種認知的
方法，因此它必須是寫實的；二、生活是變化不息的，文學必須
動態地將它呈現出來，必須揭示社會和人的內在矛盾，三、作家
必須由今天的現實預見明日，必須由舊的情況中找出正在發展的
新生事物 [71]。在創作實踐上，拉普要求寫實主義的作品，它有兩
個口號，其一是描寫活人（living man），其二是撕掉面具（tear
off the masks），分別表現這套創作理論的辯證和唯物的兩種精
神。關於描寫「活人」，李別金斯基簡捷地說明：每個人都是階
級鬥爭的戰場。法捷也夫則表示：社會變遷反映到每個人身上並
不是直線的、機械的，個人和社會之間存在著複雜的內在矛盾關
係，他的心理是千變萬化的，因此所謂描寫「活人」，是要表現
出事物運動和發展的整個過程。這主張是有其現實基礎的，它的
用意在於掃除前此無產階級文學創作中的公式化、機械化和定型
的作風，讓作家不再浮面地處理人物而深入地探討他們的心理活
動。第二個口號「撕掉面具」來自列寧論托爾斯泰的文章，他的
意思是說托爾斯泰的小說揭示了隱藏在各種習俗的面具之下的真

正的社會關係。對於這口號，法捷也夫曾解釋說：無產階級的文學不同於一切粉飾真實的、企圖以幻象來提昇人的文學，它是對一切面具的最決然的、無所顧惜的拆除。又說：掌握了辯證唯物論的世界觀的無產階級作者，比任何其他藝術家都能清除偶然的、表面的事象，直視事物的本質。因此這口號意味著「我們需要一種能讓我們由運動和發展中去了解客觀真實的藝術，使無產階級能按它的意圖去改造它」[72]。以上這兩個口號到一九三○年為止支配了整個蘇聯文藝界，在它們的影響下，心理的現實主義（Psychological Realism）一時蔚為風氣。

　　一九三○年，隨著五年計畫的進展，蘇聯的文藝活動開始進入一個新的階段。這時聯共中央指責文藝創作落後於社會建設，要求作家切實加入建設的行列，《真理報》公開指責拉普的理論從根本上把作家置於階級之上，使他們成為客觀的觀察者，阻礙他們介入階級鬥爭的工作。到了一九三一年，斯大林的演說〈論經濟建設的新任務〉發表，拉普被迫展開自我批判，聲明加緊反對資產階級意識的殘餘和影響，糾正創作上的不良傾向。為了符合聯共中央對當前任務（tasks of the day）的重視，拉普指出要盡力「表現五年計畫的英雄」，並掀起工人突擊隊運動（Shock-Workers），號召對文學有興趣的工人組織文學突擊隊，從事集體創作，從低級形式（lower forms）的牆報、速寫、雜文、通訊做起，建立真正的無產階級文學。拉普的這些努力並未挽回它被全面整肅的命運，一九三二年，斯大林下令解散拉普及其他的文藝團體，新的蘇聯作家聯盟（Union of Soviet Wriers）成為唯一的文學組織，直接受聯共中央指揮，從這以後，蘇聯文學進入斯大林時期，社會主義的現實主義成了文學的新指標，它的理論在整肅拉普時已可見出端倪，下面是其中的要點。

　　從工業建設和農業集體化的現實要求出發，拉普的描寫「活人」和「撕掉面具」的口號，被指責為抽象的、容易被曲解的提

法，由之而來的心理現實主義的作風則被認為會誤導作家，使他們忽視階級鬥爭和社會關係的重要性，而以客觀的、中立的態度和個人心理描寫取消文學在改變現實上應負的積極作用。除此之外，拉普還被指責為宗派主義，排擠意見不同的作家，妨礙文學創作的自由競爭，造成當時的作品的庸俗化。針對這些問題，拉普的反對派和官方的《真理報》一致指出錯誤的根源在於它的理論家陷於普列漢諾夫學說的泥淖，忽視列寧的巨大理論遺產，也即他在〈黨的組織和黨的文學〉中提出的「黨性原則」。由這一點，他們開始對拉普的「普列漢諾夫正統論 Plekhanov Orthodoxy」進行清算，他們認為拉普的理論過高地估計普氏學說，忽略他思想中的形上學和唯心論成分，而這正是與無產階級敵對的孟塞維克主義（Menshevism）之所由來，是形成拉普創作理論中不正確的階級觀點、客觀主義的錯誤、超階級的美的觀念等等的原因。為防止重蹈覆轍，他們強調作家應該牢記列寧對意識領域中的黨性原則的指示，成為一個列寧主義者，因為這是辯證唯物論世界觀的新發展、新水平，通過掌握黨性來創造「傾向性 tendentiousness」作品，而無產階級的傾向性正是作家所需要的。在實際的創作上，為符合工業化和集體化精神，他們特別著重完成「當前的任務」及教育群眾的責任，他們提出的新口號是建設一個「文學上的 Magnitostroi」，Magnitostroi 是烏拉爾區的一個大型工業建設，是五年計畫的象徵。對於這一切，官方的理論家尤進（P. Iudin）說：

> 今天我們有太多的材料供給文學創作，通過對它們的研究，我們可以預見未來。具有想像力的作品必須由今天的成就看出未來的圖景，必須將馬克思列寧主義對社會主義的報導以血肉的形式表現出來。[73]

　　除了這些空洞的指示，拉普以後的理論家很少就文學的特殊性提出具體的理論，他們雖企圖發展一套適於「社會主義建設時期需要」的寫作方法，但最終只有浮泛地重複黨性的重要、文學應該受黨指揮，不能與政治對立、不能與教育群眾脫節等觀念。這些是一九三二年後斯大林所謂的作家是「人類靈魂的工程師」，社會主義的現實主義作品「必須與社會主義精神從思想上改造和教育勞動人民的任務結合起來」等觀念的雛型，從這以後，社會主義的文藝理論才算大致確立。

　　上面所述是二〇年代蘇聯無產階級文學運動的大概情形，這個運動很快就影響世界各國激進的文藝工作者，紛紛發起相同的組織。一九二七年國際革命作家在莫斯科開第一次大會，次年，創造社即發起革命文學論戰，以拉普以前的理論成果橫掃當時的文藝界。一九三〇年十一月國際革命作家在烏克蘭首都哈爾可夫（Kharkov）舉行第二次大會，正式成立國際無產革命作家聯盟（International Union of the Proletarian and Revolutional Writers），這次到會的有二十二國代表，包括歐、美、非、亞四洲，中國派蕭三參加大會。大會的主要目的在提醒作家對帝國主義戰爭危機的注意，對各國普羅文藝理論的右傾機會主義和左傾空談的檢討，對普羅文藝組織中同路人之無產化問題的討論等。會中拉普總書記阿衛巴赫的報告，被認為是這次大會的理論標幟，他所講的就是關於辯證唯物論的創作法和新型的階級經驗小說等問題。這次大會特別強調作家的思想鬥爭、無產階級革命的迫切性、文藝與政治的關係、作家的任務和工作實踐等。以上這一切就是一九三一年左聯有關工作任務的決議的藍本，從此以後它成為國際無產革命作家聯盟的一個支部，不時受到它的指示和命令，在無產階級革命文學的口號下，正式與文藝界的統治思想和國民黨的白色恐怖進行艱辛的搏鬥[74]。

## 二、文藝大眾化與大眾文藝

通過左聯的組織，社會主義文藝運動進入一個新的階段，這主要表現在把得自蘇聯的理論和經驗付諸實踐，還有就是社會主義文藝理論的深入和發展。前一方面大概都按上引左聯的工作方針進行，因此可以不必細論，後一方面則集中在文藝大眾化和文藝自由論戰這兩個主題，下面先探討第一個問題。

關於文藝大眾化的問題，革命文學論戰時就已被提到，如成仿吾指出五四新文藝創制了一種非驢非馬的「中間的」語體，發揮小資產階級的劣根性，他因此要求革命文學作家使用「接近工農大眾的用語」。傅克興也說革命文藝應該推廣到工農群去，「文句應該通俗化，應該反映工農的意識」。論戰結束後，屬於太陽社的林伯修也把「普羅文學底大眾化」，列為一九二九年第一個急待解決的問題 75，到了左聯成立，這問題立即被排上日程表，它組織了文藝大眾化研究所，把作品大眾化看成運動的中心工作。從這以後到一九三二年，經過多次的座談會和討論，這問題仍未獲得令人滿意的結論，一般都在語言、形式、題材、作者的態度等重點上，各執一詞，莫衷一是。雖然如此，這一系列的論辯仍提出許多建設性的意見，使五四運動時即被列為新文學的目的之一的大眾化概念，從語言和形式等表面問題，提昇到文藝領域中的思想鬥爭和新的文學觀的建立的一個環節。就這一點而言，它與文學的階級性、宣傳作用、辯證唯物論的創作法等，同屬革命性的觀念，因此仍值得重視。

從整個討論過程來看，所有的文章大概都環繞著兩個觀念在進行，其一是「大眾文學」的建立，認為無產階級應該有自己的文化、藝術和文學，對於這點，鄭伯奇在〈關於文學大眾化的問題〉一文中說：

　　大眾文學應該是大眾能享受的文學，同時也應該是大
眾能創造的文學。所以大眾化的問題的核心是怎樣使大眾
能整個地獲得他們自己的文學。[76]

　　其次是由解放群眾的要求而來的「文藝大眾化」的問題，馮
乃超在〈大眾化的問題〉中說：

　　文學戰線如果是解放鬥爭的一部分，那末，文學的大
眾化的問題，就是怎樣使我們的文學深入群眾的問題。[77]

　　對於這點，瞿秋白也說：「普羅大眾文藝應當在思想上意識
上情緒上一般文化問題上，去武裝無產階級和勞動民眾」[78]。根
據這些意念，討論的重心分別放在民間文藝的運用和普羅文學的
創造，對於前者，除了形式和語言，其他都在否定之列，他們一
致認為民間的口語是文藝大眾化的最根本要求，而唱本、說書、
小調等則是它應暫時取用的形式。這些觀點引出了後一個問題，
也就是普羅文學的創造，這是這次討論的中心課題，它的出發點
是對當時的革命文學作品的批判，在〈文學的大眾化與大眾文
學〉一文中，何大白指出：

　　中國普洛文學的發生，實由於一部分急進的知識份子
所促成，他們對於社會的機構和社會變革的必然，是有相
當的認識；然而和社會的實生活，卻是非常隔閡。換句話
說，他們的意識很高，然而生活經驗卻等於零。因此，他
們寫出的作品，往往是理論的例證，非常缺乏具體性，只
能說服讀者的頭腦，不能激起讀者的感情[79]。

　　這個看法普遍表現在參加討論的文章裡，面對這另一形式的

象牙塔文學現象，一般都將深入群眾、向群眾學習以及對五四新文學的否定，視為解決的辦法，在所有的討論中，瞿秋白提出一些相當新穎的意見，它們是這次討論的主要收穫。

從存在於當時左翼作家的「非大眾的普羅文藝」和概念中的「普羅大眾文藝」的區別著眼，瞿秋白指出在高談大眾化之前，首先需要的是一個「無產階級的五四」，一個「無產階級領導之下的文藝復興運動，無產階級領導之下的文化革命和文學革命」80。在性質上，這必須是個「反帝國主義的國際主義，反封建宗法的勞動民眾的民權主義和社會主義的文藝運動」，也即是「蘇維埃的革命文藝運動」81。這種需要是由於五四運動是資產階級的自由主義和啟蒙主義的文藝運動，因為中國畸型的資本主義經濟發展的關係，它只能產生一種非驢非馬的歐化文藝，與人民大眾的思想意識格格不入，當激進的知識份子運用它來創造所謂普羅文學時，它的結果只能是一種「非大眾的普羅文藝」。究其原因，這是由於五四運動沒有完成資產階級的民權主義的任務，反而投降到買辦的、封建的統治階級意識的緣故。對於這問題，他在〈歐化文藝〉一文說：

> 統治階級的文藝本來是脫離群眾的，統治階級總是用些惡劣的文藝在意識上來剝削群眾的。中國資產階級不能夠完成民權革命在文化上的任務，牠也絕對不願完成這種任務，而且正在反對民眾自己的文化革命。而對於無產階級，所有這些歐化文藝的流弊卻是民眾自己的文化革命的鉅大的障礙。無產階級應當開始有系統的鬥爭，去開闢文藝大眾化的道路。只有這種鬥爭能夠保證無產階級在文藝戰線上的領導權，也只有無產階級的領導權能夠保證新的文藝革命的勝利：打倒中國的中世紀式的文藝，取消歐化文藝和群眾的隔離狀態，肅清地主資產階級的文藝影響。82

在這些意念下，他指出「向群眾去學習」是由非大眾的普羅文藝發展為普羅大眾文藝的手段，不如此，革命作家將與大眾對立起來，無法感覺到自己是大眾的一部分，不能夠認識自己的錯誤，不能夠消滅他們的知識階級的身份，永遠「企圖站在大眾之上去教訓大眾」[83]。

說明了五四新文藝之非大眾性質後，瞿秋白由語言文字入手，逐步探討如何建立「普羅大眾文藝」的問題。他認為在文字媒介上，首先應該運用識字或不識字的工農群眾聽得懂的「普通俗話」來寫，使他們「在文藝生活中逐漸提高組織自己言語的能力」，而後再「採用必須的漢文的以及歐化的字眼，文法」[84]。根據這意念，他提出兩個極有創見的構想，其一是「無產階級普通話」，其二是「歐化文藝的大眾化」。對於前一個問題，他在〈大眾文藝的問題〉中說，中國都市的無產階級，他們的語言不比一般鄉下農民的原始、偏僻，因為：

> 無產階級在五方雜處的大都市裡面，在現代化的工廠裡面，他們的言語事實上已經在產生一種中國的普通話（不是官僚的所謂國語）。容納許多地方的土話，消磨各種土話的偏僻性質，並且接受外國的字眼，創造著現代科學藝術以及政治的新的術語。

這種無產階級的普通話，他認為是和五四白話文不同的，因為後者杜撰許多新的字眼，抄襲歐洲日本的文法，或只根據書本上的文言文的習慣，而無產階級普通話的「發展，生長和接受外國字眼以至於外國句法」，「卻是根據於中國人口頭上說話的文法習慣」，因此這應該是普羅大眾文藝在開始時應當運用的語言[85]。他這個構想，雖被茅盾根據局部的調查的結果所反對[86]，但在事實上卻無法否認這種無產階級普通話的存在和發展的趨向，

而且在了解上，它比當時一般「舊瓶裝新酒」的方言土語的使用
看法，或周揚一類教條主義者，根據國際革命作家會議決議而發
的「新的文字」之創造等空泛意念[87]，是較接近問題的本質的。
由這個「普通話」的構想，瞿秋白在一九三二年底曾提出一個
〈新中國文草案〉企圖以漢字拉丁化使語、文不再分離，全國各
地的用語和文字達到一致化，為普羅大衆文藝的確立提供必要條
件。因這問題牽涉太廣，此處不擬細論。

在歐化文藝的大衆化方面，瞿秋白由無產階級文化運動的歷
史條件著眼，認為這是一個「自然的現象」，理由是歐化文藝是
資本主義時代的產物，「牠反映著資本主義的社會關係，牠表現
著許多新的現象，提出許多新的問題」。這個原本是革命性的工
作，雖然因中國資產階級的叛變、投降，成了反群衆的「文藝上
的貴族主義」，但同時也埋下了它本身的階級分化現象，使無產
階級的文藝運動從中萌芽。因此問題的中心在於如何使歐化文藝
的資產階級的妥協性、不徹底性清除掉，如何將它的領導權轉到
無產階級手裡，使「革命的歐化文藝大衆化」。對於這點，他在
〈歐化文藝〉中說：

> 革命文藝的「大衆化」，不但不和「歐化」發生衝
> 突，而且只有大衆化的過程之中方才能夠有真正的歐化
> ——真正運用國際的經驗。真正的「歐化」是什麼？這是
> 要創造廣大群衆的新的文字和言語，創造廣大群衆的新的
> 文藝形式——足以表現現代的無產階級的社會關係的，足
> 以使廣大群衆能夠理解國際勞動群衆的生活和鬥爭，理解
> 國際的一般社會生活的。[88]

這個看法與上述無產階級普通話的觀點，都透露著激進的國
際主義色彩，這與瞿秋白後來被批判為政治上的極左傾向有關，

不過就社會主義文藝理論的建設而言，它們仍不失為創造性的構
想。

除了上面的理論建設，關於大眾化的實踐問題，佔去這次討
論的絕大篇幅，一般的意見大概都重複左聯的工作任務的決議，
如發起工農通訊運動、培養工農作家、組織街頭文藝運動等，在
實際的創作方法上，除了舊形式的運用外，特別強調報告文學、
通訊、煽動詩、速寫等國際新興文學的體式。在有關的討論中，
比較能超出空泛的方法上的羅列，提出一些具體意見的仍是瞿秋
白。在〈普羅大眾文藝的現實問題〉一文，他分別由：一、用什
麼話寫？二、寫什麼東西？三、為著什麼寫？四、怎麼樣去寫？
五、要幹些什麼？這五個問題，為大眾文藝的實踐立下實行辦
法。其中「為著什麼寫」一小節中，他提出當時該寫的有鼓動
的、為組織鬥爭的、為理解階級制度之下的人生的等三類作品，
題材上則建議寫時事、寫階級經驗小說等。在「怎麼樣去寫」一
小節中，他指出應防止由淺薄的人道思想而來的「感情主義」，
武俠劍客式的「個人主義」，好人好報惡人惡報式的「團圓主
義」，有一定行為的「臉譜主義」。就中他又特別指出一切一廂
情願的關於群眾鬥爭的描寫，沒有失敗只有勝利，沒有錯誤只有
正確的寫法，都是團圓主義，這只會發生簡單的公式主義，無法
達到在錯誤之中學習，在現實生活和鬥爭裡學習以增長戰鬥力量
和經驗的目的。又說臉譜主義的作品不能幫助群眾思想上武裝起
來，而是解除他們的武裝，使他們在簡單化的概念下，遇見巧妙
些的欺騙，立刻就會被迷惑，遇見複雜些的現象，立刻就不會分
析。根據這些看法，他認為上述的四種寫法都是騙人騙己的東
西，不能讓它存在於普羅文學。對這問題，他總結地說：

　　無產階級是資本主義社會裡的最先進的階級，他不需
要虛偽，不需要任何理想化，不需要任何自欺欺人的幻

想。「現實」用歷史的必然性替無產階級開闢最後勝利的
道路。無產階級需要認識現實,為著要去改變現實。無產
階級不需要矯揉造作的麻醉的浪漫諦克來鼓舞,他需要切
實的了解現實,而在行動鬥爭之中去團結自己,武裝自
己;他有「現實的將來」的燈塔領導著最熱烈最英勇的情
緒,去為光明而鬥爭。因此,普洛大眾文藝,必須用普洛
現實主義的方法來寫。89

由這些觀念,他在另一篇文章〈大眾文藝的問題〉進一步指
出大眾文藝的創作的中心口號應當是:「揭穿一切種種的假面
具,表現革命戰鬥的英雄」,在寫作時則應特別注意「大眾之中
的革命敵人的意識上的影響在什麼地方」。他說:

> 現在,必須深刻的了解革命文藝的任務,是要看清了
> 當前每一次事變之中敵人用什麼來迷惑群眾,要看清了群
> 眾的日常生活經常的受著什麼樣的反動意識的束縛,而去
> 揭穿這些一切種種的假面具;要去反映現實的革命鬥爭,
> 不但表現革命的英雄,尤其要表現群眾的英雄,這裡也要
> 揭穿反動意識以及小資產階級的動搖猶豫,揭穿這些意識
> 對於群眾的影響,要這樣去贊助革命的階級意識的生長和
> 發展。90

與這意念相似,周揚在〈關於文學大眾化〉一文,要求作家
站在階級的、黨派的立場描寫「活人」,以「階級鬥爭的客觀主
義」,肅清作品中「革命的辭藻」的生硬堆砌,「突變式」的英
雄的描寫,對被壓迫者的膚淺的人道主義的同情等91。這看法和
瞿秋白所說的揭穿假面具,不用說都是來自拉普的理論,不過周
揚只是空洞地套用一些嚇人的名詞,而瞿秋白則結合傳統的民間

文藝現象，從批判中提出建設性的意見，為大眾文學的建立和文藝大眾化找尋實際的、可行的辦法。

　　以上所述是一九三〇～三二年間文藝大眾化問題討論的一些收穫，從這以後，這問題引起多次討論，一九四〇年它結合了民族形式的問題，發生範圍更廣和更激烈的論戰，那次為它作總結的就是胡風。

## 三、文藝自由論戰

　　當文藝大眾化問題還在討論時，一九三二年左聯又與自稱「自由人」的胡秋原和「第三種人」蘇汶，展開一場文藝創作自由問題的論戰。這是在左翼陣線形成後受到的第一次正面挑戰，它的導火線是胡秋原對國民黨文藝路線和左翼理論的批判，由於胡秋原和蘇汶對馬克思主義文藝學說有相當了解，因此這論戰除了清掃文藝上的舊統治思想，還帶有曾發生於蘇聯的「同路人」爭論的性質。

　　左聯成立前後，無產階級文學運動陸續遭遇到一些衝擊，一九二九年梁實秋在《新月》月刊發表〈論魯迅先生的「硬譯」〉、〈文學是有階級性的嗎？〉一方面攻擊魯迅翻譯的社會主義文藝理論，一方面重彈人性論、獨立思想的老調，這是革命文學論戰的餘波，為此魯迅寫了〈新月社批評家的任務〉、〈「硬譯」與「文學的階級性」〉等文，加以反擊 92，因沒有其他文學團體加入，論爭也就不了了之，但文藝界反抗無產階級文學運動的情緒並未止息。一九三〇年，因有感於左聯勢力的膨脹，國民黨於查封左聯刊物，迫害左翼作家之餘，進一步支持一些文人發起所謂「民族主義文藝運動」，企圖建立一套符合它的需要的三民主義文學理論 93。這個運動立刻遭到左聯的反擊，瞿秋白在〈「民族主義文藝」的現形〉一文中，指出這是國民黨為維持它的法西斯統治的「無恥的麻醉和欺騙」，是一個「白色文

藝政策」[94]。魯迅在〈「民族主義文學」的任務和命運〉一文裡，則指出這是與甘於被殖民的政治同在，因而於帝國主義的侵略有益的「流屍文學」[95]。就在左聯的討伐聲中，胡秋原打著「唯物史觀」的方法和「自由的智識階級」旗號出場，他的直接對象是「殘虐文化與藝術之自由發展」的民族主義文藝運動，而目標則在反對「某一種文學把持文壇」，這個論調受到要求文學的中立性和自稱「死抱住文學不肯放手」的蘇汶的附合，於是便引起了左聯的全面攻擊。

論戰開始時，胡秋原是站在馬克思主義文藝理論上反對民族主義文藝運動的，一九三一年底他發表〈阿狗文藝論〉一文，指出在資產階級頹廢，階級鬥爭尖銳的時代，急進的社會主義者與反動的統治者都要求功利的藝術，民族主義文學正是法西斯思想的必然產物，是特權者文化上的醜陋警犬，它「巡邏思想上的異端，摧殘思想的自由，阻礙文藝之自由的創造」。他認為「文學與藝術，至死也是自由的，民主的」，它的最高目的是在「消滅人類間一切的階級隔閡」，他說：

> 藝術只有一個目的，那就是生活之表現，認識與批評。偉大的藝術，盡了表現批評之能事，那就為了藝術，同時也為了人生。

又說：

> 文化與藝術之發展，全靠各種意識互相競爭，才有萬花撩亂之趣，……。用一種中心意識，獨裁文壇，結果，只有奴才奉命執筆而已。

根據這些理念，他指出：

　　　藝術雖不是「至上」，然而絕不是「至下」的東西。
將藝術墮落到一種政治的留聲機，那是藝術的叛徒。96

　　他這些話本來是針對國民黨的文藝控制而發，但因其中的反
功利、反政治操縱、反中心意識獨裁的自由意念，觸到了左翼文
藝理論的核心，而且革命文學論戰後，郭沫若所謂的留聲機創作
法言猶在耳，因此左翼陣線認為他是在反對普羅文藝，立刻展開
攻擊，這就造成了胡秋原對當時社會主義文藝理論的總批判。
　　繼〈阿狗文藝論〉之後，胡秋原先後寫了一些文章，答覆左
翼批評他忽略文藝的階級性及所謂「自由人」的政治立場問題，
他提出文藝與政治意識之結合必須是：

　　　1. 那種政治主張，應該是高尚的，合乎時代最大多數
　民眾之需要的，如樸列漢諾夫所說，「藝術之任務，其描
　寫使社會人起興味，使社會人昂奮的一切東西」。2. 那種
　政治主張不可主觀地過剩，破壞了藝術之形式；因為藝術
　不是宣傳，描寫不是議論。97

　　這裡他雖然引用了普列漢諾夫的話，但立場上與左聯是格格
不入的。接著，他在一九三二年又發表了〈錢杏邨理論之清算與
民族文學理論之批評〉的長文，藉當時被稱為「普羅文學批評
家」的錢杏邨的理論之誤謬，對左翼陣線大張撻伐。他的批判要
點為：
　　1.「基礎理論之混亂」，這方面他指出革命文學論戰後流行
於左翼陣營的機械和庸俗唯物論傾向，就中特別提出日本普羅文
學理論家青野季吉的「目的意識論」之局限性。他認為這只是以
關於文藝的文字堆集起來的政論，運用到作品上就成為「政治暴
露」、「進軍喇叭」的政治口號文學，抹殺藝術條件及其機能，

而錢杏邨的批評及左翼人士正充滿這種論調。

2.「俗流觀念論」，這主要在批判錢杏邨的左稚主觀主義及左傾空談。他指出錢杏邨不能深入社會根源去分析作品，只是搬弄「時代」兩個大字，把非左翼作家都貼上小資產階級意識的標記，高唱標語口號文學的作用。此外又指出左翼關於文學應組織生活、改造世界的理論是濫用馬克思主義，因馬克思說的是哲學應變革社會，而藝術與哲學不能混同。

3.「非真實批評」，根據普列漢諾夫說的批評家應注意的是：生活真理在作品中如何描寫，作品中表現了什麼真實。他認為錢杏邨完全缺乏對這兩方面的探討，他的批評毫無獨創性，只有宗派主義的褒貶、革命八股和公式。

4.「右傾機會主義」，這是由左稚傾向而來，他指出錢杏邨只知空喊「力的文學」和作家的「轉變」，空自賣弄浮淺空虛的名詞，分辨不出進步與落伍作家的思想本質，他的批評是非科學的。在此他引用了第二次國際革命無產作家會議的決議說：錢杏邨自己應該清算「否認標語口號之外，還有文學發生之可能」，「放棄無產階級文學運動對於革命的小資產者作家之領導任務」等錯誤傾向 [98]。

以錢杏邨之批評文字與整個左翼文藝運動來看，胡秋原的批判是正中要害的。因胡秋原這時編寫了一部洋洋七百餘頁的《唯物史觀藝術論》，被日本人稱之為中國的普列漢諾夫，因此在文章中引經據典，以普列漢諾夫的理論正統自居，頗為左聯側目。文章發表後，左聯以公開信的方式答覆，信中雖承認錢杏邨的文學批評從開始就不是正確的馬克思主義批評，但卻認為胡秋原並未抓住他的病根，因為「錢杏邨的一切錯誤的根本，在於他不理解文學和批評的階級的任務，在於他常常表現的階級的妥協與投降。而胡秋原的主義，是文學的自由，是反對文學的階級性的強調，是文學的階級的任務之取消」。接著，又針對普列漢諾夫理

論中的孟塞維克（Menshevik）的觀念論成分，指出他的批評是不正確的。「他對於藝術文學的階級性的理解是機械論的，是取了機會主義的態度的……並非堅固地站在無產階級的立場」99。這些辯解並非就事論事，大半擷拾當時蘇聯對普列漢諾夫的批判，企圖以之動搖胡秋原的理論根本，但這樣做並不能服人之心，問題依然懸而未決。就在這個時候，自稱「第三種人」的蘇汶加入胡秋原一邊，使整個論戰變得更複雜。

蘇汶曾譯過拉普作家李別金斯基的小說《一週間》，對於無產階級文學運動自非完全無知，在〈關於文新與胡秋原的文藝論辯〉一文中，他自稱仍「戀戀不捨地要藝術的價值」，因此歡迎胡秋原文藝創作自由的理論，態度上頗類蘇聯的「同路人」。文中他嘲諷左聯並不是胡秋原式的理論的馬克思主義者，而是行動的馬克思列寧主義者，他們的「一切主張都無非是行動」，「他們現在沒有工夫來討論什麼真理不真理，他們只看目前的需要，是一種目前主義」。又說普羅文學運動使「文學不再是文學了，變為連環圖畫之類；而作者也不再是作者了，變為煽動家之類」，據此他大嘆「難乎其為作家」說：

> 在「智識階級的自由人」和「不自由的，有黨派的」階級爭著文壇的霸權的時候，最吃苦的，卻是這兩種人之外的第三種人。這第三種人便是所謂作者之群。100

這篇立意挖苦的文章，激起左聯的反感，瞿秋白和周揚分別為文反駁，但周揚所謂的「百分之百地發揮階級性，黨派性」，「才是真理的唯一的具現者」的論調，只有增加教條的氣味101。倒是瞿秋白的文章為左聯頂住了這場苦仗。

瞿秋白的〈文藝的自由和文學家的不自由〉，分別攻擊胡秋原和蘇汶的看法。在〈「萬華撩亂」的胡秋原〉部分，他首先指

出胡秋原並非馬克思主義的文藝理論家，因為「他所謂『自由人』的立場不容許他成為真正的馬克思主義者」，接著又由胡秋原所說的藝術是「生活的表現，認識和批評」說，這是一種虛偽的客觀主義，他的看法：

　　事實上是否認藝術的積極作用，否認藝術能夠影響生活。而一切階級的文藝卻不但反映著生活，並且還在影響著生活；……在相當的程度之內促進或者阻礙階級鬥爭的發展，稍微變動這種鬥爭的形勢，加強或者削弱某一階級的力量。

由這觀念，瞿秋白連帶地批判了革命文學論戰後被奉為理論正宗的文藝能組織生活，甚至於創造生活的觀念，他說這是波格達諾夫主義的錯誤，是唯心論的錯誤。這是左翼陣營首次自我批判，態度是誠懇的。與這相反，他指出普列漢諾夫理論本身原帶有客觀主義、輕視階級性及藝術消極論的成分，到了胡秋原手中，這些就發展成資產階級的旁觀主義和自由主義，因此他反對利用文藝，要求政黨勿侵略文藝，實際是反對階級文學的理論，根本說不上是馬克思主義者。對這一切，他說：

　　最重要的是他要文學脫離無產階級而自由，脫離廣大的群眾而自由。而事實上，著作家和批評家，有意的無意的反映著某一階級的生活，因此，也就贊助著某一階級的鬥爭。有階級的社會裡，沒有真正的實在的自由。當無產階級公開的要求文藝的鬥爭工具的時候，誰要出來大叫「勿侵略文藝」，誰就無意之中做了偽善的資產階級的藝術至上派的「留聲機」。102

　　這段話抓住了處處以馬克思主義者自居的胡秋原的理論弱
點,根據這,他反駁胡秋原之鼓吹各種意識互相競爭、反對一種
文學把持文壇、反對中心意識獨裁以使文化發展有萬花撩亂之趣
等觀點,都是為維持該被推翻的社會現狀,為眼前的黑暗世界盡
心和設法。證諸胡秋原的文章,這些指責是勉強的,這只是迴避
了對胡秋原提出的問題的正面回答。從整篇文章來看,瞿秋白面
對理論水平與他不相上下的胡秋原,經常顯得招架乏力,大半時
候,他只是抽象的、概念的重複普羅文學理論,找出胡秋原立論
上的漏洞,很少就胡秋原對於左翼文藝運動不良傾向的批判提出
必要的、具體的解答。

　　對於蘇汶,瞿秋白的批判是犀利的,在文章的下半篇〈「難
乎其為作家」的蘇汶〉中,他指出蘇汶說的馬克思列寧主義是目
前主義,只要行動不要真理,普羅文學只要連環圖畫、煽動,不
要藝術等看法,根本上是一種「革命與文學不能並存論」,他一
一分析說:

　　1.「真正科學的文藝理論,還是革命的國際主義的新興階級
建立起來的。只有這個階級,在革命的行動之中,才真正能夠建
立,能夠發展科學的文藝理論」,他們絕不是蘇汶說的「行動就
是理論」,而是在行動之中學習、研究、應用理論。

　　2.「新興階級要革命——同時也就要用文藝來幫助革命。這
是要用文藝來做改造群眾的宇宙觀和人生觀的武器」,他們是為
創造整個新的社會制度而鬥爭,絕非蘇汶所謂的「目前主義的功
利論者」。

　　3.「新興階級固然運用文藝,來做煽動的一種工具,可是,
並不是個個煽動家都是文學家」,每個階級都在用文藝做宣傳,
只是有的不肯公開承認,假託文化、自由等等名義,「新興階級
用不著這些假面具,新興階級不但要普通的煽動,而且要文藝的
煽動」。「新興階級自己也批評一些煽動的作品沒有文藝的價

值，這並不是要取消文藝的煽動性，而是要煽動作品之中的一部分加強自己的文藝性」。「真正能夠運用藝術的力量，那只是加強煽動的力量；同時，真正為著群眾服務的作家，他在煽動工作之中更加能夠鍛鍊出自己的藝術的力量。藝術和煽動並不是不能並存的。」

　　這些話是革命文學論戰以來，左翼陣營對徘徊在泛泛的自由、民主觀念中的文藝工作者所發的最尖銳的批判和挑戰，根據這些原則性的要求，瞿秋白對一切反對某種文學把持文壇的自由論者說：文學是附屬於某一階級的，新興階級從前沒有文學，它正由所謂「低級形式」的連環圖畫之類創造自己的文學，而從前就有文學的階級則想包圍剿滅它，因此事實是：「新興階級的文藝運動並不在『霸佔』或者『把持』什麼，牠只要指出一些文學的真面目——階級性」[103]。

　　瞿秋白的文章發表後，「自由人」和「第三種人」合為一個陣線與左聯對峙。胡秋原在〈浪費的論爭〉一文自稱他所謂的自由主義態度與唯物史觀方法，「實際上只是一種第三種人的意見而已」，因此他雖不完全贊成蘇汶的看法，但仍認為作家有表現他的情思之自由，左翼批評家儘可站在馬克思主義觀點去分析，卻不應「拿一個法典去限制他們」[104]。左聯一邊，魯迅在〈論「第三種人」〉中，指責蘇汶「心造一個橫暴的左翼文壇的幻影」，將一切罪孽都推給他[105]。劉微塵則說蘇汶是「給中國文壇上奠定了同路人的基地的一個老祖」[106]，於是這場論辯就發展為近乎蘇聯的「同路人」問題了，接下來的文章也就在文藝與階級性與作家的關係上，纏戰不決。

　　在《浪費的論爭》一文裡，胡秋原表明他的態度，他肯定「一切文學都是有階級性的」，不過他站在普列漢諾夫及弗理契等早期馬克思主義文藝理論家的觀點，認為「文學上階級性之流露，常是通過極複雜的階級心理，社會心理，並在其中發生『屈

折』的」，就是在同一階級，「又表現有不同的層或集團的意識
形態」。據此他認為瞿秋白答文中所謂的作家「反映某一階級的
生活，就是贊助著某一階級的鬥爭」，蘇聯列夫派褚沙克之流所
謂某文學對某一階級不是武器，就是利刃，美國辛克萊所謂一切
藝術都是宣傳等等，「不過是革命的武斷，荒唐的無稽而已」。
由這中心觀念，胡秋原一一反駁左聯對他「羅織」的罪狀，從馬
克思、恩格斯的經典著作一路引證下來，指責左聯理論的偏頗，
他提出他的立場說：

> 我絕不是「立定主意反對一切」利用藝術的政治手
> 段，而對於利用藝術為革命的政治手段，並不反對。為什
> 麼呢？因為革命是最高利益，不能為藝術障礙革命。為革
> 命犧牲一切，誰也無反對之理由。不過且讓我頑強地說一
> 句：即在那之際，那補助革命的藝術，不限定是真正值得
> 稱為藝術的東西而已。我所要求保留的就只有這一點。107

　　一方面要政治，一方面要藝術，胡秋原這態度比梁實秋一類
根本反對無產階級文學的自然要革命些，他這裡的措辭比原來至
死要民主、要自由的口氣也軟化些，但追根究底，他特別要求保
留的仍是藝術性，藝術的自主權。蘇聯文藝界之不容同路人和平
共處，普列漢諾夫、弗理契的理論之被批判，就在這個地方，這
也正是瞿秋白指責胡秋原把普列漢諾夫理論的優點清洗出去，把
他的孟塞維克主義成分發展到最大限度，變成資產階級的虛偽的
旁觀主義的原因所在。這是一九三二年文藝創作自由論戰的癥
結，也是當時一般文藝工作者與左聯交戰的最後一張王牌，它在
蘇汶的文章裡有更清楚的表露。
　　繼瞿秋白的文章之後，蘇汶進一步與左聯爭辯第三種人與第
三種文學的存在問題，在〈「第三種人」的出路〉一文中，他承

認作家擺脫不了階級的牢籠，但他不同意「洩露某一階級的意識形態就包含一種有目的意識的鬥爭作用」，就是某一階級利益的擁護者、贊助者。據此，他指出左聯把文學的武器作用過度誇張，只看到文學的局部意義，把它的更永久的任務完全忽略了。他說：

> 在武器文學的理論下，作者是失去了寫作只有表現生活的消極意義的，即使無益而至少也不是有害的那種作品的自由了。

又說：

> 只要作者是表現了社會的真實，沒有粉飾的真實，那便即使毫無煽動的意義也都絕不會是對於新興階級的發展有害的，牠必然地呈現了舊社會的矛盾的狀態，而且必然地暗示了解決這矛盾的出路在於舊社會的毀滅，因為這才是唯一的真實。

由這些看法，他指責左聯拒絕中立的、同路人的作品，使無產階級文學陷於孤立[108]。另一方面他又由所謂的「真實」問題，抗議左聯理論家對文學的政治性的要求，在〈論文學上的干涉主義〉一文中，他認為「當文學做成了某種政治勢力的留聲機的時候，牠便根本失去做時代的監督那種效能了」，又說以純政治的立場來指導文學，「是會損壞了文學的對真實的把握的」。這一點是蘇汶所要力爭的地方，他指責左聯的「官方批評家」眼光只限於政治，叫作家們「憑幻想來構成一些絕對樂觀的事實才能滿意」，才能許為正確，又說他們左一個意識形態，右一個意識形態，要求作家創造事實來遷就他們理想中的正確，但是：

這絕對的正確意識，並不是真正作為社會組織的上層
建築而出現，而是一般理論家所塑造出來的。他們預言著
將來的無產階級的意識是如此，於是便向作家買預約券：
這就是要求作家寫理想，不要寫現實。

他的結論是：

如果我們認定了文學的永久的任務是表暴社會的真相
以指示出牠的矛盾之所在，那麼我們一定會斷然地反對那
種無條件的當政治的留聲機的文學理論，反對干涉主義，
要是這種干涉會損壞了文學的真實性的話。我們要求真實
的文學更甚於那種只在目前對某種政治目的有利的文學，
因為我們要求文學能夠永遠保持著牠的對人生的任務。[109]

由思想實質言，不難看出蘇汶這「第三種人」的論調不過是
胡秋原「自由人」觀念的反覆，這些觀點並非他們獨有，而是代
表三○年代前後思想較進步的可是立場猶疑的文藝工作者的心
理，他們與堅決反對無產階級文學的新月派不同，但又不能容忍
左翼的跋扈。這種傾向可以上溯到革命文學論戰時，以《語
絲》、《北新》等雜誌為陣地的韓侍桁、甘人、冰禪，及在《現
代文化》、《民間文化》等發表文章的莫孟明、尹若、柳絮等
人。前者堅持「文藝須完全是真情的流露，一有使命便是假
的」，他們只能接受「藝術有時是宣傳」，但「不可因此破壞了
藝術在美學上的價值」[110]。後者則是以「無階級的民眾文學」口
號，反對文學隸屬於一定階級的安那其主義者[111]。這傾向一樣存
在於蘇汶所代為請命的作者之群，例如茅盾和巴金就曾在革命文
學論戰和這次論戰間表示過意見[112]。到了文藝自由論戰結束後，
韓侍桁還陸續發表文章重申他的中立態度，當時脫離左聯的楊邨

人，更寫了〈離開政黨生活的戰壕〉、〈揭起小資產階級革命文學之旗〉一類的文章，痛定思痛地喊出：「我並非一名戰士／我是一個作家／還我自由，將我流剩了的熱血／灌溉在革命的文學之花」[113]！這存在於當時一般文藝工作者的態度顯示著：革命文學，可以接受；過度的政治干涉，免談。一九三二年的論戰，左聯得到的就是這回答。面對這些同路人，如魯迅曾指責周揚說：「辱罵和恐嚇絕不是戰鬥」[114]，因此一些細緻的工作是需要的，而這就帶來了社會主義文義理論的深入和提高。

論戰接近尾聲時，魯迅寫了〈論「第三種人」〉表明左聯的態度，文中說左翼作家「不但要那同走幾步的『同路人』，還要招誘那站在路旁看看的看客也來同走」，又說蘇汶所謂的第三種人和第三種文學，是「生在有階級的社會裡而要做超階級的作家，生在戰鬥的時代而要離開戰鬥而獨立，生在現在而要做給與將來的作品」，事實上是「一個心造的幻影，在現實世界上是沒有的」[115]。這些意念經過左聯的理論能手馮雪峰在〈關於「第三種文學」的傾向與理論〉加以系統的分析，成了左聯對這次論戰中的問題的理論總結。文中要點如下：

第一，關於引起最多爭論的文學的階級性問題，因為蘇汶和胡秋原基本上都同意這點，馮雪峰於是就所謂中立和自由的觀念指出即使作者主觀上要那樣寫，客觀上它仍是利害的、功利的、黨派的。對此他特別提出在階級鬥爭劇烈時期，處於中間地位的小資產階級文學，因其游移動搖性，它的關係是格外複雜的。他說：

　　這種作品，有革命的要素，有反革命的要素，而真的中立實際上是不能有的，所以牠們依然或者有利於資產階級，或者有利於無產階級，所以所有非無產階級的文學，也就未必都是反資產階級的文學——何況因為支配階級的

意識形態的長久的支配，作家也最容易成為支配階級的思
想上的俘虜。

第二，關於現實的反映和真理的探求問題，馮雪峰指出文藝
作品不僅是反映某一階級的意識形態，還要反映客觀現實，客觀
世界，而這必然要受階級的要求、利益、世界觀所限制。他指出
屬於各歷史階段中的鬥爭的、前進的階級，「牠的世界觀使牠的
哲學和藝術能夠更接近客觀的真理」，因此在現階段中，為著人
類的將來而鬥爭的無產階級作品是現實和真理的揭示者，因為：

> 一切的現實愈加真實的宣露出來，則對於牠愈加有
> 利，真理愈加能顯露則愈加顯出牠是真理的表現者的緣
> 故。而現在的反動的資產階級，則蒙蔽現實，歪曲真理，
> 是他們的必要的鬥爭手段。

第三，由上面一點引伸，馮雪峰提出了關於作家的黨性問
題。既然無產階級的世界觀──辯證法的唯物論，是能夠最接近
客觀真理的，作為一個無產階級的作家，自然應如列寧所說的堅
定黨派的立場。他說：

> 無產階級是處著特殊的歷史的地位，為著無產階級的
> 人類社會而奮鬥，在牠的前進運動中集中著社會全體的歷
> 史的前進運動，在牠自己的「主觀的」，「階級的」，
> 「黨派的」利害之中表現著運動全體的利害，在自己的
> 「主觀的」，「階級的」，「黨派的」認識之中表現著客
> 觀的真理。

據此，他指出無產階級作家「越能站在階級的，黨派的立場

上，則越能抓住客觀的真理，越能和全體人類社會的利害合致」。

第四，關於藝術之為武器的問題，馮雪峰指出絕不是只有狹義的宣傳鼓動的作品才是鬥爭的武器，相反的，標語口號式的東西絕負不起偉大的鬥爭武器的任務，反而是非狹義的宣傳鼓動的作品，因牠更能「真實地全面地反映了現實」和把握客觀真理，所以越能發揮它之為鬥爭武器的作用。與這有關，他又指出文藝能「組織群眾」而非「組織生活」，能相當程度地「影響生活，影響現實，幫助著生活和現實的變革」，僅只這一點，它「已夠是偉大的武器了」。

第五，關於藝術價值的問題，他指出藝術價值不是獨立的存在而是政治的、社會的價值，歸根結蒂地只是一個政治的價值，是受政治行動決定的，因此政治和藝術不能並立起來。又說藝術價值是客觀存在，評價它時「不能根據目前主義的功利觀或相對主義的觀點」加以庸俗的判斷，必須「看牠幫助了那當時的為現在同時也為未來的政治行動多少，客觀的真理把握住了多少而決定」。據此，他說：

> 無產階級要批判的地承繼歷史上的一切藝術的遺產，……無產階級的文藝批評要指出一切過去的和現在的作品的價值；也要說明作者所生活的時代與其階級的限制是否障礙著客觀真理在藝術上的反映，以及障礙了多少，作者的意識形態或世界觀是否使他歪曲現實，以及歪曲了多少。

第六，關於作品的內容和形式的問題，馮雪峰指出二者是「不可分離的一體」，它們的階級性是統一著的。如果把它們分開來看則會發現「作者的思想感情創造著形式」，也即是內容形成時「就已形成了形式的基礎部分，而形式的修飾的加工的部分同時也就是對於內容的修飾和加工」的事實，因此形式本身是包

含著思想感情和心理的要素的。雖然有時會發現形式和內容的矛
盾，發現它們的階級性的牴觸，但「這不外或者說明作者的藝術
的才能的不充份或未成熟，或者說明作者的思想感情本身的矛盾
和複雜性」。由這些觀點他聯繫到普羅文學的發展說：

> 　　某種簡單的內容可以自動地批判的地擇取某種簡單的
> 形式，造成某種簡單的藝術，以供給簡單的讀者，並且在
> 這裡內容可以爭取支配的地位，時時的影響形式，而逐漸
> 達到較高級的藝術。……簡單的藝術，只要是強有力的簡
> 單的藝術，能夠感動多數的簡單的大眾讀者，也就構成了
> 牠應當有的藝術價值。

　　以上是馮雪峰代表左聯對一九三二年文藝創作自由論戰的理
論總結，根據它們，他一方面批判左翼文壇的宗派主義傾向和對
文藝的機械觀點，一方面指出「第三種文學」及其理論，在實際
上、客觀上仍是幫助資產階級的，它並非中立。最後他統戰地說：
「第三種文學」的真正出路在於改變對政治的態度，拋開鄙棄群
眾的觀點，朝向革命的一邊，寫出「多少有些革命的意義的，多
少能夠反映現在社會的真實的現實的文學」，它「不需要和普羅
革命文學對立起來，而應當和普羅革命文學聯合起來」[116]。

　　當論戰結束後，馮雪峰的這篇文章普遍地被認為富於創造性
和建設性，連蘇汶也說它「無疑地要算是這一次遷延到一年之久
的論爭的最後的同時是最寶貴的收穫」，是「左翼文壇的態度和
理論的重新固定」[117]。證諸中國社會主義文藝思想的發展情形，
這篇文章確是具有里程碑的意義的。與這相似，在理論本身的拓
展和新的譯介方面，瞿秋白盡了很大的貢獻。論戰結束後，可能
有感於胡秋原在理論上咄咄逼人，瞿秋白先後根據蘇聯公謨學院
（Komakademie）的《文學遺產》和其他刊物，譯述馬克思、恩

格斯、列寧、普列漢諾夫及法國馬克思主義者拉法格（P. Lafar-gue）等人的文藝理論和批評 118。這些經典性文獻對日後的左翼文藝運動是很重要的，因為它們詳細闡釋馬克思列寧主義文藝理論中的一些基本概念，如現實主義、文學上的機械論、傾向性、黨性、世界觀的作用、典型、描寫上的莎士比亞化和席勒化等等，這些概念，沒有一個左翼批評家不以之當規範。在所有的譯述之中，瞿秋白特別著意的是普列漢諾夫理論的再檢討，這方面他總共有五篇長文分別介紹和批判普氏思想和理論，其中的〈文藝理論家的普列哈諾夫〉一文，除了檢討胡秋原的「普列漢諾夫正統論」的偏差，還概括討論自新民主主義批評家別林斯基到列寧主義的理論發展情形，這與他較早寫的〈論弗里契〉、〈斯大林和文學〉、〈蘇聯文學的新的階段〉等，都是為介紹蘇聯拉普解散前後的理論發展的新動向，使左聯跟上整個運動的步調，走向正在萌芽中的社會主義的現實主義的理論方向，他的用意是深長的 119。自從魯迅在革命文學論戰後的翻譯工作澄清了一些觀念上的混淆，為左聯的組織和運動立下規模，瞿秋白在文藝自由論戰後所做的譯述，正好進一步糾正在這之前主要依靠日本的資料而來的認識上的局限，直接由蘇聯的經驗和馬克思主義文藝理論的新發展，為三○年代後中國社會主義文藝思想的建設提供必要的基礎。

　　經過上面的討論，我們看到中國社會主義文藝理論從開創到確立的大致情形，對於這階段中的一般表現，馮雪峰在《論民主革命的文藝運動》一書中，曾指出一九二八年到一九三二年間左翼文藝運動的主要錯誤在於左傾機械論和主觀教條主義，之所以如此，除了幼稚的革命熱情和對中國社會歷史的膚淺認識之外，他認為：

　　　　這種錯誤的根本原因，……是從國際上接受了機械唯

物論及庸俗唯物論的影響，而對於馬克思等人，和一切真
實馬克思主義者的思想原則及其古典著作，卻缺少深澈的
研究與理解，那時在哲學和革命理論上，我們所受的影響
也很雜，有來自布哈林等人的機械論的，有來自日本的福
本主義的，在文學理論上則有來自日本無產階級文學運動
的理論的，甚至有來自辛克萊等人的，最多則來自蘇聯
「拉普」中阿衛巴赫等人的理論。[120]

　　這些情形，從上面的討論大致都可以得到印證，隨著一九三
六年以前，中國共產黨革命中的王明國際路線的發展，蘇聯斯大
林政權對文藝的加緊控制，這些傾向進一步地表現在周揚等理論
家的著作裡。另一方面，五四新文化運動，文藝自由的思想仍不
絕如縷，在實際從事文藝創作和批評的人身上發生潛在的影響。

（1977）

1　　據 S. McDougall 云 1925 年以前，西方各流派的文學理論和批評大致都被介紹到中
　　　國，唯獨俄國和蘇聯例外，見她寫的 The Introduction of Western Literary Theories
　　　into Modern China, 1919-1925, pp80-81, Tokyo, 1971.

2　　《中國青年》第 10 期（1923.12），東京史泉書房影印，1970，冊 1，頁 159。

3　　同上，第 5 期（1923.11），頁 76。

4　　同上，第 8 期（1923.12），頁 125。

5　　同上，第 7 期（1923.12），頁 110。

6　　〈詩的生活與方程式的生活〉，同上，第 11 期（1923.12），頁 176-177。

7　　同上，第 15 期（1924.1），頁 241。

8　　同上，頁 242-243。

9　同注 2，頁 160，又注 5，頁 110-111。

10　同注 2，頁 161-162。

11　同注 3，頁 80。

12　同上，第 31 期（1924.5），頁 529。

13　張若英編：《中國新文學運動史資料》，頁 40-41，光明書局，上海，1936。

14　《中國新文學大系・文學論爭集》，良友圖書公司，上海，1935，頁 167。

15　同上注，頁 165-166。

16　原載《創造周報》1 集 3 號，轉引自《中國現代文學史參考資料》第 1 卷上冊，頁 197-199，高等教育出版社，北京，1959。

17　轉引自李何林：《近二十年中國文藝思潮論》，頁 112-113，生活書店，香港，1948。

18　這篇文章寫於 1923 年 11 月，發表於 1928 年的《創造月刊》，與上述郭沫若、郁達夫文章同屬創造社開始轉向時的作品。同注 16，頁 219-225。

19　〈創世工程之第七日〉為《創造周報》之發刊詞，詩中責問上帝在創世的第七天何以早早收工，接着又說：「我們是不甘於這樣缺陷充滿的人生／我們是要重新創造我們的自我／我們自我創造的工程／便從你貪懶好閑的第七天上做起」。同注 16，頁 156-157。

20　轉引自《中國現代文學史參考資料》，同注 16，頁 208-210。

21　這是一句雙關語，「思辨」的原文是 spekulation，也有「投機」的意思，故恩格斯以之諷刺 1848 年德國革命後新興的市儈階級失去理論興趣，只知追求財富。見《路德維希・費爾巴哈和德國古典哲學的終結》，《馬克思恩格斯選集》，第 4 卷，頁 253-254。

22　同注 20，頁 207-208。

23　這篇文章發表於《新青年》季刊第 3 期（1924.8），是鼓吹無產階級文學的最早文獻之一。

24　蔣光慈主編《春雷》第 1 期登於 1924 年 11 月 16 日上海《民國日報》，第 2 期登於同月 23 日，以後即停刊。蔣光慈有〈現代中國的文學界〉一文連載，〈哀中國〉一詩也發表於此。

25　同注 16，頁 210-219。以上所引各見頁 210-211，213-214，215。

26　〈「新月的態度」的批評〉，見李何林編《中國文藝論戰》，頁 292，華夏出版社影印，香港，1957。因這書錯別字極多，引文皆參酌他的《近二十年中國文藝

思潮論》，不另加注。

27  同上注，以上引文見頁 259-260，264。

28  李初梨：〈怎樣地建設革命文學〉，見《文化批判》第 2 號（1928.2），頁 5。
日本大安株式會社影印，《中國現代文學史資料》，第 1 1 冊，東京，1968。

29  同注 16，頁 220。

30  因這個字難以找到適當的中文翻譯，創造社諸人即音義並取譯為「奧伏赫變」。
魯迅在〈「醉眼」中的朦朧〉一文認為這譯得太難寫，對無產階級來說「一定比
照描一個原文難」，是故改譯為「除掉」。創造社一邊認為不妥，彭康曾寫
〈「除掉」魯迅的「除掉」〉一文攻擊之。魯迅文見《三閑集》，彭康文見《文
化批判》第 4 號（1928.4）。

31  同注 26，頁 286，289。

32  新月社文章〈新月的態度〉，同見李著《中國文藝論戰》，頁 433-444，此處有
關引文各見頁 436-437，439。

33  《文化批判》除了發表彭康、李鐵聲、朱鏡我、李初梨、馮乃超等人的關於馬克
思主義哲學的論述，又以「新辭源」一欄解釋有關術語和概念。第 2 號載《費爾
巴哈論綱》，第 3 號載《「政治經濟學批判」序言》之片斷，這篇序言與《「黑
格爾法哲學批判」導言》經常被他們的論文引用，是他們立說的主要根據。

34  同注 26，頁 194。

35  同注 26，頁 251。

36  同注 26，頁 266。

37  同注 28，頁 13。

38  同注 16，頁 218-219。

39  同注 16，頁 224。

40  同注 26，頁 237，242-243。

41  同注 28，頁 17-18。又李初梨〈請看我們中國的 Don Quixote 的亂舞〉，《文化
批判》第 4 號（1928.4），頁 6，這篇文章也收於李編《中國文藝論戰》。

42  同注 28，頁 16-17。

43  同注 26，頁 326。

44  同注 21，第 1 卷，頁 15。

45  同注 41，《文化批判》第 4 號，頁 5。

46　同注 44，頁 83。

47　〈上海文藝之一瞥〉，見《全集》第 4 卷，頁 286。這篇文章主要在諷刺創造社諸人的革命文學運動的不徹底，文中形容説：「有些忽然一天晚上自稱突變過來的小資產階級革命文學家，不久就又突變回去了」，見頁 287。

48　這些攻擊是創造社諸人最頭痛的問題，其中較少意氣用事的有語絲社一派的冰襌、甘人，小説月報社的茅盾，現代文化派的柳絮、莫孟明、謙弟等，他們或多或少地引用馬克思主義觀念，由中國社會現狀和需要，攻擊無產階級文學之不切實際。論文參見李何林編《中國文藝論戰》。在所有反對者中，值得注意的是郁達夫在這次論戰中的保守態度，他在 1927 年先後寫了〈鄉村裡的階級〉、〈農民文藝的實質〉、〈在方向轉換的途中〉等六篇文章，討論工農文學的問題，態度上逐漸由轉向之後的興奮冷卻下來，在〈無產階級專政和無產階級文學〉一文，甚至攻擊創造社是抄襲外國思想，勉強製作似是而非的無產階級文學作品，他斷言説：「真正無產級的文學，必須由無產階級者自己來創造」。他的文章見《奇零集》。對於這些問題，創造社的李初梨、忻啟介、谷蔭等皆為文辯之，李初梨曾指出應從「自己發展」「自己運動」的性質上去把握無產階級文學的意義，不能把它視為既成的觀念上的幽靈。詳見他寫的〈自然生長性與目的意識性〉，李書，頁 303-310。

49　克興：〈評駁甘人的〈拉雜一篇〉〉，同注 26，頁 197，205。

50　同注 26，頁 351-352。

51　同注 26，頁 206。

52　原載《創造月刊》，轉引自李初梨〈怎樣地建設革命文學〉，同注 28，頁 18。

53　見《文化批判》第 3 號（1928.3），同注 28，頁 1-12。

54　同注 28，頁 18。

55　同注 26，頁 251。

56　同注 26，引文見頁 198-201。

57　見〈中國左翼作家聯盟的成立〉，《拓荒者》第 3 期（1930.3），頁 11。這篇綱領也收於《中國現代文學史參考資料》，同注 16，頁 281-282。

58　〈中國左翼戲劇家聯盟最近行動綱領〉，見《文學導報》第 1 卷 6-7 期合刊（1931.10），同注 28，頁 31-32。

59　同上注，第 1 卷 8 期（1931.11），頁 2-7。

60　這書由魯迅領導的未名社出版。

61　這些書由北新書局於 1926，1927 年出版。除此之外，馮雪峰在革命文學論戰後

又由日文轉譯了普列漢諾夫：〈藝術與社會生活〉、〈藝術之社會學的基礎〉、〈藝術社會學底任務及問題〉，以及日本岡澤秀虎：〈以理論為中心的俄國無產階級文學發達史〉等論文。他與魯迅是左聯成立前翻譯最多社會主義文藝理論的人。

62 原載《莽原》週刊第 2 卷（1927），有該書第 4 章《未來主義》，第 6 章《無產階級的文化與無產階級的藝術》等。

63 魯迅這些翻譯見《全集》第 17 卷。

64 E. J. Brown: The Proletarian Episode in Russian Literature 1928-1932, pp.6-9, Columbia Univ, Press, N. Y. 1953. R. A. Maguire: Red Virgin Soil, pp.157-158, Princeton Univ, Press, N. J. 1968.

65 Brown, p.11.

66 Brown, p.14, Maguire, pp.160-162。「十月」的綱領魯迅、馮雪峰皆有全譯，見《魯迅全集》第 17 卷，頁 222-229, 653-659。

67 Maguire, p. 85, 153.

68 同上，P.155.

69 Brown, pp.28-30, 40-45。關於無產階級作家的爭論、決議及聯共中央 1925 年文藝政策，魯迅有全譯，見《全集》第 17 卷。

70 這個觀點並非 Voronsky 的創見，下面討論社會主義的現實主義理論時將予分析。

71 Brown, pp.71-74.

72 同上，pp.78-79, 81, 83-84.

73 同上，p.208.

74 關於第二次國際無產革命作家大會情形，見蕭三：〈出席哈爾可夫世界革命文學大會中國代表的報告〉，《文學導報》第 1 卷 3 期（1931.8）頁 2-12。聯盟與中國有關的文件見《文學導報》同condition 1、2、3、8 期，其中較重要的有〈革命作家國際聯盟為國民黨屠殺中國革命作家宣言〉，抗議 1931 年國民黨屠殺左聯五烈士，宣言由阿衛巴赫、法捷也夫、巴比塞、辛克萊等 20 餘人簽名傳送世界各國。另有〈國際革命作家聯盟對於中國無產文學的決議案〉，這份文件是哈爾可夫會議中，對中國無產階級文學任務之規定，共 11 條，內容與左聯 1931 年 11 月決議大致相同。作家單獨寫給左聯的有〈對於中國白色恐怖及帝國主義干涉的抗議〉。

75 〈一九二九年急待解決的幾個關於文藝的問題〉，見《海風周報》第 12 號（1292.3），同注 28，第 12 冊，頁 5-8 號。

76　原載《大眾文藝》第 2 卷 3 期（1930.3），見丁易編《大眾文藝論集》，北京師範大學出版部，1951，頁 51。

77　同上注，頁 48。

78　〈普洛大眾文藝的現實問題〉，見《瞿秋白文集》第 2 卷，人民文學出版社，北京，1953，頁 856。此文收於丁編《大眾文藝論集》，原載《文學》第 1 卷第 1 期（1932.4），題為〈大眾文藝的現實問題〉。

79　原載《北斗》第 2 卷 3-4 期合刊（1932.7），見丁編《論集》，頁 215。

80　〈大眾文藝的問題〉，原載《文學月報》創刊號（1932.6），同注 78，《瞿秋白文集》，頁 886。

81　同注 78，頁 867。

82　《瞿秋白文集》，同注 78，頁 881。

83　〈我們是誰〉，同注 78，頁 875，855。

84　同注 78，頁 861。

85　同注 78，頁 889。

86　茅盾曾調查上海的鐵廠、印刷、紡織、碼頭四種工人，發現他們的通用語的趨勢是「上海土白化」或「半上海白」，也即是一種以上海話做骨子的南方話，因此他認為上海以外的大都市，工人所用的話應以當地的話為主位，不可能有全國性的無產階級的普通話。見〈問題中的大眾文藝〉，原載《文學月報》1 卷 2 號（1932.7），收於《大眾文藝論集》，頁 169-171。

87　周揚據第二次國際無產革命作家會議關於殖民地普羅革命文學決議規定的：「在有些國家內必須創造革命文學的新的武器－新的文字，因為舊的文字不能成為廣大的全國群眾的所有物」，認為創造新的文字是當時迫切的任務，對於如何創造，他的看法是從生活鬥爭裡使文字「無限地豐富起來」，此外再無具體說明。見〈關於文學大眾化〉，原載《北斗》2 卷 3-4 期合刊，同上注，頁 206-207。

88　同注 78，頁 881-882。

89　以上所引同注 78，頁 864-867，869-871。

90　同注 78，頁 891。

91　同注 87，頁 208-209。

92　梁實秋的兩篇文章同時發表於《新月》月刊 2 卷 6-7 號合刊（1929.9），現收於《中國新文學大系續編》第 1 集，文學研究社，香港。魯迅文見《全集》第 4 冊。

93　這個運動由黃震遐、邵洵美、王平陵等人具名，於 1930 年 6 月發表〈中國民族

文藝運動宣言〉。宣言中說當時整個文藝運動「缺乏中心意識」，又說：「那自命左翼的所謂無產階級的文藝運動又是那樣的囂張，把藝術拘囚在階級之上」，他們認為這是中國「文壇當前的危機」。按他們的看法：「文藝的最高使命，是發揮他所屬的民族精神和意識，換句話說：文藝的最高意義就是民族主義」。在這意念下，他們先後發表了〈從三民主義的立場觀察民族主義的文藝運動〉、〈民族主義文藝運動的使命〉等文，企圖建立符合國民黨利益的文藝運動。見張靜廬編《中國現代出版史料》乙編，中華書局，北京，1957，頁 161-169。

94    《文學導報》1 卷 4 期，頁 5-10。瞿秋白另外還寫了〈「黃人之血」及其他〉、〈所謂「文藝救國」的新現象〉，分別批判民族主義創作及活動。二文各載《文學導報》1 卷 5 期及 6-7 期合刊，同注 28，第 1 冊。

95    本文原載《文學導報》1 卷 6-7 期合刊，現收於《全集》第 4 冊。

96    原載《文化評論》創刊號（1931-12），蘇汶節錄其中第 1 節收於他編的《文藝自由論辯集》，題為〈藝術非至下〉，引文見該書頁 5-7，9，現代書局，上海，1933。

97    見〈勿侵略文藝〉，原載《文化評論》第 4 期（1932.1），同上注，頁 12。胡秋原另有〈是誰為虎作倀？〉、〈文化運動問題〉等文，分別回答譚四海及《文藝新聞社》對他的批評，這些文章俱見於《文藝自由論辯集》。

98    原載《讀書雜誌》2 卷 1 期（1932.3），節錄收於《文藝自由論辯集》，題為〈錢杏邨理論之清算〉。

99    見洛揚〈致「文藝新聞」的一封信〉，洛揚疑為瞿秋白筆名，《文藝新聞》為這次論戰中的左聯陣地。引文同注 96，頁 58-59。關於錢杏邨理論之錯誤，1930 年左聯成立之前魯迅在駁梁實秋的〈「硬譯」與「文學的階級性」〉一文已指出，1932 年這次論戰中左聯雖聲明要批判他，但到論戰結束時仍無動靜。

100   原載這次論戰時的主要刊物《現代》1 卷 3 號（1932.7），同注 96，頁 62-76。

101   見〈到底是誰不要真理，不要文藝？〉，同注 96，頁 102。

102   原載《現代》1 卷 6 號，同注 96，頁 77-86。這篇文章亦收於《瞿秋白文集》第 2 卷。

103   同上注，頁 87-99。

104   同注 96，頁 198。原載《現代》2 卷 2 期。

105   同注 96，頁 265。原載《現代》2 卷 1 期。

106   〈「第三種人」與「武器文學」〉，同注 96，頁 163。

107   同注 96，頁 207。

108 同注 96，頁 117-118。原載《現代》1 卷 6 期。

109 同注 96，頁 163，187-188，191。原載《現代》2 卷 1 期。

110 見冰禪：〈革命文學問題〉，同注 26，頁 46。

111 見莫孟明：〈革命文學評價〉，同注 26，頁 448。

112 茅盾的態度已見上述傅克興對他的批評，巴金則因這次論戰中胡風為文涉及他而寫了〈我的自辯〉，文中說他不相信辯證法的唯物論，根本反對在公道的假面下的階級的裁判，又說左翼批評家「先拿出一個政治綱領的模子，然後把一切被批評的作品拿來試放在這模子裡面，看是否相合。全合的自然就是全好，合一部分或不合的就該遭他們擯棄，對於構成一個作品的藝術上的諸條件，他們是一點也不會顧念到的」。文載《現代》2 卷 5 期（1933.3），頁 706-708。

113 韓侍桁在革命文學論戰時曾寫過〈評「從文學革命到革命文學」〉、〈個人主義文學及其他〉、〈又是個 Don Quixote 的亂舞〉與成仿吾等辯論。文藝自由論戰後又寫了〈論「第三種人」〉、〈「揭起小資產階級革命文學之旗」〉、〈「革命的羅曼蒂克」〉等文，態度上雖較幾年前開放，但仍站在蘇汶一邊。這些文章分別見李何林編《中國文藝論戰》和他的《文學評論集》，現代書局，上海，1934。楊邨人的兩篇文章分別登於《讀書雜誌》3 卷 1 期（1933.3），《現代》2 卷 4 期（1933.2）。

114 見同題文章，《全集》第 5 冊。這是因周揚主編的左聯機關刊物《文學月報》第 4 期（1932.10），有一首詩〈漢奸的供狀〉辱罵胡秋原，魯迅讀後對作者芸生的態度大不以為然，於是致書周揚指出戰鬥的作者應該注重於「論爭」，倘在詩人，笑罵雖無不可，但「必須止於嘲笑，止於熱罵」。魯迅這篇文章與左聯成立大會時的演講〈對於左翼作家聯盟的意見〉，同是為糾正左翼文藝工作者普遍的囂張習氣而發。

115 同注 96，頁 263-264。

116 同注 96，頁 267-288。

117 見〈一九三二年的文藝論辯之清算〉，同注 96，頁 299。

118 瞿秋白這些文章見他的《文集》第 3 冊《現實——馬克思主義論文集》。這些文章部分單獨發表過，他於 1935 年殉難後，魯迅根據保存下來的手稿親自輯集校對，與瞿秋白其他譯文合為《海上述林》2 卷於 1936 年出版，副題為適應當時環境改為《科學的文藝論文集》。

119 這些文章見他的《文集》第 2 冊《關於俄羅斯和蘇聯文學的片斷》，此外他又有一篇〈馬克思文藝論底斷片後記〉，生前未及發表，見《文集》同冊《文藝論輯》。

120 見《論民主革命的文藝運動》，頁 49-50，作家書屋，上海，1946。

# 理想主義者的剪影

## ——青年胡風

　　胡風，原名張光人，又名張光瑩，號谷非，一九○二年生於湖北蘄春，一九二五年加入中國社會主義青年團，曾在北京大學和清華大學就讀，後來到日本留學。一九三三年春間，日本取締共產黨，胡風牽連在內，被日本警視廳監禁數月後遣送回國，在上海加入中國左翼作家聯盟，正式開始他的文學事業，在這之前，他曾以谷非、谷音、張古音、鼓聲等筆名寫過文章[1]。胡風從日本回國後，二十年中間，他與中國共產黨的文藝路線雖有過爭執，但基本上一直被認為是馬克思主義的文學理論和文學批評家，「在政治上他是站在進步方面」，「一直堅持反帝、反封建、反國民黨的立場」，對國民黨統治下的「反動的法西斯文化作過鬥爭」，有過貢獻[2]。這情形到解放後卻演變成一個戲劇性的終結：一九五五年七月，經過將近三年的波譎雲詭的批判和反抗，胡風終於以「反黨、反人民、反革命」的罪名被捕下獄，同時被捲入這事件的文藝工作者約三十人，成為人民共和國成立後最大的一次文藝整風活動[3]。這次發動了整個國家的文化機構，而且由毛澤東親自領導和加上按語的運動，就像延安時期以來的歷次整風一樣，其間的矛盾和發展，自然關係到中國共產黨的革命和文藝政策，甚至於牽涉到文壇的宗派恩怨，這些原因已有不少著述論及，可以不必重述[4]。這裡只想就胡風早年的思想傾向，探討這事件的發生契機，這除了對整個問題可以有較直接的透視

外，對於下面要討論的胡風的文藝觀點和批評，也可以提供基礎
上的了解。

一

　　關於胡風的出身，據他一九四一年為一個外國雜誌的徵文附
帶寫的一篇自傳說，他出生在一個早已破落的世家，父母親靠做
豆腐維生，父親性情剛直，治家非常嚴厲，而他的貧農出身的母
親，則是個慈善而多感的女人。他的大哥是個能幹的做麵的手藝
人，二哥是個勤勞的佃農，因為這兩個兄長的努力，他們家才
「稍稍寬裕」了起來，不過在生活上仍是「受著紳士們底威
脅」。由於勞動力不足，幼年的胡風曾做過牧牛、看守稻子一類
的事，直到十一、二歲才被送進村學就讀[5]。根據這自傳，胡風的
階級成分是不錯的，可是在一九五五年整肅胡風運動全面展開
時，湖北日報登出一篇文章，對胡風的家庭背景卻有完全不同的
說法。據該文報導，胡風一家遠非「稍稍寬裕」所可形容，相反
的，他的大哥是個罪大惡極的惡霸地主，靠窯業、作坊、高利貸
剝削當地鄉民，因此被稱做「五毒」、「恆豐湜內一霸」。至於
他二哥，則是個不勞動、僱長工，被當地人稱之為「細心細肝，
面善心惡」的狡猾地主[6]。這兩種截然不同的故事，一邊可能經
過愛與回憶的修飾，另一邊可能為達到政治目的而有所膨脹，很
難用為進一步探討胡風早年生活和思想發展的根據。這裡只有從
他的時代和他早期的創作，尋找他由一個閉塞的村童如何走入文
藝天地的一些消息。

　　像五四以後的許多作家一樣，胡風在青年期是以詩人的姿態
出現的。一九三七年他以《野花與箭》為集名，收輯了一些他早
期的作品，在〈題記〉中，他希望讀者把那些詩看做「曾經消耗
了作者底少年生命的所愛和所憎底片影」。此外，他錄下了當年

他寫在那些詩的抄本前的題詞，其中有一條說：

> 我底少年生涯是銷磨在頹垣惡草中，這兒所留的是在
> 那無路的顛仆裡尋路的痕跡。雖然是毫不美觀的傷痕啊；
> 但它們卻隱隱記著我「過去的悲哀」了。

在另一個抄本前，少年的胡風先引了法國作家莫泊桑的一段
話，「我們生活中的精神痛苦，完全由我們永遠是孤單的而來，
我們一切的能力，我們一切的動作，簡直只向著驅除寂寞的趨勢
走」。接著，他加上自己的表白：

> 至於我，我徒然將我全個兒奉讓的心願，徒然將我靈魂
> 的一切門戶洞開。然而我簡直不能達到將我安置的地點。7

這些題詞加上那時而灰暗、時而激憤的詩篇，我們看到了一
個大約可以稱作五四精神特徵之一的少年漂泊者世界，這是胡風
在我們面前出現的第一個面影：寂寞、彷徨、不徹底的反抗和過
多的嘆息。一九三四年，他為《文學》雜誌周年增刊寫的〈理想
主義者時代底回憶〉一文，曾大略敘述他早年的文學活動和思想
變化的情形，文中他把自己從日本回國以前的階段形容作「先天
不足的理想主義者」，據他解釋說，那是因傳統的亂世文人逃避
現實的「遺世」思想，加上五四運動後的思潮所給他的「沒有注
釋的光明」而形成的一種心態 8。這個階段，是胡風的文學事業
和思想的奠基時期，在時間上，它與被稱作中國新文學運動的第
一個「偉大的十年」（一九一八～一九二七），大致上相合。就
像新文學運動在這十年間經過許多複雜的變化，胡風個人的思想
和生活在這期間的發展也是曲折的。下面我們來逐步探討它的經
過情形。

　　在村學裡讀了幾年艱深的古文之後，大約在五四運動那年，胡風考入縣城裡一個新式的公立小學。一年後，因得不到滿足，他反抗了家裡的意見，跑到武昌去進中學，這時是一九二一年，胡風十九歲。對於這段不安定的求學生活，他後來解釋說：

　　　　當時對於一般以「法政專門」為唯一志願的地主少爺們有了強烈的反感，在專門教《左傳》《古文辭類纂》的小學裡面又住不下去，只是隱約地想著一定有更明亮的地方，因而跑了出來罷了。9

　　這時五四運動已過去了兩年，但是到了武昌後，在他就讀的那個中學裡，胡風發現他所嚮往的光明，只不過是在選本古文之外再加上一些繁重的課目，還有就是些成天在外面結交小政客的前輩以及熱衷於學說英語的同學，他們當然不能成為胡風的同類。幸而這時新文藝作品大量出現了，他「狂熱地像發現了奇蹟似地接受了它們」10，讓「各種不同的甚至互相矛盾的東西」在他「單純的腦子裡面跳舞」11。這時，胡風結交了一個叫 S 君的同學，他們共同分享閱讀的快樂，他們讀胡適的《嘗試集》，郭沫若的《女神之再生》，讀共產黨機關刊物《嚮導》，也讀自由派的《努力週報》，思想上可以說是兼容並包。他在這段時間的生活，據他後來回憶說，那時因五四運動退潮期的低徊憂鬱的情調在文藝裡強烈地出現，加上他母親的亡故留給他的深沉的悲哀，使他「陷進了近於悲觀的憂鬱心情」12。由於這緣故，這時他覺得使他「真正接近了文學也接近了人生」的兩部作品是：馮雪峰、汪靜之等人合著的《湖畔》詩集，以及王統照的小說《一葉》。他認為：

　　　　前者教給了我被五四運動喚醒了「自我」的年青人底

感覺，救出了我被周圍的生活圍困住了的心情；後者所吐出的幻滅後的嘆息，恰恰提醒了我在生活裡面追求著什麼的意識，使我很久地感到無名的悵惘。[13]

　　「人」的發現和「自我」的意識，這是胡風後來在評價五四文化運動時屢屢提到的，這一點我們後面會討論到。在這裡應該注意的是，年輕的胡風在踏入新文學的園地時，吸引他的並不是充斥當時文壇的戀愛小說，不是以「禮拜六派」為代表的鴛鴦蝴蝶故事[14]，而是偏向較嚴肅的、當時的新青年的呼吸的一面。在他上面提到的作家中，郭沫若這時正沉醉在「生底顫動，靈底喊叫」的顛峰，在繆斯的感召下，狂熱地挹取那「命泉中流出來的 strain，心琴上彈出來的 melody」，來創造那「人類底歡樂底源泉，陶醉的美釀，慰安的天國」的詩篇[15]。胡風這時讀的《女神之再生》就是藉女媧補天的神話，歌頌創造一個新的太陽的詩劇。另一邊，馮雪峰、應修人、汪靜之、潘漠華這四位「湖畔」詩人，則是生活在詩裡的夢幻的年輕人，他們以抒情的調子，在愛與大自然中盡情歌唱自我和生命的悲歡。比起上面兩個世界，王統照的《一葉》是比較灰色陰鬱的，這位屬於「文學研究會」的詩人和小說家，一直在愛與美的憧憬中，以他不滅的熱情探索有理想有幻滅的現實和人生。從上面胡風走近文學的方向來看，他所要求的是屬於新時代的氣息是很明顯的，而在選擇上他大致是傾向於理想和夢幻的一面，而不是熱烈喧囂的青春世界，雖然他承認自己曾「貪饞地」讀過郭沫若。由這個傾向發展下去，他很自然地走入俄國盲詩人愛羅先珂（Vasely Eroshenko）和冰心女士的世界。也就在這個時候，他開始寫起冰心的《春水》式的小詩，據說不到一年他就寫滿了厚厚的兩個抄本[16]。

　　愛羅先珂和冰心是二十年代初期常出現在北京《晨報副鐫》的作者，在當時年輕的知識界具有廣泛的影響，尤其愛羅先珂的

世界主義和烏托邦信念，更被當作福音似地傳播著 17。胡風在武
昌讀《晨報副鐫》時（一九二一～一九二三），正是孫伏園主編
的時期，除了愛羅先珂的童話和詩，還不斷刊登他對舊俄文學、
思潮和社會問題的演講，以及關於他本人的思想和生活的介紹
18。從愛羅先珂方面，胡風覺得感動的並不是他為一般人稱道的
近於童話和夢境的詩的世界，而是這盲詩人所預言的人類的「光
明的國土」，其中最有力地打動他的是那些作品中「在黑暗重壓
下的人物嚮往那光明的國土的心」。從冰心方面，胡風特別珍惜
的是她的「愛的哲學」，這使他生活裡殘存的封建感情被灌溉得
開起了花，並使他「激動在大多數文學青年所經驗到的如苗的情
緒裡面」19。不論是愛羅先珂的理想的安那其社會，或者冰心的
概念化了的人生與愛的說教，胡風之接受它們，可以說是被時代
的痛苦擊中，因而急於追求明亮和解決的心理的表現。茅盾在檢
討新文學的第一個十年的小說創作時曾說，從一九二二到一九二
五年的五卅運動為止，「苦悶彷徨的空氣支配了整個文壇」，那
時的作者對人生問題的態度，已經由五四初期的熱烈追求的氣
氛，一方面轉化成「向一定的『藥方』在潛行深入」，另一方面
則是「苦悶彷徨與要求刺激成了循環」。前者發展為「冷觀的虛
弱的寫實主義的傾向」，後者的頹廢面目則「狂熱地風靡了大多
數的青年」，然而不論外形上有冷觀苦笑和享樂麻醉的分別，在
根本上其為苦悶彷徨則一 20。冰心的作品，大概可以茅盾所說的
「藥方」來形容，它之膜拜母愛、兒童、謳歌大海和自然，事實
上是不敢正視人生，而以想像取代現實的思維上的神秘化的遊戲
21。由於這緣故，胡風雖熱心地寫《春水》式的小詩，企圖把現
實生活的挫折和剛失去母親的悲哀，化解於泰戈爾似的東方神秘
和對大自然的禮讚，但問題並不能因之解決。對於這矛盾的心
理，他有一段很好的自白，他說：

> 冰心女士底皈依是從她底對於現實生活的感激而來
> 的，而我底則恰恰相反：被像愛羅先珂底作品裡面那樣的
> 沉重的空氣壓迫得呼吸都不能自如了，因而逼上梁山地幻
> 想著孑然地站在絕頂上向遙空虛抱。所以並不能忘記身邊
> 的現實。22

　　他這時期寫的詩，我們無緣讀到，不過從他詩集中最早的兩
首詩〈兒時的湖山〉和〈贈S〉（一九二五），仍然可以看出他
這段自白裡所表現的，那因青年期的誇張和過早的被現實擊敗，
以至於夢幻地轉向遙空虛抱著理想和解救的影子。可以想見，他
在那自我的獨立王國裡應該流連過不短的一段日子。不過隨著閱
讀的增廣和現實經歷，胡風的社會意識逐漸抬頭了，在這中間，
促使他從孤獨的絕頂走入人群的是一九二三年吳佩孚屠殺京漢鐵
路工人的二七慘案。那時胡風二十一歲。

　　比起上海和北京，胡風當時就讀的武昌，在文化活動上是遜
色的。五四運動後，當新文藝刊物和文學團體像雨後春筍似地出
現全國各地，湖北省卻相當岑寂，以武昌而論，它發行過的少數
幾個刊物，像「星野社」的《星野》（《江聲日報》副刊），
「鞾聲文藝社」的小型月刊《鞾聲》，武昌大學「藝林社」編的
《藝林旬刊》，都在一九二四到一九二五年才出現 23，那時胡風
已遠離了武昌。可是作為辛亥革命的策源地，它的光輝傳統卻被
具體地保存在工人運動的新形式裡，這活動被當地的早期共產黨
員惲代英、黃負生、林育南、李伯釗等人秘密組織和支持著。早
在一九一九年，惲代英就在武昌成立利群織布廠，團結工農青
年。在學生運動方面，惲代英等也於同年先後組織了「互助社」
和「共存社」，並以工讀互助的方式辦了「利群書社」，代售進
步刊物 24，此外又發行《互助》、《我們的話》及主持《武漢星
期評論》，向知識青年傳播社會主義思想 25。一九二一年夏天，

湖北黃岡舉行各地進步青年組織聯合代表大會，毛澤東當時在長
沙主持的「文化書社」和惲代英辦的「利群書社」，都曾派代表
參加 26。一九二○年左右惲代英等又以學生為對象，組織了「馬
克思學說研究會」，配合《武漢星期評論》，宣傳有關研究馬克
思主義的方法，支持學生和工人運動，討論當時青年們關心的婦
女解放、戀愛與婚姻自由等問題。直到一九二三年《武漢星期評
論》停刊為止，惲代英、陳潭秋、董必武、蕭楚女等時常在上面
發表文章，頗為社會注意 27。這刊物對胡風影響很大，他自己承
認因它對於社會現狀的揭發，使他「有了當時青年人所有的憤
激」28。以胡風的年齡和他的不安於現實的傾向來看，他在武昌
時除了讀《武漢星期評論》和其他進步刊物，很可能還介入學生
和工人運動，參加秘密組織。就在這種環境下，京漢鐵路工人為
爭取組織工會的自由而引起的大罷工爆發了，吳佩孚手下的湖北
督軍蕭耀南和京漢鐵路管理局長趙繼賢等，在武漢工人罷工後的
第五天，也就是一九二三年二月七日，以血腥的屠殺結束這次罷
工。這就是有名的「二七慘案」，是中國工人第一次有組織地從
經濟鬥爭轉到政治鬥爭的運動 29。在這次運動後，胡風寫了一篇
小說〈兩個分工會的代表〉呈獻給犧牲者，它發表在當時被稱為
四大副刊之一的上海《民國日報》副刊《覺悟》上。這是胡風第
一次發表作品，發表時用的是本名張光人 30。

二七慘案過去了，胡風也離開了那在他眼裡「只是一片灰白
了的武昌」，這是他第二次違反家裡的意思，這次他到被當時南
方的青年視為學藝聖地的南京，他在那裡待了兩年多（一九二
三～一九二五）31。就像他在武昌的生活結束於二七慘案的怒火
中一樣，他在南京求學的日子結束於影響更深遠的上海五卅慘
案。他的生命是與苦難的中國現代史一道成長的。

## 二

　　一九二三年二、三月間，胡風到了南京。以一個二十一歲的文學青年，帶著《春水》似的詩情，愛羅先珂啟示他的光明國土，還有記憶猶新的二七慘案，這隻五四的漂鳥投赴當時「以它的新精神在全國馳名」的南京東南大學附中，開始他生命中新的一頁 32。

　　當胡風第一次違背家裡要他成為一個清閒的讀書人的願望，從蘄春縣城跑到武昌，這可能只是單純的青少年期反抗心理的表現，在意識上，他除了成長期的朦朧的不安和不快樂外，未必有個一定的思想或方向。因此他雖不滿於二十世紀初期，中國社會上以法政專門代替科舉出身的庸俗的市民觀念，反抗子曰詩云之後的那個窒礙難通的、甚至於可笑的封建世界，對於自己的生命和社會的觀念，他這時可能是相當模糊的。這情形正如他自己所說，只是一種被「生活圍困住了的心情」，一種「在生活裡面追求著什麼的意識」，除此之外，他大概再也沒有更清晰更具體的抱負存在。可能由於這緣故，他到了武昌後再度對現實失望時，才會狂熱地投入書刊中，在五四運動給他的「沒有詮釋的光明裡」，扮演著白的理想主義者的角色，在詩和小說裡「接近了人生」，而不是從實際行動中找到拯救。在這情形下，二七慘案對他可以說是個春雷，蟄伏在自我的小天地中的他，終於得探出頭來看看他所生活的中國了。帶著這新的視覺，胡風到了南京，他的思想和行為不能不發生顯著的變化。

　　東南大學附中是個實行道爾頓制的新式中學，學生可以自由選課，胡風選修新文藝班，和巴金同期。在就讀期間，他結識幾個在人格上和思想上給他很大影響的朋友，其中他特別提到的是叫 W 君和 Y 君的兩個人，他說他們使他「更多地知道了更關切

地觸到了社會」33。根據胡風在人民共和國成立後，為紀念革命
中光榮犧牲的同志所寫的長詩《安魂曲》，這兩個人可能是宛希
儼和楊天真。我們從這首長詩，可以看到胡風在南京時思想和心
理的大概，以及上述二人給他的影響。在紀念楊天真的一段詩
裡，他這樣寫：

> 一九二三年
> 對於我們青少年的一群
> 算得是一個回春的季節
> 我像一條醒來了的土蛹
> 感到了一股暖意
> 我醒開了眼
> 第一個看見的就是你
> 　　——你，一隻正在試飛的蝴蝶

從這一節詩，可以看到一九二三年的工人運動在胡風心目中
的意義，也可以看出他遇到同好時的欣喜之情。詩中接著寫他們
一起生活的情景，那時楊天真每天上下課都帶著列寧的《國家與
革命》，胡風經常與他

> ……一道到書店街去
> 找過了一家又找另一家
> 像是在冬天去找火種
> 抓在手裡就感到一股暖氣

這種激情的日子，在理論與理論間生發著社會和革命的意
識，畢竟脫不了理想主義的色彩，因此在紀念宛希儼的詩節裡，
我們讀到這樣的句子：

> 多情的時代
> 但卻是幼稚的時代
> 當毛澤東思想
>     還沒有形成的時候
> 你離開了那個僵死的三段論法
> 卻祇能跌進了熱情沒有生根的「唯物主義」

　　根據上面的敘述，在南京的這段時期，應該是胡風開始關心社會主義學説的時期。當他在武昌時，他雖然看共產黨機關刊物《嚮導》和《武漢星期評論》，而且由惲代英等組織的「利群書社」和「馬克思學説研究會」，他可能接觸了一些進步刊物，但那時他剛由小縣城出來，對於社會主義學説，他可能只像對待胡適等主辦的《努力週報》或其他讀物似的一視同仁，當作一種新的思潮去接受而不會注入特別的關心。此外，從他的〈自傳〉和〈理想主義者時代底回憶〉等文來看，那時正在失母的哀痛中的他，佔去他的心靈的是文藝作品而不是思想方面的論述。因此在武昌時，胡風似不可能對社會主義有什麼了解，如果有，也可能不會超出愛羅先珂所傳布的人道的、空想的安那其思想的範圍，這在二十年代初的中國知識界是個相當普遍的現象，這一點我們下面會討論到。可是等到胡風到南京時，情形就改觀了，這時他遇到了楊天真、宛希儼等加入了共產黨而且把生命獻給革命的朋友，他會正式研讀起馬克思主義學説可以説是很自然的事，雖然他可能像宛希儼一樣，在閱讀時脱離了中國的社會現實，因而「祇能跌進了熱情沒有生根的『唯物主義』」，像他後來在詩中所指出的。這其間的情形，我們可以由《安魂曲》得到一些消息，在紀念楊天真的詩節裡，胡風回憶他們共同讀《國家與革命》時的情形：

　　雖然我知道你不會讀懂它
　　正和我沒有能夠讀懂它一樣的
　　但我還是覺得很高興
　　看到你把它夾在手上
　　就彷彿隱隱地聽見了一個聲音：
　　「是的，我們的生活將成為另一個樣子
　　我們的路上將要出現完全不同的東西⋯⋯」34

　　關於胡風在南京時可能讀到些什麼社會主義思想著作，在他沒有具體說明的情形下，只有從當時出版界有關的譯介來推測。到一九二五胡風離開南京為止，一般說來，除了雜誌和報刊上不計其數的介紹和論述35，馬克思、恩格斯、列寧的主要著作被翻譯成中文的並不多，不過他們一些較基礎的、發生普遍影響的作品，有的已部分的或全部的被翻譯出版，其中如《共產黨宣言》、《哥達綱領批判》、《社會主義：從空想到科學的發展》、《家庭、私有制和國家的起源》、《蘇維埃政權的當前任務》、《勞農政府之成就與困難》等，這些都有單行本或在刊物上連載36。除此之外，根據上面引的詩所說，胡風與楊天真在一起時，楊天真上下課都帶著《國家與革命》一書的情形來看，他們那時候除了讀中文翻譯之外，是直接由外文讀馬克思主義著作的，因為這書直到一九二七年才有李春蕃（即柯柏年）的全譯，而且是在汕頭《嶺東民國日報》副刊《革命》連載，它的單行本要到一九二九年才出現37。從這一點來看，胡風在這階段交往的朋友中，他們的閱讀範圍可能相當廣泛，相當前衛，耳濡目染之餘，這嚮往光明的「先天不足的理想主義者」，可能多少吸收了些他迫切需要的進步思想的營養了。

　　在社團活動方面，五卅慘案以前的南京，影響較大而且與社會主義運動有關的應屬「少年中國學會」。這個組織一九一九年

成立於北京，一九二四年總會遷到南京，直到一九二五年解散為止，它的會員和分會遍布全國，當時曾有「網羅天下人才」之稱。早期的共產黨員有不少加入其中，如李大釗是發起人之一，惲代英、鄧中夏、黃日葵等則積極參加它的活動。學會的宗旨是反對政治鬥爭，提倡社會事業，企圖通過發展科學、文化、教育和振興實業來改造中國，對象是正在高等學校讀書或從事文教工作的知識份子。由於它在思想方面提倡兼容並包，不贊成確定一種主義，因此具有初步共產主義思想的人，透過這個學會，在爭取、團結和改造青年學生方面取得了相當的成績。一九二四年它的總會遷到南京以前，南京的分會曾創辦過《少年世界》月刊，又與南京高等師範學校的學生聯繫，發行《少年社會》，提倡實際社會活動，主張教育救國。這兩個刊物和學會本身的機關雜誌《少年中國》月刊，對於當時南京的學生運動發生指導的作用。一九二三年，少年中國學會在南京和上海的會員開會決議「到青年中間去」，積極向學生灌輸民族主義教育 38。胡風就在這個時候到了南京，他就讀的那以「新精神」聞名全國的東南大學附中，想必與「少年中國學會」的活動有關，因為二十年代的中國，凡新的與進步的，幾乎與社會主義脫不了關係。

　　從理論到實踐，這是每個革命者的必經之路，像驚蟄之後「醒來了的土蛹」的胡風，終於在南京正式參加學生運動了。而後，當五卅的大浪在上海掀起，他覺得整個社會都跳動在他面前，他「沉進了人群底海裡，忘掉了一切」，在那反軍閥反資本主義的怒潮中，他成了南京市「奔走在街頭和工廠裡面的青年學生中間的一人」39。比起兩年多前他以一篇小說追悼二七慘案的死難者，在一九二五年的五卅運動中，他是個實際付諸行動的鬥士。就在這個時候，他加入中國社會主義青年團，成為中國解放鬥爭的革命先鋒隊的一員，那時他二十三歲40。在這些行動後面，有整個動亂的社會現實在推動和支持他。

　　二七慘案後，全國的工人運動暫時陷入低潮，但在帝國主義操縱下的軍閥混戰卻方興未艾。從一九二三年到五卅以前，北方政壇先後發生了一九二三年十月曹錕賄選的鬧劇，「豬仔國會」、「豬仔議員」的稱呼，成了當時政治局勢的一幅漫畫。接著是第二次直奉戰爭，因馮玉祥倒戈，屬於英、美勢力的直系潰敗，一九二四年底，北京成立了奉、皖兩系軍閥扶持的段祺瑞臨時執政政府，在日本人的羽翼下壟斷了北方政權。同一個時候，南方發生廣東商團叛變，逼迫孫中山下野，企圖推翻廣東革命政府，並殺害大批示威遊行的群眾。在這天下大亂的局勢中，孫中山改組了國民黨，接納共產黨的意見，宣布以打倒帝國主義、打倒軍閥為鬥爭目標，以聯俄、聯共，扶助農工為政策，形成第一次民主革命統一戰線。國共合作推動了群眾革命運動，農民運動方面以湖南、廣東為中心迅速地發展起來，工人方面則由一九二四年七月廣州沙面工人反抗英國人的剝削而引起的罷工，把工人運動帶到復興時期。這新的情勢發展到一九二五年，終於由反抗日本紗廠殘酷壓榨中國工人的大罷工為導火線，引發了震撼全國的五卅反軍閥、反帝國主義的革命高潮。這運動迅速擴展到全國各地，工人、學生、市民紛紛舉行罷工、罷課、罷市和示威遊行，其中影響最大的是從一九二五年六月起到一九二六年十月為止，堅持了將近一年半的廣州與香港工人聯合的省港大罷工，以及一九二五年六月為抗議五卅慘案和援助香港工人，被英、法、葡軍隊殺傷兩百餘人的廣州「沙基慘案」[41]。從社會主義的革命理論裡，當胡風和他的朋友們抬起頭來，他們看到的是如上的悲慘現實，武漢二七慘案曾引起他那屬於「當時青年人所有的憤激」，這一次，當然更不能例外。

　　混亂的社會現實加上新的思想的影響，暫時把胡風從憂鬱的深淵解放出來，這情形生動地表現在他在南京時所寫的詩裡，其中，我們首先看到的是一種期許的心理。在他一九二五年寫的

〈兒時的湖山〉這首詩裡，我們讀到當他重訪那使他覺得「慘然」的故鄉的湖山之後，對自己、對未來下了這樣的一道挑戰的誓詞：

> 解放你底靈魂啊。
> 　要一個赤裸裸的你，
> 喚醒你底國魂啊，
> 　要一個熱烘烘的你，
> 打倒這世界上龐大的木頭神啊，
> 　要一個雄糾糾的你。
> 你有四海為家的浪子啊，
> 　歸來何為！[42]

　　緊接在這期許的心理之後，是熱切的追求。在他同時期寫的〈贈S〉裡，胡風先勸告他在武昌時認識的朋友：「莫看天上的雲／為蒼狗／為河嶽／它是太容易變了／稚弱的你／經不起誘惑呀」。接著他唱：

> 朋友啊，
> 也不要太信任了那渡頭的舟子，
> 河水東西流，
> 浮雲上下游，
> 他盲目的生涯，
> 怎能指示你前途的風波呀？

　　浮雲流水，加上渡頭的古舟子，正是文學少年們行吟不已的場所，在這裡，胡風是決心與之告別了。為了服從時代的命令，他們必須前進，必須在跋涉中以荊棘刺出的血來破除「長途的靜寂」，在死亡中「領略到犧牲的意味」。帶著這決心，胡風從

《春水》、《湖畔》的世界走出來，展開在他面前的道路是：

> 天涯海角，
> 有顆明星，
> 朋友啊，
> 捧著顫動的心，
> 沸騰的血，
> 嚴霜之夜冷月下，
> 我們尋去吧！[43]

　　在上述的期許和追求的心理下，被遠大的未來吸引，胡風結束他在南京奔走於工廠和學生運動的日子，一九二五年暑假，他考進五四以來被全國青年看成文化聖地的北京大學。從湖北蘄春鄉下到北京，不到十年的時間，他走過了大半個中國，他所要求的跟魯迅及其追隨者並沒有兩樣，那便是衝開黑暗的閘門，到光明的地方去，可是當他終於達到了心目中的光源所在的北京，他得到的是更大的失望和失落。在進行討論這問題前，我們必須先看看胡風在南京時思想發展的另一情形。

## 三

　　由於在東南大學附中念的是新文藝班，因此胡風除了被時代的浪潮推動，熱切地尋求革命思想的火種之外，他那被五四文化喚醒了的自我意識，同時採取另一個姿態在成長著，那便是文學為他打開的內心世界。他後來在回憶南京生活的文章裡說，那時他除了更多和更關切地接觸到社會問題之外，他「對於文學的氣息也更加敏感更加迷戀了」。又說：

這時候我讀了兩本沒頭沒腦地把我淹沒了的書：托爾斯泰底《復活》和廚川白村底《苦悶的象徵》。戀愛和藝術，似乎是表現人生裡面的什麼至上的東西的兩面，和我的社會行為漸漸地矛盾起來了。[44]

這是胡風第一次「明確地」感覺到存在於他生活中的矛盾。從他這段話所說的「至上的」東西，還有前面討論過的他在這階段中的思想發展，我們知道他遭遇到的應該是進步的世界觀和知識貴族的心靈生活間的不可調和的矛盾。它之所以發生，正如胡風之接近社會主義思想一樣，可以說是被他的時代以及被五四文化的內容所決定的不可避免的結果。

前面曾提到，當胡風在武昌開始接觸新文學作品時，引起他興趣的並不是鴛鴦蝴蝶的愛情故事，而是屬於新時代氣息的東西。此外，在選擇上我們還發現他比較傾向於理想和夢幻的一面，而非青春的激情與狂想。從表面上看，這在當時以「文學研究會」和「創造社」為代表的兩大文學潮流中，是屬於「為人生」的文學研究會的一邊，而非創造社所標榜的「狂風暴雨」式的浪漫，因此他從文學方面所受的影響似乎應與真實人生靠近，而不致陷入反抗和破壞的激情，或在頹廢的深淵中沉淪，像創造社諸人一樣。可是我們若歷史地、社會地考察這一問題，當不難發現不論是以改造人生為出發點的文學研究會，或高唱自由浪漫的創造社，它們的作品，都是對一九二〇年代初混亂的中國現狀的一種情緒上的和意識上的反撥，因此可以說它們都是當時的社會現實和文化的批判者，它們間的不同只在表現的方式，那便是王瑤所說的：「文學研究會的作家們想從現實人生的認識裡尋求改革，創造社的作家們想用他們的熱情來叫出改革的願望」[45]。此外，就組成份子來看，兩者都是辛亥革命後知識階層第一次分裂後的歐化派人物，他們除了在反國故、反封建的立場一致外，

在思想根源上可以說都逃不出資本主義思想的範圍，在文學的營養上，他們吸取到的大致是他們覺得迫切需要的而事實上未必能拯救他們的精神的偏方。關於這整個情形，魯迅說：

> 那時覺醒起來的知識青年的心情，是大抵熱烈，然而悲涼的，即使尋到一點光明，「徑一周三」，卻是分明的看見了周圍的無涯際的黑暗。攝取來的異域營養又是「世紀末」的果汁：王爾德（Oscar Wilde），尼采（Fr. Nietzsche），波特萊爾（Ch. Baudelaire），安特萊夫（L. Andrev）們所安排的。[46]

這是文學研究會和創造社為首的文藝從事者的一般處境，也是他們的心靈生活的場所。在這條件下，胡風從他起始接觸到的中國作家的世界很快抵達廚川白村和托爾斯泰的「異域」，是很自然的一件事，他會被後者的人道主義和前者那融柏格森和佛洛伊德思想於一爐的藝術理論，「沒頭沒腦」地淹沒，也是無法避免的，因為這只不過是到達他的前行者的五四作家們所來自的創作力量的源頭，只不過找到了一個共同的文藝上的萬神廟的所在而已。就在這萬神廟裡，胡風接受了「世紀末」的文藝體泉的洗禮，在異邦諸神的護衛下找到了心靈的歸止，但最後終於發現這一切和他的社會行為相牴觸，這個問題一直糾纏他到日本留學後才解決。為了較具體地了解其中的癥結所在，我們必須對當時的文學團體的各種主張，還有當時文藝思想的一般動向作一簡單的考察。

一九二一年一月，文學研究會在北京成立，〈宣言〉中說：

> 將文藝當作高興時的遊戲或失意時的消遣的時候，現在已經過去了。我們相信文學是一種工作，而且又是於人

生很切要的一種工作；治文學的人也當以這事為他終身的
事業，正如勞農一樣。[47]

　　這是文學研究會的基本態度，也是它對文藝創作的基本觀
念。在這些信念下，文學研究會除了提倡「反映社會的現象，表
現並且討論一些有關人生一般的問題」的創作[48]，還注重西洋文
學批評和翻譯，他們接辦當時已發行了十幾年的《小說月報》，
加以革新和擴充，使它成為新文學運動後的第一個純文學雜誌。
在〈改革宣言〉中說：「將於譯述西洋名家小說而外，兼介紹世
界文學潮流之趨向，討論中國文學革進之方法」[49]。在相同的意
念下，他們又發行以翻譯介紹為主的《文學研究會叢書》，企圖
根本剷除以消遣主義的眼光來看文學，在叢書發行緣起，他們進
一步提出對文學的看法云：

　　　　我們覺得文學是絕不容輕視的。他的偉大與影響，是
　　沒有什麼東西能夠與之相並的。他是人生的鏡子，能夠以
　　慈祥和藹的光明，把人們的一切階級，一切國種界，一切
　　人我界，都融合在裡面，用深沉的人道的心靈，輕輕的把
　　一切隔閡掃除掉。唯有他，能夠立在混亂屠殺的現世界
　　中，呼喚出人類一體的福音，使得壓迫人的階級，也能深
　　深的同情被壓迫的階級。他是人們的最高精神與情緒的流
　　通的介紹者。被許多層次的隔板所間斷的人們，由他的介
　　紹，始能恢復這個最高精神與情緒的流通。[50]

　　這裡所謂「人道的心靈」，「人類一體的福音」，「最高精
神與情緒的流通」等，可以看出文學研究會諸人除了相信文學的
特殊的社會功能外，還把它看作是超越的、站在人類意識生產的
最高處的東西，它可以說是人類心靈的世界語。根據這些觀念，

他們翻譯了十九世紀末和二十世紀初的西洋文學作品，希望通過
它們來「創造中國的新文學，以謀我們與人類全體的最高精神與
情緒的流通」，在宗旨上是：

> 夫將欲取遠大之規模盡貢獻之責任，則預備研究，愈
> 久愈博愈廣，結果愈佳，即不論如何相反之主義或有研究之
> 必要。故對於為藝術的藝術與為人生的藝術，兩無所袒。[51]

　　由於文學研究會是五四運動後第一個新文藝團體，也是維持
較久影響較大的一個，它的主張和態度，對新文學的從事者和新
的文學觀的確立不能不發生一定的作用，它在翻譯和介紹上不偏
袒任何主義和思想的宗旨，也為新文學的萬神廟立下一個大概的
規模。雖然在創作上他們鼓吹寫實主義，但在與「時代的呼號相
應答」的前提下[52]，他們為新文學開闢出來的仍是塊集當代文藝
流派於一體的百花齊放的園地。上面魯迅説的世紀末果汁之一的
安特萊夫，就是首先經他們翻譯進來的，而被茅盾認為帶有社會
批判意味的文學研究會的「問題小説」，像冰心的〈超人〉，則
是尼采哲學的死硬的翻版，到了孫俍工一九二五年發表的〈海的
渴慕者〉，它的主角便純然以「『安那其思想』的説教者的姿態
出現了」[53]。

　　當文學研究會的作家在五卅運動以前的中國，急於在作品裡
為人生的意義定位，創造社諸人則更進一步想在文學中昇華他們
的「內心的要求」。這個自稱「沒有劃一的主義」的文學團體，
它的成員與文學研究會一樣，都是「在社會的桎梏之下呻吟著的
『時代兒』」[54]，不同的是，他們是直接被資本主義社會陶養出
來的青年，都在日本留學時深受資本主義思想的影響，因此在意
識上就帶著更大的世紀末的色彩，對文藝的觀點也更帶著脫離現
實之後的絕對化的傾向。關於前一點鄭伯奇曾説：創造社諸人因

為在國外住得長久，當時外國流行的思想自然會影響到他們，「哲學上，理知主義的破產；文學上，自然主義的失敗」，終於「使他們走上了反理知主義的浪漫主義的道路上去」[55]。他這裡把浪漫和反理知相同對待，正道出了創造社作品的熱情憧憬和苦悶頹廢的雙重性質的根源，而這是資本主義思想發展到二十世紀前後的一般趨向。至於文學觀點的絕對化，則普遍表現在創造社的早期理論文字中，他們雖在〈藝術之社會的意義〉，〈文藝之社會的使命〉一類的論文裡，高談文藝的社會功能和時代使命，但歸結起來那觀點不外是「精神上的糧食」，「統一人類的情感和提高個人的精神」等等[56]，基本上和文學研究會的文學觀並沒有兩樣。此外，他們更進一步把藝術本身的性質抽象化和孤立化，成仿吾在〈新文學之使命〉一文中，在提出文學對時代、對國家的兩大使命後，又特別強調「文學本身的使命」，他說：

> 我覺得除去一切功利的打算，專求文學的全 Perfection 與美 Beauty 有值得我們終身從事的價值之可能性。而且一種美的文學，縱或牠沒有什麼可以教我們，而牠所給我們的美的快感與慰安，這些美的快感與慰安對於我們日常生活的更新的效果，我們是不能不承認的。

接著又說：

> 我們的時代對於我們的智與意的作用賦稅太重了。我們的生活已經到了乾燥的盡處。我們渴望著有美的文學來培養我們的優美的感情，把我們的生活洗刷了。文學是我們的精神生活的糧食，我們由文學可以感到多少生的歡喜！可以感到多少生的跳躍！我們要追求文學的全！我們要實現文學的美！[57]

　　這差不多可以當作新文學的萬神廟的一篇禱詞了。

　　經過文學研究會和創造社的鼓吹，文學之為胡風所說的人生的「至上的東西」的觀念是確立了，而這養成大量的繆斯女神的中國追隨者。一九二三年崛起於上海的「彌灑社（Musai）」，在作為宣言的〈彌灑臨凡曲〉聲稱：

> 我們乃是藝文之神；
> 我們不知自己何自而生，
> 也不知何為而生；
> ……
> 我們一切作為祇知順著我們的 Inspiration！[58]

　　接著，一九二四年中發祥於上海的「淺草社」，在他們的刊物中顯示：「向外，在攝取異域的營養，向內，在挖掘自己的魂靈，要發現心靈的眼睛和喉舌，來凝視這世界，將真和美歌唱給寂寞的人們」[59]。在這些前衛的新文學播種者的努力下，一個蔚為壯觀的普遍的全國的文學活動開始到來，從一九二二到一九二六年，十九世紀到二十世紀初曾在西歐活動過的文學流派紛至沓來地傳入中國，浪漫主義、現實主義、象徵主義、新古典主義，甚至表現派、未來派等當時尚未成熟的傾向，都在那時的文壇露過一下面目[60]。於是那新文學的萬神廟一下子擁擠起來，舉凡上述各流派的宗師都在裡頭有一席之地，接受他們的膜拜者的四時燔祭[61]。這種文學空氣，加上五四以後的新思想界對於歐洲哲學的介紹，這就產生了一批新的知識貴族，一批從混亂的中國現實游離出來的藝術的波西米亞人，在沒有國界、沒有階級的「人類一體的福音」中，追求和享受那「最高精神與情緒的流通」，像文學研究會等團體寄望於文學的最後目的一樣。對於這情形，瞿秋白曾說：

　　「五四」到「五卅」之間中國城市裡迅速的積聚著各種「薄海民」（Bohemian）──小資產階級的流浪人的智識青年。這種智識階層和早期的士大夫階級的「逆子貳臣」（按即五四運動的新知識份子），同樣是中國封建宗法社會崩潰的結果，同樣是帝國主義以及軍閥官僚的犧牲品，同樣是被中國畸型的資本主義關係的發展過程所「擠出軌道」的孤兒。但是，他們的都市化和摩登化更深刻了，他們和農村的聯繫更稀薄了，他們沒有前一輩的黎明期的清醒和現實主義──也可以說是老實的農民的實事求是的精神──反而傳染了歐洲的世紀末的氣質。[62]

　　這些站在歷史的尖端，被畸型的社會擠出軌道的時代兒，在表現上與十九世紀中葉後聚集於歐洲藝術沙龍的流浪者十分相似，但二者的發展途徑卻剛好相反。那便是說：前者是巴黎公社革命後的社會條件下的產物，是在幻滅的感覺下逃入自我和藝術的象牙塔；後者則是在他們原有的作為社會批判的五四啟蒙精神的基礎上，傳染到了世紀的疾病，因此當新的社會危機發生，他們往往會因本身的熱度的關係，首先捲入革命浪潮裡而成為時代的號角。創造社諸人在五卅之後，立刻成為革命文學的吹鼓手，立刻由高歌靈魂的新生的「鳳凰涅槃」轉向「普羅列塔利亞底文學」，就是對這一切的最好說明[63]。在上述的條件下，在新的客觀情勢尚未成熟前，胡風發現他那置身藝術的象牙塔裡的自我與現實之間的矛盾，這情形當他到北京後有了進一步的發展。

## 四

　　乘著五卅愛國運動的退潮，胡風在一九二五年的夏天到達北京，看樣子他是一踏入這老舍的《四世同堂》的古城，就覺失

望。在紀念楊天真的詩裡，他寫道：

> 在五卅的熱浪裡面
> 我們都喊啞了嗓子
> 但當我們一道走到了北京
> 呼吸到的卻是那麼灰冷冷的空氣
> 我找不著那個五四的火光
> 漸漸被舊中國底重壓吸住了
> 陷進了追悼的哀傷裡面[64]

　　前後不過六年，在胡風眼中，五四精神在北京是整個的熄滅了。當魯迅在五四運動後的第三年把北京形容作「比沙漠更可怕的人世」，「沒有花，沒有詩，沒有光，沒有熱。沒有藝術，而且沒有趣味，而且至於沒有好奇心」[65]，六年之後，胡風的體驗則是「渺小地被浸在」一種「封建社會的氛圍氣裡面」[66]。時間似乎是復辟了一切。這對於幾年來一直活在五四精神的召喚裡，而且剛從五卅的工人、學生運動中走出來的胡風，不能不說是個沉重的打擊，他之陷入追悼五四的哀傷是可想見的。這樣的，他在北大呆了一年，找不到他要的，第二年，也就是一九二六年，他轉入了以「新鮮健康馳名」的清華大學，結果是「更得不到滿足」[67]。在他這兩年灰色的生活中，北京並不是風平浪靜的。一九二六年三月十八日，北京群眾和學生為反抗日艦砲擊大沽口國民軍，以及隨之而來的英、美、日等八國公使向北洋政府提出自由航行權的通牒，在天安門前舉行大示威，當隊伍遊行至國務院前，遭警衛開槍屠殺，事後段祺瑞下令通緝示威領導人李大釗、徐謙、顧兆熊等五人，令稿由章士釗起草，嫁禍共產黨鼓動暴亂。這次運動，北京多數大中學都參加，有學生多人死亡，事後舉行的盛大追悼會中，群眾的悲憤之情為前所未有。這就是繼五

卅之後的「三一八慘案」，也即魯迅所稱的「民國以來最黑暗的
一天」[68]。當這慘案發生時，胡風適不在北京，他在大屠殺後的
第三天才回來，回來後「看了死者們的血衣，悲憤不堪」，於是
寫了〈給死者〉一詩。這是胡風留下來的在北京時寫的詩中，情
緒最激動的一篇，最末兩小節云：「我們底心顫動了／來呀，來
呀／我們底兄弟！」「我們底心憤恨了／來呀，來呀／我們底仇
敵[69]！」戰鬥的姿勢，歷歷可見。

　　北大和清華的教育不能使他滿足，依靠上述的假想敵來維持
戰鬥的熱情，畢竟不能繼續太久，精神苦悶的胡風，這時又跌回
他在南京時經歷過的那作為「苦悶的象徵」的藝術世界，他「漸
漸地偏向到了能夠寄託遠思的文學方面」，而且開始接觸西方古
典文學世界。但作為一個被五四精神哺養起來的理想主義者，他
的要求，自不能停止於那渺茫的古典世界。他的回憶文字裡說：

　　　　因為到底年輕而且還抱有對於生活的愛著，能夠吸引
　　我的依然是呼吸灼人的現代人底東西——用了農民底原生
　　的韌力忍受著生活上的一切磨折的蘇德曼底《憂愁夫人》，
　　像漠漠的冰原似的又冷又硬的路卜旬底《灰色馬》，我都
　　在自己的獨特的領悟下得到感激了。

這是與現實生活的呼吸相關連的一面，因此，在同樣的心情
下，他又「在中國新文學創作裡面發現了真實的赤裸的人生和它
底搏戰」。與這相對的是一種心靈上的高蹈的追求，這表現在他
對日本白樺派作家有島武郎的作品的感動裡，他說：

　　　　不懂當時的日本社會運動對於他的影響，因而也就不
　　能夠理解他望著維持「理想」底絕對存在的社會基礎漸漸
　　崩潰下去而流了出來的輓歌似的調子，也許正因為如此，

有島武郎在《與幼少者》裡面對於「無劫的世界」的頂
禮，幾次地讀著它我都激動地流了淚。[70]

　　一邊是對於一個無劫的世界的頂禮，一邊則感動於真實赤裸
的人生的掙扎，這種對立的情緒，可以看出是他數年前同時感動
於《湖畔》、《春水》等詩集以及《一葉》的延續，只不過他這
時的心理是更複雜和曲折的。我們可以由他提到的這些作家和作
品，來認識他所謂的對生活的愛以及他心目中的「現代人底東
西」，究竟帶著什麼性質，這一點對於了解他的思想和感情的發
展是很重要的。
　　上面胡風提到的三個作家中，蘇德曼（Hermann Sudermann）
和有島武郎是比較為我們熟悉的作家，而在上面引的話中，胡風
也相當扼要地說明了他們的作品的精神，因此這裡只需簡單談談
他們的思想。有島武郎是日本明治末期崛起文壇的白樺派作家，
這個由武者小路實篤領導的文學團體，受托爾斯泰的人道主義影
響很大，思想傾向上是肯定人生，主張以理想改造社會，因此被
稱作人道派或理想主義者。有島武郎在英國時會見過俄國無政府
主義者克魯泡特金（P. A. Kropotkin），加入白樺派後即追隨武者
小路實篤的新村運動，進行改造社會的理想，後來厭世自殺。蘇
德曼是德國自然主義的戲劇和小說家，他從事創作時正好接著青
年日耳曼（Young Germany）和青年黑格爾派（Young Hegelians）
運動的餘緒，因此作品中注意到經濟生活的影響，重視人物的心
理和性格的社會因素，同時還帶有十九世紀末再現於德國文學的
狂飆（Strum und Drang）性質[71]。從新文學運動後被介紹進來的
外國作家來看，上述二人並無特別的顯著之處，但路卜旬（Vik-
torovich Ropshin）卻是相當值得注意的，我們可以從胡風之喜歡
他的作品，掌握到他這階段的思想發展的脈絡。
　　路卜旬原名 Boris V. Savinkov，是俄國大革命時代的一個恐怖

份子，屬於當時的社會革命黨（Social Revolutionary Party），政治上極端反對沙皇和反對布爾什維克，思想上則受十九世紀末俄國神秘主義大師梅列日可夫斯基（D. S. Merezhkovsky）夫婦的影響。在十九世紀末的俄國現代化運動中，梅氏是個重要的領導者，思想上帶有泛斯拉夫主義（Slavophilism）和東正教色彩。希望由宗教革命和立憲來改造俄國社會。他的追隨者曾按這信念發起宗教哲學運動（Religious-Philosophical Movement），一時風靡了整個聖彼得堡。俄國大革命後，他們對立憲和宗教革命完全絕望，於是轉而採取恐怖暴力的手段進行最後反抗，他們先後逃往華沙和巴黎，進行反布爾什維克運動。在華沙時，路卜旬和梅氏門徒曾企圖與波蘭結合起來打列寧政府，但他們的用意不久就被波蘭人唾棄。《灰色馬》（The Pale Horse）出版於一九〇九年，寫的就是路卜旬在沙皇俄國的暴力恐怖活動的經歷，一九二三年他又出版了《黑色馬》（The Black Horse），寫他流亡國外反布爾什維克的情形 72。《灰色馬》表現的是一個恐怖份子的內心生活，主角是個無神論者，他反對人間的一切道德和法律，甚至於連自己主持的暗殺活動和他們黨的宗旨「土地和自由」，也沒信仰，他所有的只是懷疑和厭倦，只是一種「異樣的淡漠」的感覺。對他來說，生命是個徹頭徹尾的謊話，因此他把一切訴諸手槍，包括他自己的生命在內。這小說的翻譯能夠在一九二三年逃過北洋政府的檢查網，發行全國，不能不說是個大諷刺，而胡風之被他吸引，主要該是那虛無暴烈的思想的魅力所致，也就是他所說的「像漠漠的冰原似的又冷又硬」的感覺。關於這點，鄭振鐸在譯本〈引言〉中曾云他譯這部書的原因有二，第一是他受了書中大膽直率的思想與美麗真切的藝術所感動，其次是：

　　　　我覺察得佐治（按即主角）式的青年，在現在過渡時代的中國漸漸的多了起來。雖然他們不是實際的反動者，

革命者，然而在思想方面，他們確是帶有極濃厚的佐治的
虛無思想的——懷疑，不安而且漠視一切。這部書的介紹，
也許對於這一類人與許多要了解他們的人，至少有可以參
考的地方。[73]

　　按照這段話，《灰色馬》的思想傾向在當時中國的青年中是
相當普遍的，甚至於已成了社會問題，這與瞿秋白指出的當時迅
速發展起來的波西米亞青年，情形大致相同。就社會因素而言，
《灰色馬》的精神現象既發生於大革命前的俄國，處於過渡時期
的二十年代的中國，對它無疑是個發展的溫床。此外，作為一種
嚮往或一種解決方式來看，暴力和理想也許可以看作是當時較進
步的知識份子的精神要求的兩面，就像虛無主義和人道主義同時
蓬勃地發展於二十世紀前後的俄國一樣。由這些情形看來，可以
說胡風只不過是拜時代之賜的一匹「灰色馬」而已，他之一方面
感動於那帶著人道的微溫的無劫世界，一方面又被那掌握死亡權
柄的灰色馬吸引，在根本上並無牴觸。從這表現在精神上的雙重
性質，我們找到了青年期的胡風的內心生活實況，而他之所以有
這樣的發展，與二十世紀初無政府主義思想在中國的傳布有密切
關係，因此這裡必須對這個問題稍加探討。
　　無政府主義思想被介紹到中國是先於馬克思主義的，早在一
九一二年，劉師復就先後組織了「心社」、「晦鳴學社」，發行
刊物《晦鳴錄》（後改名《民聲》），開始宣傳無政府主義思
想。到了一九一七年，北京大學學生組織了「實社」，出版刊物
《自由錄》，這時「實社」和南京的「群社」、廣州的「心
社」，曾被稱作鼎足而三的「極端自由的小團體」，頗引起社會
注意[74]。如果我們以一九一八年十一月李大釗在《新青年》發表
的〈庶民的勝利〉及〈布爾什維主義的勝利〉，為中國最早的馬
克思列寧主義文獻[75]，那麼無政府主義在這時早已成為宗派了。

從一九二○年到一九二三年，可以說是無政府主義在中國的黃金
時代，因為它的幾個主要刊物都在這段時間出現，如《民鐘》、
《學匯》（北京《國風日報》副刊）、《工餘》、《互助》、
《奮鬥》等，其中《民鐘》維持最久（一九二二～一九二七），
影響最大。除了這些明白地表現立場的刊物外，還有些雜誌在宗
旨和內容上都受無政府主義影響，如《北大學生周刊》，還有前
面提過的《少年中國》月刊等。據統計，一九二三年以前全國發
行的無政府主義刊物有七十多種，這還不包括翻譯，無政府主義
的組織則超過二十個，可謂極一時之盛[76]。當時北洋軍閥視之如
毒蛇猛獸的所謂「過激份子」，差不多成了無政府主義者的代名
詞。這思潮能夠在短時間內廣為流布，原因在於軍閥長期混戰，
政府屢次更迭，內憂外患之下，人民產生極端厭惡政治和急於擺
脫現狀的情緒，因此，「無政府」一詞不啻為救病靈藥。至於知
識份子趨之若狂，又有其特殊原因，那便是：

> 中國知識份子多數出身於小資產階級，具有主觀、片
> 面、虛浮和急於求成的性格，當他們產生革命的要求時，
> 最合他們的口味的不是嚴整的科學社會主義體系，而是空
> 洞浮誇的烏托邦和驚世駭俗的無政府主義。[77]

就發展情形來看，中國的無政府主義者著重言論宣傳而不是
恐怖活動，他們的開山祖劉師復，早年曾積極地主張政治暗殺，
後來則一反其道，成為人道主義者。一般而論，他們信奉的是An-
archism，很少有 Nihilism 的成分，因此在論述中一直用「安那其
主義」一詞。在理論方面，他們的主要根據是克魯泡特金的互助
論，托爾斯泰的無抵抗主義和泛勞動主義，有時再加上普魯東（P.
J. Proudhon）、巴枯寧（M. A. Bakunin）、高德曼（Emma Gold-
man）、泰戈爾、甘地、大杉榮（日本）等人的思想。這些人的

著作，他們曾相當系統地翻譯過來，作為他們的言論和行動的基礎[78]。在一般主張方面，他們提倡絕對的自由，抽象的人道、和平、正義、博愛等——總之，一切屬於資本主義社會的理想，如果按馬克思所說封建制社會的思想是以道德名譽為代表形態，而資本主義時代則以自由平等思想為其指示器的話——行動方面以農民運動代替工人運動，以「據耕」代替罷工，由改造個人進而至改造社會等[79]。終極目的則是建立一個「真自由、真平等、真博愛」的「各盡所能、各取所需」的無政府共產社會，換言之，也就是這樣的一個烏托邦：「日出而作，日入而息，鑿井而飲，耕田而食，帝力——政府——於我何有哉！」[80] 配合上述的信念，他們曾草擬了〈中國無政府主義團綱領草案〉企圖施之於全國改造工作[81]。在實際活動方面，他們影響較大的是工讀互助團及揉合俄國和日本模式的「新村」計畫，二者中，前者的成績較為顯著[82]。

在所有的中國無政府主義小團體中，唯一與上述空想和改良色彩對立的是北京大學學生辦的《奮鬥》，這刊物反對克魯泡特金的互助主義，而代之以無政府個人主義者史蒂納（M. Stirner）的理論及柏格森的生命哲學，他們把這稱之為「奮鬥主義」，主張採取破壞和暴力的手段，對一切都抱著虛無的態度。他們曾經出版《破壞專號》，其中有篇文章說：「真正的革命，只是抵抗，只是暴動，抗稅哪！罷工哪！爆烈彈哪！武力威嚇哪！這都是革命的福音，這都是革命的唯一能事」[83]。話是這麼說，但卻從來不曾付諸行動。《奮鬥》的態度反映了當時的學生對北洋政府迫害進步青年的憤恨，與它同時流佈的《北京大學學生週刊》，後來也逐漸帶著這傾向，它公開批評和揭露軍閥政府的黑暗，明目張膽地鼓吹革命[84]。這兩份刊物雖僅在一九二〇年曇花一現，前者出了九期，後者出了十七期，但他們對青年學生應有一定的影響。它們的主張也許可以看出五四以後較激進的知識青

年，受了各式各樣的無政府主義思想影響後，他們的熱情、理想
和內心的革命要求的表面化。作為一種精神傾向來看，這種訴諸
情緒和自我行動的態度，與前面說過的中國知識份子的浮誇、驚
世駭俗的氣味，尤以年輕未成熟的青年為然，而這就是胡風所走
的道路。

當無政府主義思想在中國如火如荼的發展過程中，一件值得
注意的現象是多數早期共產黨員都曾是它的信仰者或同情者。較
著名的如前面提過的惲代英，開始時就是個無政府主義者，他在
武漢組織工農學生運動時，作為指導思想的就是由他個人的一些
戒律、信條等演繹出來的，它們的內容與劉師復當年創辦「心
社」等時的戒約並無不同，此外，他在《少年中國》發表的文
章，也大都是無政府主義思想的東西[85]。又如「少年中國學會」
的骨幹份子王光祈提出工讀互助的號召時，贊助他實現這構想的
是陳獨秀、李大釗和蔡元培[86]。李大釗除了積極支持和參加學會
的各種活動外，同時還是《少年中國》的撰稿人，他在上面發表
的文章如〈少年中國的少年運動〉，在觀點上仍脫不了該學會的
「少年中國烏托邦」性質，例如他說：

> 我所希望的「少年中國」的「少年運動」，是物心兩
> 面改造的運動，是靈肉一致改造的運動，是打破知識階級
> 的運動，是加入勞工團體的運動，是以村落為基礎建立小
> 組織的運動，是以世界為家庭擴充大聯合的運動。[87]

又如陳獨秀雖於一九二一年九月與無政府主義者區聲白在
《新青年》上展開辯論，但他把這單純看作社會主義思想內部的
鬥爭，因此批判得並不徹底，他的文章有些地方雖觸到「無政府
黨是資產階級的好朋友」的問題，但大部分的討論都成了是否可
以根本廢除法律這問題的煩瑣議論和空談[88]。這些情形除了顯示

早期共產黨員由空想的社會主義轉到馬克思主義的變化痕跡外，還反映了無政府主義標榜的人道、正義、平等、自由等抽象的「永恆」的原則，在當時進步的知識界具有多大的影響力。這一切再加上當時翻譯過來的，那帶著末世感的西洋文學，以及當時中國社會的逐漸深化的矛盾，無疑會助長那掙扎於理想和現實、人道與罪惡之間而最終被懷疑和厭倦嘲諷了的安那其心理。就是在這樣的基礎上，《灰色馬》成了當時的文學少年們的經典，而它的主角也成了他們心目中的「現代英雄」。俞平伯在他那熱情洋溢的〈跋灰色馬譯本〉中，由心理分析的觀點論主角的雙重人格、他的矛盾和「沒奈何」，根據這，他除了讚美這小說「瀰漫了現代的精神」之外，進一步認同說：「像佐治式的青年的悲哀，原來就是我們底悲哀喲！」[89] 當時剛從蘇聯學習回來的瞿秋白，雖然由布爾什維克健康清新的視覺，診斷路卜旬所代言的「神經質頹廢派的知識階級」的諸種症狀及其社會根源，但對於小說本身，卻止不住一再讚美說作者「真正盡了他『藝術的真實』之重任」，而這小說則是俄國社會革命黨陳列館中的「優美成績」。如是，在思想批判之餘，這本描寫「最後的虛無主義者」的小說，自有其獨立於政治之外的藝術價值和意義了[90]。

經過上面的討論，我們可以了然於胡風所謂的「現代人底東西」，在思想上大致屬於什麼性質，對於他稱自己為「先天不足的理想主義者」，也可以有更具體的了解。總的說來，作為一個帶著革命熱情的波西米亞人的胡風，雖然對於現實和社會抱有愛和希望，但因為他的年青，他在北京的灰色生活，不免於使他陷入幾年前以北大「奮鬥社」為代表的安那其青年的「虛無主義的人生觀」之中，也就是那標榜由「心的要求」、「心的作用」來產生革命，但終至於先嚐到了他們的「追求不已」的心靈所帶來的「要求——厭倦——要求」的惡性循環的苦果[91]。這一切，當我們後面討論到他的文學觀點時，就會顯現得更為明朗。此外，

我們從他形容那些「現代人底東西」為「呼吸灼人」的一點來看，可以感覺到這時文學對他已不再是高高在上的象牙塔，而是他內心的一切糾葛的活動場所。可以說，他這時遭遇到的已不單單是在觀念上放棄社會生活之外另有一人生的「至上的東西」就可解決，反而是那作為至上的東西的藝術在接受現實的驗證，在提示他生為一個社會的人的矛盾的問題。在南京時，胡風曾相信戀愛和藝術是代表人生的至上東西的兩面，經過在北京兩年灰色失望的生活，他這時可能進一步面臨了這觀念本身的窘境，那便是《灰色馬》的主角至死都無法達到的：「接吻吧，不要思想了！」

# 五

「高蹈的追求並沒有使我離開血肉的生活，或者說，高蹈的追求正是執著於血肉的生活之一表現」，這是胡風對於自己在北京時的文學生活的解釋，因此當一九二七年中共黨史上的第一次國內革命的高潮「在南方呼呼地起來了以後」，他又拋棄了一切，開始「更艱辛的搏戰」[92]。這一次他到過上海、武漢和江西，在前所未有的規模下，接受他作為一個理想主義的革命者應有的挑戰，他這次的行動可能開始於一九二七年三月二十日北洋政府以搜查共產黨為名大捕北京學生，而後結束於一九二九年他到日本留學為止[93]。這個階段，曾經虛無過的「現代人」的胡風，他的內心喜劇終於和他的革命行動一道爆發出來。

一九二七年是第一次國內革命戰爭的緊急階段，在一九二六年的北伐勝利聲中，帝國主義為維持它在中國的統治權利，進一步加緊對中國革命的干涉，他們除了和中國的反動官僚結合，派出不少政客到南方進行所謂「政治南伐」的陰謀，還直接施行屠殺威脅的政策。一九二六年九月，英國人砲擊四川萬縣，造成萬縣慘案，一九二七年一月，美國軍隊直接屠殺武漢工人，三月，

北伐軍佔領南京後，英、美、日等國藉口僑民被殺害，開砲轟擊
南京。與這同時，蔣介石以南昌為中心，積極與帝國主義和大資
本家合作，迫害革命陣營。三月上旬發生了江西贛州事件，三月
下旬，先在安慶、福州開始恐怖的屠殺，接著又在重慶發生屠殺
群眾的「三‧三一慘案」，進入四月後，這一連串的事件終於以
上海「四‧一二」大血案達到了恐怖的最高峰。四‧一二慘案是
繼上海工人反孫傳芳的三次起義之後發生的。一九二七年三月，
上海被起義的工人佔領後，蔣介石指使黃金榮、杜月笙等青紅幫
組織的「中華共進會」，在四月十二日襲擊上海工人糾察隊，接
著又下令當時在上海的白崇禧駐軍射殺請願的群眾，死傷無數，
當時適逢大雨，街道頓成血河。這慘狀在葉紹鈞的長篇《倪煥
之》中，有極深刻的反映。經過這次大屠殺，白色恐怖異常嚴
重，上海總工會等被封，蔣介石大肆逮捕共產黨員和革命群眾，
三天後，廣東發生了四‧一五慘案：共產黨員陳延年、蕭楚女、
羅亦農等先後犧牲，在北方則有李大釗等於四月二十八日被北洋
政府殺害，風聲鶴唳之中，寧漢對立的局面出現，而人民的血繼
續在流。五月二十一日長沙發生屠殺工農的「馬日事變」，七月
十五日汪精衛舉行分裂會議，正式決定與共產黨分裂，共產黨也
發出宣言，撤回參加國民政府的共產黨員並痛斥反革命的罪惡，
這就開始了「七‧一五」武漢地區的大屠殺，清黨運動下，白色
恐怖遍布全國，第一次國內革命戰爭也於迫害和黑暗中結束。就
在這一年九月，因被到處聲討而卜居廣州的「青年叛徒領袖」魯
迅悲哀地說：「今年似乎是青年特別容易死掉的年頭」[94]。

　　緊接著「七‧一五」武漢清共，南昌發生了著名的「八一起
義」，中國人民解放軍誕生；接著有湖南、湖北、江西、廣東等
省的秋收起義，工農紅軍在井岡山建立第一個革命根據地，再接
著是十二月的廣州起義，工農民主政權——廣州公社——短暫地
出現。這些起義雖然都失敗了，但它們是中國紅軍戰爭的序幕，

第二次國內革命戰爭也由此開端。這多事之秋的一九二七年，可能是胡風到那時為止生活得最緊張的一年。離開北京前，他可能在段祺瑞的白色恐怖下退出社會主義青年團，南下後先到上海，後來回原籍工作，武漢清共後逃到江西，第二年又回上海，而後出國 95。下面我們來看看他在這階段的幾個留影。

　　當革命的號角響徹整個南中國，曾經是「灰色馬」的胡風，雖然衝出了他那「異樣的淡漠」的生活，正式使用起他的手槍，但在上海的血腥戰場上，他的出陣姿勢是頗出人意料的。在紀念楊天真的詩裡，我們讀到：

> 　　大革命把我們喚回了南方
> 　　我們都在向舊中國作戰了
> 　　但我卻戰得那麼無知那麼兒戲
> 　　……
> 　　碰了幾碰以後
> 　　我孤寂地退了出來
> 　　一面向它唱著詛咒的歌
> 　　一面向自己唱著懷戀的歌

　　不需多加解釋，在這裡我們看到的分明是蔣光慈筆下的《少年漂泊者》了。不同的是蔣光慈可以在他的小說展開任何符合理想的革命經歷，而胡風必須在現實的驗證下，從鬥爭的火線下退回，再度安排想像中的行動日程，因此接下來的故事是，楊天真被捕後他們的一個同伴說：「我要去當土匪」，胡風則是：「我要寫一本小說」，寫「一個找路的青年／想要衝破壓住他的陰暗和悲苦」，幾經搏戰之後：「他被擊敗了／最後只有躺在黃昏的鐵軌上面／……讓鐵輪子在他的肉體上輾了過去」。帶著這構想，胡風「過了大半年求乞式的生活」，而後：

　　隱士似地躲進了一座高山
　　但四個月的時光飛走了
　　祇僅僅寫出了幾百個字
　　我絕望了
　　拋開了那一支筆

　　「先天不足的理想主義者」的胡風，他的「灰色馬」式的悲壯事業，於是只能以喜劇的想像方式解決了。就這樣，當楊天真和他的幾個朋友相繼為革命獻身，胡風懺悔：「我甚至沒有獻出／我靈魂裡的屍體的愛和熱」96，他又懺悔：「然而，在革命的環境中間，我還一面在寫著憂鬱的詩」97。在這裡，我們終於看到這革命的波西米亞人的整個內心喜劇了。在這樣的情形下，當彷徨中的魯迅嘲笑在鬥爭中吶喊的太陽社、創造社青年為「賦得革命，五言八韻」時，胡風則回到他的彷徨的老路，接著他在北京寫的《風沙中》、《旅途》一類的詩，繼續唱他那「人海中的孤獨者」之歌，繼續擁抱他的「好友」「黑夜」98。對於這一段在容共和清共間奔命的日子，胡風後來說：

　　　起初還不過是在連吃飯的功夫都沒有的忙碌中間有時抽出日記本子或波特萊爾來「潤澤」一下自己，等到被沖得筋疲力盡以後，就覺得幾乎沒有藏身之所了。為了保持一些東西逃避一些東西，雖然不得不在各處流轉，但從前的追求或執著不能抬起頭來……99

　　既曾依靠波特萊爾那來自鴉片煙的靈感的潤澤，革命中的胡風，不能不寫出下面的《惡之華》式的句子來紀念楊天真：

　　　沙提曼，眼鼻之海與頭髮之林，都有著肺癆表徵的你

微黃的面影，

　　沙提曼，烏鴉之群在荒山底枯樹巔噪晚的時光，我將
匍匐在古道旁冥想你沉重的足音……100

　　靠著這沉重的足音，無論如何，是很難敲響革命的戰鼓了，
於是退了陣的胡風，在《悶》與《心兒病了》之際，懇求他的戰
友「忘掉罷」，忘掉他曾許諾過的：「我是在奔赴我底夢境／將
帶給你片片的福音」101。進一步，他告訴那企圖為他拂去「世紀
底悲哀」的哥哥：

　　　　苟有一個深冬之夕，
　　　　風兒怒號
　　　　雨兒奔騰，
　　　　在怪鳥底呼叫裡，
　　　　飛來了浩漫的歌聲，
　　　　那麼，聽罷，聽罷，
　　　　它就是我底鬼靈！
　　　　它就是我底鬼靈！102

　　理想的夢境破碎了，愛羅先珂的「光明的國土」也遙不可
及，在死的冥想中，一九二八年，胡風消沉到寫出「不須以『死
井』狀我底心情／更毋須以『涼月』寫我底生命」的《寒夜》一
詩，詩中說：

　　　　不能狂吻著過去的傷跡，流點基督之淚，
　　　　一切強暴底襲來，
　　　　羞澀地張不起兩臂——
　　　　祇一雙未死的腳兒，

不自主地拖著拖著，
一步一步地……。

……

我願傾一杯緋紅的濃酒，
在我剖開了的胸膛裡，
我慘傷，
我狂醉，
在昏迷錯亂中，
有了親愛的友，
也有了仇恨的敵。
或身穿百衲之衣
朝則沿門乞食，
夜則蜷臥於母親荒塚之側，
如憶起在母親懷抱裡的故事時，
就緊抱著冷月下的枯草而啜泣。[103]

　　正如胡風自己所說：「先天不足的理想主義者在這裡是徹底
地敗戰了」[104]，他因執著於五四運動給他的「沒有注釋的光明」
而發的追求，在此也不能不來個沒有光明的終局。塵埃落定之
後，他寫了長詩《幻滅之歌》，在「寺院似的夜」裡，告別了他
「來路淒迷，去路也淒迷」的趕路生涯[105]。
　　一九二九年夏末，失去了「蓬蓬勃勃的『趕路』的心情」的
胡風，在短暫的休息後，寫出恢復了一點生機的《夕陽之歌》，
詩中說：「夕陽的火猶是紅紅／可以煖煖青春的夢」[106]，靠著這
餘燼，胡風再度燃起尋找更明亮的地方的欲望，像他當年離家到
武昌求學時一樣。他說：

　　我又油然地感到了似乎需要曾經引著我堅實地走了很遠的路的遠方的或物了。那時候，明確地浮到意識上面來了的是幾個互相寄託過年幼的熱情的朋友。他們有的已經成了新鬼，有的是沉入了不可知的地方。但我懷念著了他們，似乎感到了他們底呼吸，覺得在我底朦朧的眺望裡高倨著的或物依然是他們正在用粗大的線條畫著的路軌所要達到的。[107]

　　這一次，他遠渡重洋到當時傳說中的紅日乍昇的日本去。在那裡，他遇到了小林多喜二等共產國際的兄弟，發現了「馬列主義的大海似的甘泉」，它「燒化了」他「心裡的冰凍」[108]，使他弄明白了他這「敗戰了的理想主義者到底是什麼一回事」，而且更重要的，它使他「解消了糾纏過七八年的社會觀和藝術觀的矛盾」[109]。這一切，正如他前此的波西米亞式的革命的夢幻必須在鬥爭的火線上才能澄清一樣，他這即將獲得的光明仍舊有待事實的驗證，而它表現在他日後的文學鬥爭的道路上。

（1977）

1　　關於胡風生平資料可參考：(a)文藝報編輯部輯錄：《關於胡風反革命活動的一些事實》，《文藝報》，1955，第 12 號，頁 17-21。(b)魯嘗然：《胡風事件的前因後果》，南風出版社，香港，1956，頁 1-2。(c)楊燕南：《中共對胡風的鬥爭》，自由出版社，香港，1956，頁 78-82。(d)趙聰《胡風爆炸的火花》，見《大陸文壇風景畫》，友聯出版社，香港，1958，頁 79-82。(e)王章陵：《中共的文藝整風》，國際關係研究所，台北，1967，頁 99-100。(f)何家槐：〈一貫反革命的胡風〉，見《一切愛國青年起來投入肅清暗藏敵人的戰鬥》，中國青年出版社，北京，1955，頁 10-24。

2　　林默涵：〈胡風的反馬克思主義的文藝思想〉云：「胡風曾經長期在國民黨統治

區從事文藝活動，在政治上他是站在進步方面，對國民黨反動的法西斯文化作過
鬥爭。在這方面，胡風有他的貢獻。他的文藝思想，也不是全部錯誤的，在某些
個別的問題上，也含有正確的成份」。《文藝報》，1953，第 2 期，頁 3。何其
芳：〈現實主義的路，還是反現實主義的路〉云：「胡風同志是很早就參加革命
文藝活動的文藝工作者。他一直堅持反帝反封建反國民黨的立場，這是首先應當
肯定的。他的文藝思想也曾接受過一些馬克思主義的文藝理論的影響。然而，在
文藝的某些根本問題上，他卻一直保持著資產階級和小資產階級的觀點」，又
說：這「在延安文藝座談會以前的革命文藝界，本來是相當普遍的現象。胡風同
志的錯誤的嚴重性在於他在毛澤東同志的〈在延安文藝座談會上的講話〉發表以
後，並不用它來檢查和改造自己的思想，仍然積極地宣傳他那些錯誤觀點，用它
們來和革命文藝的新方向對抗。這樣，他和他的支持者實際上就成為一個革命文
藝界內部的反對派了」。《文藝報》，1953，第 3 期，頁 12。這兩篇文章是批
判胡風文藝思想的先鋒，它們的觀點有一定的代表性。

3   1955 年 5 月 25 日中國文學藝術界聯合會主席團、中國作家協會主席團聯合擴大
    會議決議，通過開除胡風的中國作家協會會籍及撤銷其所擔任的職務，並向最高
    人民檢察院建議對胡風的反革命罪行進行必要的處理。《文藝報》，1955 年 11
    期，頁 29。1955 年 7 月 18 日全國人民代表大會秘書長彭真宣布胡風被捕，見魯
    嗃然，同注 1b，頁 27。有關胡風集團作家，見楊燕南，同注 1c，《「胡風集團」
    的陣容》章，頁 77-125。

4   毛澤東為《關於胡風反革命集團的材料》所下的按語，登於《人民日報》1955 年
    6 月 10 日。同日中國科學院哲學社會科學等四學部成立大會，通過建議政府依
    法懲辦胡風反革命集團罪行的決議。見《新華月報國內外大事記》1955-1960，
    V. 2, p.343, Center for Chinese Research Materials, Association of Research Libraries, Wash.
    D. C., 1972。研究胡風被整肅的著述，除注 1b-e 外，可參考：Merle Goldman: Hu
    Feng's Conflict with the Communist Literary Authorities, China Quarterly, no.12(1962), pp.
    102-137。D. W. Fokkema: Literary Doctrine in China and Soviet Influence, 1956-1960,
    Mouton, the Hague, 1965, pp.21-26. C. T. Hsia: A History of Modern Chinese Fiction, 2nd
    ed., Yale Univ. Press, 1971, pp. 304-308, 326-36。

5   《民族戰爭與文藝性格》，希望社，上海，1946，頁 191-192。這書解放後改名
    為《劍‧文藝‧人民》，1950 年由上海泥土社出版。

6   《文藝報》1955 年第 12 期轉載，頁 17-19。

7   《野花與箭》，文化生活出版社，上海，1946，頁 i-ii。

8   《文藝筆談》，文學出版社，上海，1937，頁 399。

9   同注 8，頁 400。

10  同注 5，頁 192。

11　同注 8，頁 401。

12　同注 5，頁 192。

13　同注 8，頁 401。

14　茅盾曾以筆名損在《小説月報》12 卷 8 號發表《評四五六月的創作》一文，統計 1921 年這 3 個月中 120 餘篇小説的題材，結果是：「描寫男女戀愛的小説佔了全數百分之九十八」，可見當年戀愛小説盛行之一般。見《中國新文學大系》第 3 冊《小説一集・導言》，良友圖書公司，上海，1936，頁 9 引。

15　田壽昌、宗白華、郭沫若合著《三葉集》，亞東圖書館，上海，1929，頁 6。

16　同注 5，頁 192；注 8，頁 401。

17　請參考周作人：〈愛羅先珂君〉一文，《澤瀉集》，匯文閣書店，香港，1972 影印，頁 77-95。這篇文章可代表當時中國知識界對愛羅先珂的了解和態度。

18　從 1922 年 3 月到 1923 年 4 月，愛羅先珂多次在北京演講，講稿翻譯皆發表於《晨報副刊》，詳目見《晨報副刊分類目錄》，《五四時期期刊介紹》，人民出版社，北京，1958，第一集，頁 505，521。這些講稿後來以書名《過去的幽靈》出版。

19　同注 8，頁 401。

20　《中國新文學大系，小説一集導言》，同注 14，頁 12。

21　草川未雨：〈繁星和春水〉一文評冰心這兩本詩集云：「其表現是猶疑恍惚的，是模糊的，對於人生，社會及自然未曾敢肯定過一下兒，只是站在一旁説話，因為不敢肯定，所以説出來的話多是離開現世的玄想，因之走到恍忽的路上」。又説冰心「不敢正視人生，只想去創造神奇」。見李希同編《冰心論》，北新書局，上海，1932，頁 78-79，86。

22　同注 8，頁 402。

23　關於五四以後全國文藝刊物、文藝團體概況，請參考茅盾《小説一集導言》，同注 14，頁 518。湖北這幾個刊物的創刊日期各為：《星野》1924 年 9 月，《鞾聲》1925 年 4 月，《藝林旬刊》1925 年 1 月。

24　棲梧老人：《「二七」回憶錄》，工人出版社，北京，1957，頁 8-9。沈葆英（惲代英妻）：《同代英生活在一起的日子》，文末附惲代英小傳，見陳琮英、李星華等著《烈士親屬的回憶》，中國青年出版社，北京，1958，頁 38。

25　《五四時期武漢進步刊物・團體》，同注 18，第 2 集，頁 484-485。

26　同注 24，沈葆英文。

27　《「二七」回憶錄》，同注 25，頁 29-30。同注 25，頁 485，487。

28    同注 8，頁 402。

29    胡華編著：《中國新民主主義革命史》，人民出版社，北京，1952，頁 34。

30    同注 8。頁 402。文章標題見《五四時期期刊介紹》，同注 18，頁 677。

31    同注 5，頁 192-193；同注 8，頁 402。

32    同上注，又楊燕南書，同注 1c，頁 78。又據《理想主義者時代底回憶》一文云，
      胡風把小說付郵後就離開武昌，小說發表時他已到了南京。這篇文章登於 1923
      年 3 月 29 日和 30 日的《覺悟》，因此他是在這以前到南京的。

33    同注 5，頁 193；同注 8，頁 403。

34    《安魂曲》，天下圖書公司，華北，1950。以上所引詩節各見頁 12-15，48。

35    據《五四時期期刊介紹》云：「五四運動以後談社會主義、共產主義變成一種最
      時髦的事情了。各種流派都有人介紹。如雨後春筍似的出版物，幾乎或多或少地
      談到了這個問題，有的三言兩語，有的連篇累牘」。同注 18，第 2 冊，頁 5-7。

36    關於馬、恩、列著作中譯情形，詳見張靜廬：《中國出版史料·補編》，中華書
      局，北京，1957，頁 442-443，452-454。

37    同上注，頁 455，456。

38    同注 18，頁 235，237。

39    同注 8，頁 403。

40    見《文藝報》，1955年第 11 期，頁 4；魯胃然，同注 1b，頁 2；趙聰，同注 1d，
      頁 80。

41    以上史實詳見胡華：《中國新民主主義革命史》第三、四章，同注 20；梁寒冰
      編著：《中國現代革命史教學參考提綱》，〈第一次國內革命戰爭時期〉章，天
      津人民出版社，天津，1956，頁 50-60。

42    同注 7，頁 4-5。

43    同上注，頁 7-8，10。

44    同注 8，頁 403。

45    王瑤：《中國新文學史稿》，波文書局影印，香港，1972，上冊，頁 53。

46    魯迅：《中國新文學大系·小說二集導言》，同注 14 第 4 冊，頁 5-6。

47    〈文學研究會宣言〉，同注 14，第 10 冊，頁 75-76。

48    同注 14，頁 4。

49　〈小說月報改革宣言〉，同注 47，頁 80。

50　〈文學研究會叢書緣起〉，同注 47，頁 77。

51　同注 49，頁 81。

52　鄭振鐸：《中國新文學大系・文學論爭集導言》云：文學研究會「提倡血與淚的文學，主張文人們必須和時代的呼號相應答，必須敏感著苦難的社會而為之寫作」。同注 14，第 2 冊，頁 9。

53　同注 14，頁 20，21。

54　鄭伯奇：《中國新文學大系・小說三集導言》，同注 14，第 5 冊，頁 8-9。

55　同上注，頁 12。

56　詳見成仿吾：〈藝術之社會的意義〉（1924），郭沫若：〈文藝之社會的使命〉（1923）等文。張若英編：《新文學運動史資料》，光明書局，上海，1936，頁 333-338，339-345。

57　《新文學運動史資料》，同上注，頁 328。

58　同注 46，頁 4。Musai 為拉丁文繆斯女神。

59　同上注，頁 5。

60　同注 54，頁 2-3。關於新文學運動到 1925 年為止介紹西方文學理論和作品的情情，請參考 B. S. McDougall: The Introduction of Western Literary Theories into Modern China, 1919-1925, The Centre for East Asian Cultural Studies, Tokyo, 1971。

61　除了上面魯迅所謂的世紀末的諸作家，鄭伯奇在《小說三集導言》也列舉了一些，同注 54，頁 11。

62　《瞿秋白文集》，人民文學出版社，北京，1953，第 2 冊，頁 995。

63　《鳳凰涅槃》為郭沫若詩劇，1920 年寫，1928 年定稿，見《沫若文集》，三聯書店，香港，1957，第 1 冊，頁 32-44。又瞿秋白云五四到五卅之間的這些新起的知識份子，「因為他們的『熱度』關係，往往首先捲進革命的怒潮，但是，也會首先『落荒』或者『頹廢』，甚至『叛變』──如果不堅決的克服自己的浪漫諦克主義」。同上注，頁 995-996。

64　《安魂曲》，同注 34，頁 17-18。

65　〈為俄國歌劇團〉，此文寫於 1922 年，見《魯迅全集》，人民文學出版社，北京，1973，第 2 冊，頁 102，104。

66　同注 8，頁 403。

67　同注 3，頁 193。

68　見〈無花的薔薇之二〉。三‧一八之後，魯迅除了這篇雜文表示他的抗議外，另有〈死地〉、〈可笑與可慘〉、〈記念劉和珍君〉、〈空談〉、〈如此「討赤」〉、〈新的薔薇〉等一系列文學，反覆批評這慘案，這些文章皆收於《華蓋集續編》，同注 65，第 3 冊，此處引文見頁 249。關於三‧一八慘案經過情形，詳見林本元：《三‧一八慘案始末記》，文海出版社，台北，1973（《近代中國史料叢刊》頁 895）。

69　同注 7，頁 14-16。

70　以上引文同注 8，頁 403-404。

71　關於 Young Germany, Young Hegelians 運動及其影響可參考 Peter Demetz: Marx, Engels, and the Poets: Origins of Marxist Literary Criticism, English trans. by J. L. Sammos, University of Chicago Press, 1967, pp.23-33.

72　D. S. Mirsky: A History of Russian Literature, ed & abrid. by F. J. Whitfield, Alfred, A. knopf, N. Y. 1949. pp.413-416. Roland Gaucher: Terrorists—From Tsarist To O. A .S., trans. by P. Spurlin, Secker & Warbug, London, 1968, pp.45-51, 103-122.

73　孫俍工編：《新文藝評論》，民智書局，上海，1923，頁 447-448。

74　《五四時期期刊介紹》，同注 18，第 3 冊，頁 2-5。關於中國無政府主義者活動簡介請見貝馬丁（Martin Bernel）：《劉師復與中國無政府主義》，《民聲》，龍門書店，香港，1967 影印，頁 5-7。

75　同注 18，第 1 冊，頁 12。

76　同注 18，第 3 冊，頁 25 人，264。關於民國初年無政府主義思想及刊物的介紹，請參考本書〈無政府主義的幾種刊物〉一章，頁 212-269。

77　同注 18，第 1 冊，頁 189。

78　在當時的無政府主義刊物中，系統地翻譯介紹該派著述的首推《民鐘》。同注 18，第 3 冊，頁 242。

79　《民鐘》1 卷 5 期（1923 年 7 月）載劍魂〈罷工與據耕〉一文，認為罷工運動「不止非徹底的辦法，還要使社會上多加了一層不幸」，又說：「農人的團體比較工人容易結合；農人結合的感情，又更比較工人濃摯」，因此鼓吹農民運動。「據耕」是指農民把土地收歸己有，拒絕完納租稅的一種自發反抗鬥爭。詳同注 18，第 3 冊，頁 248。

80　同注 18，第 3 冊，頁 218-219；第 1 冊，頁 245。

81　同注 18，第 3 冊，頁 250。

82　1919 年 7 月 2 日左舜生在上海《時事新報》副刊《學燈》發表〈小組織之提倡〉一文，提倡新農主義，獲得許多知識份子共鳴，參加討論者基本上贊成集合一批

人脫離現有社會，創辦一個新村式的小天地，後來又專門圍繞工讀互助團問題進行討論。到了 1919 年底，少年中國學會的王光祈在北京《晨報》發表〈城市中的新生活〉，提議在城市中組織「男女生活互助社」，經過他奔走籌劃之後，終於在陳獨秀、蔡元培、李大釗等人的支持下，正式發起了工讀互助團。這團體吸引了不少要求進步的學生，在北大等校舉辦「素菜食堂」，實行半工半讀。工讀互助團成立後，在青年知識界轟動一時，武昌、南京、天津、湖南、上海、浙江等地的學生都想照樣組織。詳注 18，第 1 冊，頁 243-247；第 3 冊，頁 278-280。

84　同注 18，第 2 冊，頁 243-246，249-250。

85　據棲梧老人《「二七」回憶錄》云惲代英是個信仰無政府主義的人，「因為不滿意現狀，想在無政府主義的思想體系之中創造一種接近現實的新的人生，他有四大戒律：不吃酒，不抽煙，不穿綢緞，不做官。有四大願望：改造自己，改造家庭，改造社會，改造國家。有四大工作步驟：個人自修，朋友互助，由鄉村教育發展新村運動，由文化運動來發動改革政治運動。後來以這種思想為中心，成立共存社，共存社的綱領，差不多是由他的四大戒律、四大願望、四大工作步驟演繹出來的」。同注 24，頁 9。劉師復 1912 年在上海組織心社，所訂戒約十二條為：「不食肉，不飲酒，不吸煙，不用僕役，不坐轎及人力車，不婚姻，不稱族性，不作官吏，不作議員，不入政黨，不作海陸軍人，不奉宗教」等。同注 18，第 3 冊，頁 229。

86　見注 82。

87　同注 18，第 1 冊，頁 251。又 1921 年以前惲代英在《少年中國》月刊上發表的文章和通信，分量並不下於王光祈，「但就整個思想傾向說來，還帶有改良思想和空想主義的殘餘，對於個人修養，教育和少數人的工讀互助組織很感興趣，而對於政治活動卻很少提及」。同上注。

88　馬克思主義思想與無政府主義思想者於 1920 年 5、6 月間曾在上海《民國日報》副刊《覺悟》，展開一場「強權衛公理」的論辯。1921 年 8 月《新青年》九卷四號有《討論無政府主義》專輯，發表陳獨秀與區聲白的六封往來長信，以將來社會組織問題和終極的法律存廢問題為中心，進行論戰。後來區聲白又在《學匯》（北京《國風日報》副刊）104-109 期發表〈答陳獨秀君的疑問〉一文，廣泛地就各社會問題回駁陳獨秀，堅持他自己的無政府主義立場。詳見《五四時期期刊介紹》，第 1 冊，頁 26-27，188-191；第 3 冊，頁 257-258、《新青年》第 9 卷，總頁 449-480、汲古書院影印，東京，1961。

89　《小說月報》14 卷 10 期，1923 年 10 月。

90　同上注，14 卷 11 期，〈灰色馬與俄國社會運動〉。

91　奮鬥社主張破壞國家，破壞近世文明的「宇宙革命」和「虛無主義的人生觀」，他們認為：「革命家都是把感情的自我所認識的看作唯一的真理，所以真理就是主觀，主觀以外沒有什麼真理」（見第 6 號〈革命與哲學〉）。又說：「有意識

的革命，是自覺的、積極的、從下而上的；因許多不安於現實生活的人，心覺著
社會政治的腐敗，非根本推翻不可，於是因不滿意的境地，定革命目的，因革命
目的，定革命底行為」。如是他們認為革命產生自「心的要求」和「心的作
用」，但因心的要求是「追求無已，以動作為中心的作用」，於是便得出了「要
求──厭倦──要求」這一虛無主義的人生觀的公式（見第 4 號〈革命的目的與
手段〉）。同注 18，第 3 冊，頁 233-237。

92　同注 8，頁 404。

93　據秋吉久紀夫、樋口進合編《解放後の文學論爭資料》云胡風於 1927 年到日本
　　留學，但根據胡風〈自傳〉及〈理想主義者時代底回憶〉二文，他應於 1929 年
　　才到日本。二氏説見該書頁 7，中國文學評論社出版，日本北九州市，1964。又
　　菊池三郎云胡風於 1925 年在東京被日本政府逮捕，此説亦誤，見氏著《中國革
　　命文學運動史》附錄《中國近代文學史年表（1918-1953）》，風間出版株式會
　　社，東京，1973，頁 480。

94　〈談『激烈』〉，見《而已集》，同注 65，第 3 冊，頁 462。以上所述史實見胡
　　華，同注 29，頁 83-92，99-104，梁寒冰，同注 41，頁 61-64，73-77。

95　《文藝學習》，1955 年第 7 期頁 4。楊燕南，同注 1c，頁 79。《安魂曲》，同
　　注 34，頁 30-31，440，48-50。他到武漢時可能是 1927 年的春天，《安魂曲》
　　寫到宛希儼時説：「春光如海的季節來了／我在紅色的武漢找到了你」。

96　以上所引詩見《安魂曲》，同注 34，頁 19-20，31-37。

97　同注 5，頁 193。

98　同注 7，頁 17-22。

99　同注 8，頁 405。

100　《冬之三部曲》序，同注 7，頁 52。據胡風自注云：「沙提曼是一個死友綽
　　號」，這些句子又出現在《安魂曲》紀念楊天真的詩節中，因此沙提曼是楊天
　　真。詩句見《安魂曲》，同注 34，頁 28。

101　《給──》同注 7，頁 27-28，其他二詩見頁 30-35。

102　《獻給大哥》，同注 7，頁 44-45。

103　同注 7，頁 58-61。

104　同注 8，頁 408。

105　這首詩寫於 1928 年 3 月，同注 7，頁 64-73。

106　同注 7，頁 74-77。

107　同注 8，頁 398-399。

108 《安魂曲》中寫到小林多喜二，胡風自云當到日本時：「折磨著我的／這個古國封建的傷痛／悶住了我的／這個古國底歷史的悲涼／還是一重又一重地壓住了我的靈魂／但我遇見了你們的戰列／……終於發現了馬列主義的／大海似的甘泉」。又說他讀馬列作品時感到有一股暖流通過全身血液「暖流！暖流！／你燒化了我心裡的冰凍／暖流！暖流！／你燒毀了我身上的死皮／（連我那個苦鬼母親底影子也在內）」。上引詩節同注 34，頁 87-88。

109 胡風在日本時曾參加東京「藝術學研究會」，結識了小林多喜二，見秋吉久紀夫，同注 93，頁 7；竹內實：《現代中國の文學─展開と論理》，研究社，東京，1972，頁 77。胡風〈理想主義者時代底回憶〉亦述及，同注 8，頁 408-409，此處引文見頁 409。

# 論端木蕻良的小說

## 一、作品、生平與時代

　　端木蕻良是出現於九一八事變以後的東北作家，與蕭軍、蕭紅、舒群、羅烽等屬於同一時期。這些東北籍作家在當時的文壇表現出一個共同的創作傾向，那就是對於日本帝國主義的憎恨與反抗，對於被蹂躪的鄉土的愛與悲訴。他們的作品最常被提到的是蕭軍的《八月的鄉村》和蕭紅的《生死場》。一般的批評者討論到抗戰爆發前後的東北情況，幾乎都以這兩部長篇小說作為那沃野淪於日帝魔掌後，發生了的所有陰慘的、淤血的故事的表徵。如果就兩部小說在反映當時的社會現實一點來看，它們是有足夠的理由被推舉為描寫那個階段的東北苦難史的代表作品。毫無疑問，這兩個長篇是以血跡潑畫出來的人間慘象，大動亂中的多角度特寫，它們的存在將永遠是對於侵略者血腥行徑的有力控訴，對於受難者被凌辱及其抗爭史實的蕭穆敬禮。然而我們若把對於探索那一時代的民族苦難的視角擴大一些，相信很快會發現一位以東北的血淚史為軸心，而以更大的幅度，更深沉的愛與憎，更熱熾的心血與希望，把整個民族在抗戰前後的災厄像史詩一樣呈現出來的作家，這就是本文要討論的端木蕻良。

　　對於端木蕻良的生平，因資料的限制，我們所知不多，僅知

他是東北人，本名曹家京，一九三二年在北京加入左翼作家聯
盟，抗戰時期曾經在塞外（綏遠、察哈爾一帶）參加過解放軍收
編隊伍的工作[1]，一九四二年左右曾在香港主編過《時代文藝》
[2]，人民共和國成立以後，一直住在大陸，似仍從事於文藝方面的
工作。他的作品在一九四九年以前出版的有短篇小説集《憎
恨》、《風陵渡》，長篇小説《科爾沁旗草原》、《大地的
海》、《大江》以及《陪都花絮》。一九四九年以後，他曾寫了
一個平劇《戚繼光斬子》和一個評劇《梁山伯與祝英台》，其他
另有一些散文和雜文發表於一些文學雜誌上。除此之外，未見有
任何單行的創作集問世。因資料所限，本文僅以《憎恨》、《科
爾沁旗草原》、《大地的海》、《大江》為依據，來探討和剖析
這一作家的思想與作品[3]。

關於端木蕻良的家世與所生長的社會環境，我們從他自傳性
的作品《科爾沁旗草原》這部小説，知道他出生東北草原一個大
地主家族。他的祖先可能是因水災從山東逃到東北，到了他的父
親一代，他的家族「土巴味」已經很少存在了，因為「這地主是
太成熟了，而且已經接近了都市生活的薰染」，可是那農民的歷
史背景使他無法擺脱土地的羈絆，放情的去迎合高度的文化生
活，於是作者的父親便形成「一種特定的有威儀的煩躁於頹廢」
的生活態度[4]。作者對於他的幼年生活及其親族，在《大地的海》
後記中曾稍加描述，因為這對於他的思想及表現於作品中的世界
觀，有決定性作用，所以將它抄錄在這兒：

　　　　跟著生的苦辛，我的生命，是降落在偉大的關東草原
　　上。那萬里的廣漠，無比的荒涼，那紅鬍子粗獷的大臉，
　　哥薩克式的頑健的僱農，蒙古狗的深夜的慘陰的吠號，胡
　　三仙姑的荒誕的傳説……這一切奇異的怪惑的草原的構圖，
　　在兒時，常常在深夜的夢寐裡闖進我幼小的靈魂。在那殘

　　酷的幻想底下，安排下血餅一樣凝固的恐懼和疑問。好像
　　我十分的不應該生在這個地方，我對一切都陌生，疑懼。

　　這是作者對於他的出生地的第一個認識。與這些粗暴的大自
然影像同時投入作者幼小的心靈的是人間的陰慘，作者說對那一
切他只有「睜開一雙無所知的眼睛無理解的望著」，他看到大地
主無饜足的苛索，佃農的悲苦命運，其中最深刻留在他記憶裡的
是他的母親「被掠奪的身世」，那便是身為一個大縣城裡第一個
大地主的作者的父親，以殘刻的方法掠奪一個佃農的女兒——作
者的母親——的史實。關於這點，作者認為是浸印在他血液裡無
法拂去的陰影，他說：

　　　　這種流動在血液裡的先天的憎、愛，是不容易在我的
　　　激骨的憂鬱裡脫落下去吧！而父系的這一族，搜索一切的
　　　智慧、迫害、鎮壓，來向母系的那族去施捨，這種冤仇也
　　　凝固在我兒時的眼裡，永遠不會洗掉。5

　　由於以上種種因素，作者說他對於他的故鄉的理解一切都是
「慘陰」的。當他開始創作以後，這一種理解便以他的父系和母
系間的傾軋作為骨幹，形成他對中國農業社會的精神和意識的描
述剖析的起點。《科爾沁旗草原》一書，就是以他的家族史作為
基型，探討農村中地主和佃農間因歷史與社會的條件所促成的傾
軋和不幸的諸種面影。此外，像《大地的海》、《大江》以及
《憎恨》集中的一些短篇，也都明白的顯示出作者對於這一問題
曾注入大量的關心和思索。這一點我們將在下面詳細討論。
　　降生在那麼廣漠淒涼的草原裡，且又被安排在陰鬱的家族史
的矛盾的尖端上，先天上就決定了端木蕻良不尋常的心靈生活世
界。我們可以看到他的血液裡流著兩種不同的質素，從父系方

面，他得到莽原的子民那奔放的、剽悍的、掠奪的品質，以及與古老的族望俱生的陰冷智慧和對生命的頹廢感。從母系方面，他得到的是與這些對立的質素，那是瀰漫於農業大眾的純良、粗拙、崛強而又正直的性格，像一首田園詩一樣的美麗和淒涼。如作者所說，他的父系和母系間的諸種關係是流動在他血液裡的先天的愛與憎，脫落不去的憂鬱與冤仇，我們可以想見這一畸型的家庭背景，對於作者在認識人生及社會現實上所起的作用是極為深刻的。同時，我們若把追索的眼光從他的家族史引開，相信馬上會了解這樣的矛盾也正是凝固於農業社會中，迫害者與被害者之間的關係的骨架或縮寫，它幾乎毫無例外的存在於古老中國社會的每個角落上。不同的是端木蕻良稟承了造成那矛盾的兩種對立質素於一身，從出生就開始接受這一病態的社會關係的哺乳。在精神生活方面，他從幼小時就身受病態的環境所造成的歡樂和痛苦，以及隱藏於所有享受後面的他的母親系族方面不幸的遭遇的陰影。在實際生活上，他同時經歷了大地主的豪華生活面與小農的悲苦命運。前者是文化的、有教養的，但同時不免流於墮落、殘忍和精神的病痛，後者雖然健康和樸實，然而在現實生活的掙扎中，被壓榨出來的也不過是呻吟和淚水罷了。所有這些經歷給作者取用不盡的寫作素材，它呈現給作者一幅關係複雜的社會構圖。我們從他作品中對農村生活的巨幅描寫，以及對兩個階層的人物的心理與形象的細緻而具體的把握，就不難看出他對於農業社會的了解是深刻的而且達到很高的真實性。

如果說端木蕻良的家族歷史是培養他認識階級衝突的羊水，那麼日本軍閥在東北陰謀成立起來的偽滿洲國及其侵略的暴行，便是催生他對國家及民族的理解和熱愛的陣痛。我們在這兒所要討論到的他的作品是寫於一九三〇到一九四〇年間，為了使我們對於問題的探討能找到適恰的座標，此處必須把那十年間發生於社會上及文藝界的大事稍作敘述。一九三〇年，中國左翼作家聯

盟在上海成立，由魯迅領導，成為當時國民黨統治區與解放區群眾文藝運動相呼應的一個文學團體。一九三一年春天，左聯五烈士被捕，左聯發表〈為國民黨屠殺大批革命作家宣言〉。同年，九一八事變爆發，日本人挾持溥儀建立偽滿洲國。一九三二年，上海發生一二八事變，魯迅、茅盾等發表〈上海文化界告世界書〉，反對日本帝國主義侵略中國。一九三五年，中國共產黨發表〈為抗日救國告全國同胞書〉，即有名的〈八一宣言〉，要求國民黨停止內戰，一致抗日。同年，北平學生發動一二・九及一二・一六兩次救亡運動，文藝界發出「抗日民族統一戰線」的呼聲，上海文化界發表兩次〈救國運動宣言〉。一九三七年，七七事變爆發，全面抗戰開始。同年，南京淪陷，北平偽政府成立。以上是當時的局勢以及文化界的反應大要，也即是當時文藝創作者所依憑的時代背景。由這些大事引導出來的敵人的侵略和殺戮，國共間的衝突及社會動亂的面影，都具體的呈現於文學和其他藝術作品中，端木蕻良的小說自不能超越於時代的暴風圈之外，尤其因為他是生長於最早淪陷於日帝魔手的東北，時代的動亂對他的創作更具有決定性的影響。如《大地的海》是描寫關東蓮花泡人民聯合朝鮮革命份子和游擊隊反抗日本統治者的故事，《大江》寫由獵人出身的鐵嶺和做過土匪的李三麻子，投身抗日戰爭，在群體中改造自己的故事。此外在《憎恨》集裡的幾個短篇，也大半能夠直接或間接的找出所反映的事實來。

抗日戰爭是一個使整個民族的生活發生了全面變化的戰爭，可以說那是使任何曾思考過自由與奴役、屈辱與死亡等問題的國民所共同感覺到的一個危機處境，而這樣的處境已迫使他們面臨抉擇及行動的瞬間，因為當時的人們幾乎可以不通過大眾傳播，就直接經驗到災難進行的實況，或者感覺到整個社會在動亂的陰影下所產生的焦灼和不安。在這樣的情勢裡，即使當時的文學團體不呼求抗日救亡，不喚醒作家們認識群眾、認識現實，相信只

要是具有民族的感情與意識到「人」的意義的作家，都會在戰火前重新思索人類和生命的問題，並提出他們對於社會現實和歷史演進的新的了解、新的期望與設計。關於這一點胡風曾有一個相當深刻的分析，他認為當日絕大多數的作家和知識份子都因戰爭而「取得了在從未經驗過的規模上、也在從未經驗過的波動裡面和現實生活的結合」，在這樣的條件下：

> 當被戰鬥的任務所燃燒的作家的意志一旦和在戰爭底動員下面急激變動著的現實生活相接觸相結合，民族底現實就全面地用活的面貌顯現了。這就使得作家們有可能各個從自己底道路上，各個在可能的限度上更深入地，更生活實踐與創作實踐統一地，去認識生活、把握生活、表現生活。6

和當時的所有作家一樣，端木蕻良分嚐了時代給予創作者的共同條件和內容。下面我們將逐一探討他對整個社會現實取用什麼樣的視覺和認識，他的作品給那個時代什麼樣的詮釋。

## 二、形式與風格

一個作家所使用的創作方法以及所遵行的文學上的理論或主義，對於他的作品的性格與風貌應該會發生決定性的影響，這一點對於研究端木蕻良的作品更有根本上的重要性，因為在這幾十年的白話文學史上，我們很難找到一個像他一樣深刻的自覺到創作方法的重要性的小說家。夏志清在《中國現代小說史》裡曾說：端木蕻良的小說在文字的驅使方面，是人民共和國成立以前的大陸作家中最豐富的一位，又說他的風格有一種吳爾夫式的縟麗（a Wolfe-like-exuberance），並特別指出長篇小說《大江》中

對於長江的地理描寫、傷兵們在乾竭的野地裡找水的幾段描寫，最足表現作者在文字與想像上的特色，他認為那是近代其他中國小說家從未達到的成就[7]。這段批評很精到，下面我們就來聽聽端木蕻良對寫作技巧的自白。《科爾沁旗草原》是以大地主丁家的興衰史為中心，探討關東大草原的社會和經濟結構在歷史中的演變，是一部五百多頁的作品。在處理這個龐雜的題材時，作者對表現的方法和形式很費過一番斟酌。他在小說的後記裡說，他寫的是那家族的「多邊姿態」，方法上則是「電影底片的剪接」。對於這點，他又說，他寫出的很多，同時也改削了很多，在描寫上他認為自己是審密的，但在剪接上他是很粗魯的，因為他認為像《紅樓夢》那樣偉大的作品，它之所以煩瑣是由於它的時代的緣故。在這裡作者同時透露了他的雄心，那便是這部小說的結構：

> 上半是大草原的直截面，下半是它的橫切面。上半可以表現出它不同年輪的歷史，下半可以看出它的各方面的姿態。[8]

為達到這一構想，《科爾沁旗草原》這部小說共分十九章，作者以前三章描述丁家地主的形成，也即關東草原上一個叫鷺鷺湖的地方，一批山東災民加入當地社會組織的歷史。第一章以傳說性很濃厚的筆法，像歷史電影的開場一樣把被水災驅迫而流亡的群眾圖像，細心而典型的呈現出來。接下來的兩章，重點都放在丁家財源無限膨脹的描寫，它們繼承第一章中那個被傳說籠罩的丁家第一代主人以神道發跡的故事，開始正面的寫丁家繼承者如何在現實生活上排擠掉當地土生地主的財富和地位，建立他們自己的威望，並從而走上一個成熟的地主佚樂、殘忍及半庸俗的文化生活。在這一條主線的四周，作者以十分感情和銳利的筆調

點染當地的鄉俗、佃農的生活，企圖用這些場景把那個社會的現
實生活及群眾的道德意識和信仰立體化起來，作為科爾沁旗草原
現實及精神的肌理的一個組織圖。從第四章開始，如作者在標題
上所指示「這是真正的故事的起頭」（一九五六年作家出版社印
行的新版，除作大量刪改外並把所有的標題都除去了），從這一
章開始，小說的進行便環繞兩個中心人物的生活和理想而發展，
從他們身上一一呈現出作者所處的時代的精神激變、社會的動盪
和農村的解體。主角之一大山，是一個貧農的兒子，另一個主角
丁寧，他的母親是大山的姑母，然而他們兩人卻屬於對峙的兩個
階級，他們間雖曾有過一段親密的共同生活，然而在不同的社會
條件的限制下，他們終於走上一種對立的關係。作者說小說的下
半部——其實是從第四章開始——是在描寫大草原各方面的姿
態，那便是由兩個主角所代表的兩個階級間的衝突和糾葛呈現出
來的。

　　端木蕻良對於他自己所稱的「電影底片的剪接」手法，在創
作實踐上是相當忠實的在遵行，雖然自《科爾沁旗草原》後，他
在解釋他的創作過程時不再強調這一點，但從他的另外兩個長篇
《大地的海》和《大江》，都可看出這種用意的痕跡，甚至於他
所寫的短篇也不例外。《大江》是他的第三個長篇創作，在這小
說的後記裡，作者對於創作的態度提出一些很嚴肅的看法，這些
看法就是在三十多年之後的今天仍可見出它們的深刻性，我把它
抄在這兒。首先是關於描寫事物的態度：

　　　　對於精確性過度的愛好，指使我有著接觸各種廣泛的
　　或偏僻的知識的必要。為了要表達一個人，我必須得盡可
　　能的敘述出他的族系來，無論他的家族展開得如何侷促或
　　者簡直沒有發展過。而且，我也必須寫出他們活動的場景
　　來不可，即使在他們卑微的生活裡，他們從小到老只走過

一里半路。而且，為了要明確的知道這場景的特質和絕對的真實，我甚至於對這一地帶岩石的斷層也起了嗜好。也願意知道他們用以抹牆的泥土是否混有鐵粒，以致落雨之後，土牆因而變紅起來……。9

在這種觀點之下，作者認為如果不是從社會科學和自然科學上來判別人事，那麼「在敘述事實裡絕難安置一個有生命的主人」；同樣的，不從物理學和化學的認識上來反映自然界，則「那被寫出來的氣候，没有經緯度的差異，被寫出來的土質，不能斷定那是黑鈣土或紫棕壤」，而那樣的描寫是不可能真實的，因此他反對作家是風景的浮誇者或感情的即景者，他認為在描寫時「從地理的分布上和氣候的變異上來注視一種人事上的活動」，乃是作家「必具的常識」10。與這種精確的描寫的要求同時發生的是作者處理問題的方法和認識，他説：

　　我是服膺這樣的方法的，不但看見表面，而且要深入內部，研究組成部分的相互關係和相互影響。先把每一個組成部分隔離起來，研究他的發展過程，它的形成的歷史之後，再去看出環境對於事務的影響及事務對於環境的影響。然後再回到這對象的發生，變化，進化和變革，一直到這對象的最後的影響。11

端木蕻良的這些見解當然不會是他獨自的發明，我們很容易可以看出其中帶有唯物論和現實主義傾向，這是他受當時文壇上的流行的文學理論影響的必然結果。譬如在同一篇後記中，他對巴爾扎克、左拉、莎士比亞等的批評便是直接來自瞿秋白翻譯的幾篇批評論文12，然而他對於創作問題有這樣高度的了解並自覺的運用到創作實踐中，這一點是不能不特別注意的。他對於創作

理論的了解和運用，也即我們上面提到的他自稱為電影底片的剪接手法還有描寫及處理問題的態度，都深刻的決定了他的作品的形式和風格，那便是濃厚的抒情性、敘述上缺乏故事的連續性、以及結構上的散漫和零亂。前兩種特質在作者優異的才華和豐富的情感支持下，還不至於損害作品的藝術成就，但後者卻不能不說是個相當大的缺陷了。關於這一點，凡批評他的小說的大概都指出過，如夏志清說他的小說結構混亂、情節的發展不完全，魯迅說作者的短篇〈爺爺為什麼不吃高粱米粥〉開頭有些「使人墜入五里霧中」的感覺 13。王瑤在《中國新文學史稿》中有更詳細的批評，他說作者過於喜歡用心理分析的方法來說明人物的性格，使人物的表現不夠具體，同時結構也很鬆懈，這是受他所謂電影剪接的影響。他總結的說：

> 他太喜歡那種堆積詞藻的句子和所謂電影式的剪接手法了。結果常常使人物的性格不太明顯，而且語句的豐富也有時便變成累贅了。14

上面所有的批評都是相當正確的，作者小說結構的駕馭上的失敗是不容諱言的，然而與其把這失敗的原因歸於作者之運用電影剪接手法，不如說是因為他寫作經驗未成熟的緣故。這可以從他後來寫的《大地的海》和《大江》兩個長篇看出來，我們在這兩部作品裡看出作者是漸漸改正了這個缺點，尤其在《憎恨》集中那些寫於一九三三到三七年間的短篇，就小說藝術上說幾乎都是很完美的作品。

關於結構上的散漫和零亂，在此我們可以舉出幾個典型的例子來：如《科爾沁旗草原》第三章介紹丁家當代地主出場的那段描寫，人稱由「小爺」突兀的變成「父親」，因此這人物在故事發展中的時間和地位一下子是無法使人明白的。相同的情形，作

者把書中兩個主角大山和丁寧引入小說時，我們無法了解他們究竟以什麼身份和歷史介入事件之中。最失敗的地方應該是對於事件發展的處理，比如《科爾沁旗草原》第十二章以後描述農民的「推地」風波，游擊隊、馬賊、日本兵爭奪縣城的事，丁寧和大山的正面衝突等等，都難以找到線索把它們的發展和彼此間的關係串連起來。相同的情形發生於《大地的海》裡農民反抗日本人壓迫的過程的描寫，其中以蓮花泡人民武裝反抗日本人的那天晚上，忽然加入一個被形容為「四方型的漢子」，活生生從一個孕婦腹中取出胎兒的事，最不可思議（見小說第三十一章），另外如《大江》中兩個主角在軍隊中的經歷，大半是不連貫的一些特寫。可以說作者在構築小說中的事件時，幾乎很少意識到把它們設計為一個完整的、互相牽制的機體，很少關心到事件在變化中的組織與關係，因此每一個事件和場景變成像電影的獨立特寫一樣，就其本身說是精細和正確的呈現著，但對於整體的邏輯或辯證性方面是缺乏的。雖然作者說他在創作上重視「研究組成部分的相互關係和相互影響」，可惜他真的做到的卻只是把每一個組成部分「隔離起來」，當作單獨的事象去處理它們，精確而成功的把握它們，而對於它們所依存的整個情勢卻很少考慮它在構成上的重要性了。

　　當我們接觸多了西方現代主義的文學作品，再回過頭去讀端木蕻良的小說，在接受上大致不會有什麼困難。可是在三十年代的文壇，左聯提倡的無產階級文學理論正被看做一種「新潮」思想似的湧進來，它幾乎領導了當時整個文藝思潮，成為思想較進步的作家共同趨赴的方向，它對於作品明快和準確的要求，對於文學的大眾化的強調，在當時的創作傾向上是有一定的影響的。在這種文學氣候之下，端木蕻良雖為左聯的一員，而且也服膺創作必須是對生活的一種「有機的」認識[15]，或者以術語說：「對事務內在的辯證的發展」的認識，但他對於左聯創作綱領中提出

的作品體裁要以「簡單明瞭」為原則 16，卻無法接受。這一方面
自然是因為他的才華和性格不能「簡單明瞭」的理解事物，另一
方面則是由於他對小說藝術的深刻認識，即他所說的傳達上的
「精確性」及「有機的」處理事象，而這一成就在當時的文學發
展水平上是具有不可忽視的意義的。我們知道白話文學從《新青
年》雜誌開始到抗戰前的革命文學論戰止，其間不過十多年卻反
覆了歐洲為時約二百年的浪漫、寫實、自然、象徵主義等文學主
流 17，一九二八年革命文學論戰發生後，支配著創作意識的是
「國防文學」、「民族革命戰爭的大眾文學」等口號，在報導文
學和街頭劇的熱浪中，幾乎不容作者思考作品和藝術形式除了大
眾化之外是否另有可能及必要。在這樣的時候，端木蕻良把創作
從漫畫及速寫的方式脫離出來，企圖給小說尋求一種更雄辯、更
具說服力的形式，這對於小說藝術的發展是很有意義的一步。可
惜的是在砲火的威脅和對國難的激情下，不容他仔細的琢磨作
品，否則以他的才華加上對於創作的嚴肅態度應該會寫出更完美
的作品來。

　　與結構上的散漫對立的是一種抒情詩似的風格，我們如果把
端木蕻良長篇小說的每個章節細心的閱讀，首先將是被它豐富綺
麗的文字和洶湧的想像驚愕住，接著就會發現那些想像與文字對
於事物的形象及其內在規律的一種詩似的把捉力，那是精確而深
入的。這種成就，相信在當時的小說創作中似乎是無出其右的。
我們可以說端木蕻良對於事物的理解是由一種飽滿的感性作基
礎，這種能力使他能夠捕捉對象交錯紛雜的各個層面，而當他把
這經驗再現出來時，他絕少經過抽象的詮釋，只以生動而極具張
力的意象一一呈現出來，他的知力在這過程中只參預組織和設計
的工作，使它們符合他對於對象的經驗的秩序或節奏。這樣說也
許會把這創作法與歐戰後的新批評派創作理論建立起關係而發生
文學思潮的時代性混淆，或如作者譏評批評家時說的：「坐在一

支莫名其妙的火箭上來和時間競賽」[18]。但是在當時的文壇，這種創作觀應該不是什麼全新的理念，徵之於當時象徵派詩學的風行及各種流派文學理論的介紹，相信足夠提供端木蕻良這種創作法在發生上的基礎。同時，即使他不會十分有意的追隨這在當時剛萌芽中的創作觀，而只訴諸潛意識的、或自覺的一種創作力，以他的才華來說也是很自然的事，因為他優異的抒情技巧和觀照事象的才能，都必然指向這種高度的、純粹的藝術創造及形式的發掘和發展。

在抒情的傾向下，端木蕻良的小說在品質上具有秀美的、華麗的、暗鬱的、蓬勃的諸種色調，這些品質大凡天生的抒情歌者都共同具有，所以不必在這裡一一剖述。值得特別提出的是流動在他作品中瑰異的和近乎秘教的一種氣息。這品質在我們的白話文學傳統中似乎很少存在過，比較上曾在創作裡觸及它的是沈從文描寫湘西風情的作品，以及艾蕪寫他在滇緬邊界的經歷的幾個短篇，但這兩位作者幾乎一例的以民俗畫採集者的態度，去對異地的風俗作實錄的工作，他們真實的然而也平面的把見聞移到紙上，所以他們作品中的神秘氛圍是附帶於所寫的異地風光的必然結果，而非產生自作者對於那些社會組織和性質的了解。端木蕻良則是不同的，我們只好說他是對潛伏在人性中的狂暴、凶妖、陰暗及自然界的怪異性了解得相當深刻而且被魘住了的作者，而這些東西絕非作者迷幻世界的產物，它們確實存在於我們這溫柔敦厚的古老民族的性格裡，甚至於那早被時間風化掉的岩土層也不缺乏這些品質。作者對於這類世界的感覺和理解絕少誇張，如果一定要說他曾誇張過，那麼便是他喜歡把這些性質濃縮與壓擠在一個相當素樸的人物或簡單的事件上，於是那體積常承受不住過度的膨脹而變形，使人發生像經過特定的裝扮及處理過的燈光照射下的舞台的感覺。這便是作者文字造形上瑰異性的由來，也正是王瑤批評作者語句、詞藻的豐富成為累贅，心理分析的描寫

方式使人物顯得神秘而模糊的原因。但作者對於人物及事象在可能範圍內所作的盡情的剖析和描寫，卻使它們的性格狀貌像立體主義的畫一樣呈現在我們眼前，每個剖面的紋理、組織都達到高度的精確性。同時，由於作者從不忽略人物性格陰暗的底層，從不忽略這些質素對於一個活人或一段風景在構成上的重要性，因此他筆下的人物很少讓人感覺教條式的正面或反面的單調的人格典型，而是活生生的在生活中掙扎的人。

　　總的說來，本文所要討論的端木蕻良的作品，除了短篇的《鄉愁》、《吞蛇兒》、《被撞破了的臉孔》，故事的地點在都市，其他的作品，它們的場景都被安置於關東草原、塞外、長江及其沿岸的閉塞村落，他們的人物主要的是未成熟的知識青年、獵戶、農人、土匪及深門大戶裡的侈靡仕女。在這樣的世界中，作品本來就容易傾向於怪異的色彩，何況作者所揭示的常屬於發生在這不尋常的構圖間，人類內在的尖銳的衝突和瘋狂的戰爭，這就更加深了作品的怪異和瑰奇的性質。此外作者著意於把人物和事件以特寫的方式呈現出來，並以極綺麗的、創造性的文字去描摹規劃它們的紋理，因此這些作品在風格上總是流動著華麗和緻密的感覺。就作品的整個形式來說，則因作者未能有效的馭使其龐雜的想像力，同時過度的專注於個別事象的剖析，使整個結構與節奏陷於凌亂不齊，因此呈現在我們眼前的常是一幅氣魄恢宏、而又充滿了喧囂與強烈色彩的夢魘般的圖畫，它的力量總使我們不由自主的眩惑和被征服。會有這樣的形式和表現，作者的不成熟及其無可懷疑的創作才華是主要的原因，而當時的動亂局勢與社會上普遍的焦灼苦悶的氛圍，是助長這夢魘的形成和擴展的外在因素。作品的形式和風格經常暗示著時代與作者的精神狀態，端木蕻良作品的風貌正好為這一點作了一個忠實的注腳。

## 三、少年安那其歌者

　　端木蕻良在《科爾沁旗草原》後記介紹主角丁寧時說：他是一個「從天而降」在關東草原「振臂一呼的大學生」，又說：「他有新一代青年的共同的血液」[19]。在這部小說裡，從作者對於中心人物的選擇，我們看到了他趨向世界時所取的角度和位置，從小說中丁寧的造型，我們看到的是作者對於他的時代的道德內容、精神向度等的理解和詮釋。如果這兩點加起來是作者世界觀的發生及呈現的整個生態過程，那麼作者的創作起點是站在兩個座標的交叉點上：新時代以及青年。這兩重座標決定了這部作品的社會─歷史性，同時也袒露了在那情境下作者個人的中心意識，那便是少年安那其的歌者。

　　五四運動以後，我們的文學是不缺乏描寫未熟的、個人主義的浪漫英雄作品，巴金的大部分小說就是這類產物。端木蕻良在時代上和巴金屬於同一時期，因此他筆下的丁寧所作所為幾乎和當時小說中的少年英雄形象沒有根本上的差別，唯一不同的是丁寧是那群少年安那其者中最傑出的一座塑像，因為他幾乎囊括了成為那樣一個人物的每一必備成份。生為一個關東大地主的兒子，他曾在江南的學府裡放浪過一陣，和朋友組織一個「新人社」，在營火會裡互相批判被熱氣吹脹了的自己的形象，他們的目標是：「一個新人，一個智慧的新人」[20]。後來，這樣的生活也有些厭倦了，某個暑假，他想起了故鄉，於是在送別的筵席上他用「一點沒有誇張的詩句」歌頌大草原哥薩克式的健康，而「征服了南國綺靡之音，博得了青春的友情的喝采」。就這樣的，一位救難英雄從雲端降落到大草原上。回到草原兩個月之後，他在他的俄羅斯莊園主似的領地裡，卻聽到「在每個剛健的陰影裡」，「埋伏著無數的被損害了的被壓榨的病弱的呻吟」，

同時他也看到他家瀕於破產的窘境。從此他的良心和他從江南帶回來的文化，促使他著手進行偉大的工作，那便是改造原來健康而如今「到處都是軟弱、萎頓、黑死病似的一團」的大草原及其人民。他把在江南學到的「新人」的構想，運用到目前的工作，第一個對象是他窮苦的姨母的女兒「春兒」，他想解除她的鐐銬，送她到外邊讀書，他解釋自己這項工作是：「我想把你這塊材料還原你的價值」，而他所說的價值是科爾沁旗草原賦予它的子民的「雄邁的、超人的、蘊蓄的、強固的暴力和野勁」，他認為這種力量是草原精神的象徵，而不幸在歷史的積壓與階級傾軋下，它已經萎化及病弱了，他相信這也正是整個中國文化的縮影，因為「科爾沁旗草原就是我們古老的種族的全型」。面對這樣的問題，他一方面想假借教育提供人民一面「鏡子」去認識自己的智慧和力量，一方面企圖改善佃農的生活，並計畫把東北的經濟從日本人的侵略和壟斷下挽救過來。就在他這工作的第一步──給他屬下的佃農減租糧──正要實行時，因他的表兄大山站在佃戶的一邊，領導那些在旱災威脅下的佃農推地（即不租田來種），這事情嚴重的傷害了他，基於他對大山的感情和友愛，基於他的知識份子的優越感，他激怒了，瘋狂的改變他的「初衷」，狠狠的說：「我不能投降他們這些泥腿！」於是不管佃戶後來如何懇求續租，他下決心任憑地「撂荒」，他跟佃戶說：「我不租了！我願把地放兔子！」就這樣他這幕偉大的改革計畫幻滅了，而他自己也帶著無比的「創傷」，離開草原，結束幾個月前他「凱旋樣地把自己帶回到這新興的莽野來，想用這綺麗的沃野，蔥鬱的山林，北國的颶風，從大戈壁吹來的變異的天氣，老農頑健的白髯，女人黑炭精的眸子」，「來充實自己，作些有光有色的事業」的決心，因為他是太疲倦了。

　　總結以上丁寧所作所為的事，我們看到端木蕻良幾乎不曾增減一筆的把一個俄羅斯風的人道英雄形象移植到中國，這可以說

是作者的宿命，也即是他被他個人的知識及社會階級圈限住的痕跡。這種心態清楚不過的表現在作者為丁寧勾勒出來的一張臉譜，在一次「新人社」的營火會裡，作者借會員的集體批判說：

> 我可以簡單的用一個公式來說明，是這樣的——Nihil-ism＋Egoism＋Sentimentalism＋Bolsivikism＝丁寧 ism.（頁三八五）

這公式的定義是一個「亞力山大的坯子」或成吉斯汗、尼羅王式的人物，擁有「司芬克士的聰穎」及「一種可怕的厭倦和無窮的張口渴望」等等，其終極目的是要用「脊椎骨來支撐時代的天幕」。在這樣的熱度下，什麼形式的譫語都出現了，比方：

> 我是 Proerustes 的刀子，我敢負有這種自負，因為我受過新時代的任命和委託，把我所不願見的不承認的習慣、道德、制度，都投到一切否定的虛無裡去吧，這是必須如此的，這是我對時代的清除！我沒有寬恕，我沒有原宥，在我的字彙裡，我祇有暴動和爭強，沒有和平、順受……。（頁四四四～四五）

與這類夢囈呼應的是丁寧提供給草原人民的一些術語和路線。在旱災、推地的威脅加上日本皇軍及馬賊血洗縣城的謠言中間，他會用蕭穆的語調告訴那被命運壓擠得驚惶不堪的春兄：你們「缺乏一面鏡子」去「認識你們自己所代表的這雄闊的草原的力量」！同樣的，他以托爾斯泰的著作教育那服侍他的女佣靈子，要她了解人道主義的莊嚴意義，並且在他獵户出身的表兄大山面前批判《水滸傳》及《紅樓夢》的人物典型。然而這些只認識土地的價值的中國群眾，對於他的精神熱度是完全免疫的，他

們對於那些艱深的語言和問題只有睜大眼睛，茫然不解的注視，他們要的不是福音和修辭，他們只懂得逼到眼前的旱災和戰亂對於生命的威脅。因此在「鏡子」裡看到自己的不幸的，終於還是那激情的少年安那其者丁寧自己。當他自極度的昏熱冷卻過來，開始時也狠狠的詛咒自己「畢竟是等於零數」，可是真正佔據他的意識的是一種自憐的情緒，一場感傷之後，他在下面的又一個公式裡開釋了自己：

> 佛說人生悲劇有兩章，哈孟雷特的哀傷，唐吉訶德先生的橫衝直撞。
> 如今，這兩幕戲，同一時間同一空間在我一個人的身上，排成了一場。（頁三八八）

這一場精神的寒熱症是相當可觀的了，可以說那幾乎是中國開始現代化以來，知識份子心理病痛的最具規模的總併發，而其結果也像許多被革命的熱情驅使的啟蒙英雄一樣，在一陣抽搐之後，以被害者的姿態草草收場了。這種不徹底的態度，甚至也出現在丁寧個人的道德生活上。《科爾沁旗草原》第八章標題《豬的喜劇》，便是展露丁寧與一個叫「三十三奶」的孀子，於一場失樂園式的戲劇之後，混凝著童貞與羞恥、被辱與自我珍惜的一種道德掙扎。為了他的純潔與受害，丁寧曾咒罵那是「跳蚤的有意義的襲擊」，同時以托爾斯泰在《復活》裡揭示的上流社會對待愛情的市儈意識，痛楚地想到那因傳統社會的腐潰而失喪了快樂的犧牲者。就在這樣的基礎上，他把自己從罪惡裡開釋出來了，因為三十三奶是一隻盤旋在他身邊的「無恥的蒼蠅」，而替代蛇的工作的是「混蛋」的酒精，而且無論如何他是「不能多想」的，所以即便是「豬」吧，一段美麗的自白、一場青蒼的汗就足夠把一切洗滌淨盡，終其極他仍是「立在一切崇高之上」的

拜火教主 Zarathustra！在此必須附帶提出的是前一章《三奶家》，
可能是《紅樓夢》之後描寫大家族仕女群腐敗、侈縱最深刻也最
全面的一段文字，那種對於肉體的泥濘與燎燒的感覺的揭發，如
實的傳達出自我中心的少年安那其者對於肉體罪惡的過度敏感與
驚恐，同時也顯示出生長於地主之家的端木蕻良，在庸俗無血的
道德意識之下，被人性的萎暗面深深魔住過的經歷，他憎惡著，
然而也無可奈何的。相似於這種因不潔的侵襲而來的痙攣，曾在
《科爾沁旗草原》及後來的作品中於一些猥邪的小人物身上片斷
的出現過。對待這些情境，作者總是以不帶任何姑息的愛與同情
的態度去處理，沒有惡意的扭曲與誇張，僅以平實的、蕭穆的筆
調傳達那無可避免的人性傾向。這一點也許可以用來解釋何以端
木蕻良的作品總是含容一種深廣無私的愛與熱力，並瀰漫著胡風
曾讚美過的「健康的氣息」的理由 [21]。他的作品幾乎全是高歌著
人類鷹揚的、潔淨的、健康的品質，而在格調上則恆常散發出一
種呼吸高原空氣似的昂奮的、強勁的男子氣息，雖然有時不免流
於精神的酩酊或情緒的過度亢奮，無論如何那總是確確實實的生
命底氣息。

　　當丁寧的心智癲癇於他構想中的「新人」及其改革計畫的高
峰，偶然他也會止步，稍稍回首他究竟做了些什麼。這樣的時
候，他的反省與自責雖仍帶著詠嘆及自憐的調子，然而裡頭夾雜
著的尖銳的、噬嚙的聲音，卻使我們觸到那只有滿懷未被斲喪的
良心與愛的少年，才能發出的辛辣的、熬苦的、沒有任何力量可
以補贖的痛楚。也是在這樣的時候，我們才能確實的把捉到端木
蕻良個人的、以及他代為傳導出來的當代中國知識青年的脈跳和
體溫。下面一段話可以作為三十年代前後的中國，那些被傳統指
派來騎在群眾頭上的少年地主，不由自主的陶醉和心虛的自白：

　　　我悲嘆這大草原的虛無的命運，我同情了那些被遺棄

的被壓抑的。但是我之對他們並無好處，我對他們，在他們看來，並不存在，我祇不過是很形式的位置在他們之上，我不屬於他們，祇屬於我自己。在我不屬於他們的時候，我立的是特別的高……這時我是最高的存在，沒有人再能比擬我，沒有人再能估計我，雖然我自己的腳，卻常似自忖的像似有點懸空，有點前後閃跌。但我這時是最足興奮的，最足自豪，最滿意的自我享樂，我是屬於我自己的……。（頁二○二）

像這樣的「懸空」的快樂和自足，儘管也頗足陶陶然，但總免除不了孤絕和寂寞來襲吧，因此自然會有下面的戰悸的、沒有方向與對象的告解了：

我將在他們（群眾）眼中成為一個優良的魔法的手段者，一個超越的支配者的典型，一個如歷來他們所歌頌所讚嘆的科爾沁旗草原的英雄地主的獨特的作風。受他們不了解的膜拜，受他們幻想中的怨毒。（頁三八二）

關於中國農村地主與群眾間心靈及感情關係的游離，端木蕻良不曾在他的創作裡詳細探討過，但「不了解的膜拜」和「幻想中的怨毒」兩句話，卻相當正確的把握住階級病態的形成及實質，同時也點出社會罪惡的癥結所在。在這罪惡的結構下面，幾千年來許多人坦然的接受那明知是因不了解而來的膜拜，許多人也只能藉怨毒來宣洩自己的不幸，甚而至於戕害他們自主的權利。於是患了道德冷感症的士大夫們縱橫在我們的大半部文化史上，用他們的理解，留給我們不少步武適度閑雅雍容的生民樂章。他們是立得很高的，而且也很自足於他們的成績，因為他們有群眾所不能企及的神聖武器：教育及知識，然而在三十年代的

中國，便是這無往不利的法寶也有人覺得該被提出來檢討的必要了。當丁寧發覺他居然無法控制自己龐雜的思潮，只有廢然的這樣說著：

> 也許我的未被統制過的教育、知識，就是很適合的去把我配置成功為一架沓亂的思緒的沒有圓心的機器吧，這機器必須是命定的永遠的輪轉，永遠的沒有停止。（頁二〇四）

有時則一點也不寬容的、惡毒的嘲諷起自己了：

> 我是思想的巨人，行動的侏儒嗎？我崇高的地方在那裡，我超越的地方又是什麼呢？（頁二〇三）

當然，所有這類的冷嘲熱諷也不過是血虧的知識青年習見的囈語罷了，充其量那是附帶於自我挫敗感之後的對於一切事物——包括自己在內——的嫌棄和厭拒，而且自憐自傷的情緒是貫串它的骨幹的。但倘若丁寧不曾對他自己的階級與地位感覺倦怠，不曾對他那「命定的永遠的輪轉，永遠的沒有停止」的知識生活發生這麼虛無的態度，他必無從產生對實際行動的渴望，而會像癲癇病患者一樣以自己的大腦為圓心，在人類精神文化的領域裡作周而復始的暈旋的迴轉了。上面丁寧招供的他對自己只是很形式的位置在群眾之上的認識，以及自忖到其懸空和前後閃跌的處境，是使他渴望實際行動及回歸到人群中的原因，而它同時也決定了他的行動之無一定的方向和基礎並缺乏正面意義的命運，它限制了他的行動的內容及發展，使他只能是一個個人主義的少年安那其者，一個殉身於他的臉譜上早已標明的「可怕的厭倦和無窮的張口渴望」的不成熟的英雄。他是激情與憧憬的產

兒，注定永遠不會成長，永遠不會衰老，只會在高度亢奮之後驟然死亡。

在三十年代的中國，生長於日本帝國主義用來為它的侵略祭旗的東北，端木蕻良用他的心血細細雕鑿出來的丁寧的形象，是有其深刻的社會及歷史的意義的。他的意義不在於啟示一個新的精神境界，他的任務也不是像黑格爾歷史哲學中那作為時代精神化身的歷史人物（a world historical individual），伸出力強的手來敲擊另一時代的大門。相反的，他的存在是為結束一個面目模糊、自我迷失的時代，也即五四以後，知識界波盪於諸多外來「主義」所造成的離心狀態。那一個時代，它的精神毫無疑問是激昂的、高亢的，它在知識、道德、人性等等心靈領域的開拓也是廣大的，然而它的無饜止的心智冒險，卻使它成為一個隱藏人類所有的知識和秘密因而連自己的意義也界定不了的司芬克士，在人類文化的莽原上焦灼的、迷惘的注視。在這樣的時候，一身披掛西方各式主義的盔甲而在臉上找不出一絲中國文化的線條的丁寧出陣了，高舉圖寫著「司芬克士的聰穎」的盾牌，揮舞那狂想中用來「支撐時代天幕」的脊椎骨的長矛，他的戰績注定是等於零數的，因為他衝入的是一個不能以他的武器和方式來解決的戰爭，而他戰鬥力量的去處是比唐吉訶德還不幸的，因為他連中國的風車也認識不清，他的刀劍只有砍向自己。帶著自己造成的傷痕，丁寧從那象徵整個中國的科爾沁旗草原消失了，這一消失，代表著當代知識界由西方移植過來的一切新中國社會的創造神話、設計圖樣的總結，也即是那一個時代的知識份子在歷史進化中的使命及意義的總結。從丁寧身上，我們看到當代知識界的精神版圖，它是蓬勃、病態的擴張的，它注定要完結於一陣思想、意識極度混亂的高潮，因為它的啟蒙性質不容它持久的進行一無結果的破壞與建設的遊戲，尤有甚者，當時逼過來的一個更嚴重的危機，也即決定民族存亡的外來侵略，更不容它留戀於那

種沒有現實基礎的精力的浪費和陶醉，歷史逼迫它認識日本皇軍的刺刀和血腥，催促它取用一條比較壯實的、因此也是艱辛的路子去長成。在這樣的一個社會—歷史條件之下，端木蕻良為少年安那其者丁寧所作的禮讚，實質上已成為對於一個在逝去中的時代的一首悲壯的、同時也是鄉愁的挽歌。

　　被端木蕻良批判為「思想的巨人，行動的侏儒」的丁寧，隨著他的時代的風向無疾無終了。在同一個時候，作者的少年安那其意識卻附託在另一個形式上彰顯出來，那便是與丁寧在同一場戲中扮演對手的獵人大山。這個人物無論在社會地位或行動方式，都與丁寧成對蹠關係，正因為如此，丁寧欠缺的所有質素便完完全全的在他身上賦形，套用作者的讚語，那是一個「行動的巨人」。大山，這個使丁寧敬愛與懾服的高大漢子，是凝固了草原的一切精神及力量的象徵，作者對他所傾注的感情是不下於對丁寧的熱愛的，他把他擬為群眾力量的正確發展的典型，讓他領導，同時也代表當代覺醒中的農民意識。他的造型，我們不必在這裡細述，因為他實際上就是丁寧夢囈中的那個力強的英雄的現實形象，只不過他是由關東草原的風雪、泥土以及廣漠雕塑成的，他無法以任何「主義」去思索和定義。我們必須於認識這條平行於丁寧的粗大黑線之後，才能掌握住《科爾沁旗草原》這部小說中作為主導的少年安那其意識的全貌，那是積極的，崇拜力量並敢予接受挑戰的，它之命定失敗，在於我們前面分析過的無一定的方向及個人的激情，或更正確的說，在於它的安那其性質。同樣的，我們必須從大山像山一樣站定在地面的身體，與丁寧之在人類文化的高空酩酊的姿態，才能看清作者端木蕻良對於他的時代的理解及歷史進展的透視之由來與實質。總的說來，他的理解仍脫不了知識份子由高處俯瞰所得的模糊印象，它稀釋了構成社會病態的現實生活真相，因此其預測也是浮泛的、充滿浪漫的詩情的——誰能相信丁寧的腦子加上大山的力量就可以扭轉

草原的命運？所有這些見解毫無疑問是起源於啟蒙式的愛與激
情，以及對於萌芽中的群衆力量的不正確估計，這使它完全以個
人對於一個美好世界的狂想為中心，把虛幻的光明及解救不著邊
際的以神話英雄的姿態向外噴射。此外，促使這種姿勢如此強固
的形成，還因作者個人的身世與所生長的地理環境而來的對於男
性及力量的浪漫性崇拜，因為草原地主傳統的剽悍的意志力，加
上那廣漠的、神秘莫測的草原，這一幅奇異的精神及生活的構
圖，正是在形式上及實質上培養浪漫英雄的溫床。端木蕻良之強
調個人的、即興的行動，是先天的被草原人民遺傳中拓荒的、掠
奪的性格決定了的，何況他因文化及教育獲得的知識，更使這性
格得以無限的擴張，丁寧的存在因此而來，大山又何嘗不是？兩
個人物的性格加在一起，表現了作者端木蕻良所代言的那一個時
代的知識界與象徵年青的中國靈魂的東北人民，企圖尋求結合時
的內在衝突與精力的誤用。

　　十九世紀的法國社會主義思想家普魯東，描述理想的安那其
社會的經典句子是，那樣的社會：「它的中心到處都是，它的範
圍永不存在（a society "it has its center everywhere and its circum-
ference nowhere"）。」生為草原之子的端木蕻良，在九一八的槍
砲聲裡結束他對大草原及知識層的謳歌，從那以後，他走入正接
受戰火洗禮的廣大國土。帶著草原給他的新鮮的銳利的視覺，他
殷切的注視那場前所未有的大動亂，逐漸的他了解，那等待整個
民族共同建立的新的社會，它的中心是意志，它的範圍是群衆。

# 四、地之子

　　一九三三年端木蕻良完成《科爾沁旗草原》，他把小說的最
後一章留給九一八事變前夕群衆騷動不安的實況描寫，因為那時
候他對於群衆心理及力量的發展方向，還缺乏把握的能力，而他

又不能相信當時一般小說中出現的「自發性的絕對的覺醒」的農民英雄，會是在當時「中國的土地裡」真正生長出來過。他對於大山的刻畫，雖然帶著誇張和激情的筆調，但他只讓大山在小說裡是「一個未完成的性格」；只不過預期他會「更向光明走近，更向時代吮吸，他的性格，將更能推動真實，而他自己也更向真實學習」。基於作者對創作所負的莊嚴的道德感，在那一階段，他不願「自己說謊，還強姦著自己去相信，把真實掐弄得如我們所願意聽的那麼短[22]。」與這嚴肅的寫實態度對應的是作者對於社會激變期的農民心理的分析，那是對許許多多死而復生的阿Q道德意識的總清算，因此也預示一個新的契機。他的理解是這樣的：

　　五千年的鐐銬，會使囚徒的脖頸磨平了，在聽天由命的說教下，他們會把自己的叛逆的思想自首在觀音大士之前的。這樣你可以聽見旱煙管裡的悲嘆，小茶館裡的呶呶，但對於神的意志並無違反。

　　但是，你以為這些馴良的農夫也就永遠的祈禱在觀世音之前嗎？在忍耐破裂了的時候，獅子的不常見的吼聲，會在那廣大的草原上吼起來了。這時候，他們要報復的，他們要瞻仰瞻仰這法相莊嚴的裸體，這時候，他們是搖天撼地的草莽之王。[23]

　　描寫這一系列的意識變化的過程，分別出現於《科爾沁旗草原》的幾個獨立篇章，以及作者於一九三三到三七年間寫的一些十分完美的短篇。屬於報復之前的悲嘆的如《科爾沁旗草原》第十二章《南園子之夜》、十四章《大伙房》，短篇〈鷺鷥湖的憂鬱〉、〈爺爺為甚麼不吃高粱米粥〉等。表現出報復的吼聲和姿態的，《科爾沁旗草原》最後一章《一個結束的結束和另一個開始的開始》，是最典型最具規模的表現，在短篇中則有〈渾河的

急流〉、〈憎恨〉、〈雪夜〉等。一九三七年，作者把他的短篇
以《憎恨》為書名結集出版，後記裡說：「相信憎恨是戰鬥的火
源，戰鬥是愛的澄清，愛的創造。相信沒有憎的愛是罪惡的姑
息。」寥寥數語，卻是這一系列短篇的精神所在。這一個集子裡
的短篇，無一不是關於群眾及社會現實的問題，而其心理則是輾
轉於惶惶不安的大動亂前後的情緒，至於作為它的中心意識的是
人類天生的愛與憎，具有原始的純良與暴烈。這個意識的形成是
因作者由他的知識層視角，驟然轉換到由一群還不認識未來及方
向的大眾身上出發，那一刻的雙重迷惘所造成的。換句話說，這
集子是結合了作者在理解及透視上的短暫迷失，以及群眾掙斷鎖
鍊前後，它的力量找不到正確表現形式時的混茫的產物。這樣說
是基於這些作品對於罪惡及暴力的攻擊，就作者的創作意識及群
眾的反應來看，大半全憑天生的愛憎與報復，少有冷靜的思索與
檢討，因此它們雖有現實根據，而對於當時新的社會情勢及發展
中的群眾意識主流缺乏反映，因為那時還無法發生這種認識。然
而，必須特別提出的是，作者的才華及他逐漸成熟的寫實態度，
使這些在時代中迷失了的作品，保留下來那正在消失中的傳統中
國群眾意識的、性格的幾個傳神特寫，也因這原因，這些短篇的
藝術成就將永不褪落。把上面剛說過的這些特性完整的顯示出來
的是作者於一九三五年寫成的長篇《大地的海》。

　　《科爾沁旗草原》中，端木蕻良雖曾用不少篇幅描寫農民群
像，而且因方言土語的純熟運用，使人覺得他所寫的確實是來自
泥土的大眾，然而那些人物因為經營不夠，都只像速寫一樣的草
率、缺乏實體感，更不用說性格的刻畫了。從《大地的海》開
始，作者塑造及描寫鄉土人物的才能，還有他所貫注於他們的感
情，才炫人的表現出來。本文開始時曾說過，作者因他的矛盾的
家族史，在情感方面一直懷著對於被壓迫的佃農——也即他的母
系的象徵——的愛與同情。《科爾沁旗草原》中，作者於知識份

子式的寒熱病裡，仍把與丁寧敵對的大山塑造成一個完美而令人尊敬的人格，就是這種心理的反應。等到他的夢囈在外來侵略的災厄前消失了，他發現真正能支持住他搖擺的心智的是那些活著的、強勁的農民與土地，他的歌聲便因此而發了。在《大地的海》中，這心理便以作者完全把感情與寄望指向大地與人民表現出來，而那感情是無可比擬的溫煦和深厚的。下面一段話是作者寫這個長篇的動機，我們從裡頭可以找到他因日本人的侵略而喚起的對群眾、土地、社會、時代的感情與理解的訊息：

> 我常想。這被世界豔稱著的沃土，黑色的草原的怒海，該用她悠長的歷史吞食了多少善良的靈魂？他們用兒子對母親的愛來用鏟用鋤用鐮刀來侍奉大地，大地不響著，大地渴了喝他們的血，大地的土壤瘠薄了時，他們將血輸送給牠。他們就是一柄有血有肉的活犁，被一隻罪惡的黑手逼扼著，向前無休止的走。先是王爺，後來是大帥，大帥之後是少帥，……最後還把「日之根」海水舀給他們喝。雖然海水是苦澀的，是鹽滷的，然而，他們說這是王道，是樂土。24

在這一段話裡，我們發現作者的控訴雖因對日本侵略的憎恨和憤怒而發，可是更根本的顫悸卻是來自對於兩重無形的勢力的理解，一是大自然的侵吞性，一是歷史制度的壓搾。我們必須認清了作者對這兩重勢力的顫悸感，才能理解為甚麼他會說他對故鄉的理解「一切都是慘陰的」，他會對於農民的「沒有例外的一生」帶著那麼深的愛與痛楚感，而又在這樣的基礎上，盡情的歌頌他的被蹂躪的鄉土。他的心理，可能也是每個活著的中國人心理，是很容易理解的：那是吾土吾民，是永不能捨棄的母親祖國。《大地的海》這部小說，便是一首因敵人侵略而流的鮮血給

塗抹得更鮮明的這種心理的史詩。這裡，我們必須先看看作者對
於「大地」的特殊了解。

在我們的描寫農村的文學作品裡，對於大地的態度，大約總
是不帶批判的把它賦以純潔、親切、生命等等象徵意義。比方像
葉紫、吳組緗、趙樹理等優秀的農村作家，他們的作品都只是對
於農業社會組織的病態的針砭，而很少把土地及自然力當作獨立
的對象，探索其本身的意義及農民在它約制下的意識及反應。因
為在傳統理解中，土地永遠是看待人類的，永遠是使人類得以千
秋萬歲長樂未央的憑藉，它注視人類歷史的不斷演換，可是很少
人還它以注視、或大膽的思索它的存在究竟是甚麼回事。端木蕻
良當然不能從這個理解範圍跳出很遠，尤其我們文化中久遠而牢
固的山水傳統，它之逃向、或臣服、或境界更高的泯化於自然的
意識形態，也不容一下子被摧廓淨盡，端木蕻良對於大自然的態
度與別的創作者之稍有不同，因此只能說是一種驚疑、或者沒來
由的畏懼罷了。這種心態的形成，凡銳敏的、真的在莽原與山嶺
中生活過的人，大概都會發生，不同的是端木蕻良特別全面的去
感覺它，而且是以農民的、而非文人的形式把他的感覺表現出
來。先看看他怎麼寫大地吧，《大地的海》開頭就這麼說：

　　假若世界上要有荒涼而遼闊的地方，那麼，這個地
方，要不是那頂頂荒涼，頂頂遼闊的地方，至少也是其中
最出色的一個。

它之所以出色，是因為使人想到：「夜的鬼魅從這草原上飛
過也要感到孤單難忍」，又因為：「一支晨風，如它高興，準可
從這一端吹到地平線的盡頭，不會在中途碰見一星兒的挫折」，
如它真的碰上了，「那準是一塊被犁頭掀起的淌著黑色的血液的
混凝的泥土」。對於這樣的洪荒，人類的解釋是無能為力的，於

是只好把它歸因到無饜足的鋪張著的泥土了：

> 是的，在這塊大地上，如拋去泥土不提，這地上還有
> 甚麼可說的奇蹟呢，還有甚麼可以令人篤信的證物呢？而
> 且這土地到底還成了甚麼土地呢，這荒涼的草原還怎能再
> 向人誇耀它無比的荒涼呢？（頁二）

這些文字和感情是夠素樸和平實了，然而也因它的簡單，它
所傳導出來的空虛和神秘的感覺才夠叫人窒息的，它的無事不可
發生的靜默才足以撼人神經的。

與這沉寂迫人的自然現象相對的是作者在另一個長篇《大
江》中，對於長江形勢的描寫，那完全是咆哮著「陰險和惡毒」
的森人景象，比方它的岩石：

> 江流的兩岸的石子也是奇特的，有一段是湛黑的岩
> 石，它一掛一掛的排成了沉著的鐵鍊，一半跌落在江裡，
> 一半裸出在水面。龍鱗甲是斜角的石片組成的，摺疊在細
> 沙上，如同整隻垂死的蜥蝪。……馬肺石是被幾千萬隻肺
> 癆的細菌所腐蝕，一束膿疽潰爛的肺在江沿上倒掛著。污
> 黑的血就是從這上面向下滴搭……。（頁三）

上面提到的徹底的廣漠、岑寂、陰森、雄奇等等性質，是作
者對於大自然的一般性體認，但是最為他所不解而卻又使他有親
密及懾服的感情的是土，是關東大地，它的存在，它的律則是誰
也不能測知而又不能不俯從的。比方從它內裡長出的植物吧，它
竟把一切花葉「都化作了尖銳而激憤的針刺，向曲折的枝梢張
出」，以致使牛羊都要從它身上逃開，「怔仲的、躊躇的、對這
出奇的原野，吐露著不能了解的哀鳴」。但人們與土地是有神秘

的契約的，那兒，在母親們意識到她們就要生產了，一定叫人把
坑蓆揭開，「好讓兒子第一次親著的人間的事物是土」，「她們
知道土是喜悅這樣的，因為只有土才是兒子的真正的母親」。

> 母親把初生的嬰兒的肚臍埋藏了，報告大地的兒子已
> 經來到人間，這便是人與地所立的永約，是有記號的。人
> 們把自身和母親共同呼吸的血管，在降世的第一天割斷，
> 埋在地上，這就可作人與地立約的記號。（頁二七～二八）

　　人類有許多古老的禱文，記錄人與神的約誓，它的文字韻律
像詛咒一樣，它的內容是人的虔心的、敬畏的順服。端木蕻良寫
在上面的這一則人與土的永約，也是這樣的禱文，這樣的誓言。
那麼，它的訂定可不是證明土的勝利嗎？被侵吞、被征服的不是
大地之子嗎？他們如何在它的上面擴張，他們的血就注定是要如
何為它流盡，拓荒精神是這約誓的唯一信物。

　　倘說自然會教育人類，那麼關東草原的子民從大地得到的便
不可能是華茲華斯從英國的嚴峻湖山學來的整飭的品行，他們是
不作興那樣的，在那個秘教似的約誓下面，他們的道德一定得以
如下的形式發展：

> 北風逞著荒寒的挺勁，在青年的紅蘿菠皮色的鼓掙掙
> 的小腮膀上，寫出自信、要強和侮慢。在老人的額角的皺
> 紋上，則蘸滿了古銅色的金粉，狠狠畫出兩條不可調和的
> 固執和粗魯的摺痕。（頁五）

那麼他們的情感生活呢？

> 農夫有著和肩膀一樣寬的靈魂。有時會寂寞的不著邊

際的哀傷著自己，有時又在毫無意義的作了愉快的大笑。對著生人，也懷著磅礡的熱烈粗魯，父親對兒子樣密切的願望。對著自己的親人則反而像仇敵那樣疏遠著，因為他們不會在作態上表示感情，他們以為真實的感情是無須表現的，倘一表現便顯得瑣碎、卑下。（頁五～六）

　　他們就是這樣的，因此若有一個人在傷心，在他的胸膛裡一定可以聽見「心的一寸一寸的磔裂聲」，如在哭泣，滴落的淚水也會「透出一種顫動的金屬聲」。而年老的祖父，「可以坐在篝火前和死去整整十年了的祖母，叨叨咕咕的談上一個夜晚」。再有比這些更親密更了解的文字來形容大地及其子民麼？再有比這些描述更能構造人類素樸的、然而也是雄奇的形象嗎？恐怕是很少可能的了。

　　前面的分析加上農村在歷史中形成的階級病態，是端木蕻良對於「吾土吾民」的整個理解，也是《大地的海》這部小說創作意識的基礎。關於作者對階級病態的觀察，我們前一節已討論過，這裡不再贅述。剩下的便是作者如何在這基礎上揭示群眾心理在敵人迫害下的變化及發展了。《大地的海》故事很簡單：關東一個叫蓮花泡的地方，九一八事變後不久，日本和偽滿洲國勾結，強迫農民鏟平剛長苗的高粱田修築公路，農民從被壓迫到反抗的經過。人物也很簡單，主要的是：艾老爹，一個七十多歲的老頭，像長白山的獨挺松一樣長青，完全草原式的個人主義英雄。他的兒子來頭，一個不大言語的小伙子，憂鬱、倨傲、臉上找不出一絲邪惡的線條，一如新生的大地一樣。還有一個小酒店的老板郝老爺，他在生命的晚年，被就要「回到土裡去」的念頭搞得有點不安。剩下的便是把「組織」和「反抗」的觀念帶給村民的革命份子。由於篇幅的限制，我們只從艾老爹和來頭父子身上，探索農民心理的變化。

　　艾老爹無疑是代表一切成熟的東北農夫的典型，熱愛大地，因此當他聽到要親手剷平他用血汗種出來的高粱苗，他第一個反應是拿鋤頭敲偽滿警察的腦袋，但結果高粱苗還是要剷的，於是他第的二個行動是在修築公路時跳出來，阻止農民「修他媽的西方大道」。這些行動的心理基礎是這樣的：

　　　　從前我以為挺一挺就過去了，也許南京發大兵出關來，也許俄大鼻子替咱們打個勝仗，就過去了……。（頁一八三）

　　沒有人能替他解決問題，那傳統的「挺一挺」哲學，最後是以下面的迸出火來的痛苦方式結束的，剷高粱苗時：

　　　　（艾老爹）以曾經哺養過大地的鋤頭去斬斷自己血汗所滋生的小苗。而這時艾老爹並不感到難受，反而同一個詛咒人生的魔鬼，加速的在促使宇宙趨於毀滅的一樣覺著痛快。覺得異常的不可忍耐。

　　　　（艾老爹）反而因為由於悲慘和過度的衝動，所釀成的酩酊，使得他接觸的一切和所想起的一切，都在腦袋裡面昏暗起來。顯得益加意志模糊，不知如何處理眼前的事物。而現在他單是順從一種筋肉的習慣，揮發著他原始的野性在對著他用父親的慈愛所培植出來的青苗，不著一點兒體恤的讓生動的大鋤，在上面殘酷的橫掃過去，這是何等一種愛悅的討伐！（頁一八五～八六）

　　誰說農業大眾的意識活動只應是「簡單明瞭」的，而且只該用「簡單明瞭」的文字去表現？看，光是這麼一個單純的老農，

不也這麼經得起「心理分析」嗎？他的形象、他的內在真實不是因為這些高度藝術性的文字而更為真實深刻的被捕捉住了嗎？而且設若我們懷疑這是誇大、這是經過分光鏡的折射和扭曲，那麼將何以解釋他們在東北的凍原上使日本人懾懼喪膽的英勇反抗？因為那是不容懷疑的事實，是真的在行動上曾用如同這些文字的瑰奇威猛的形式表現過的！

隨著日本人強迫修的公路的進行，以來頭為象徵的年輕一代的東北群眾，也逐漸在革命份子的教育下排成他們還不習慣、也因此不大整齊的隊伍。這個變化出現在來頭逐漸自然使用起來的新語彙，最有代表性的是他勇敢的說：「骨氣中個甚麼用！」「組織」才是最有用不過的東西。但時間不容許這種心理達到必須的強固，他們的反抗匆迫的爆發了，成功雖然要靠組織，但更需要經驗，他們失敗了。逃避日本兵的追擊時，必須在土上斷氣的大地之子郝老爺，被射死在來頭背上。艾老爹，這一直固執著他草莽式的骨氣的老人，只有這樣機械的念著：

> 太慘了，來頭呵，我不願幹了……這實在太慘了，這該死了多少人呵……為了一些還沒有著落的想頭，我們就死了這許多人呵，太慘了，山下他們日本人，正在洗村子呢……唉……不要幹了他，這實在太慘了呢……。（頁三二一）

他完全怕流血了，他不接受來頭加入義勇軍的勸告，他被迷信征服了，甚麼觀音老母辭職了，還得有五百年的浩劫等等。但年輕的是等不了五百年那浩劫功德圓滿的回報天廷的。藏在山裡一陣，他逼老人回答：「是凌遲萬剮好受呢，還是槍斃好受呢，你要挑選那樣來呢？」針鋒對麥芒，老頭子硬朗的架回去：「我那樣也不逃避，我還要活下去！」就因為這個不假思索的本能，

這對父子最後還是投奔軍隊去了。小說的末尾，作者用甸子上小放豬官的歌結束整個行程：「我們要活，紙裡包不住火，秋天的燕子必定要往南飛，生活裡總得有著鹽味……。」

上面是這對大地之子心理變化實況的幾個側影，他們是抗戰爆發前渝陷區農民的抽樣。我們看到他們走過的路是崎崎嶇嶇一坑一谷的，他們的步子也很不穩。作者不曾為他們提出路線和指示，只把那過程歸向一個可能會排成的隊伍，這一切便是作者對時代的理解和迷惘重疊於群眾剛萌芽的自信和嘗試的記錄。群眾所以要嘗試要戰鬥，作者只替我們找到一個原因：要活下去。他是告訴了我們事實。

秋天的燕子往南飛，大地之子則被迫轉戰於長江流域，那是作者於一九三九年寫的長篇《大江》要説的故事。主角之一的鐵嶺是長白山區一個獨來獨往的獵人，另一個是做了大半輩子土匪，拿生命去奉行「胡子經」的李三麻子。他們跟著艾老爹父子的足跡，走那一條一時走不完的血染成的路，但他們換了一種方式在走：他們排在隊伍裡合力迎向戰鬥，指導他們的是組織和紀律。支持這兩匹野馬接受隊伍和紀律的約束的是他們的意志，但負著這樣的軛和韁繩大半出於被迫，很少來自他們的意願，所以他們掙扎過。掙扎教育給他們的是一種從未發生過、或他們從來很少關心的理性：政治與群體，還提煉他們一種陌生的感情形式：國家民族的意識。倘若藝術品可以用條理還原出促使作者創作的契機和感應，那麼上面所説的便是構成端木蕻良《大江》的幾條主線和輪廓，它們表現他的創作過程，也即他對時代及社會的理解和詮釋的始末。

在這裡，我們首先要檢討一下端木蕻良從九一八前夕到抗戰初期這段時間內，表現於作品中的觀察整個民族生命及精神的現實，在焦距上的改變。簡單的説，《科爾沁旗草原》是注視兩個中心的，其一是以丁寧為代表的作為新血的外來文化，其二是大

山象徵的覺醒中的中國人民的靈魂。到了《大地的海》，這種糾葛消失了，作者完全集中於群眾生命和心理的相當原始層面的探討，大山的那條線得到極致的發揮。《大江》中，我們看到上面說的兩個中心合併的徵兆，它們彼此修正後，以集體意志的面貌出現。作者這一系列在觀察焦距上的轉變是有現實意義的，因為九一八以後，沸騰在大半個文藝及思想界的課題是抗日、反對侵略、民族自救，創作者的意識即使不能如前引胡風所說的，完全和「在戰爭底動員下急激變動著的現實生活相接觸相結合」，他們之經驗到新的現實是必然的，他們的創作實踐會因群體意志及戰鬥的照明而燃燒也是必然的。左聯所指斥的個人的「革命的興奮和幻滅」，在前進的、有道德感的作家身上，自不可能再發生。就這一點來說，端木蕻良確實是左聯忠實的一員，同時也是一個有良心的、眼光犀利的創作者。

　　根據上面分析的作者對當時情境的認識來衡量《大江》這部小說，在表現上它是失敗的。這部小說，作者集合多年來對於群眾的了解，企圖表現被迫離開土地的農業大眾，在戰火洗禮下他們在質上的變化、他們的力量和被安排的命運間所取得的新的結合與關係。可能是因作者過於熱情的注視吧，就人物性格的塑造來說，曾表現於丁寧及大山身上的激情和個人英雄姿態，又轉嫁到鐵嶺及李三麻子的側影上，而替代《大地的海》中作者很成功的掌握住的群眾心理，即求生的本能加上對局勢的初步認識所產生的共同行動，卻是一種在民族戰爭的標題下，被國家民族的感情引燃起來的傳統豪俠氣慨，結合著為戰鬥而戰鬥的疲倦所產生的昂奮的然而也是迷惘的心理。這樣的心理，乍看起來是不可思議的，是超過人類的忍受限度的，但我們只要看看今天的越戰，就會相信三十年前它確實發生在中國過。在這樣的心理下，鐵嶺和李三麻子隨軍隊的移動，開始和結束許多不是出自他們意願的戰爭，他們這樣做，當然是跟著組織給他們的目標：抗日救亡。

但這不是作者關心的中心，他要歌頌的是支持他們走下去的力
量：意志。要了解這部小說，必須從這個視角出發，才能掌握住
它要告訴我們的一個長期戰爭中，個人的希望與理想和時代的步
伐相牴觸，而又必須毫無選擇餘地的接受時代的命令，以群的存
在為個人的存在，把個人的意志在群體意志中消滅，這其間發生
的殘酷的掙扎史。前面曾說過，《大江》這部小說失敗於把群眾
心理賦以豪俠氣慨，然而我卻也從這地方，觸到當代群眾劇痛的
心理現實。只要想想，那些剛丟下鋤頭不久的農民，時間還不容
許他們把政治、國家、民族等的理解和感情培植完成，卻催迫他
們為這些觀念拋擲生命，在這時，他們連原有的為故鄉為親友報
復的快感也不存在，他們能找到的精神依憑，當然只有是那頗為
空虛的豪俠姿態了。鐵嶺和李三麻子兩個人物之所以塑造得不成
功，由於作者過份給他們豪俠色彩，但這兩個經過誇張和膨脹的
人形，卻是結合了一個時代的精神內容及鬥爭痕跡的塑像，像我
們在許多廣場看到的雕像一樣。

　　從小說的結構和形式來看，《大江》一樣透露出長期戰爭
中，群眾混凝著空虛的豪俠姿勢與戰鬥的疲倦所產生的迷惘印
記，那便是它的雜沓及不連續性。比方從第四章到第七章鐵嶺做
了一個專門收編土匪的大隊長，帶著他的敢死隊以不可思議的勇
武叫李三麻子俯首歸順，後來又經過日本皇軍殘忍的追擊、與部
隊主力失去聯絡、飢渴的迷失在野地，這一個過程中人物的心理
描寫，很難叫人確信它真的那樣發生過。相同的情形，從第九章
到第十二章，那酷烈進行的戰爭，相對於鐵嶺及李三麻子的輕
鬆、突兀的感情的變化和理性的閃耀，幾乎成了一種漫畫的感
覺。之所以如此，當然部分因作者喜愛的電影剪接手法所造成，
但主要的仍是由於作者及群眾在戰爭連著戰爭的懸宕情況下，對
於正在進行中的個人及群體的命運的迷惑所致。這樣的處境，促
使作者僅能粗糙的描述那不斷發生的事件及群眾的反應，而無力

於冷靜及全面的分析二者間內在的結合與關係，於是呈現在我們眼前的便是蕪雜的、片斷的事件了。

在結束這一小節的討論以前，我們必須簡單的檢討一下端木蕻良在描繪抗戰前後的農村及農民，究竟達到什麼樣的深度。從本文討論過的他的作品，我們發現他對問題的探索是循著兩個方向進行，一是農村生活諸現象的實錄，一是農業大眾內心生活的剖析。在生活現象的實錄方面，他的取捨完全根據重點的方式，一方面截取傳統農業社會中具有典型意義的生活片斷，如跳大神、耕種、小酒店裡的牢騷，另一方面則安插一些改變農民生活秩序的新事件，如日本軍及偽滿政府的貪婪暴虐行為。由於作者是以直接客觀的筆觸記錄這些現象的細節和過程，不帶任何是非的批判和暗示，因此所呈現出來的農村生活場景達到了很高的真實性。當新舊的生存條件錯落的編織在一起，便十分有效的傳達出當代農業社會秩序上的劇變和紊亂。與詳實的記錄農村生活的畫面並行的是，作者用心的探測及捕捉農民內心生活的韻律，在這方面作者表現的才能是極傑出的，這從我們前面引用到的幾段關於農民心理活動描寫可獲得證明。無論我們用怎麼苛刻的尺度去衡量，都不能不承認作者對於外界環境的刺激與人物內心的反應間的關係，一直是警覺而敏感的，因此他的剖析也就格外的細密周全。在他描寫下，農民內心生活的每個層面及變化幾乎像年輪一樣的清晰，雖然我們前面曾提到過，他有時會把繁複的分析壓擠在某一平面或某一瞬間，而超越一般農民的心理負荷，但他之長於典型的農民形象的創造是無可懷疑的。當那生動絢麗的農民的思想情感的波濤，鑲嵌於實錄般的生活場景的規整線條時，我們感覺一切活動都是具體而有生命的，都未曾經過作者有意的調度而自然如實的進行著。就這一點而言，我們相信端木蕻良在小說藝術上已達到一種深刻的寫實的水平，他對農業社會及農民的描寫是忠實而成功的。

　　最後讓我們討論一下作者在當時的新情勢下面，對農業大眾的去向的認識和期望。本文中我們曾多次提到作者從不曾在他的小說中為農民的未來命運作過任何設計，他一直只是客觀的追隨農民在思想及行動上的變化，而不曾越過他們的認識範圍，把一切變化納入概念化的解說和目標，他唯一肯定過的是在戰亂中，農民「唯一可能的只有服從事實」，那便是「戰鬥」和「群的創造」[25]。就這一點來看，作者態度較諸當時公式化的抗日小說是嚴肅和客觀的。然而當我們更深入的探討時，卻發現作者這種觀點大半是由於他無法更進一步的理解在新的歷史與社會情勢下，農業大眾所可能發生的新的態度和動向的問題，換句話說，作者對於自己所提出的「群的創造」的意義與指歸是相當茫然的。這一點很明顯的表現在他對當時的農民力量與整個時勢所下的蹈空的判斷上，《大江》後記中說：

　　　　在群的創造之下，他們（農民）都成了英勇的戰士，而他們這些原始的野生的力，表現在這個當兒，反而更能看出我們這個民族所蘊蓄的力，一些個夢囈者說我們的民族已經腐朽，請他睜開眼看看這個民族的各色各樣的野力吧，多麼新鮮，又多麼剽悍！任何民族恐怕都沒有這樣韌性的戰鬥的人民！

　　在這段話裡，作者對整個民族的未來是毫無保留的樂觀的，因為他的判斷完全來自對於「力」的崇拜和對「群的創造」的無限信仰。然而我們發現作者所說的「原始的野生的力」是帶著很濃厚的理想主義色彩的，這種力量是否全面的存在於當時農民的身上本來已是很大的疑問，何況它在本質上幾乎無可避免的與群體及組織相牴觸、相對立。在這樣的情形下，作者雖認識到群體的主要性，卻未曾專注的思索農民必須在什麼條件下才能有效的

接受其創造，僅片面的強調那理想中的各色各樣的野力的決定性作用，作者這種思辨與認識上的偏差，注定了他之無法系統的、整體的透視在新的歷史條件下，農民的心理趨向與新的社會秩序的成長，使他只能追踪時代的足跡而無力於探測其演進與方向。我們若從這樣的角度和標準去批判端木蕻良的作品，則他對於民族精神及生命的新境界的啟示是缺乏的。他的筆仍徘徊於曙色之前的黑暗與不安，他對農民的理解和預期仍浸染著激情與幻想，而他的整個思想及意識在基本上並未脫離土地的羈絆，這使他在《大江》為止的所有作品停留於一種堅韌的、崇拜個體力量的大地之子的姿勢。

## 五、餘論

對於端木蕻良小說的分析，目前我們只能做到上面一步為止，在未讀到他的全部作品的情形下，對他的創作的結論是無法下的，上面的探討只是對於他創作過程前十年的一個粗糙分析。就他在這三部長篇的表現來看，使我們想到戰前德國很流行的一種叫傳記小說（Bildungsroman）的體式[26]，那是以主角的成長史來反映一個時代的社會及歷史變遷。端木蕻良這三個長篇並無相同的主角，但就情緒及探視的中心來說是有一貫性的，這一點作者本人曾在《大地的海》後記中有所說明，他說他「計畫四個長篇，在情緒上有一貫的發展，在人物上並無串聯」，《科爾沁旗草原》後記也說他要寫一個叫《龍門鎮的風砂》的長篇，敘述大山發展的過程。這個長篇作者並未完成，據我們現在所知的資料，《陪都花絮》可能就是作者計畫中的四個長篇之一，這只有等待以後去證實了。由本文探討過的三個長篇，我們發現它們雖無相同的主角，但它們是環繞著一個主題的，那就是日本帝國主義侵略前後整個國家的社會及歷史變遷的實況。由於它的出發點

是東北的群眾而非單獨的一個人，所以它的視野是更為廣闊的，它的悲愴及壯烈也就更為深刻及全面，這一點便是本文開始時曾說作者以東北的血淚史為軸心，把整個民族在抗戰前後的災厄像史詩一樣呈現出來的理由。如果按唯物論的文學批評標準，像盧卡契（George Lukacs）所堅持的，歷史小說並不在於重述已發生過的歷史事件，而是把參預那些事件的人物以詩的蘇醒力（poetic awakening）重現出來，從而使人看清當時的背景及歷史演進，那麼，端木蕻良的三個長篇毫無疑問是屬於歷史小說的範疇。雖然盧卡契理論的主要教條是歷史小說及其作者必須認清：「階級鬥爭在人類進化中的決定性作用」[27]，這一點端木蕻良的作品一向是不甚強調的。天才作者也許可以在作品中預先設計人類思想行為的模式，但那必須待諸他的經驗和成熟，同時他的設計也無法完全超越歷史限度。就端木蕻良表現於三個長篇的情形來看，毫無疑問他是個天才的小說家，但他的未成熟及寫作技巧之有待磨練也是很顯然的，此外就這些長篇的產生年代來說，他之無法徹底奉行階級鬥爭的決定性作用的理念，並非由於認識不清而是當時外來的迫害是比社會內部的鬥爭更為重要及引起他的注意力的。根據上面的檢討，我們相信《科爾沁旗草原》、《大地的海》及《大江》，是描寫抗戰前後民族精神及生活現實的優秀歷史小說。

關於小說的語言及形式問題，一九四〇年前後以胡風及向林冰為首，曾掀起一場所謂「中國作風中國氣派」的文學的民族形式問題論戰。端木蕻良小說的技巧和形式，就當時的標準說無疑是歐化的，但他在作品中大量運用的大眾語彙，其傳神及純熟是叫人驚奇的，比方跳大神的全套說詞、賭經、黑話、胡子經、老百姓的談話等等，都用得靈活生動。他之善於運用高度藝術性的文字剖析農民心理，從前面引的艾老爹剮苗的一段，可見其一般。下面的一段則是混合歐化句式和大眾語言的一個成功的例

子，它出現於《大地的海》中，一個叫杏子的女孩，被漢奸的兒子弄死，她的葬儀的描寫，送葬的只有幾個老頭子：

> 婦女們見著杏子的屍棺走過，都冷冷的避開，把孩子悄悄叫進屋子裡，把窗戶關上。
>
> 艾老爹因此益發覺得這小小白摺棺材裝著的孩子的可憐起來。他擴張開自己所有的久久矜持著不許溢出的老父的慈愛，灌注在這小小的薄皮棺木之中，他一聲不響的將這可憐的靈魂最後的行程擔在自己的肩上。……
>
> 三個老頭子一鍬一鍬的掘著。
>
> 「再掘深一點吧，……孩子要怕風呢！」
>
> 「多培上點土吧……秋後雨水要大了！」蓋土時候，老人又低低的互相提示著。（頁二九七～九八）

我們即使不迷信文字結構本身的有機性，相信也會感覺到出現在兩段描寫間的兩種不同句式構造，正好十分稱職的再現它們所要傳達的內心的、情感的顫動頻率。端木蕻良的作品，在語言和形式上作過許多這類的嘗試，大半說來，他是成功的。我們即使把他在這嘗試的成功及失敗撇除，光看他貫注於作品中的深摯的吾土吾民的情感，他的小說仍是地道的、有力的「中國作風中國氣派」的表現。

（1972）

1    《憎恨》後記，上海新文藝出版社，1958 年新版，頁 185-86。

2    藍海：《中國抗戰文藝史》，現代出版社，1947，頁 56。

3    這四部作品為作者於 1933 年至 1939 年間的創作。為保存作品原貌計，本文凡有
     引用處皆依據舊版，茲將出版日期及書局注明如下：《憎恨》，文化生活出版
     社，1937；《科爾沁旗草原》，上海開明書店，1939；《大地的海》，生活書
     店，1938；《大江》，上海晨光出版公司，1947。如有引用 1949 年以後新版，
     當另注明。

4    《科爾沁旗草原》後記，頁 514。

5    以上所引見《大地的海》後記，頁 375-376。

6    胡風：〈在新的情勢下面〉，見批評文集《論民族形式問題》，頁 15-16。

7    C. T. Hsia: A History of Modern Chinese Fiction, Yale Univ. Press, 1962, p.316.

8    《科爾沁旗草原》，頁 513-514。

9    《大江》後記，頁 291。

10   以上所引同上注，頁 292。

11   同注 9，頁 299。

12   參照《大江》後記頁 295-296、302 及瞿秋白譯：〈拉法格和他的文藝批評〉，
     〈拉法格：左拉的《金錢》〉，〈列寧論託爾斯泰〉等論文，見《瞿秋白文集
     （三）》，人民文學出版社，北京，1953。

13   《憎恨》後記，頁 185。上海新文藝出版社新版。

14   王瑤：《中國新文學史稿》，頁 132，上海新文藝出版社，1953。

15   端木蕻良在一篇題目為〈創造和生活〉的文章裡曾說：「不了解生活的本質，而
     祇記錄它的現象，是偽文學」，又說要了解生活必須「把一個過程有機的來認
     識」而非單單去「解釋」和「說明」。見《文藝春秋》，4 卷 5 期，頁 8，
     1947。

16   本文凡引用左聯對文學的主張皆見於〈中國左翼聯盟的成立〉一文中當時通過的
     創作「綱領」，及〈中國無產階級革命文學的新任務〉，不再一一注明。兩篇文
     章見《中國現代文學史參考資料》，第 1 卷，頁 281-282，287-291。高等教育出
     版社，北京，1958。

17   鄭伯奇：《中國新文學大系小說三集‧序》，頁 1-2。香港文學研究社影印本。

18   《大江》後記，頁 301。

19   《科爾沁旗草原》，頁 5-6、5-8。

20　凡引號中文字皆為小說原句，為避免繁累計，除大段引述外概不標明頁次。

21　胡風：〈生人底氣息〉，見批評文集《密雲期風習小紀》，頁 127，海燕出版社，1940。

22　《科爾沁旗草原》後記，頁 516-517。

23　同上，頁 514-515。

24　《大地的海》後記，頁 377。

25　《大江》後記，頁 294。

26　這種小說於岑寂一段時間後最近又開始復活，如南非女作家勒辛（Doris Lessing）就把她不久前完成的長篇連作《暴力之子》（The Children of Violence），自稱為 Bildungsroman。見這系列長篇的最後一部：The Four-Gated City, Bantam Book, N. Y. 1970, p.655。

27　以上見 George Lukacs: The Historical Novel, trans. by Hannah and Stantey Mitchell, pp. 42-43, Merlin Press, London, 1962。

# 歷史與現實
## ——論路翎及其小說

## 一、作品與批評

　　一九四五年，路翎完成他的第一部長篇小說《財主底兒女們》，胡風在序裡預言：「時間將會證明，《財主底兒女們》底出版是中國新文學史上一個重大的事件」。他認為這部約八十萬字，包羅七十多個人物的小說，「可以堂皇地冠以史詩的名稱」，而「整個現在中國歷史能夠顫動在這部史詩所創造的世界裡面」[1]。在胡風煩瑣嚴格的文學批評裡，像上面這樣傾心讚美的文字是很少見的。相似的態度，出現在他為路翎一九四三年出版的中篇《飢餓的郭素娥》所寫的序，在那裡，他肯定了這位當時「剛過二十歲的青年作家底可驚的情熱和才力」。除了上面兩部小說，路翎在解放前寫的作品有短篇集《青春的祝福》、《求愛》、《在鐵鍊中》、《平原》，中篇《蝸牛在荊棘上》，長篇《燃燒的荒地》，劇本《雲雀》。一九四九年以後，他的作品有短篇集《朱桂花的故事》，朝鮮戰爭通訊《板門店前線散記》，劇本《英雄母親》、《人民萬歲》，以及散見於雜誌的一些短篇小說等。[2]

　　從一九四〇年開始執筆寫作，在大約十年的時間裡，以僅僅三十出頭的年紀，路翎在創作上的收穫是驚人的。他的成就，在

抗戰後期的文藝界引起不小的騷動。傾向西方新文學理論的批評者唐湜，曾把他和 D・H・勞倫斯相比，他特別欣賞路翎對生活中「潛在的、半意識或無意識」領域的發掘，因此斷言：

> 路翎所以有遠大的前途，就在於他沒有給庸俗的「邏輯」的眼光束縛住，只平面地，孤立地「暴露」人生的一些所謂有「社會意義」或「政治意義」的現象，他抓住一些簡單的東西來寫，卻沒有故意使它在繁複的人生的網裡孤立起來。3

另一個批評家陸翔也採取相似的看法，他讚美路翎的小說「摒除了那些表面的社會現象和枯燥的故事底羅列，而直接地深入了人物底精神世界」4。

相對於上述的觀點，當時留在國民黨統治區和香港的馬克思主義文藝理論者，卻對路翎的作品加以嚴厲的指責。他們的批評大致針對作家的主觀精神之於工農形象的塑造，例如胡繩認為路翎有著太強的知識份子的主觀，這就妨礙了他認真地寫出他所看到的工人：

> 使他寧願從臆測中探索工人的「精神世界」，以致把他似乎是寓以希望的工人也寫成和某些知識份子一樣地是「情緒閃爍的神經質者」了。5

這種指責繼續到解放以後，尤其是一九五五年胡風事件發展到高峰時，路翎更因「同路人」的身份，使他解放前後的作品都遭到普遍的批判和否定。雖這樣，他們對路翎的創作才華和藝術成就並未一筆抹煞，胡繩說他是「有顯著才能的作家」，他的作品表現著：

　　對於創作界現有的作品不滿足，而企圖通過自己的筆來更深地寫出中國人民的「精神生活」6。

　　陳涌評《財主底兒女們》時也說它「在藝術上有不少可取的地方，有不少足以說明作者的才華的表現」，又說路翎的一般作品：

　　　在藝術的表現方法上，……當作者遵照著現實主義的原則，真實地平易地刻畫人物的心理的時候，便往往顯露出藝術的光彩。7

　　從上面兩種不同的批評，可以看出路翎作品之被激賞或非難，大都在於它們的表現方式，以及由這產生的人物的塑造和社會現實的揭示，特別是關於工農形象的問題，而這一切自然要牽涉到他的思想和認識，也即世界觀和立場的問題。下面我們就由他的作品中的勞動人民世界，檢討他的創作和他自己，在解放前後這一激劇變化的歷史階段中所處的地位。

## 二、創作理論

　　在路翎的小說人物中，勞動階層占著很大部分，他著力描寫的大都是工、農、士兵、流浪漢、小市民、和尚未從封建的紐帶解放出來的窮苦的女人。在刻畫這些人物時，路翎是帶著反省和思索的態度的，早在他寫《飢餓的郭素娥》時就曾表示：

　　　郭素娥，不是內在地壓碎在舊社會裡的女人，我企圖「浪費」地尋求的，是人民底原始的強力，個性底積極解放。但我也許迷惑於強悍，蒙住了古國底根本的一面，像

在魯迅先生底作品裡所顯現的。我祇是竭力擾動，想在作
品裡「革」生活底「命」。[8]

這種向內尋求和擾動的結果帶給他困惑，除了擔心人物性格
的不正確處理，他還疑慮的說：「我越寫越弄不清楚什麼叫做小
說了。」[9]對於這點，我們找不到進一步的解釋，據胡風說：「這
是為生活內容探求相應的形式的呼聲」[10]。這可能是路翎的本意。
不久以後，他在《財主底兒女們》的題記裡又說了這樣一段話：

　　　我特別覺得苦惱的是：當我走進了某一個我所追求的
　　世界的時候，由於我對這某一世界所懷的思想要求和熱情
　　的緣故，我就奮力地突擊，而結果好像誇張、錯亂、迷惑
　　而陰暗了：結果是暴露了我底弱點。

這裡，他已明顯地意識到自己的作品在結構和表現方法上的
缺陷，但這一切似未得到應有的重視和改進。一九四六年，緊接
著《財主底兒女們》之後，他出版了《求愛》，在後記裡他肯定
地宣稱：

　　　人們是應該以自己底精神來說明客觀世界，而不應該
　　沾沾自喜或隨波逐流。

這句話曾被當時的一些創作者奉為名言[11]。根據這觀念，路
翎掃除了前此在寫作上的猶豫，使他在原有的程度上，進一步憑
自己的認識與想像單向地「突擊」被描述的對象，而不考慮它是
否能稱職地掌握對象的活動規律，是否能適當地解決他曾提出的
「什麼是小說」這一命題。這個態度的形成，可以說是對當時文
藝作品公式化和標語化傾向的反動。就在同一篇後記裡，他毫無

保留地攻擊文學上的經驗主義和教條主義者，也就是那些在主題上強調「英雄主義底實現」與「或種高貴而神奇的情操」的人。他認為就是在一個平庸的世界裡，人總是在生活著，它裡面自然有著「歷史力量底本身」，一個作家只要能有這種「自覺」，那麼透過對各樣的人生鬥爭的檢討，他的作品就能呈現那歷史的力量，那「時代底詩」。上面這些觀點顯示著濃厚的胡風文藝理論的色彩，由於這對路翎的創作活動起著決定性的作用，此處必須對它的理論根源稍加檢討。

　　根據胡風的看法，文學作品必須反映現實，而不是奴從現實，它必須通過作為「社會關係底總體」的人底生活，創造出反映「歷史內容」的藝術形象，他的一個論斷是：

　　　　文學活動是和歷史進程結著血緣的作家底認識作用對
　　於客觀生活的特殊的搏鬥過程。12

　　在這過程中，作為創作主體的作家不能只是一個「死的容器」，一個讓客觀對象自流式地裝進來的「工具」，他的認識作用是形象的思維，因此首先他必須「從邏輯公式的平面上跨過」。達成這任務的先決條件是作家在創作實踐中，對現實生活反應上的「情緒的飽滿」和「主觀精神作用的燃燒」13。他說：

　　　　文學底路，現實主義的文學底路，一向是，現在是，
　　將來也永遠是要求情緒的飽滿的。14

　　又說，置身於民族和人類的解放鬥爭中的作者，若要他作品中的「認識成為真的認識，反映成為真的反映」則：

　　　　首先需要作家本人把人民底負擔、覺醒、潛力、願望

和奪取生路這個火熱的，甚至是痛苦的歷史內容化成自己
的主觀要求。15

　　他這裡所説的主觀要求，有時又稱「主觀戰鬥精神」或「主
觀的精神力量」，它是作者用以「擁合」客觀現象的憑藉。根據
上述觀點，胡風特別強調實踐的重要，他要求作家的創作實踐必
須同時是生活實踐，他必須把創作對象化成自己的「血肉要求」
來進行「搏鬥」，唯有這樣他的思想和認識才不致落空。在這
裡，他引了列寧説的成功的作家所描寫的主題是「他所非常熟
悉，經歷過的，深思過的，再三感覺到的」，來説明這一點。他
認為唯有這樣，才能保證作家在創作中逐步提高自己的認識能
力，才能保證在作品裡提高現實人生，表現出歷史的方向16。從
上述觀點出發，胡風指出當時文藝界的普遍悲劇是：

　　　　一邊是生活「經驗」，一邊是作品，這中間恰恰抽掉
　　了「經驗」生活的作者本人在生活和藝術中間受難
　　（Passion）的精神。17

　　他認為抗戰文藝的兩個大「毒瘤」是「主觀、公式主義」和
「客觀主義」，他把前者形容作熱情離開了生活內容的「空洞的
狂叫」，後者則是生活形象吞沒了思想內容的「淡漠的細描」18。
這些正是上引路翎在《求愛》後記中詆斥的對象，他那裡所説的
「沾沾自喜」指的是主觀、公式主義，「隨波逐流」則是説客觀
主義。
　　正如胡風所説，作家的認識作用是和歷史進程結著血緣關係
的。被上述創作理論領導的路翎的作品，他筆下的勞動人民世界
正好正面的表現了在社會變革中，與群眾分擔同一歷史現實的作
家，一方面受制於他無法不「沾沾自喜」的知識份子主觀願望，

一方面不能不在歷史動向中「隨波逐流」，這中間的鬥爭情況，以及由這折射出來的當時的精神現實。

# 三、飢餓

　　抗日戰爭造成人民的流離遷徙，資本主義則透過它的代理人，在中國的黃土上建立大小不一的工廠，在這些條件下，一種新的社會關係逐漸在形成，它的成員是被迫離開土地的農民、逃兵、流浪漢，還有寄生在這些人身上的工頭和房東。這就是路翎早期作品《青春的祝福》和《飢餓的郭素娥》的世界。透過這個世界，路翎著重處理的是中國人民在歷史風暴下的精神變化。在他塑造的人物中，婦女的形象佔著引人注意的地位。

　　前面曾引過，路翎寫郭素娥時，是預存著尋求「人民底原始的強力」和「個性底積極解放」這企圖的，由於這緣故，更由於上述的社會條件，郭素娥這女人作為一個典型，自然與魯迅的祥林嫂或羅淑的「生人妻」有著根本上的差異，雖然她們同屬被壓迫的階層。在郭素娥之前，路翎寫過一些在小說中佔次要地位的女人，她們的造型和性格是相當一致的，差不多總是動物似的本能地生活著，看不出一點理性。在工農婦女身上的表現形式是：生命經因襲的社會地位戕害後，繼之以不幸的流亡生活所造成的膽怯、歇斯底里和不可思議的韌性。例如礦工石二的女人「彷彿一個飢餓的老鼠」，總是「悄悄地，似乎怕觸壞什麼東西一般地」在生活（〈黑色子孫之一〉）。木匠李榮成的妻子李嫂是「一個幻想異常多的女人」，「即使在辛勞使她疲弱，絕望使她不明瞭周圍一切」的時候，「也還是只要一出神，就幻想了起來」（〈棺材〉）。能夠使這些不幸的女人真正感覺到生命到了絕境的是，她們僅有的財產的損失，這一點在〈卸煤台下〉有較集中的表現。小說裡礦工許小東的妻子，一個因懷鄉和絕望的貧窮而

病了的女人，當她僅有的一口鍋被打破時，馬上「從床上躍起」：

　　在這一瞬間以前，女人底生命彷彿是找不到依託的，現在她才突然明白，她原來是依存於這一口舊鍋！她多麼愛這一口鍋，只要它還是完整的，不能用來燒飯都可以！只要它還是完整的，她便不再想要回到故鄉去，也不再想要過種地挖菜的農家生活！然而遲了！她哭，呻吟，詛咒，絕望地跺腳。……（《青春的祝福》，頁二三一）

當更大的不幸降臨，這些除了生命以外再也沒有什麼可以喪失的女人，卻表現出無比的堅韌。許小東後來殘廢了，因失業而發瘋了，他的妻子雖在僱主家受盡折磨：

　　但一個被壓壞，除了殘廢的丈夫底食物而外什麼也不敢希望的女人，是有著絕大的忍耐力的。她不再饒舌了，姿態蠢笨，像石塊一般沉默；那簡單的回鄉夢固然是消失了，就連所夢想的土地上的勤勞也不再給她以任何感觸。她開始膽怯，後來就諂媚自私的伙房，時常偷一點冷飯回來餵她底丈夫。（同上，頁二八九～二九○）

另一方面，隨著工廠的存在，這小社會裡生長著無知、快活、貪慾而狡黠的女人，這可以拿包工楊承倫的女兒連金為代表（〈何紹德被捕了〉）。她是一個「總是賣弄著什麼的年青女人」，獨自在工廠附近開一家雜貨鋪，靠著結識礦工和「不斷企求新鮮和神秘」的東西在生活。正如她那由破落的地主變成市儈的父親一樣，「她已經沒有一點還保留著是一個農家姑娘了」。對於這被雛形的工業生產關係決定了一切的女人的成長史，小說裡有一段概括的描寫：

　　她沒有母親（這樣的女人似乎從來不是被母親所教養大的）。她底貪慾的父親又極容易對付，就是，有幾個錢，就一切都馬虎過去了。祇僅有一次，楊承倫因為紳士的身份……而發怒了。他把女兒捆在房間裡，……在堂屋中間咆哮著。

　　從房間裡透出了連金底軟軟的淫蕩的聲音；她求饒說：「爹我不，我不了，爹你讓我出去；我在劉家有二百塊錢今天要去拿。」於是立刻，從楊承倫底尖尖的顴骨上，從他底被貪欲的皺紋圍繞的灰色的小眼睛裡──一直到他多毛的頸子，展開了一個猥褻的笑。他變成了這樣一個動物：他失去了自制力，慌亂地在堂屋裡徘徊。（同上，頁七一～七二）

　　破產的農業經濟帶走了殘餘的封建道德意識，但那些靠著工資施捨活命的女人還是要生存下去的，路翎看到了這點，於是從李嫂、許小東妻和連金的世界裡浮現出來的郭素娥，不能不帶著精神的、肉體的雙重飢餓。

　　像多數的農家婦女一樣，郭素娥本來是個「強悍而又美麗的農家姑娘」，但飢饉把她從故鄉驅逐出來，逃荒又遭了匪，她的父親「因為拼命保護自己底幾件金飾，便不再顧及女兒，向山谷裡逃去」。後來，郭素娥被一個比她大二十四歲的鴉片煙鬼收留，寂寞地渡過十年青春歲月。就在這時，她周遭的世界起了變化，首先是工廠的建立，接著是戰爭的騷擾。當厭倦於飢餓的農村少年紛紛投向工廠：

　　厭倦於鴉片鬼的郭素娥，也帶著最熱切的最痛苦的注意，凝視著山下的囂張的礦區，凝視著人們向它走去，在那裡進行戰爭的城市所在的遠方走去。

　　她開始不理會丈夫，讓他去到處騙錢抽煙，自己在廠
區裡擺起香煙攤子來。她是有著渺茫而狂妄的目的，而且
對於這目的敢於大膽而堅強地向自己承認的。——在香煙
攤子後面坐著的時候，她底臉焦灼地燒紅，她底修長的青
色眼睛帶著一種赤裸裸的慾望與期許，是淫蕩的。（《飢
餓的郭素娥》，頁八～九）

　　終於，她看到希望的微光了，一個叫張振山的工人走進她的
世界，這強壯的男人使她感覺到：「她底生活以前是沒有想到會
被激發的黑暗的昏睡，以後則是不可避免的破裂與熄滅」。就這
樣，郭素娥陷入了那以新的社會條件為觸媒的 D·H·勞倫斯世
界，這使她焦灼和痛苦地發現自己處於什麼樣的絕境。當她要求
張振山帶她走而被拒絕後，小說裡給她這樣一個側寫：

　　　　「你現在好多錢一個月？」
　　　　「沒打聽過嗎？」摸擦了一下手掌之後他（張振山）
　　又問，用一種粗暴的聲調：「妳要錢嗎？」
　　　　「我——要！」郭素娥同樣粗暴地，怨恨地回答。張
　　振山驚愕地聳了一聳肩膀。他沒有想到他會遭到這樣的敵
　　手，他沒有想到郭素娥會有這樣的相貌的。當郭素娥向他
　　敘說她底熱望的時候，他避開她底真切，認為只要是一個
　　女人，總會這麼說；但是當她怨恨地，以一種包含著權威
　　的赤裸裸的聲調說出「我——要」來的時候，他卻驚訝，
　　以為除了婊子以外，一個女人是決不會這麼說的了。而郭
　　素娥，能夠坦白地怨恨和希冀，能夠赤裸裸地使用權威，
　　決不是妓女，是明明白白的事。（同上，頁十三）

然而那希望還是被紙幣換走了：

把紙幣捏在手裡的郭素娥，所以那麼痛苦，是因為她原來是存著她底情人可以給她一種在她是寶貴得無價的東西的希望的。她底痛苦並不是由於普通的簡單的良心底被刺傷，而是由於，顯然的，她所冀求的無價的寶貝，現在是被兩張紙幣所換去了。她捉不住張振山，……。整整一年來，她整個地在渴望著從情慾所達到的新生活，而且這渴求在大部分時間被鼓躍於一種要求叛逆，脫離錯誤的既往的夢想。（同上，頁三一）

隨著這夢想的破滅，郭素娥面臨另一種生活的、精神的困境，她被那小社會認為是「一個奇特的敗壞的女人」。這使她軟弱和自棄過，使她想到：「假若能夠掙出饑餓的苦境」，她「又為什麼要幹那些得罪天地的，敗壞的事呢」。但她畢竟是強悍的，精神的飢渴使她「不但不理會這些，而且逐漸變得乖戾了」，她不像李嫂把貧窮當成自己生而有罪的證明，也不會像李嫂一樣幻想著地獄裡地主被判下油鍋，自己則進惡狗村，以為這是「公平」的判決而釋脫心理的重苦。郭素娥是有著「黯澹的決心的」，那便是：

她已經急迫地站在面前的勞動大海底邊沿上了，不管這大海是怎樣地不可理解和令她惶惑，假若背後的風刮得愈急的話，她便要愈快地跳下去了。跳下去，伸出手來，抓住前面的隨便什麼罷。（同上，頁三二）

這個被張振山以曖昧的語言傳布給她，她自己又從雄壯的汽笛感覺得到它的力量的勞工世界，雖然像張振山一樣危險和不可捉摸，但比之於赤裸的貧窮和內心的絕望，它總是個目標。就這樣，郭素娥忍受丈夫的詛咒，可是當她那一無保障的內心生活被

觸到的時候，她的反擊是勇敢和兇猛的。當鴉片鬼劉壽春無恥地
逼問：

> 「我們沒飯吃，妳有得那麼多錢！」
>
> 郭素娥怔悚了一下，隨即爆發起來了。她猛撲過桌
> 角，用一隻手叉著腰，指著劉壽春狂叫：
>
> 「你要錢！是的呀，有這麼一回事，有這麼一個人，
> 就是沒有錢！你快些死，我要討飯去，做苦工去……。」
>
> 劉壽春從床上坐起來，兩頰陷凹，像貌變得陰毒。
>
> 「妳到壩上去賣，——有人給錢的。」……
>
> 「你簡直，不是人！」女人狂叫，隨手抓起桌上的一
> 個飯碗來向他砸去。她是一瞬間變得那樣狠毒，像一條憤
> 怒起來的，骯髒，負著傷痕的美麗的蛇。（同上，頁七
> 七～七八）

飢餓的郭素娥，這個頑強地站在封建和資本社會中間，拒絕
單純的順服和單純地出賣自己的女人，依靠她的女性，依靠她一
知半解的工業生產的誘惑與鼓勵，她渴望叛逆和脫離強加到她身
上的不幸，她想像過經由那勞動大海來洗滌自己精神的、肉體的
飢餓。但她一切的努力碰撞在她能有的社會條件後，她得到的只
是更大的不幸。郭素娥終於被密告了。垂死的傳統道德，在必要
時仍有足夠的力量吞噬這樣一個女人，不論那是如何不光采。郭
素娥，這個一生被「金錢」侮辱的女人，最後還是喪身在這上
頭。在一間陰慘的破廟裡，郭素娥受了封建家法的炮烙之刑，她
的罪名是淫婦，但她的死因是她曾藉以反抗的武器：她拒絕她的
丈夫把她當商品轉讓，她拒絕出賣自己！

# 四、黑色子孫

在同樣是為尋求人民原始的強力和個性的積極解放這意念下，路翎筆下的男性工農比勞動婦女分得更大的激情和社會意識。尤其是後者，路翎在他的小說中幾乎從來不讓那每天必須與匱乏的生活本身正面交鋒的女人企及。

就像被精神殘缺的封建紐帶捆綁出個畸型心靈的李嫂和郭素娥一樣，路翎描寫的男性勞工並非想像中「通體光明」的人民大眾，他們是些「黑色子孫」，是在資本家寶藏所在的礦坑流完最後一滴血液，在省籍和工種的糾紛間，逐漸懂得應如何共同安排自己的命運的工人。但因為路翎把他吝於分給女人的思想和社會意識，大量加到這些工人身上，他們的形象經常是腫脹的，他們的精神也分崩離析。總的說來，路翎筆下的男性工農，特別是那些帶著領導色彩的工人，差不多都是被時代精神的聖光環繞的人物，虛脫、狂暴和憤怒，在某種神秘的召喚與罪惡叢生的現實之間受苦受難。他們中，那些屬於新生的、前進的一批的下落，幾乎沒有例外的是從現場離開，遁入某一不可知的洪流。由於這緣故，路翎成功地塑造出來的工農形象，經常是那些在他們的原鬥爭地困守下去的、或被它無情地消滅的中間人物。比之於那些目光如炬筋肉暴突的工人先知，他們是襤褸的、疲憊的、怯懦而善於自欺；但比之於那些未完成的英雄典型，他們卻多出來一個具體的、血肉模糊的人生。

〈黑色子孫之一〉是路翎較早的一篇作品，在裡頭，他描寫了三種類型的工人：金承德，本來是個農人，離鄉三年，「當兵，不成，做一個工人，也不成」，「在一切裡面他顯得蠢笨而又狡猾，貪饞而又頑固」。何連，一個有知識的、「很知道一點東西」的年輕工人，表面上快活、囂張，實際卻靠酒和女人發洩

苦悶。石二，一個工齡較深的、嚴肅而陰鬱的人物，在苦重的剝削下認識到勞資間的不合理，因而時時計算著「那一天會報仇」。通過這三個人物的性格，還有工人間因省籍、迷信引起的衝突，這篇小說表現了對工人的落後性質，也就是他們因小農經濟形成的地域觀念、散漫、愚昧等性質的克服的希望。但在處理上它是缺乏真實性和說服力的，主要原因是路翎不曾對工人的覺醒和反抗思想的來由作任何交代，卻讓這些被壓擠在自發性的解放要求水平上的工人，或者帶著思想家的習慣，或者說出像社會主義課堂裡的議論。這樣一來，不論人物性格的發展或情節的變化，經常就陷於曖昧不可解了。例如小說裡說石二是：「一個每一瞬間，每一個地方找尋著自己，因而苦惱的人」。又如何連對石二說：

　　人生就是這麼樣一個東西：苦痛連著苦痛，比方，在你想著什麼，也許是想著將來罷——在你回家去的時候，你底老婆突然難受地和你說，米吃完了，於是你剛才所想的一切，一切快樂和希望，就散了，我們被壓迫著，因為要吃飯，整個的社會構造是這麼壞！（《青春的祝福》，頁一二九）

　　像這一類的描寫和獨白，普遍發生在路翎小說中那些進步的、有社會經驗的工人身上，例如前面提過的張振山，〈卸煤台下〉的唐述雲、孫其銀等。其中最不可思議的是〈何紹德被捕了〉的主角何紹德，這個做過礦工，當過兵又逃開的工人，說起話來總像個悲憤的詩人，使他的愛情對象連金無言以對。與這情形相反，〈黑色子孫〉對金承德卻有極出色的描寫，尤其是省籍不同的工人械鬥時，他一個人跑到田野裡的一段，更是對解體的農業經濟下的解體的農民心理的一個難得的特寫。

　　與〈黑色子孫〉同一年（一九四○），路翎還寫了〈家〉和〈祖父底職業〉，它們也是描寫礦工生活。後者由少年吳受方的遭遇側寫這些黑色子孫周而復始的命運。前者則藉著「家」這個東西，以辛辣的筆調表現出：對於因戰爭而興旺起來的房東，它只是個累積資本的物質存在；對於礦工，它卻是庇護生命的場所。如是，被戰火燒掉家園的礦工，他們對於一個人性的家的需要，只能充實了、保證了一個房子加上另一個房子之間的房東的貪婪。

　　這之後，路翎寫了〈卸煤台下〉。

　　〈卸煤台下〉這篇小說，在表現上雖不曾完全避免上述〈黑色子孫〉的缺陷，但不論是寫作技巧或思想深度它顯然地是跨進了一大步。這篇四萬多字的小說，透過推煤工許小東悲憤痛苦的生涯，深刻有力地表現一個黑暗的勞工世界裡的階級感情，以及萌芽中的勞動階級意識。正如〈黑色子孫〉一樣，它的人物類型和政治水平都未曾超出工人自發性的解放要求這個層面，這就限制了它無法給出一個正面的、積極的無產階級工人，而只能焦灼憂鬱地注視一個工人的成長和毀滅的過程。

　　許小東夫婦，一對被戰爭趕出家園因而也毀掉了原有的心理秩序的年輕人。他們流浪到礦區，抱著存夠了錢就回家，回到他們本來的佃農世界的希望，但這希望看看是被黑色的煤堆壓死了。與這同時，許小東從年長的工人孫其銀身上，得到一種使他覺得「羞澀」的親愛感情，這感情隨著他介入一些奇怪的然而友善的工人而逐漸穩固，雖然他們夫婦「還時常有一種黏膩的感覺，以為回到故鄉去的日子是近了」，在這感覺裡找到他們真正的滿足和安慰。使這一切發生根本變化的，開始於許小東不幸打破他們僅有的一口鍋，接著，在一個雷雨夜他在倒掉的工程裡偷了一口鍋，靠著工人伙伴挺身解圍，許小東從包工嚴成武惡毒的注視下抱回了那鍋，同時也抱回一身罪惡：

　　像一切被生活壓壞的人一樣，許小東是很會欺騙自己
的。這就是說，假若偷到了鍋而不被別人知道，一切便不
會如此嚴重；他簡直就會蠢笨地找機會跟朋友們說，他底
鍋買上了當，花了三十五塊錢。雖然淳樸的生靈會自己惶
恐，譴責，痛苦，但在看不出世界在反對他的時候，他底
自我欺瞞的本能卻更強。然而正因為如此，這樣的靈魂
們，在犯罪一曝露，世界一在他面前變色的時候，就要變
得不可收拾了；他會敲碎一切自己生存的理由，赤裸裸地
進入黑暗的破滅。

　　他偷了鍋，感到無法再立足於卸煤台上了，於是生了
一天病。

　　在內心底黑暗裡浮沉，磨苦於兒童似的，獸性的恐
怖，痛苦，嫉妒，怨恨，最後又變得無力，歸於胡塗。但
在一切這樣盲目了的時候，雖然他自認已經被某種東西摒
棄了出來，某種東西還是支撐著他，而且愈來愈強。這便
是孫其銀和伙伴們底堅強的友誼。（同上，頁二四七～二
四八）

　　這對許小東的一生而言，無疑是「一個可怕的分裂」，惟其
如此，他不可能一下子雨過天青，靠著那友誼直赴工人國際。首
先，他必得拿出力量克服心理的分裂。正是在這裡，我們再次看
到路翎在重建被侮辱和被傷害了的心靈的出色能力。許小東那夜
還是去上工的，因為害怕，他不到時間就去找一個老工人壯膽。
通過卸煤台時，他們遇到包工：

　　嚴成武通過軌路，從一頂舊禮帽底軟癱的邊沿後面陰
騭地瞥著許小東。許小東起先膽怯地避開，後來就直率地
回看，帶著浮動的仇恨。他以為對方要喊他的，但沒有：

只露出心地狹小的人底威脅的表情，然後很快地車過臉去，……。許小東在恨恨地回看之後，畏懼起來，以為他是決不會放鬆那口鍋的，……。

但許小東底恐懼，在一遇到坐在橫木堆上閒談的孫其銀，唐述雲和別的幾個伙伴的時候，就隱藏了。他靠唐述雲坐下，和惶恐掙扎，慢慢地安靜了下來。（同上，頁二五四）

這一夜，許小東加入工人們的議論，他覺得交付出自己和得到新的力量。與這變化同時進行的是，他們夫妻對回鄉這一觀念的改變。偷鍋事件後，他們彼此因羞恥吵了一架，平息了後各自回想：

女人覺得，要是在家鄉，許小東是會橫行些的，沒有這麼和順，男人則覺得，要是在家鄉，有專橫的族人，雖然稍不窮苦，卻沒有這麼獨立。自然，這些感想並非現在才有；但以前戀於呆板的回鄉夢，不能意識到它們底存在。於是他們帶著另一種心情談到了家鄉。（同上，頁二五二）

顯然的，新的社會關係，也就是礦場的生活，是在他們的意識上起著作用的，但是被許小東發現了的，而且認為最重要的是：「大家都窮，大家幫忙」，他要妻子承認的是：「家裡那些種田人沒有這心腸啊！問你看，自己掙，是不是比看臉色好些？」對於這點，女人無言地同意了。這些樸拙的感想，是帶著傳統的施與受的道德意識的，但如果沒有它作基礎，階級意識恐怕是無從萌芽的罷。與這相同，許小東開始發生他的素樸的思辨了：

他不再想到家鄉，卻在簡單的腦筋裡盤算著不可知的，然而又和自己有著血緣關係的世界，那全是從孫其銀底暗示而來的。有一些時候，他給自己描繪著，打完了仗，一切全好起來了，愉快的工人們站在卸煤台上的情景；但一到自己走到煤台上來，又覺得一切全是老樣，不會改變的。將來一個工人還是要被生活逼著偷鍋的。……

哦，這是致死命的想法！他現在竟然從他底舊朽的故鄉出來，走到這條路上去了。（同上，頁二六五）

可惜的是他再也沒有機會走出這條思想的岔路了。在被解僱的絕望裡，他從卸煤台摔下，殘廢了，發瘋了。小說的最後三分之一，以洶湧的節奏描述這發生在黎明前的慘劇，被擾動起來的黑色的敵意和仇恨，幼小的童工對傷殘者的呵護。接著，是虛脫的、悸動的許小東瘋後的世界，為著再回來而離去的伙伴們對他和他的世界的無聲的告別。而在新生的世界尚未來到以前，人們不時看到「在廠區裡拐著木棍漂零著」的許小東，熱切地「宣講孫其銀和他底朋友們就要回來，大家就要好了的福音」。

在金承德、石二、許小東之後，路翎不再繼續探討由農民轉化成工人的主題，而著重於破碎的農民心態的分析和發掘，像〈在鐵鍊中〉、〈王興發夫婦〉、〈破滅〉等。這類作品中最值得注意的是《飢餓的郭素娥》裡的魏海清，這個工人裝的農人，在藝術形象上與許小東一樣的突出，通過他出賣郭素娥而後替她報仇的過程，我們看到了傳統的農業道德意識，在一個已經不是它能左右的社會中，笨拙的、痛楚的應戰姿勢及其悲劇性的最後「勝利」。除此之外，路翎著力描寫的是一些敢於反抗的、流浪的工人。下面我們就來看看他們的世界。

## 五、叛逆與敗北的世界

　　張振山無疑是路翎的勞動人民中的一頭山鷹，就像他是郭素娥的世界裡最出色的一個機器工人一樣。這個人物包含路翎給予那些進步的工人的所有質素：「從小就遭壞」，「湖海漂泊」，過著憎恨社會然而珍惜自己的生活。與三十年代前後動亂的中國歷史一道成長的張振山，他的記憶開始於戰爭、刑場、做小偵探、挨過毒打和監禁，這樣，他成為「一個虎視眈眈，充滿著盲目的獸慾和復仇的決心的少年」了。一九二九年的革命鬥爭中，他和一群工農從湖南逃出，先加入軍隊，後來進了一家工廠，在那裡他學會了認字，「得到了使他能夠認為滿足的各種知識」，「使他懂得了用怎樣的一種眼光來回顧火辣的過去，和應該帶著怎樣的一種精神傾向來使自己生長」。這之後，為了報復他的伙伴的被殺，他殺死了一個便衣打手，但這並沒有讓他感覺到勝利。在黑夜的都市徘徊，擺在他面前的事實是：

　　　　城市在安詳地昏墮地睡眠，帶著它底淫蕩和兇殘。它不可動搖地在江岸蹲伏著。對於它，年輕的張振山，是顯得如何的渺小！他能夠動它底一根腳趾麼？（《飢餓的郭素娥》，頁十八）

　　受過當時的革命思潮的影響，也參加過工人的組織和運動的張振山，在抗戰爆發後卻不肯投入民族獨立的戰爭，而寧願到後方做工，原因是他的知識和經驗使他希望獻身於「一種強烈的公眾生活」，繼續他與病態的社會直接戰鬥的事業，但事實無法滿足他的要求，因為這：

　　他就更渴望於獲得知識，更渴望於自己底兇狠惡毒。
而這也就在內心裡生成了一種疑慮，一種生怕會貶抑自己
的個性芒刺的疑慮。（同上，頁十九）

　　在這裡，我們看到這位受過新知識洗禮的工人的個人主義色
彩了，這傾向不獨支配張振山的思想和行為，還以不同的程度表
現在路翎筆下那些前進的、有社會經驗的工人身上，唯一不同的
地方是，張振山經常把這意識以較集中的、內省的方式表現出
來，因此他可以做這一類工人的代言人，他的感覺和想法也可以
用來解釋這群總是不安定的工人的心理。張振山到工廠後，曾領
導工人與工廠對抗，在一件工程上奪到他們應得的利益。一個晚
上，從充滿議論和咒罵的車間散工回來，他躲開了工人，獨自坐
在水邊思索：

　　……我懂得這世界上的一切，懂得你們！懂得社會
……青春！我幹些什麼呢？做工！在今天我是這樣地做
工！我輕蔑你們！（同上，頁五五）

　　我有力量，我狠惡——但是我絕不該蔑視伙伴們！他
們現在有時候還哭哭啼啼，愚蠢，像我一樣，以後就要明
瞭，不受騙了。……我們不能狂縱自己，要選取大家所走
的路。……但性格又怎樣解釋呢？張振山何以成為張振山
呢？哼，打擊給他們看，社會造成了我，負責不在我！
……滾你媽底蛋什麼反省不反省吧。（同上，頁五六）

　　這些問題是他思想的主調，小說裡他反反覆覆想著的就是這
些，甚至他的一些誇張的姿勢也無非在證實這類的內心掙扎。根
據這，他嘲笑伙伴們「講義氣，講尊嚴」的落伍心理，教父似地

訓誡他們要認識自己、發展工作關係等等。但在這些正義的言辭
後面，實際的支配意識卻是個人主義的盲目的輕蔑和自憐。他跟
郭素娥說：

> 女人！你是不知道什麼的，你只知道男人。可是像我
> 這樣的男人是一個不頂簡單的東西。我從裡面壞起，現在
> 不能變好，以後怕當然也不能。我要很久地試驗下去，不
> 想丟掉我自己。……看吧，別人終會踢開我的；但是我沒
> 有甘心被踢開的理由！（同上，頁八四～八五）

　　相似的話，出現在他與工人的談論裡。從這角度出發，這個
工人裝的自我中心論者，當他必須在現實面前做最後的抉擇時，
除了「積極」地解放自己的個性，自然是不屑於集體鬥爭到底
的。也是由這個角度出發，唯一能夠容納這沒有理由的自我膨脹
的，當然只有那想像中的偉大的天地了。如是，張振山又告訴郭
素娥說：

> 你不會想到很多另外的事。在這社會上，有很多複雜
> 的事，……你一知道它，就簡直覺得你周圍原來如此。還
> 有好的，還有壞的，但都是大的，你不會想過你現在的臭
> 日子，像臭泥坑。（同上，頁八二）

　　不需其他條件，只因是「大」的，就足以輕蔑眼前的一切
了。從這裡，可以看出這些漂泊的、叛逆的工人們的心理根源
了。在這限制下，這些新生的工人們，除了在流浪的行程裡，以
激情的語言為彷徨中的伙伴預告一個美麗的大世界外，在實際行
動上，他們能達到的只有以自己的人格為支柱，或者在個人影響
力所及的範圍內，或者通過傳統的激起義憤的形式，為被剝削的

工人們爭取一點眼前的利益。這個限度，就是〈卸煤台下〉那老
練沉著的、扮演著工人們的精神領袖的孫其銀，也未曾超越過。

　　緊接著上述的流浪工人世界，在它的旁邊，還存在著一些生
活更不安定、精神更絕望的農業社會的漂零子弟。他們中有的是
被拉去當壯丁的農民，有的是靠手藝或零工維持生命的流浪漢。
在造型上，他們與傳統的江湖好漢十分接近，但在意識上卻充滿
了敗北者的無端的仇恨和淒涼。這個意識可以藉〈預言〉（《平
原》集）這篇構想奇特的小說來說明。

　　〈預言〉的主角是個擺測字攤子、背著箱子到處流浪的算命
老頭，因為受家庭不和的打擊，他就仇恨一切的人，帶著「瘋狂
邪惡」的心境找尋「向一切報復的機會」。一天，他的機會來
了，一個年輕女子找他算音訊斷絕的家人的命運。這時，這算命
老頭變成了復仇的幽靈：他「渴望打擊這指望好運的女人，他渴
望一直打到她的心裡去，……渴望試一試他對這個人間的權
力」！後來，那女人因聽信了不幸的「預言」，恍惚中被開來的
汽車壓死，算命老頭也於嘗到「權力」的滋味後，在懺悔中死
去。這種奇異的精神上的絕症，這種渴望試一試自己對人間的權
力的心理，普遍發生在那被時代無形地打垮的、在歷史洪流中和
舊的農業經濟基礎一道漂零的人物身上。不過他們並不像這算命
老頭那麼瘋狂邪惡，而是在極端的敗北感中，絕望地想對社會、
對人間進行他們的報復，但最後付出代價的仍是他們自己。把這
情形比較簡單和象徵地表現出來的是〈英雄底舞蹈〉（《求愛》
集），在那裡，說書人張小賴為了反抗他在觀念上認為傷風敗
俗，實際上又奪去他的生意的流行歌曲，終於在說書中以自己的
生命做替身，排演了最後一場時代錯誤的古典英雄的舞蹈。相似
的意識，以更無可救藥的、更顛倒錯亂的形態出現在〈羅大斗底
一生〉裡（《在鐵鍊中》集）。它的主角羅大斗，一個破落戶的
漂零子弟，當他母親以收集香水瓶來挽回逝去的光榮和地位，他

的唯一夢想是成為仇視一切的、橫行鄉井的無賴，直到卑屈的死亡結束他這個願望。

與上述情形相同，另一些失落了的而又感染到焦躁不安的時代精神的勞動人民，卻以「漂泊者」的姿態，夢幻地、曲折地進行他們的反抗。中篇《蝸牛在荊棘上》表現的就是這種心理歷程的始末。小說的主角黃述泰，一個自覺「在故鄉蒙受著羞辱和損害」，因此「傲岸而艱辛地疾視著他底故鄉」的農家青年。由於他「熟悉故鄉底一切醜行和黑暗」，更由於他發現在那兒「不能像一個男子一樣地站起來」，當一次抽壯丁的陰謀落到他身上時，他豪爽地承擔了。在這決心的背後是：

> 多年的動亂生活使他相信一個男子底事業是在寬闊的天地中，並使他相信，以他底年青，他將在異鄉獲得他在故鄉絕不能獲得的壯烈的生涯。這種壯烈的生涯，飄泊者底淒涼而英勇的歌，在他是成了無上的光明。於是他離開，詛咒故鄉毀滅；期待多年後以飄泊者底身份回來，憑弔故鄉底毀滅。（《在鐵鍊中》，頁十四）

這樣地，他在兵營中忍受各種痛苦，而且「經過幾個月的內心的訓練，他便確信自己是一個飄泊者了」。就在這時，他找到試驗自己的抱負的機會，那便是關於妻子不貞的傳聞。對於這，「他是憤怒而滿意的」，因為他終於可以當著故鄉的面前「做一件豪壯的行動」。他相信藉著對妻子秀姑的懲罰，他的故鄉將因此而戰慄。帶著「刻毒的仇恨」，黃述泰回到故鄉：

> 喧嘩的，髒骯狹小的，舊破的鄉場使他激動而又陰沉。他滿意自己從此永遠是這個鄉場底毒辣的敵人；他滿意他驅除了對秀姑的某種感情——他是異常驕傲，浸在對

光榮的英雄的自覺中。他確定他要以對秀姑的殘酷手段使
鎮公所戰慄。他走在街上，蔑視任何人，……他走在街
上，如那些帶著英雄的生涯回來的，在心中感覺著憐憫和
驕傲的孤獨，在身邊藏著金錢或刀槍的悍屬的傢伙。（同
上，頁二三）

　　自覺毒辣和英雄的黃述泰，在現實與想像的播弄間並未得到
預期的勝利。在動亂的歷史中顯得破裂而殘酷的農村生活，迫使
他以顛倒的飄泊者意識粉飾失落和挫折的悲痛，但是由現實條件
游離出來的幻想並不適用於攻擊現實本身。渴望反抗和報復的黃
述泰，這個浪漫的敗北者，在現實面前又不明所以地輸了一仗，
不過這一次是被顛倒了的事實回到原來的位置：在驅除不了的愛
情和故鄉的土地面前，這個形式上的飄泊者在故事終了時又恢復
了羞怯的、不知所措的農民面目。
　　除了《蝸牛在荊棘上》，上述的飄泊者意識還表現在〈悲憤
的生涯〉（《求愛》集）、〈兩個流浪漢〉、〈王炳全的道路〉
（《在鐵鍊中》集）等作品裡。與黃述泰的夢幻姿態不同，它們
的主角都是在絕望和憎恨中實際踏上飄泊的長途，而後在現實的
嘲諷下，悲憤地、無可如何地繼續那流浪的哀歌的人物。在這些
作品中，把這類時代的放逐者的社會意義及其悲慘性質表現得最
完整的是〈王炳全的道路〉。這篇在結構與主題上可以說是《蝸
牛在棘荆上》的變奏的作品，以冷肅迂迴的調子取代了無謂的飄
泊的詩情，在交錯紛繁的事件下，對照地表現出一個在戰亂下滋
生著新的和舊的罪惡的鄉場，以及大致上保持純良、安命和固執
等習性的農家精神風貌。在這中間，通過同樣被陰謀地送去當壯
丁的王炳全，流浪多年後重返家園，面對妻子改嫁及其他新事
實，復仇不成，只好再度黯然離去的過程，精細地呈現了那擺盪
在單純的農民願望與激憤悲切的飄泊者間的心理狀態，以及隱藏

在它背後的失調的時代精神的脈跳。

# 六、歷史與現實

　　上面我們大略分析了路翎作品中的勞動人民世界。從摘引的小說片段和人物類型的塑造，可以看出他在創作方法上，是以比較接近心理寫實的方式，探討在抗戰後期的社會條件下，工農們精神生活的發展以及為這決定了的他們在行為模式上的變化。這一點大致符合於前面引的批評家們給他的評價，在路翎個人的企圖上，也就是透過對具體的生活鬥爭的描述反映歷史的內容和力量，也達到一定的成績，因為這些作品是相當稱職地表現出當時激化的社會矛盾和新的歷史現實的。必須進一步討論的是，當路翎強調一個作家應該以他的主觀精神說明客觀對象，那麼在創作實踐上，這個假手於他這知識份子的作家，以大致上屬於心理描寫的點滴累積方式建立起來的勞動人民世界，可能會被片面誇張或「添加」了什麼 19，而在人民要求解放和自由的道路上，它們反映的社會的和思想的意義又是什麼。

　　綜觀上面的討論，在那反映一個拆散時代的分崩離析的精神世界中，最觸目的應該是它的飄泊和叛逆的意識。這一點是容易理解的，因為當時的社會條件和革命情勢不能不有這樣的意識反映，雖然路翎基於反對政治上的教條主義傾向，有意把革命活動摒除於他的工農世界之外，但客觀存在總是能夠在畏懼現實的主觀主義作品裡取得被反映的機會。在這裡，值得注意的是路翎對存在於工農身上的這兩個支配意識的態度取向的問題，這點可以由二者的結合關係看出來。作為它的兩個極端，一種是以接近本能的和原始的反應形態出現，這可以拿郭素娥所代表的勞動婦女做例子，對她們來說，飄泊是一種宿命正如叛逆是赤裸的生活上的必須。在另一個極端，我們看到張振山一類進步工人的激情的

個人主義姿勢，對於他們，飄泊和叛逆是英雄的自我中心論者的天然祭典。處於他們中間，帶著最大的絕望和悲慘性質的，是那些在想像上和事實上都需要以飄泊者的身份來反叛他們的失落和敗北的農業社會的漂零子弟。

在上述的三種意識形態中，前兩者是帶著濃厚的理想性質的，它們可以說是路翎觀念中的「人民底原始的強力，個性底積極解放」在藝術上的表現形式。貫穿在二者中間，作為它們的精神基礎的是小資產階級的自由思想。於是，我們看到一個Ｄ‧Ｈ‧勞倫斯風的郭素娥屹立在殖民化的中國礦區，一個攫取了階級鬥爭學說而又不能滿足於它的張振山，流浪在同樣是殖民化的中國工廠。在勞倫斯的時代，資本主義社會的自由思想，還可以通過一場自然的風暴，象徵地取得「處女與吉普賽」式的人性解放。然而世異時遷，置身在半封建半殖民化的歷史階段的中國，被資本帝國主義的戰爭和經濟的侵略激發起來的民族解放要求，卻不能再以自發性的、個體的自由途徑來完成。如陳涌所說，《財主底兒女們》的主角蔣純祖是「一個在現實生活中失掉了穩固的基地，被拋出了歷史的正常軌道之外的個人主義的知識份子的形象」[20]。同樣的，存在於路翎勞動人民世界中的這兩種飄泊與叛逆的意識形態，說明了在新的社會變革中，與人民分擔同一歷史現實而又肩負著知識份子的因襲重擔的路翎，當他以主觀願望去擁抱客觀世界時，不自覺地洩露出來的為死的所苦並不少於為活的所苦，這一沉重的心理現實。然而正如馬克思所說，世界歷史上的事變都出現兩次，第一次是作為悲劇出現，第二次是作為鬧劇出現[21]，因此路翎在這裡並沒有真正喪失什麼。他的實際悲劇，出現在上述作為時代的放逐者的第三種飄泊與叛逆的意識形態。這裡首先必須討論路翎的個人主義思想的傾向。

一九四九年七月，路翎在短篇集《在鐵鍊中》的後記說了這樣的話：

> 對於過去我無所留戀，我希望在這偉大的時代中，我
> 能夠更有力氣追隨著毛澤東底光輝的旗幟而前進，不再像
> 過去追隨得那麼痛苦。

　　能夠總結他這裡所謂的「過去」的思想的，應該是曾被冠以
中國《戰爭與和平》、《約翰·克利斯多夫》、《沙寧》等等頭
銜的《財主底兒女們》。這部小說的出版廣告曾說它是「現在中
國底百科全書」，根據現有的資料，我們也許可以把它形容作：
現代中國個人主義知識份子思想的百科全書。雖然它完成於三十
年前，但這說法到現在應該還是適用的。小說中路翎假口第二主
角蔣少祖說：「至少，我並不比毛澤東能給得更少」；又說：
「在呂不韋和王安石裡面有著一切斯大林」[22]。表示過這樣的意
見的路翎，在追隨世界無產階級革命時自然是很痛苦的。由這痛
苦出發，小說的第一主角蔣純祖繼他哥哥蔣少祖之後自白：「我
不再承認一切傳統和一切道德，我需要自由」；他不時感受到：
「壓迫著他的，是這個時代的機械的獨斷的教條」；他要反抗的
主要對象是：「壓迫著他的那些冰冷的教條，和一切鼓吹、誇
張、偶像崇拜」。那麼，他自己的形象是怎樣的呢？總的畫像：
他是有著「理想主義式的高超的個性，那種負荷著整個時代的英
雄的性質，那種特殊的憂鬱病」。特徵：「他比一切人更愛自
己，更愛美麗的雄大的未來」；「他，蔣純祖，絕不謙遜，能夠
飛得怎樣高，都要飛得怎樣高」；「他感到自己有高貴的思想，
有成為人間最美、最強的人物的可能」，等等。強調以自己的主
觀精神去說明客觀世界的路翎，他創造的這個與他同類的知識份
子蔣純祖，有理由相信是他的自我投影。即便不這麼直接，蔣純
祖仍是他的思想的、精神的、心理的折射的產物，一種三稜鏡裡
的萬花撩亂，或一幅立體主義的自我畫像。
　　只需看上面的描述，我們就會同意陳涌的看法：

　　蔣純祖這個人物使我們感到格外突出的是：他在精神
上自始至終都充滿著最激烈的矛盾、痛苦、衝擊以至於狂
亂，而這一切往往真是瞬息萬變的。資產階級和小資產階
級的知識份子充滿內心矛盾，這本來是帶有一般性的，從
我們的文學作品裡也一再的認識了這些知識份子。但這種
矛盾在蔣純祖身上表現得特別激烈，特別尖銳和複雜，在
中國的一般的小資產階級的知識份子身上還是很少見到
的。23

　　這種激烈的內心矛盾，可以把它抽象地歸結為黑格爾的歷史
哲學加上尼采的超人再加上叔本華的悲劇意志在作怪——也就是
小說裡經過詩化的：理想主義式的高超個性，負荷著整個時代的
英雄性質，還有，那種特殊的憂鬱病。更可以把它的發生落實到
當時的社會—歷史現實上，那便是路翎已經到了這樣的關頭：
「讓統治階級在共產主義革命面前發抖吧。無產者在這個革命中
失去的只是鎖鏈。他們獲得的將是整個世界」24。物質上，中國
資產階級的統治者在這場革命中失去的是他們的特權享受；文化
上，繫身五‧四運動以來的資本主義自由思想圈圈的知識份子，
必須在鎖鏈中發抖地注視就要失去的他們的整個內心世界。
　　這就是作家路翎的歷史命運。
　　在避免不了的情況下，他陷入兩面應戰的絕境：一邊是他作
為一個帶著進步思想的小資產階級作家，要從他的階級陣營反叛
出來，另一邊，更慘的是，他得跟以機械獨斷的教條出現在他面
前，而實際上也是朝向他比誰都愛的「美麗的雄大的未來」進軍
的無產階級革命，作殊死的決鬥。這場混戰是到路翎的化身蔣純
祖臨終時才分曉的。小說裡描寫蔣純祖彌留時還有著「恐怖的、
厭惡的情緒」，「他覺得他是走在荒野裡」，而他「暫時還不能
逃脫」，因為他必須等待那將要升起的「無比的、純潔而歡樂的

光明」，「照耀著他底道路，他才能逃脫」。就在這時，他的朋友告訴他德蘇戰爭爆發的消息，為他朗讀斯大林給蘇聯人民的文告，於是：

> 蔣純祖覺得，這個戰鬥和抵抗，正是他所等待的；好久以來他便等待著什麼，現在他明白他等待的是什麼了。
> ……
> 他明白他所等待的是什麼：他在陰霾中等待暴風雨；他等待著那給他以考驗，並給他解除一切苦惱的某一件莊嚴的東西。於是他快樂地覺得一切問題都不存在了。

從這裡倒溯回去，我們來看看這埋沒在陰霾裡的個人主義英雄，兩面作戰的大概，特別是針對無產階級革命的一面。

循著資本主義社會的自由思想在藝術中的發展規律，路翎是現代中國作家中最早的佛洛伊德門徒之一。不斷掙扎在情慾的「壓迫」和「蠱惑」的蔣純祖宣稱：

> 這個時代底一切結婚，一切家庭，一切這種堂皇的理論，都是虛偽而卑劣的。它們掩藏，並且裝飾無恥的色情。在先前的時代，色情赤裸著，這個時代卻半赤裸著，這個時代迅速用一切名義和理論來掩飾色情。人們只談工作，只談生活，只談生活底嚴肅的需要，人們變得更無恥。

也是循著同樣的發展規律，路翎可能是第一個在作品裡表現卡夫卡式的集權恐怖的中國作家。蔣純祖在江南流浪時曾參加過一個劇團，路翎描寫這劇團：

> 有一個影響最大的帶著權威底神秘色彩的小集團存在

著。……

　　領導者王穎是在那個最高原則裡訓練得較為枯燥，或
善於克制自己的人。

　　這裡所說的「最高原則」是蔣純祖覺得被壓迫的冰冷的、機
械的、獨斷的教條的同意語，因此被它訓練出來的王穎，「他底
每一句話都帶著肯定的，全知的，權威的印象」，此外，他還是
個心靈貧乏，甘於「分裂」的人：

　　　　他是這個社會，這個時代的青年，他有他底慾望蠱惑
　　和痛苦。他所崇奉的那個指導原則，是常常要引起他底自
　　我惶惑的，但現實的權威使他戰勝了這種惶惑。較之服從
　　原則，實際上他寧是服從權威。

　　跟在權威的後面，自然有「容納著一切種類的黑暗思想」的
僧侶主義，而俗界的僧侶為「一勞永逸地解脫自身底痛苦」，是
只有通過「對最高的命令的無限忠誠」得救的，因為生在這個時
代，「除了這種充滿忠誠的激情的投機以外，再無法拯救自
己」。陷入這個兩難處境，慣於以自由平等思想為代表形態的資
本主義社會的個人主義者，除了訴諸這種「自由」的嘲諷外，還
能做些什麼呢？冰冷的、機械的、獨斷的教條加上無限忠誠的黨
人，連根斬斷了個人主義的溫情脈脈的自由平等世界，在這孤絕
中，剩下來唯一可以攀附的就只有那正要登上世界歷史舞台的人
民的力量了。在做這個決定前，蔣純祖先下了這樣的判斷：

　　　　那個叫做人民底力量的東西，這個時代，在中國，在
　　實際的存在上是一種東西，它是生活著的東西，在理論的
　　抽象的啟示裡是一種東西，它比實際存在著的要簡單、死

板、容易：它是一種偶像。它並且常常成了麻木不仁的偶
像，在偶像下面，跪倒著染著誇大狂的青年，和害著怯懦
病的奴才們。

拒絕誇大狂和怯懦病的個人主義英雄蔣純祖於是呼籲：「知
識份子們，應該摒棄一切鼓吹、誇張、和偶像崇拜，走到這種生
活的深處去！」但他下鄉的結果呢？

鄉場上的生活，頭緒是非常複雜的。整個的是非常的
憂鬱的。蔣純祖那種英雄式的夢想，很難適應這一切。在
他底周圍，有樸素的優秀的鄉下兒女，他看得到他們底好
處，但不需要這種好處；有庸俗的鄉場貴族的男女，他簡
直不知道他們怎麼配是他，蔣純祖底敵人；有昏天黑地的
地主，他無法在他們身邊坐五分鐘；有一切怪誕的人，一
切不幸的生活，他不知道怎樣才能忍受。……

這是最後一著棋了。定局呢？空虛的空虛。敗北中的敗北。
一切全是需要迎擊的敗北。精神上，他的「高貴的思想」在無產
階級的革命理論前毫無用武之地；實踐上，他要「成為人間最美
的、最強的人物」，在人民大眾中絕無可能。這樣，誰能相信他
臨終前等待的暴風雨後的光明並非僅是想像中的「光明的尾巴」
呢？從整個時代現實游離出來，這顆龐大的、因思想機件失靈的
資本主義社會的個人主義的自由衛星，只有脫離正常的歷史軌
道，在人類文化的太空中漫遊了。

這就是作家路翎的悲劇。一個時代的放逐者的悲劇。

這個悲劇，投射在他筆下勞動人民中的飄泊和叛逆的第三種
意識形態。它們的共同基礎：都失去了在地上的國。不同的地
方：一個在歷史發展的規律中注定要失去他的世界，另一邊則是

被不自由不公平地剝奪了他們一直應該擁有的世界。當路翎把他的探索停留在這絕望的層面，這並不是客觀的現實發展的限度，而是他的認識上的限度。

　　總結上面的討論，我們可以大致了解路翎的思想全貌，以及它在把握現實和寫作素材時所起的作用。就社會意義而言，這些描寫工農生活的作品，從帶著理想性質的叛逆角色到飄泊的敗北者，可以說都是路翎作為一個沒落階段中的資本主義社會的知識份子，在歷史進程中，與發展著的現實力量間的矛盾及鬥爭的反映。因此，這個以敗北為底調的叛逆和飄泊的小說世界，可以看做是他在失落和破滅的感覺下，為自己的命運，同時也是五・四以來的自由主義知識份子的命運，所作的徒勞的努力和預言。明白了這一點，我們可以進一步討論路翎的小說藝術中被爭執得最激烈的地方，也就是他的作品風貌和敘述意識的問題。

## 七、流浪者之歌

　　對於路翎的小說藝術，除了本文開頭提到的以胡繩和唐湜為代表的兩種批評，解放後，批評家進一步把問題歸結到「錯誤的描寫」這一論點上[25]。他們的指責大約針對路翎對工農形象的醜化，還有在問題的處理上未能正確地揭發它們的「社會根源」，也就是階級鬥爭的「本質的」、「主要的」矛盾[26]。這些情形的發生，可以從上面提到的路翎藝術思想上的佛洛伊德和 D・H・勞倫斯影響，得到初步的答案，但它的根本原因似在藝術中的現代主義傾向[27]，下面就嘗試從這個角度進行分析。

　　在人物形象的處理上，路翎的小說給人最直接同時也是最深刻的印象是：它的陰暗和瘋狂的性質。這一點，從前面摘引的他的作品片段就可感覺出來。在他的小說中，即使是那一向被資本主義社會的作家，在自由和人道的前提下，高舉為人類的解救象

徵的兒童，也無法逃出生命一開始就被摧殘和扭曲的命運。例如，羅大斗的妹妹是個「裝模作樣的，八歲的小婦人」（《羅大斗底一生》）；工人魏海清有個「橫暴、狡黠」的七歲獨子，他的臉上「有一對永遠露出好鬥的防禦神情的眼睛」（《飢餓的郭素娥》）。他們的世界，於是在兒歌之外，以生活的鞭子做圍牆的人性牢獄。下面是礦區揀煤渣的女孩們的圖像：

> 煤灰從女孩子們底腦前騰起來，迷矇了潮濕的低空，她們底臉上，頭髮上，蓋滿著煤灰，她們低低地咕嚕著，沒有人能聽清楚她們在咕嚕些什麼；人是希望她們怨恨她們底命運的，然而她們竟然一點不要想到怨恨，或許她們因勞頓而疲乏麻木了。人是想要肯定：在她們底靈魂裡有著生命底火花的！然而看上去，她們竟是這樣幼小地衰老，青春地憔悴，竟是這樣污穢和瘦瘠啊！（〈祖父底職業〉，《青春的祝福》頁八六）

　　從這個煉獄，像左拉一樣，路翎曾立志「把英雄流放出去」；他的小說藝術，在不願接受其他道德教條的情況下，也只有像左拉一樣：「個性的追求——這就是我們得救的最後希望」[28]。如是，作為這一切的結果的是，路翎在藝術表現上的自然主義特徵：形象的個性化和細節的冗繁，以及表現在人物性格上的生物心理學的傾向。而後，就在這基礎上進一步通過他的「主觀精神」的豐富的詮釋。這些情形在前面引的許小東夫婦因一口鍋引起的風波，有代表性的表現。在這裡，我們必須先探討從主觀精神出發的路翎的作品，是在什麼基礎上與強調客觀性的自然主義藝術發生關係。

　　在討論藝術和現實的關係時，蘇聯文藝理論家布洛夫曾就知識論上檢討自然主義的美學，他說：

　　自然主義地處理現實，其歪曲性是在企圖人工地將認
識過程停止在最初的感覺、知覺、概念階段上。自然主義
地處理事物，它本身就含著拒絕從意識與事物的複雜交互
關係中去認識真理的意味。[29]

　　據此，布洛夫認為自然主義標榜的客觀性，不過是「掩飾對
於被描寫對象的主觀、浮淺、而最後是武斷的解釋」[30]。對於路
翎來說，他之不免於這相同的困境，主要原因在於他由知識份子
的視角，處理在社會實踐上與他有一定距離的勞動人民，他的認
識與對象的活動規律間的依存關係，首先就是浮泛和薄弱的，因
此他的描寫從基礎上也就帶著自然主義地處理現實的可能性。在
這限制下，胡風創作理論中的「主觀精神作用的燃燒」，只能謹
慎地使用於路翎熟悉的礦區和工廠的生活[31]。越過這個限度，當
他進一步放縱自己的感覺和想像，像《財主底兒女們》題記中所
說的「奮力突擊」被描述的對象，那麼，他的認識與解釋若不是
陷入夫子自道的狂熱，也只有徘徊在玩味情緒或獵奇性質的形式
主義的窘境了。這種蔑視事象本身在藝術認知過程上的地位和作
用，當發展到極端，便不免於走向神秘化的思考途徑[32]，或者像
恩格斯指責的：「自然主義的思考，因此也就是走向不正確思考
的最準確的道路」[33]，而這一點應該是路翎的心理描寫被認為「突
然的、神秘的、沒有客觀的規律性可尋的」，他的小說人物行為
被批評為「充滿了神經質的瘋狂性、痙攣性」等等的根源[34]。

　　上面所說的個人狂熱和玩味情緒兩種傾向，在路翎的早期作
品裡，像《青春的祝福》和《飢餓的郭素娥》就已存在，不過大
致上較向前者集中。在表現上，它們經常以冗長豐富的細節描述
人物的心理活動。到了較晚的作品，後一個傾向逐漸掩蓋前者，
尤其是《求愛》和《平原》這兩個「小小說」性質的集子裡，路
翎幾乎完全致力於細節和效果的追求，而且在敘述意識上，他經

常像形式主義和自然主義的末流一樣，「不批評，不否認，而是玩味那令人厭惡的東西。」[35] 這樣，他的小說藝術終於走入現代主義的心理實驗的暗室了。

如藝術史所顯示，文學上的現代主義是資本主義文化進入頹廢期的產物，它萌芽於十九中葉，而由一八七一年的巴黎公社革命加速它的發展。原因是一向期望民主主義順利發展的中小資產階級知識份子，在資本集中和工人革命的雙重打擊下，感覺到自己社會地位的動搖和對社會進步發生幻滅，這使他們脫離了革命民主主義的陣營，在意識上形成反人民、反社會、非政治的個人主義傾向，而這構成了藝術上的現代主義的思想土壤。像在其他藝術領域一樣，在文學中我們看到的是主觀主義的傾向：對現實社會問題失去興趣，轉而向內心探求；誇張人的否定的、非理性的一面，而且經常表現為對突發的感情和異常心理的追求[36]。這些現象，清楚地存在於路翎的作品裡，尤其是他後期的小說更為明顯。因此可以說他是抗戰後方文學中的現代主義的先聲，像詩中的戴望舒、卞之琳，小說中的穆時英、劉吶鷗一樣。這樣的作品，在馬克思主義的文學觀點下，自不免被批判為「錯誤的描寫」，而在醉心於現代西方文學理論者的眼中，當然會被稱許為「從無意識的深淵裡突發出來的生命的呼喊與神采」了[37]。下面我們來看看它的一些代表性的表現。

由於物質基礎和翻譯介紹的限制，路翎的作品大致屬於現代主義的開始的階段，而不像近二十年來的台灣現代文學那麼洋洋大觀。在表現上，他大概繼自然主義的餘諸，對中國人民的心理狀態開刀，像歐洲早期的一些現代主義者把左拉和龔古爾兄弟揭示過的，因傳統醫學觀念的限制存而不論的性格和心理，作感性的、細緻的探討一樣，而這經常帶著極端的殘忍和瘋狂的性質。下面一段出自中篇《蝸牛在荊棘上》，黃述泰殘酷地捶打他的妻子秀姑，那時她正蹲在地上看螞蟻打架：

　　秀姑衣服被撕破，臉都青腫了；不理解自己為什麼挨
打，但覺得一切都不會錯：陽光、螞蟻、丈夫、荊棘、都
不會錯。在黃述泰底拳頭的閃耀下，秀姑看見了淡藍色的
輝煌的天空，並看見一隻雲雀輕盈地翔過天空。秀姑看
見，於是凝視，覺得神聖。秀姑咬著牙打顫，掙扎著，企
圖使丈夫注意陽光和天空，而領受她心中的嚴肅和憐惜。
在她底痛苦中，她是得到了虔敬的感情。

　　她停止了掙扎。黃述泰放開她的時候，她閉上眼睛，
躺在荊棘上，覺得為了她所受的苦，那個溫柔、輝煌、嚴
肅的天空是突然降低，輕輕地覆蓋了她了。她覺得雲雀翔
過低空，發出歌聲來。

　　在她嘴邊出現了不可覺察的笑紋。（頁七）

　　這種被虐狂的心理，如果真的存在於中國人民的心靈底層，
恐怕連胡風所謂的中國人民的「精神奴役的創傷」[38]，也要瞠目
結舌道不出其所以然了。這樣的描述顯然是一種想像的遊戲，它
正如馬克思恩格斯所說的不是「想像某種真實的東西」，而是
「真實地想某種東西」[39]。由這想像發展下來，在《羅大斗底一
生》裡，我們讀到當這無賴漢自覺生命疲弱時，他就渴望那「絕
對的痛苦」，那種「有力的，野蠻的，殘酷的人們把他挑在刀尖
上」的痛苦，或者「直截了當的刀刺，火燒，鞭撻，謀殺」，因
此當他在幻想中「覺得他被當胸刺殺了，他感到無上的甜蜜」！
同樣不可思議的描寫出現在《王興發夫婦》裡。小說描寫王興發
莫名其妙的被抓去當壯丁時，他妻子被這突然變故擊昏了，等明
白過來後，她追上去，同時回頭斥責跟在後邊跑的孩子：

　　「回去看到門！」她說，帶著一種瘋狂的神情。這種
神情殘酷地要她底孩子們可怕地明白她剛剛明白的：「一

切都完了！」對於孩子們的這種不自覺的、無辜的報復，
使她心裡有了殘酷的快樂。

她跑了幾步，突然又衝回家門，抱起她替地主家看顧的嬰兒
然後再追上去。路翎接著寫：

> 這是人們中間常有的情形。她底丈夫將完結，因此她
> 將完結，因此她底小孩們將完結。她可以對這一切作主，
> 這完結將殘酷而快樂，毫無可以顧惜的，但是對於別人的
> 責任，別人底小孩，應該，必須顧惜。（《在鐵鍊中》，
> 頁六三）

為了證實上述想像中的倒錯心理是可能的，路翎需要一些想
像出來的詞彙來使它們存在，而這就產生了一套語意混淆、敘述
意識曖昧的小說語言。例如：「痛苦而甜密」，「悲傷而幸
福」，「殘酷而快樂」，「恐怖而幸福的感覺」等。相對於這難
以捉摸的感覺的是一些道德性的形容，如神聖、崇高、光榮、莊
嚴、尊貴等，突兀地照耀在劇烈混亂的心理反應上，企圖把這爬
行在感覺的荊棘上的心理，轉化成某種超越的、不受現實制裁的
精神境界，一種波特萊爾所說的「人造樂境（artificial para-
dise）」，上面引的秀姑挨打的一幕就是個例子。在這也許可以
說是為追求心靈的「新的顫慄」方面，路翎表現得並不成功，他
對小說技巧和領域上開拓，是他解放前不久寫的一些篇幅很短
的、帶著實驗性質的作品，也就是《求愛》和《平原》裡那些像
靜物寫生似的，或把偶發的事件、情緒孤立起來研究的小品。在
風格與處理上，它們常帶著新鮮的現代感，在當時的小說發展上
有極突出的表現。因為它們側重在小市民生活動態的描寫，此處
不擬細論，只想談談與這有關的心理描寫方法。

　　不同於前面剛談過的內心夢魘，《求愛》與《平原》經常是以玩味的態度處理一切，諧謔地、惡意地發掘人生百態。運用這方法細緻地處理勞動人民心理的是《在鐵鍊中》的幾個短篇，如《兩個流浪漢》、《破滅》、《王興發夫婦》、《程登富和線鋪姑娘底戀愛》等。這些作品的共同傾向是整個構成上都在對篇題的分析和研究，也就是對流浪漢、破滅、夫婦、戀愛等概念和活動的詩化的詮釋。例如在《王興發夫婦》中，小說以王興發被捕為跳板，藉著這突發事件反彈出來的不規則的情感交流，這一對農村夫婦達到了曾出現於飢餓的郭素娥心中的：「以前是沒有想到會被激發的黑暗的昏睡，以後則是不可避免的破裂與熄滅」，以及這之間的、短暫的、然而可能才是真實的夫婦關係及意義。相似的佈局出現在《破滅》裡，不過它採取相反的方向進行，由介入張敘貴和小才夫婦間的一宗戀愛事件，寫出兩人的世界由「他們的」到「他」與「她」的矛盾和分化的過程，從這中間表現了「破滅」的運動和完成。在這方式處理下，整個小說世界差不多成了惶亂的心理戰場，這情形在《兩個流浪漢》和《程登富和線鋪姑娘底戀愛》表現得尤其明顯。在這兩篇小說中，我們看到人物的外在行動並非用來打敗敵對的現實，而是為挽救那不斷在破滅邊緣的自我。在前一篇中主角陳福安隨時期待「用致命的一擊撲殺什麼」，「用殘酷的手臂擁抱什麼」；來「顯示他底真實的生命」。在後一篇裡則是企圖經由戀愛，這「一件溫柔的東西」，來肯定主角程登富「簡簡單單地喝醉了」與「仇恨、毒辣、以及一切可驕傲的惡棍的手腕」等自衛方式之後的，那被社會和自然的險灘困乏了的舵手的心靈。由於上述的原因，在這些小說中，現實世界幾乎失去它作為實際行動的場所的意義，而只成了一些破碎的、乖戾的感覺和反應的賦形（incarnation）的舞台了。

　　從對於現實生活的熱情的描寫，到瘋狂與夢魘，最後歸結於形式的演釋，路翎的小說藝術大概就是循著這途徑發展起來的。

這樣的小說，就像它在思想上是時代的放逐者的異端語言一樣，它的形式，可能反映出某部分的時代精神現實，反映出被歷史進程注定死亡的階級在客觀世界發展規律前的盲目的恐懼和戰慄，因此成為一面歷史的鏡子。同樣可能的是，它會被簡單地蓋上「恨人類、非道德、虛假、……瘋人的譫妄⁴⁰」等等的驗印，如果文學應該是而且只能是某一權威和正宗思想之下的苦行僧侶的話。

## 八、尾聲

「蝸牛在荊棘上，
　上帝在天堂。」——白郎寧：彼巴底歌

帶著這一節序詩，敗北者黃述泰走上他夢幻的飄泊的長途。職業性的流浪漢陳福安，出場前先這樣預言：

「我的愛並不是歡欣安靜的人家，
　花園似的，將和平一門關住，
　其中有『幸福』慈愛地往來，
　而撫養那『歡欣』那嬌小的仙女。
　　我的愛就如荒涼的沙漠一般——
　一個大盜似的有嫉妒在那裡霸著：
　他的劍是絕望的瘋狂，
　而每一刺是各樣的謀殺！」——彼兌非詩

這些是路翎的小說世界的最恰當的題詞。從這裡，我們看到他戴著敗北的荊棘冠，從時代落荒下來，在歷史與現實間飄泊的影形。也是從這裡，我們看到了現代中國小說史上少見的一個黑暗、激情的作家的靈魂。

（1976）

1　胡風：《青春底詩》，《胡風文集》，頁 101，春明書店，上海，1948。

2　這些資料難免疏漏，有待識者補正。本文所用各書出版情形如下，以後不再加注。《饑餓的郭素娥》，希望社，上海，1946。《青春的祝福》，同上，1947。《求愛》，海燕書店，上海，1946。《在鐵鍊中》，新文藝出版社，上海，1954。《平原》，作家書屋，上海，1952。《蝸牛在荊棘上》，新新出版社，上海，1946。《燃燒的荒地》，作家書屋，上海，1950。《雲雀》，希望社，上海，1948。《朱桂花的故事》，作家出版社，北京，1950。《板門店前線散記》，同上，1954。《英雄母親》、《人民萬歲》，未詳，見《胡風反革命集團份子的罪行輯錄》引，《文藝月報》，1955 年 7 月號，頁 51。

3　唐湜：〈路翎與他的《求愛》〉，《文藝復興》，第 4 卷第 2 期，頁 190，1947 年 11 月。

4　陸翔：〈評《求愛》〉，見胡繩：〈評路翎的短篇小說〉引，《胡風文藝思想批判論文彙集》，第 1 集，頁 1-4，作家出版社，北京，1955。

5　胡繩：〈評路翎的短篇小說〉，同上注，頁 106。

6　同上注，頁 96。

7　陳涌：〈《財主底兒女們》的思想傾向〉，《人民文學》，1955 年 4 月號，頁 111。下面有關《財主底兒女們》的引文，除非另有資料來源，凡轉引本文的，不再加注。

8　胡風：《饑餓的郭素娥》序引，頁iii，同注 2。

9　同上注，頁 IV。

10　對於作品的內容和形式，胡風自有一套見解，他據黑格爾：「形式是向形式移行的內容，內容是向內容移行的形式」，引申云：「就形式說，它是由內容產生，而且被內容含有的。……作家一定要創造或採用能夠適合內容底美學的要求的形式」。又說：「一定立場上的內容底美學的要求，同時也是形式底美學的要求」。這大概就是此處路翎和胡風對小說形式問題的看法和追求。本注引文見胡風：〈人生‧文藝‧文藝批評──試答「怎樣作文藝批評？」〉，《怎樣自我學習》，青年生活社，北京，1946，頁 83-84。

11　舒蕪：〈致路翎的公開信〉，《胡風文藝思想批判論文彙集》，第 2 集，頁 132。

12　胡風：〈今天，我們的中心問題是什麼？〉，《劍‧文藝‧人民》，泥土社，上海，1950，頁 154。

13　關於胡風龐雜的文學觀點有待專文研究，這裡只提出與本文有關的。此處所述各論點見：《論現實主義的路》，希望社，上海，1948。〈今天，我們的中心問題是什麼？〉；〈一個要點備忘錄〉，以上二文見《劍‧文藝‧人民》。

14　〈論戰爭時期的一個戰鬥的文藝形式〉，同注 12，頁 19。

15　《論現實主義的路》，同注 13，頁 14。

16　同注 12，頁 155-159。

17　〈略論文學無門〉，《密雲期風習小紀》，頁 101，海燕出版社，漢口，1938。

18　〈民族戰爭與新文藝傳統〉，同注 12，頁 200；又《論現實主義的路》，頁 3-4。

19　這裡指的是：「從辯證法的角度來看，在任何映像中，其中也包括藝術形象，都有來自客體、來自對象的東西，也有來自藝術家（如果是指藝術的話）『添加』的東西。藝術形象所反映的不僅是它的對象，……藝術家作為一個社會的人，他必然要把各該社會和時代的精神、特徵和影響帶到作品中去，同時也必然要把他個人的靈魂、他個人了解世界和影響世界的能力帶到作品中去」。《馬克思列寧主義美學原理》，蘇聯科學院哲學研究所、藝術史研究所等集體編寫，陸梅林等譯，下冊，頁 648，生活‧讀書‧新知三聯書店，北京，1962。

20　同注 7，頁 120。

21　見〈路易‧波拿巴的霧月十八日〉，《馬克思恩格斯選集》，人民出版社，北京，1972，第 1 卷，頁 603。

22　羅蓀：〈從《財主底兒女們》看路翎的反革命立場〉，文藝月報，1955 年 8 月號，頁 43。

23　同注 7，頁 1-2。

24　《共產黨宣言》，同注 21，頁 285-286。

25　吳倩：〈評路翎的小說集《平原》〉，人民文學，1952 年 9 月號，頁 62。這個觀點普遍表現在解放後對路翎小說的批評裡，這些文章大部分收輯於《肅清胡風黑幫份子——路翎》一書，中國新文學資料室，神州圖書公司，香港，1975。

26　前一方面同注 22，頁 42。後一點同注 25，吳倩文，頁 63。

27　這裡指的是 1880 年後興起於巴黎的頹廢派藝術家以他們的雜誌《頹廢（Le Decadent）》鼓吹的文藝運動，以及它在西方世界發展的各流派。此處泛指這種文學的潮流和傾向，而不是其中特定的宗派，所以採用一般性的、比較被廣泛使用的現代主義一詞。

28　參見本文第二小節關於《求愛》後記的討論。此處所引左拉的話轉引自布洛夫：〈馬克思列寧主義的美學反對藝術中的自然主義〉，見《文學理論小譯叢》第 1 輯第 6 分冊，金詩伯、吳富恆合譯，新文藝出版社，上海，1952，頁 11，14。

29、30 同上注，頁 19。

31　對路翎的生平所知不多，據資料云他因參加政治活動，被迫從中學輟學，後來曾

在四川當工人和工廠事務員。見秋吉久紀夫、樋口進合編：《解放後の文學論爭資料》，中國文學評論社，日本北九州市，1964，頁 23。

32　按馬克思所說的思想上的神祕化（mystification），「是指以思維把現實換位，而以抽象的、奇幻的想像世界去代替現實世界」。見：A. Cornu:Marxism and Literary Decadence, The Modern Quarterly, New Series, Vol. 2, No. 2, London, 1947, p.155。

33　同注 28，頁 17。

34　前一點見陳涌文，同注 7，頁 122；後一方面見羅蓀文，同注 22，頁 42。

35　同注 28，頁 36。

36　見注 32，頁 155-162；藏原惟人：〈現代主義及其克服〉，樓適夷譯，載於《大眾文藝叢刊》第 5 冊《論主觀問題》，三聯書店，香港，1948，頁 53-65；又 Cesar Grana: Modernity and Its Discontents，Harper Torchbook, N.Y. 1967, pp.40-43, 67-69。

37　同注 3，頁 192。

38　按照胡風的解釋，幾千年來，中國人民除了經濟上「在重重的剝削和奴役下面擔負著勞動的重責」，心理上則是「以封建主義底各種各樣的具體表現所造成的各式各態的安命精神為內容」。他認為「前一個側面產生了創造歷史的解放要求，但後一側面卻又把那個要求禁錮在、麻痺在、甚至悶死在『自在的』狀態裡面」，對於這現象他名之為「精神奴役的創傷」，他要求作家在創作實踐上不能以「缺點」待之，要當作「創傷」去感受。見《論現實主義的路》，頁 39-41，同注 13。

39　《德意志意識形態》，同注 21，頁 36。

40　同注 28，頁 2。這是蘇聯文學評論批評西方現代文學，詩別是形式主義的作品所加的標籤。

# 大東亞文學共榮圈

## 《華文大阪每日》與日本在華佔領區的
## 文學統制（上）

## 一、邁向文學帝國

中日戰爭期間（1931-1945），日本軍國主義政府曾在中國佔領區，透過它所扶植的「滿洲國」、蒙疆、華北、華中等政權，先後發行不少鼓吹中日提攜、解放亞洲、建設大東亞文化的刊物[1]。在這類刊物中，由日本大阪每日新聞社編輯、東京日日新聞社發行的《華文大阪每日》，無疑佔有言論宣傳上的龍頭地位。這份發行於 1938 年 11 月至 1945 年 5 月的綜合性雜誌，就其創刊的時間點上言，中國方面正值七七事變後，北平淪陷（1937.7.30），南京大屠殺（1937.12.13），日軍勢如破竹地攻陷廣州、武漢（1938.10.21-25），國民政府退守重慶。日本國內則是近衛內閣發布國家總動員法（1938.3.26），建設東亞新秩序聲明（1938.11.3），為日後稱霸亞洲的侵略戰爭作政策性的宣示和準備。因此這份歷時 6 年 7 個月，總計發行 141 期，號稱發行量達數十萬冊，銷售網遍及日軍在華佔領區及殖民地台灣的中文刊物，對文化思想戰線上扮演的重大作用，自不待言。對此，研究者曾將之描述為「中文的大東亞共榮圈」，認為它實質上是「向

中國大陸民眾宣揚日本國策的情報誌」[2]。

在創刊詞中，《華文大阪每日》（以下簡稱《華文每日》）先表明其創刊緣由是蘆溝橋事變後，蔣介石政權窮兵黷武，採取容共抗日之策，而北平臨時政府及南京維新政府，「行將代之而號令全國」，在這情況下，「中華大眾正當以親日防共為目標，以致力於東亞之建設」。接著論及該刊的宗旨和使命云：

　　親日之必要，固已為人人所盡知。惟其根本，實在於彼此推心相互認識，本刊主旨即在於斯，期本其一得之見，將日本整個真相，傳達於中國大眾，同時並闡揚中國文化之真價，用奠我兩國萬世和平之基礎，以完全東亞不朽之建設為唯一使命。

繼發刊詞後，該期卷頭除了刊登中國附日政要王克敏、湯爾和、梁鴻志、高凌霄的親筆祝詞，還發表日本內閣總裡大臣近衛文麿，文部大臣荒木貞夫的文章，兩篇文章的旨意與創刊詞一致，只不過荒木貞夫更直截了當地點明在世界新秩序正處於大轉變之時，「立在指導者地位之我帝國之使命，今後可謂益加其重大，而吾人實應更加傾注熱意與努力，協力於鄰邦中國之再建工作，俾謀增進兩國之福祉，鞏固東亞永遠之和平基礎，邁進於完成帝國曠古之大業也。」據此，他讚揚並期許《華文每日》的編輯方向和內容：

　　專為登載關於我國之對華輿論動向，及政治、經濟、外交、學術、風俗、娛樂以及社會事情等。苟帝國之現勢有可觀之記事者盡量介紹於友邦中國，使其在將來國運之發展上予以強有力之啟示。一面更收載中國作家之創作、劇評等以振興彼邦之讀書界，而努力日華兩國民心情之交

　　流，以資相互理解以及親善之目的者，可謂確合時宜之企
　　圖，良堪慶賀之事也。

　　上述中日政要的祝詞和文章，直接證實《華文每日》的官方
性質，而文部大臣荒木貞夫對它的讚許，更顯示這份名義上由民
間創辦，投稿規則明言「未標舉思想要求」（1:1，編後）的雜
誌，它的編輯方針和內容是來自日本政府的授意和認可，這一切
也都如實地表現於該刊的每一期裡。因此可以說這份雜誌是中日
戰爭中，日本對華的意識形態統制機器，它的影響力延伸到文化
的各個領域。
　　按發行方式，《華文每日》自 1938 年 11 月創刊到 1943 年底
為止，採半月刊形式，共發行 11 卷 124 期，頁數大都維持在 50
餘頁。1944 年起改為月刊至 1945 年 5 月止，共發行 2 卷 17 期，
頁數也由 40 餘頁遞減至 30 餘頁。到了最後一期，也即 1945 年 5
月發行的第 141 號，更大幅縮減至 24 頁，其中還包含一頁廣告。
內容編排方面，自第一卷欄目定為：論評、文壇、藝苑、小說、
新聞、雜俎、日本介紹，後續各卷期大都僅隨時局變化和政策性
需要做局部調整和更動。
　　根據刊載的文章內容比例，屬思想統戰、政治宣傳、軍事動
態的文章及相關的時局照片，一直佔有全刊一半左右的頁數，剩
下來的篇幅才分配給文化及文藝領域的論述文章和文學創作。前
一部分，經常是依時局和日本國內情勢變化，針對某一主題，以
專號、特輯、座談會形式出現 3，外加一些不定期但持續刊登至
終刊的有關日本軍國主義及反共、反英美文化的論述和報導，就
編輯意圖言，它們大都帶有思想綱領和宣揚國策的作用 4。
　　文藝方面，《華文每日》創刊時採取的是古今兼容，雅俗共
存的態度，古典詩詞、曲藝、武俠、社會內幕小說與新文藝作品
一視同仁。約 1939 年第 3 卷開始，明顯可見編輯方針的變化，新

文學評論、作品、翻譯逐漸佔主導地位。新增的「東亞文藝消
息」、「世界文化消息」、日本文學介紹等專欄，以中、日或
中、日、滿文藝交流為目的的座談會，文藝特輯，徵文活動，陸
續出現。這些旨在建設「東亞新文學」或「大東亞文學」的舉
措，與1942年成立的「華北作家協會」刊物《華北作家月報》、
《中國文學》，以及「滿洲藝文聯盟」，南京「中國文藝協會」
等聯繫，加上零星出現的台灣、朝鮮、南亞國家的文藝議題，一
個與日本軍事侵略共存共榮的文學帝國於焉成形。

## 二、認識日本──日本文學譯介

　　為達到創刊詞擬定的「將日本整個真相傳達於中國大眾」的
目的，日本文學、美術、電影等的系列介紹和專文，在《華文每
日》佔有顯著地位，它們都賦有「日華兩國民情之交流」，「相
互之理解及親善」的使命。其中文學作品和作家的譯介，刊載頻
率最高，份量最具規模。

　　作家介紹方面，許穎執筆的「四十年來日本文筆人」專輯，
從3卷4期到4卷10期（1939.8.15-1940.5.15），總共連載18
期，評介明治末年到昭和時期的18個作家。依次為：夏目漱石、
谷崎潤一郎、芥川龍之介、武者小路實篤、志賀直哉、佐藤春
夫、山川未明、加藤武雄、山木有三、倉田百三、廣津和郎、宇
野浩二、橫光利一、川端康成。每篇評介都有兩整頁，在該刊中
屬於重份量的文章。這個專輯，不論在作家的選擇或評述內容，
都可看到執筆者許穎對日本現代文學的深厚修養，與文學本位，
避免政治干擾的態度，在這份為政策宣導而創刊的雜誌中，誠屬
難能可貴。開始的幾期，篇名下常有副題短句概括被介紹作家的
藝術風格，如3卷4期評介夏目漱石及其三部曲《貓》、《哥
兒》、《草枕》，副題是：「在自然派作品高潮期確能獨樹一

幟／灑脫輕快的風格燦爛才華震撼文壇」。3卷5期評介谷崎潤一郎《刺青》、《殺艷》、《痴人之愛》，標題稱谷崎為「現代惡魔大師」，副題：「傾向官能享樂追求生活極端的美／病態心理發揮盡致的浪漫派作品」。3卷6期評介芥川龍之介，篇題「大正一代不世出的鬼才」之下，以短句概述云：「有金屬性觸感知多於情的秩序的藝術／讀來興味輕盈天孫織錦般巧緻的結構」。這類感性的，甚至是聳動的篇題和副題，在時論滿眼，皇道國體的奇談怪論充斥的該刊中，格外突出，這些不合時宜的標題在後續的評介中，逐漸平實和消失，如介紹山川未明是「東方安徒生」，加藤武雄是「通俗作家」，廣津和郎「有日本的契可夫之稱，懷疑，無信仰，苦惱」。專輯介紹完川端康成後，該刊有個簡短的聲明說，因作者健康因素，評介中止。所謂「健康因素」，恐怕不止於執筆者本人，同時也涉及了專輯中的作家、作品抽樣和評介的內容。因為當它面世時，已經是日本進入國家總動員令，第二次近衛內閣「五相會議」（1939.4.26），決議與德、意軍事同盟的戰爭態勢。

從5卷1期到12期（1940.7.1-1940.12.15），接替「四十年來日本文筆人」專輯的是安本的「現代日本文學的潮流」，半年之中連續介紹12位作家，他們都是戰爭時期當紅的日本作家，作品主題也大都與時局和文藝政策有關，依次是：

農民文學：和田傳、伊藤永之介
戰爭文學：火野葦平、上田廣、阿部知二
社會文學：島木健作
風俗文學：石川達三、丹羽文雄、石坂洋次郎
都會文學：高見順
生產文學：間宮茂輔
戲曲：真船豐

以上系列介紹中的農民文學、戰爭文學、生產文學都是適應國策的新文類，戰爭文學自不必言，農民文學與日本的「大陸開拓政策」和「滿洲國」建國的移民拓墾政策有密切關係[5]。這系列第一個介紹的和田傳，就曾以《沃土》探討日本農民問題，引起文學界注目，後來又以描寫日本農民向滿洲移民的長篇小說《大日向村》享譽文壇。生產文學則旨在描繪和鼓吹戰爭下後方的生產建設。而不論是哪個文類，也不論被介紹的作家是否為1930年代，脫離社會主義陣營的「轉向作家」，他們幾乎全是侵華戰爭中，被徵召到中國戰場，以筆代槍的所謂「筆部隊」的組成份子[6]。其中，火野葦平1938年曾以「兵隊三部曲」成為戰爭文學的代表作，它們是以徐州會戰為主題的日記體長篇小說《麥與兵》，以杭州灣登陸為題材的書信體長篇《土與兵》，以杭州警備留守為題材的《花與兵》。在這系列中被列為「風俗作家」的石川達三，也於1937年12月南京淪陷後被派往南京，寫了描繪「戰爭的真實情況」的小說《活著的士兵》，小說以進攻南京並參與南京大屠殺的高島師團的幾個士兵作為描寫中心，石川達三還因小說中表現的戰爭慘狀，被審判調查，作品也被禁止發行，成為當時的文壇大事。

在這系列介紹文字中，安本在評價和詮釋作家及作品時，經常是越過藝術的考慮，而以「國策」為標尺，論斷作家或作品的政治正確問題。如「社會文學：島木健作」評論原屬普羅文學陣營的農民作家島木健作，在作品裡逐漸否定階級主義，努力把階級性換成人情，「走向國家全體主義的道路」。他旅行滿洲後的小說《某作家的手記》，探討日本開拓民的生活，「向那與困難鬥爭的建設者，述說著熱烈的希望」，安本以為：「這才是對國策最具體的協力」。他的另一個短篇〈青服的人〉，其中以民族協和為天職而到滿洲的主角，把青春和一生獻給建設而不悔，安本認為「作者在滿洲尋找那樣的青年，而肯定了那種存在。確乎

就是負擔明日的日本新青年的典型。」（5:6，14-15）

「農民文學：和田傳」，評和田傳1939年的小說《草合戰》不再寫農村的剝削和農民不可救藥的固陋，而以農村青年改造力量為主題，「這種以農村之積極而取為題材的作品，可算是一個好的國策文藝」。由之，安本以為和田傳的小說正符合日本農林大臣有馬賴寧在「農民文學座談會」呼籲的：「不是説去作順應國策的作品，是希望作那由於作品裡引出國策的作品」。他下結論説：「這種程度的作品才是日本後防農村，不，社會全體，今日所要的文藝。」（5:1，32-33）

對於火野葦平和上田廣這兩個戰爭文學作家，安本舉出上田廣描寫中國士兵歸順於日本皇軍的〈歸順〉，以及描寫一個少女為保全村子和家人，犧牲自己，被中國軍隊隊長玷汙，而後離家尋找自由的〈鮑慶卿〉，這兩篇小說「決不是在藝術以外，有什麼目標的宣傳文字之類」，因為前者起因於「對自國軍隊不信任」，後者則是「向著那無涯的人類自由奮搏，一種美麗的靈魂的出發」。（5:4，12-13）關於火野葦平，安本認為他的《麥與兵》，「描繪著的兵士的姿態，都是為國家捧獻一生的壯烈的姿態」，他筆下在戰場奮鬥，面臨生死絕境的兵士形象，「一掃那種脆弱的旁觀者的戰爭文學的感傷，在死之線上體驗的生命感的躍動，是比什麼都有力的。」據此，他高度讚美經過戰爭文學的磨練，火野葦平一改他前此作品的繁瑣無味，缺乏理想情熱，「代替了那知的線上纖細的思索的，是那東洋式的直截的悟性。低俗之點，在戰爭文學上，生發為健康的常識性。」安本甚至認為火野葦平的戰爭文學已達不可言詮的境界：

　　把所謂戰場生活得異常的連續，用強大的處理力和日常的規律壓抑下去，不以特異的經驗而以自然的情狀表現出來，這裡面正是含蓄著無限的奧境。（5:3，32-33）

　　以上論述，不論是直接與日本國策文學掛勾，或宣揚人類靈魂的要求，日本精神的「奧境」，政治宣傳和思想統制的用意是很明顯的。類似的政治正確判斷，不同程度地存在於專輯中對其他作家的評論，因此這個專輯除了讓華文讀者理解戰時日本的文學主流，還達到文化思想和文藝政策的宣示作用。

　　繼安本的文學潮流介紹之後，許穎又作了「日本古典文學鑑賞」專輯，發表於 6 卷 1 期到 12 期（1941.1.1-1941.6.15）。不同於前此兩輯以個別作家及其作品為主的介紹方式，這個專輯系統地介紹日本傳統文學的代表性文類和重要作品，頗具文學史意義。介紹的內容由古及近，依次為：

> 古事紀、日本書記
> 萬葉集
> 竹取物語、伊勢物語
> 源氏物語
> 日記、隨筆
> 八代集：歷朝和歌的總匯
> 平家物語、太平記：武士文學的高峰
> 謠曲、狂言
> 浮世草紙：近世劇文學
> 俳句
> 洒落本：江戶俗文學

　　以上這些日本古典文學的重要文類及經典名著，前此雖有周作人等為文論及，但像這樣系統全面的簡要介紹，在中國恐為首次。而這在出發點上是為應合認識日本、中日文化交流等政策而來的文學介紹，除了著重於日本民族文學的特質和國民精神的宣揚，還及於名著本身的翻譯，如專輯中介紹的《萬葉集》，這部

被尊為日本詩歌經典的古代詩歌總集，就曾由張文華翻譯，在全部四千五百餘首中選譯了六百首左右，以五言絕句形式譯出，在該刊斷續連載到 12 卷 12 期（1944.12）才結束。

除了現代小說及古典文學，《華文每日》還出了「日本現代詩選輯」，連載於 5 卷 9 期到 12 期（1940.11.1-1940.12.15），翻譯了中原中也、草野心平、三好達治、北川冬彦、宮澤賢治、中野重治、萩原朔太郎等人的詩作，選擇上偏重現代詩中的抒情系譜。像這樣的日本現代文學翻譯，還散見於「翻譯文學特輯」、「輯叢」等欄目中，如國木田獨步、小泉八雲（10:6，1943.3.15），武者小路實篤（12:12，1944.12），有島武郎（13:1，1945.1）。這些集中於戰局吃緊，日本敗象畢露的情境中出現的隨筆、小品、詩歌翻譯，在該刊中成了異樣的點綴和風景。

## 三、文藝座談會

《華文每日》中，代表中日文化交流實況的座談會及其紀錄，有不容忽視的重要性，因為它們幾乎是文化措施及文藝政策的風向球，在總計 32 個較具規模的座談會，按性質分，約有五類，按刊登次數，依序為：

1. 文藝問題，共 12 次。
2. 戰爭與時局，共 8 次。
3. 留日學生會談，共 5 次。
4. 南京新國民政府問題，共 4 次。
5. 中日名流交談，共 3 次。

按比例來看，文藝座談占三分之一強，足見文藝問題之受重視，同時也可看出文藝統制所在及作家們的反應。

　　這些文藝座談首次刊登的是「日本文壇巨星談電影」（3:2，1939.7.15），座談的主題是日本農民電影《土》在滿洲放映的問題。這部電影在日本批評甚佳，但出席座談的久米正雄說他在奉天（瀋陽）看時卻「惡聲載道」，他認為原因在滿洲不需要那種東西，「到滿洲的日本人，都是從那個『土』裡走出來的，現在還像他們說那些『土』底黑暗，『土』底真相，簡直是給他們加了負擔，總之已然扔下的那塊『土』上的生活，他們是不願再複習的。」對此，吉川英治回答：「這足夠暗示給今後擺弄農民文學的人的了。」

　　按電影《土》是日本農民文學家長塚節的同題名作改編的，探討的是農村生活的種種不幸。一般被認為是農民文學傳統之始。如前一節提到的，農民文學與大陸開拓文學有密切關係，都屬國策文學，座談會中久米正雄的發言，點出了日本滿洲移民的憧憬與國策電影的落差，國策電影設定的對象及議題與現實的嚴重脫節。吉川英治的發言則表現戰爭初期，作家對國策文學的遲疑態度。

　　有關滿洲文藝政策和滿洲社會文化問題，一直是日本侵華後的熱門議題，《華文每日》刊登的五個留日學生問題座談中，滿洲留學生就占了兩個，文藝方面除了上述座談，另外還有「作家們的座談會」（4:6，1940.3.15），「滿洲文化漫談會」（4:10，1940.5.15）。「作家們的座談」由《華文每日》主辦，1940 年 2 月 19 日在東京舉行，座談會標舉的是：「以《大地的波動》的作者與滿洲代表作家為中心」，出席者有滿洲訪日作家田瑯、古丁、外文，及文藝評論家山田清三郎，筆名仲賢禮的日本小說家木崎龍。日本方面則是久米正雄、橫光利一、木村毅、大宅壯一等，兩方面人馬都是赫赫有名之輩。座談中心的《大地的波動》是該刊第一次長篇小說獎的正選（首獎），作者田瑯，本名于明仁，當時正在日本留學。

　　座談中並未提到田瑯的得獎小說，反而是滿洲《藝文志》雜
誌派作家古丁（徐長吉）的《原野》引發較多討論，這部得到
「滿洲國」民生部大臣賞的長篇小說，因觸及社會現實和民族文
化，成為座談的重要議題之一，討論重點是關於作品的外國人和
本國人觀點、民族文化等問題。對此，日本文學評論家大宅壯一
指出：在滿洲的一些平凡事物，日本人看來覺得新奇；滿洲作家
把自己民族的缺點以自嘲的形式表現出來，滿洲人會引為侮辱，
但日本人喜歡。大宅以《原野》因揭發現實黑暗面，寫滿洲人的
缺點，在「滿洲國」不受歡迎，它的日譯本卻在日本得到好評的
情況說：「日本歡迎古丁的東西，在滿洲國的文化上，就有著存
在的意義」，又說：「認識了民族的缺點，也就是民族的自
覺」，他並以林語堂、賽珍珠以英文寫中國題材的小說在美國大
受歡迎為例，鼓勵古丁以日文寫作，在日本發表。對於大宅壯一
的觀點，紀錄中古丁並未作反應，倒是當時正在日本留學的田瑯
不以為然地指出，賽珍珠寫中國或普契尼《蝴蝶夫人》寫日本，
這些西方人寫東方人，他們所謂的情愛，不過是憐憫，滿洲作家
應努力表現現實生活。

　　這次座談會的另外重要議題是由橫光利一帶頭提出的，這位
新感覺主義的作家談到了東洋文學的建立、寫作技巧、文學與上
層建築的關係等問題。對於第一個問題，他指出：

　　　　日本的文學，再十年也許能有成就。現在由歐洲輸來
　　的思想，怎樣接受，怎樣揚棄，實在惱人。請看滿洲國裡
　　也輸進去了。我想這是今日東洋人作家一大問題，滿洲國
　　也是一樣。弄文的人一定要認識這個的。不這樣，就不知
　　該怎樣接受西洋的東西，東洋的非亡失不可。東洋人非把
　　東洋的作出個興盛來不可。（4:6，33）

　　對於寫作技巧，橫光利一認為：「在寫實上談來，在手法上，滿洲、中國、日本，以至於蘇俄都是有著共通的地方」，問題在：

> 　　所謂手法這技術原是屬於一個人之一生的。可是一生中僅僅追求這個，就會亡失了真正精神。同時是要考慮所謂社會上層建築之一切精神的文化形態的。國民感情，每每會因了作家之觀念而消滅，這是一個最大的弊害。（4: 6，33）

　　以上大宅壯一和橫光利一似乎是就文學論文學的發言，事實上隱藏著有關「滿洲建國文學」和所謂「東亞文藝復興」、「國民文學」的國策性問題。大宅和田瑯的對話，觸及了被日本操縱的「滿洲國」官方，要求作家寫所謂「王道樂土」並具有「滿洲民族」意識的「明朗健康」的建國文學；而被稱為「滿系」的中國東北作家，因在作品中揭發現實黑暗而被稱為「暗的文學」[7]。因此大宅的一席話除了有殖民主義者對殖民地的「異鄉情調」迷戀，對待滿洲文學更有日本官方所謂「以指導民族指導被指導民族」的優越姿態，這就是他認為因「暗的文學」而不受「滿洲國」歡迎的古丁作品，只要被日本人接受，在「滿洲國」文化就有存在的意義的緣由。其次，曾經前衛，曾經自社會主義陣營轉向的橫光利一，他的一席話透露的是個人的藝術追求和社會意識，遭遇到文藝政策要求的東洋固有文化和「國民情感」的苦惱，因為在奉行皇道主義的官方文藝要求中，所謂「國民」意即「翼贊大政之臣道」的封建性「臣民」。由此，座談會轉入有關順應國策的「觀念文學」的問題。

　　緊接著橫光、大宅和田瑯，與會的中保興作以「東亞調查會主事」的情報員身份，提出了觀念文學的問題，對此，本名木崎

龍的「滿洲國」日系作家仲賢禮回應，滿洲「是有所謂建國文學的，觀念文學，或稱之為口號文學的」，他引古丁的話稱之為「應募文學」，「也就是說這是應募懸賞的文學」。他接著提到在日本受推崇的朝鮮作家張赫宙，跟古丁一樣，在朝鮮名聲也不好。最後他無奈地表示：「時代如此，碰著現在必須加上點國策的現實，恐怕還不免都是逃避的。」對此，大宅和橫光提到日本文壇也有「國策派」、「大陸派」的作家和作品。

　　繼上述座談不到兩個月，1940 年 4 月 9 日，新京（長春）舉行規模龐大的「滿洲文化漫談」，出席者幾乎網羅「滿洲國」所有文教機構代表和知名作家，也正因為如此，這個定位為文化的漫談，也就在各部會照本宣科地報告在情治單位「弘報處」的監控查禁下的文化的樣板成果之際，越發顯得整個文藝創作處境的艱難，文藝理念的分裂和貧困。如日系方面，建國大學教授佐藤□（案，原雜誌印刷模糊）根據王道、皇道、東洋文化精神一致的理由，要求滿洲映畫協會拍攝《三娘教子》、《彌衡罵曹》等古典忠孝節義的電影。文學批評家和翻譯家大內隆雄，鼓吹文學上的民族協和之餘，指出文藝組織「滿洲文話會」有四百餘名日系會員，四十名滿系會員，「這是文化提攜上的明證」。（4:10，32-33）

　　滿系方面，作家共鳴（陸承遠）要求擴大文學翻譯的範圍到西方作品，批評當時大量日文中譯形成的「協和譯文」，反對文藝上用這種「協和文字」，因為它「半牛半馬，究不能表出原意，且失文字之美。」《斯民》畫報編者季守仁推崇日系民族的參加，使滿洲文化「形成一種協和的演進」之餘，忍不住說出：「但是因為過分謝絕了從外洋運來的文化，因之使滿洲僅僅有二個民族的文化交流活動，關於這一點是值得探討的」。小說家夷馳（劉夷馳，後改筆名為疑遲）表示個人在寫作上感覺空虛。作家同時也是《大同報》編輯的堅矢（弓文才）指出：「近讀滿洲

從事文藝的青年，他們所作的東西，已經不像以前那樣喊苦或發
牢騷，即或是有憂鬱，也不在表面上發洩了。」（4:10，33-35）

　　一方面不忘封建的忠孝節義，另一方面困頓於單向的文藝輸
入、半牛半馬的協和文字，空虛和潛存的憂鬱，這就是國策上的
「東亞協同體」[8] 生產出來的「文學協同體」。在這協同體內，
繼《原野》之後又以長篇《平沙》得獎的古丁，意外地發出了並
不協和的聲音。座談會中，他自稱是「為文藝而為文藝者」，並
且「以為文藝始終是表現做人的詩魂，倘無詩魂（也就是屈原、
杜甫、魯迅一貫的詩魂。此二字我常用，固然是玄妙，但又找不
到合適的字來代替。）則寫作出之後，不能達到所期的目的。」
從奉天（瀋陽）來參加座談的王秋螢發言，指出那裡的文藝活動
「沒有官方的補助，也談不到文化機關的援助」，「正因為不受
任何的補助，所以奉天的文藝精神，很能為著文藝工作真實的努
力，沒有其他作用。」

　　不論是古丁的玄妙詩魂，或王秋螢沒有其他作用的文藝，這
些東亞文學協同體內的不諧和聲音，逆說著的正式超越他們的文
學想像和文學實驗的所謂文學「新體制」的存在，同時也顯示從
日本到「滿洲國」到華北、華中文藝座談會中，文學者試圖從這
文學新體制的這樣或那樣的離逸和叛逃。

　　上述討論的文藝、文化座談會實況之外，一個值得注意的現
象是這類座談都密集出現在日本軍國政府建設新東亞秩序聲明、
汪精衛南京國民政府成立、近衛內閣新體制談話的 1938 年底到
1940 年底之間。它們與《華文每日》幾個重要的專號，也就是
「建設東亞新秩序運動專號」（2:5，1939.3.1），「中華民國國
民政府改組還都紀念慶祝特大號」（4:8，1940.4.15），「日本新
體制運動言論特輯」（5:9，1940.11.1），錯雜地出現。光是 1940
年就刊登了五個座談會紀錄，除了上述在「滿洲國」召開的兩
個，另有：

　　　南京中日文藝座談會（4:4，1940.2.15）
　　　大陸與日本文學界片談（4:8，1940.4.15）
　　　北京藝術家座談會（5:3，1940.8.1）

　　往後每年都只出現一到兩個相關的座談，而且紀錄的內容越
來越簡略，越來越成為單向的文藝政策宣導。它們是：

　　　南京文化人座談會（6:5，1941.3.1）
　　　東方美術座談會（8:2，1942.1.15）
　　　中日文化交流座談會（9:4，1942.8.15）
　　　華北文藝座談會（10:6，1943.3.15）
　　　華北文藝一夕談（12:2，1944.2）
　　　對中國電影的印象（12:9，1944.9）

　　這些座談中，較有新話題的是1940年1月4日南京秦淮河畔
召開的中日文藝座談，（紀錄刊登於《華文每日》4卷4期，
1940.2.15）與會者中國方面清一色是南京新成立的「中國文藝協
會」會員，由他們口中透露：

　　　在事變之中，上海租界上充滿了赤色左傾份子（中
　　略）。事變之後，到現在我們中國文藝協會成立了，並且
　　發行了刊物，我們是始終以潛移默化的態度要求開展，希
　　望租界上左傾赤化份子，也有轉向。

　　　上海是經濟文化的中心地，事變時的文藝，好似患腦
　　溢血的狀態，事變以後，華中各大都市，如南京，蘇州，
　　杭州，蚌埠的文藝，就又成了貧血的現象。中國文藝協會的
　　成立，就是為補救這個現象，使它不溢血，也不會貧血的。

事變前，漫畫的進步，達到了最高峰，全國能畫者，
總計有一千一百餘人，但因其中共產黨份子甚多，漫畫漸
成共產黨之宣傳畫，事變後，一部分漫畫作家正式參加軍
隊中幹宣傳工作與蔣軍一同跑到內地去了。（4:4，10-11）

以上訊息，呼應了文學新體制和汪精衛政權反共、反蔣的意
識形態訴求，另外兩個討論電影的座談則是針對「擊滅美英」的
目的而發。

9卷4期的「中日文化交流」舉辦於1942年7月18日，地
點在大阪，時間上正是日軍在東南亞如入無人之境的時節。討論
對象是上海中華電影公司製作的《木蘭從軍》，出席和發言者大
都是大阪地區的大學教授。這個座談紀錄從一開始就讓我們領教
什麼是前面提到的，連「滿洲國」作家都不願使用的「協和文
字」。引言如是説：

　　　亞細亞覺醒的諸國向著日月同輝的大東亞共榮圈繼續
　　著強大的巨步之今日，中日文化緊密的提攜，正是應該早
　　一日實現的一大問題。在電影，演劇，美術，文學，音樂—
　　所有的文化諸分野裡，課於兩者之交流，交歡的使命是重
　　大的，幸而這次代表的中國電影「木蘭從軍」為完果這種
　　使命，以最初之中國電影在日本電影界登場了。（9:4，11）

討論的要點有：《木蘭從軍》技巧幼稚，道具不佳，是寫實
主義以前的電影。對此，有的説：「其物的不足單純之點，是對
日本人有一個魅力。而且也捉住沒達到寫實主義運動，低下的中
國民眾之心情吧。」另有看法是：「大東亞戰爭勃發以來，英美
的勢力和影響完全消滅，所以中國電影之將來，完全是日本背負

著的形勢。」關於電影的主題有的讚揚「充滿忠孝的精神」，而這僅有東洋人能理解。關於電影的成功，能在上海上演三個月，有的歸因於「（女主角）陳雲裳的男裝，與在中國充滿愛國精神之戲劇的電影化。」有的務必要提高到汪精衛政權的理想的層次：「在聖戰下固無須說娛樂是必要的，我以為過於離開現實是不成的。就是中國電影也希望他們具象著南京政府理想。固然是過於沒頭在宣傳反而使效果稀薄，但，無論如何不能置在南京政府理想之外。」（9:4，11-13）

在上述的座談會紀錄中，儘管道德、理想、時局的聲音主導全場，但在這禁慾主義的高音之間，陳雲裳仍是聚光的中心。她的男裝，她的「像豹眼似的有強的光」的眼睛，普遍得到與會者的激賞，攫獲著這些時代的禁慾者的眼睛。箇中道理，或者不無因為變裝的花木蘭或陳雲裳，無情地擊中因戰爭而失去自己的身份認同的他們吧！

《萬世流芳》是汪精衛政府為「紀念百年前屈辱的南京條約，追溯愛國英傑林則徐對暴英的英勇鬥爭，喚起民眾打倒貪婪無厭的盎格魯薩克遜的鬥志」而作，影片由中華電影公司和滿洲映畫協會合作拍攝。《華文每日》12卷9期「以『萬世流芳』為話題—對中國電影的印象」，就是為這電影而開的座談會紀錄，時間是1944年8月2日，地點也在大阪，與會者差不多和評《木蘭從軍》同一批。

因為已經是日本的南向政策和軍國主義氣數將盡的時刻，南方、華僑反而成了寄望的對象。發言者於贊許這部「由中國人手裡製作出打碎美英野心的電影」，肯定「這樣有力的電影在東亞共榮圈的建設和文化的交流」作用之餘，反覆建議「把它送到南方去，映給華僑看」，「給現在東亞人看」。而且一反評論《木蘭從軍》時對技巧的挑剔，雖然看到這影片背景裝置呆板生澀，和舞台沒多大差別，卻幾乎一致同意有著這種內容的電影，實在

没有必要去談技巧,因為「那偉大的內容,是超越了技巧的」,「電影對於戰爭亦是擔負著相當的重任,所以不僅是限於藝術的問題的」。(12:9,12-11)總之,在內容超越藝術價值的主題掛帥的尺度下,這部描繪鴉片戰爭,被視為有著「偉大內容的大東亞電影」,與座談會中提到的,另一部「日華提攜」描繪日軍攻佔上海的《狼煙起於上海》(狼火は上海に上る,放映時片名:烽火上海),也就被混同和抹拭了兩個戰爭的不同意義,在太平洋的狼煙裡,與神風特攻隊一道,為那根本上背反人類對神聖的定義的「大東亞聖戰」畫下了句點。

## 四、文藝活動與文藝措施

作為統戰刊物,資訊傳遞是《華文每日》的主要項目之一。創刊之初,文化動態和讀者反應是以編後、代郵等方式出現,1卷 4 期(1938.12.15)即有一則署名「淛茂嘉音」的台灣讀者投書,信中表示《華文每日》的創刊,「不但是有益中國,我們小小的台灣也是享著她的餘蔭」,原因是 1937 年台灣廢掉報刊漢文欄,「好多我們的父老是像被挖了眼睛一般,不消說是時事,就是什麼叫做帝國的大方針,中國的新體制」,都無從知道。接著表示:

> 我自忖是個東亞特異的存在;因為我是個日本帝國的臣民,同時是個漢民族的末裔,所以我不但要盡著日本臣民的本分致忠君國的,還是希望著中國的繁榮和進步!

據此,信中暢言中、日是同胞,有脣齒相依關係,列強耽視下,不應箕豆相煎,不可容共。信末以詩句結束:

建造新興自由的中國；

歡迎黃金般和平照耀，

照耀我們幸福陽光的世界，

東亞的曙光將昇了，

大中華先生呵，我還要期待了您的醒過來。

　　　　　　　　　　　　　　　　　（1:4，47）


　　這封文情並茂，自稱是長崎醫科大學學生的台灣讀者投書，在全部《華文每日》中，確是個「特異的存在」，因為它之前之後，都未有類似的心聲流露的投書被刊登，有關台灣的訊息一律被納入日本文藝領域，台灣失去了自己的聲音，而且完完全全「去中國化」。

　　從1939年下半年的第3卷開始，《華文每日》新增一個「東亞文藝消息」欄，排列順序依次為日本、中國、「滿洲國」，台灣及朝鮮被列入日本文藝消息部分。到了1941年7月的第7卷，欄目更名為「世界文化消息」，報導對象擴及全世界，後來又以「文化短訊」、「文化城」的名稱斷續出現至終刊為止。這個篇幅不大，半月刊登一次的欄目，性質上等同於文學大事紀，因此報導的內容和方向一直扣緊隨時局變化而變化的文藝活動和文藝政策。可以說，這是在戰爭的歲月裡，文學從自己的歷史消失的「文學新體制」的編年史，也是日本當局為「完遂聖戰」而來的一部文學戰紀。

　　因為「滿洲國」的特殊地位，開始的第一年，與之有關的文藝消息多而突出，舉凡日、滿文學交流，滿洲作品翻譯，以日本移民開拓為主題的「大陸文學」創作，滿洲文學的未來等等，都是報導的重點，頗有滿洲文學熱的味道。報導中常引述日本學者的評論文章，論調上有的堅持「日本民族是擔當優越地位的文化指導者」（5:12，50），有的針對日、滿文學提攜的問題，認為

干涉没達到一定成長的滿洲文學，未免失之過早，應放任當地作
家獨自發展。有的給予滿洲文學現狀一定的尊重：

> 滿洲國文學均係懷疑的，絕望感較希望感為強，政治
> 性較藝術性為濃厚。新抬頭的滿洲文學，不是由於中國文
> 學之傳統，而是由於民族更生之生命力而誕生的，然而事
> 實竟成反對的現象，這，被解釋為係由舊秩序向新秩序轉
> 移之間的民族複雜心理不偽的流露。（5:1，44）

上面這類出現在 1940 年中，態度較和平的言論，很快就被該
年 8 月近衛內閣的「新體制談話」，10 月成立的「大政翼贊會」
改寫。從這時起，隨著東亞文藝消息欄易名世界文化消息，擴大
報導範圍，原本被設計為獨立國的「滿洲國」文藝活動，越來越
失去它的獨立地位，與台灣、朝鮮消息成了日本文學新體制的附
庸，成了聊備一格的存在。相同情況也在滿洲文學界出現，1941
年 6 月的文藝消息即有這樣的報導：「滿洲文壇近似極沉静。一
般人以為滿洲文筆人在不久將來將應於時勢，重新出發。」（6:
11，47）1942 年 5 月「日本文學報國會」成立，奉翼贊聖戰之
名，戰爭文學成了新寵，以大陸政策為務的滿洲開拓文學，失去
樣板地位，不再享有日本文壇「新流行文藝」的光環，有關「滿
洲國」的文藝消息越來越照本宣科，要不就是呼應日本國內要求
的作家動態和文藝措施，要不就是附和時局的懸賞徵文，或「滿
洲放送文藝協會」為宣傳而設的一次又一次廣播劇入選名單。作
品的譯介方面也換了風景，從揭發社會問題的滿洲鄉土文學，改
由「滿洲國」擅長描寫自然風光的白俄裔作家拜可夫為焦點，9
卷 12 期（1942.12.15）報導他描寫動物自然的《我們的朋友們》
將於日本出版，讀者可領略有野鼠、小鹿等的「愉快的拜可夫的
世界」。10 卷 4 期（1943.2.15）報導他參加第一次「大東亞文學

者大會」時寫的〈日出國之旅〉，抒發對優美的日本自然及文物之愛慕，等等。相對於此，11 卷 4 期（1943.8.15）的文藝短訊，報導新京兩個官方雜誌《興亞》與《麒麟》，前者「整頓機構，內容愈形強硬」，後者則因出了個愛情故事的特輯，招致《華文每日》編者的質疑：除了愛情，滿洲作家似乎沒有值得可寫的，但「振興滿洲文壇應由這些作家們擔負起來嗎？」

　　以上幾則出現於戰局逆轉，日軍在太平洋戰爭大勢已去之時的文藝消息，不論是對拜可夫筆下的自然世界的肯定，或對人間情愛的拒斥，都流露出滿洲文藝界及支撐它的日本官方文藝思想的逃避和迷網。12 卷 1 期（1944.1）的文藝短訊有一則報導：1943年 12 月 4 日到 5 日，「滿洲文藝聯盟」邀請日、滿文化行政當局及文藝聯盟會員，舉行「藝文家會議」，會議宣稱滿洲文藝界將「以筆鋒充利刃，向思想決戰之途上邁進」。這個與「日本文學報國會」口徑一致的宣誓，在歷史的見證下，它的意義也像前述那始於開拓，終於回歸自然的「滿洲國」文學發展歷程，如實顯示著在日本擴張主義的設計和想像下，所謂「滿洲國」及「滿洲國文學」的徒然和虛妄。

　　「滿洲國」之外，《華文每日》對中國的文藝消息大致劃分成華北、華中、重慶、延安四個政治區塊，報導上，敵我意識相當分明。對於重慶及抗戰後方，有關文化人及作家的諸多行事報導，大概還能保持平淡語調，反蔣立場一般針對重慶政權及現實情況，如 11 卷 12 期（1943.12.15）有一則文藝消息特別以〈哀哉！大公報！〉為小標題，報導創刊於天津，七七事變後遷四川的《大公報》，淪為重慶政權的爪牙和「號聲筒」。同期又報導內地物價騰貴，文化人生活痛苦，軍政要人成為事變後紅人，僅接受女記者訪問云云。12 卷 1 期（1944.1）報導林語堂為文諷刺盲目追隨英美之「渝府要人」，文章題為〈東亞文化與心理建設〉。這則報導別有深意，一方面反蔣，另一方面藉公認的西化

文人林語堂之口，達到所謂「擊滅美英，復興東亞」的宣傳目的。

比較起重慶報導的小道消息和揶揄氣味，延安及中共解放區似乎才是《華文每日》的頭號敵人[9]。可能因為資訊隔閡，報導不多，但僅見的少數幾則大都屬負面性質。如 1941 年 6 月有一則較全面性的報導統計陝甘寧邊區文化教育情況，內有新聞、雜誌、文化團體、文化人、學校、大眾教育等項目。報導中稱周揚、丁玲、何其芳、艾思奇等是「蝟集邊區從事活動的文化人」，抗日軍事大學、陝北公學、魯迅藝術學院等是「赤色國民教育」機構（6:11，47）。10 卷 3 期（1943.2.1）報導延安《輕騎隊》周刊，「為專門暴露延安社會黑暗與缺點的前進刊物」，寫稿者多係一般無名作家，「因遭壓抑一度改組，內容已失掉前風」。6 卷 2 期（1941.1.15）報導曾獲天津大公報散文獎之何其芳，就職於延安抗大，「思想作品完全左傾」，在上海某報發表通信，批評法國作家紀德的《蘇維埃視察記續編》是壞書，並說他不瞭解社會主義。10 卷 3 期又一次報導何其芳擔任魯迅藝術學院文學教授，被冠以個人主義及悲觀失望情緒，「聞其文章已被加上封條云」。

不同於重慶、延安報導的負面和敵意，《華文每日》的華北、華中文藝消息普遍表現認同政策，順應時局的聲音。七七事變後，隨著北京臨時政府（1937.12），南京維新政府（1938.3）相繼成立，透過日本佔領軍的操縱，近衛內閣「五相會議」（1938.7）決議規定的日、華合作，日、滿友好方針，恢復東方精神文明，振興儒教，禁止抗日言論，打擊共產黨，修正三民主義等文化教育措施要點[10]，成了南北兩個政權的政治及精神指標。1940 年 3 月，汪精衛以「還都」之名在南京成立新中華民國政府後，與「五相會議」相同的方針，相同的語言，一再重複於是年陸續簽訂的日華「同盟條約」、「基本關係條約」、「日滿華共同宣言」裡。根據這些條約，華北、華中地區展開新民主義

運動、和平運動、興亞建國運動、東亞聯盟運動,提出東亞文藝復興、建設文學、和平文學、國民文學等口號。這些扮演政策作用的文化運動和文學口號,思想要求與日本的國策如出一轍,1943 年 6 月汪精衛政權公布的「戰時文化宣傳政策基本綱要」,限定文化宣傳的中心思想:

> 大東亞戰爭之完遂,為一切東亞理想實現之前提,國家集團主義,為東亞建設新秩序之準則,中國文化為東亞文化之一環,應把握中日文化之實體,發揚東亞文化,鞏固東亞軸心,完成戰爭之使命。

文化宣傳的基本方針:

> 動員文化宣傳之總力,擔負大東亞戰爭中文化戰思想戰之任務,與友邦日本及東亞各國,盡其至善至大之協力,期一面促進大東亞戰爭之完遂,一面力謀中國文化之再建與發展及東亞文化之融合與創造,進而貢獻於新秩序之世界文化。[11]

以上的宣傳使命和方針雖發布於汪精衛聲明與日本「協力完遂對英美兩國之共同戰爭」(1943.1.9)以後,但其中的思想規定,卻一以貫之地呈現在《華文每日》的華北、華中文藝消息裡,成為它們的共同方向,連帶地也成了日本文藝政策與文學新體制的協和音。下面根據《華文每日》文藝消息欄所載,摘要列舉 1940 年汪精衛南京政府成立,近衛內閣發布建立新體制及大東亞新秩序講話,至 1945 年該刊停刊,日本國內及在華佔領區的文藝活動,以之還原所謂大東亞共榮圈及文學新體制的運作實況。

# 1940 年

△日本方面：

因應新體制文藝的新方向，批評家組成「日本評論家聯
盟」，擔負論議任務。

「大陸開拓懇話會」、「農民文學懇話會」將擴大組織。

「娛樂的新體制」當局也在考慮中，東寶、松竹設移動演劇
團。

新協、新築地兩劇團，企圖再建為富國民意識的劇團。

「日本文藝家協會」為一元化，擬統合農民、國防、開拓文
學等組織，以應合新體制。並組織「勤勞者厚生文化評議
會」，供給勞動大眾高尚的國民文化，以達脫離消費文化，
與建設結合的新體制目的。

新體制下，文藝、演劇、電影等藝術全般，均有形成新性格
之勢。電影方面排斥偏重都會的淺薄主題，要求取材於農山
漁村的堅實性東西，反映農山漁村強度的生活意欲，可以在
鑑賞同時得以嘗味創造的快樂的那種新範疇的娛樂。

△中國佔領區：

國策文藝論調在北京漸行抬頭。天津庸報在北京召開文藝座
談會，討論綱領有文藝復興和新文學建設等六條。會中周作
人、俞平伯發表談話。

北京作家陳醉東風發表〈東方文藝復興導論〉，主張必須以
大亞細亞主義為指導精神。同時自當會有反資本主義與反共
產主義的本質。

南京政府行政院宣傳局懸賞徵求劇本。上海新申報提倡建立
和平文學，並謂此文學不是欺騙的文學，而是為中日兩國國
民急切需要的文學，是民族更生的文學。

## 1941 年

△日本方面：

高沖陽造發表〈作家與國民〉，論國民文學的基準，引納粹
學者潘薇兒然教授之《文學論》，以純粹、廣大、表象性為
基準交錯於美、倫理、宗教、民族四部門，要求作家有積極
的意識。翼贊會協力會議後，文學者向政治參加漸次興起，
林房雄提倡「勤王文學」，但各界期待的是更能代表時代的
理念的廣幅的文學行動。

文學奉公會會員每月第一星期三上午八時集結靖國神社參
拜。

德國文化人 T. Baly 來日，製文化電影、對汪精衛之大業感
動，擬依席勒 Wallestain 之結構，寫一長篇戲曲，在東京「前
進座」上演。

日本翼贊會中央協力會召開，尾崎士郎發表藝術對策的徹底
與文藝局設立。高村光太郎發言由於藝術來宣揚國威，述說
改正外人認為日本低俗的見解。尾崎提案受久米正雄肯定，
認為與其消極取締不如積極地向一定方向振興，而設立文藝
局的官製機構較為捷徑。

△中國佔領區：

北京《國民雜誌》發起學生徵文，大學題目：樹立國民中心
思想論，中學題目：我崇拜的人物。

「華北文藝協會」舉行筆的座談，討論①如何推進華北文
藝，②目前華北文藝的創作重點應在哪一方面。

華北編譯館與日本文化協議會合作，選譯日本良書，文學部
決定先譯島崎藤村之《夜明け前》，由北大文學院教授張我
軍翻譯。該作為歷史作品，描寫封建之德川時代之崩壞，與
由明治維新而得王政復古。

北京華北電影公司應各機關囑託攝製文化片共八部，對華北
文化、產業、建設等部門之躍進狀況，均包羅無遺。

南京中華電影公司，攝製文化影片，為協助國府清鄉工作，
促進全面和平，並提高民間文化起見，根據和平建國方針，
業已決定先拍七部。

國府宣傳部「和運歌詠促進團」，為激發民眾熱烈感情，鼓
起民眾愛國愛東亞意識起見，分赴華中各地，發動大規模之
歌詠運動。

《華文每日》徵募得獎之〈保衛東亞〉之歌及〈東亞民族進
行曲〉，於南京、上海、漢口舉行演奏大會後，又定於北京
舉行。

## 1942 年

△日本方面：

日本文學報國會計畫之事業有：文學賞之統一，國民文學十
種之選定，大東亞戰記之編纂，與出版文化協會提攜，將國
民文學導入青年讀者層，獻納「愛國機文學者號」等五項。
又由情報局、大政翼贊會後援，將全歌壇總動員，選定〈愛
國百人一首〉出版。

日本文學報國會與讀賣新聞合辦「日本之母」顯彰運動，派
遣作家菊池寬、川端康成、和田傳等數十餘名，分赴各地與
選出之「日本之母」對談，各家手記連載於讀賣新聞，並由
放送局向日本全國放送。

△中國佔領區：

華北作家協會派遣六作家視察各地治安維持運動，其手記於
北京各雜誌發表。

參加大東亞文學者大會的大陸代表，歸途於旅滿途次，由滿
洲康德新聞社招待，舉開座談會。華、蒙、滿均披瀝意見，

座談錄於滿洲各大報紙刊載。

大東亞戰爭一周年特由上海反英美協會主辦反英美五幕劇《紅舟泣血記》於大光明戲院上演,演員悉為中國影話界明星,實開話劇界未有之紀錄。

## 1943 年

△日本方面:

大東亞戰爭後,日本雜誌名稱亦完全脫離「敵性語」。業已改名者有《女性生活》(舊名スタイル,按即 Style),《新文化》(舊名セルバン,按即 Le Serpent),教育出版社「歐文社」改為「旺文社」,娛樂雜誌《モグン日本》(按即 Modern 日本)改名《新太陽》。[12]

情報局及內務省為決戰下文化之肅正,由思想方面將英美份子擊敗,其第一步即著手於音樂部門英美色彩之清掃,凡爵士唱盤之發賣及演奏均遭禁止,被禁者共一千餘枚。

日本大東亞文化學院次長發起「漢詩愛國百人一首」,以同文易於理解之意旨,冀將日本臣民之殉忠精神傳達於中國民眾。

日本文學報國會、大日本產業報國會、讀賣新聞社共同主催之「生產戰場躍進運動」,網羅由前線歸還之二十八從軍作家,向全國之礦山、鋼鐵、造船、航空機、兵器各重工業工廠送出,與產業戰士共同起居,並舉開講演會、座談會等。將生產戰場實況,由歸還作家本身之體驗做成現地報告,紹介於全國民。

翼贊會興亞總本部,為欲使崇高的興亞理念,從文學上普及至亞細亞十億民眾,而特設新亞文學賞,定每年十二月截止,就一年中之對大東亞必勝的信念,及貢獻於大東亞共榮圈的文化創造作品,日文及華文各一篇。該賞為由日本文學

報國會審查，而由興亞總本部決定云。

日本情報局募集之「國民演劇腳本」當選作品五篇，第一篇為〈汪精衛〉。又汪精衛主席之一生，中國革命之父孫文之片段生涯計畫拍成電影。

△中國佔領區：

華北各地均有整頓文壇傾向，當局亦禁載色情描寫作品。

為適應戰時體制，華北各地設立出版物檢閱室，制定出版物檢閱辦法。

北京武德報社出版之民眾報徵募春季民眾小說，《國民雜誌》徵募之長篇小說審查結果發表。正選已在該誌連續發表，甚博好評。

華北作家協會派遣會員五人為日滿視察團團員，赴日、滿各地考察文化界情形。

為謀在戰時體制下，以促中日文化之交流起見，中日文化協會四月一日起連續三天，在北京舉行第二屆全國代表大會，討論及計畫全國文化運動等案。

北京影院近盛映樞軸國出品影片，義大利航空片《鐵翼英魂》尤被歡迎。

為紀念國民政府還都二周年，本社（《華文大阪每日》）與南京中華日報及國民日報共同舉辦「大東亞民族小說」之徵募，已審查完了，結果中日文雙方均無滿意作品，因之不得不廢棄原應募時規定之等級，僅以獎勵意義特選六篇。

上海宣傳部及市府主辦文化人座談會，出席人悉為南北知名作家及新聞界報人。其主要內容為討論怎樣遂行戰時體制，及對文化界一新的發展云。

為響應國府參戰，新中國文學方面亦積極發起統一結成運動，準備於上海、南京、北京發刊新文學雜誌，上海預定出刊《風雨談》、《東西》，北京《文學集刊》，南京《中國

文學》。

中日文化協會武漢分會,為二周年成立紀念,出三萬金徵求十萬字長篇小說,內容限於描寫事變以來,南京、上海、武漢三地之復興實況。

南京宣傳部禁止流行歌曲分三類二百餘首,有全歌被禁,有禁詞者,有禁譜者。全歌被禁者多為抗日或違反國府政策之作品,其中有為眾人熟知之名歌,如〈總理紀念歌〉及〈鳳陽歌〉等。

中國駐日大使蔡培氏發起集中日兩國漢詩大家,組「神州詩社」,日漢詩代表二十餘名,開懇談會討論一切。該社事業為詩文之發行及其他以漢詩文之親善交歡為計畫。

出席在東京舉行的第二屆大東亞文學者大會的中國代表,鑑於日本文學報國會的團結一致,決戰文學的活動熾烈,深為感動,歸國後即從事於南北「中國報國會」的創設,藉以創造新中國的文學。預定在上海及北京設置委員會,並在北京設置事務局。打破從來文人相輕,南北不合的惡習,共同攜手向新文學邁進,以便在中國參戰體制下,獲一決戰文學的新路線。

　　跟隨風雲變色的戰爭,《華文每日》的文藝消息欄以政治正確的語言紀錄著風雲變色的中日新體制文壇,以及動員令下被動員起來的性質齊一的文藝活動,這不由自主的集體亢奮在 1943 年達到高峰,那一年正是日本大本營針對太平洋戰爭惡化的戰局發表「絕對國防圈構想」(1943.9.30),在調整「聖戰」步伐的同時,要求文學加入決戰行列的時候。1944 年因為戰局加速惡化,紙張奇缺,《華文每日》由半月刊改為月刊,改刊後的文藝消息欄從內容到形式都證明整個文學帝國物質和精神的貧困。在更名為「文化城」的新欄目中,急劇縮減的篇幅僅能容納簡略的文藝

資訊，其中不少是「為節約資材，強化報導陣營」，報刊雜誌
「自動停刊」和「綜合」的消息。到終刊為止，較醒目的報導只
有 1944 年 11 月在南京召開的第三次大東亞文學者大會及會中頒
發的第二屆大東亞文學賞得獎名單（12:12），另外就是戰爭最後
一年，帶有重頭再來意味的一些舉措：日本文學報國會為慰勞從
事糧食增產之農村大眾，向全國募集「日本農村之歌」（13:1）；
日本情報局徵選「國民歌」，〈必勝歌〉入選（13:2）；日本皇
民出版社創刊《少國民文學月刊》，專事培植兒童文學新作家；
日本文學報國會為培養新作家，徵求未曾發表作品的新作家小說
（13:1），等等。除此之外，戰爭接近尾聲的 1945 年 3 月，有一
則報導列舉「日本出版對共榮圈各國的友情雜誌」的名單和發行
部數（13:3）。這則帶有總結性質的文藝消息，以數據代證詞，
條陳日本軍國主義思想對大東亞共榮圈國家各文化層面的滲透和
干預，其中高踞榜首的就是《華文大阪每日》[13]。

（2007）

1　　這類刊物皆直接間接受控於日本在華情報組織，略舉之如：《國民雜誌》（北京
　　武德報社），《中國公論》（北京新民會），《東亞聯盟》（北京東亞聯盟協
　　會）。《興建》（上海興亞建國社），《斯民》（新京滿洲國通信社），《新青
　　年》（奉天滿洲帝國協和會）。

2　　岡田英樹：〈中國語による大東亞共榮圈〉，「殖民主義與現代性的再檢討」國
　　際學術研討會論文，（中央研究院台灣史研究所籌備處，2002.12.23）。岡田英
　　樹在論文中對《華文大阪每日》停刊於 1945.4.1 持存疑態度。今據伍杰主編《中
　　文期刊大辭典》（北京大學出版，2000.3），並據筆者查閱北京大學及天津南開
　　大學圖書館館藏，該誌應結束於 1945 年 5 月 1 日第 13 卷第 4 期，總號 141。本
　　論文凡引用該誌，一概於引文末注明卷、期、發行年月、不另作注。

3　　按刊出順序，較具代表性的有：建設東亞新秩序運動專號（2:5，1939.3.1），中

華民國國民政府改組還都紀念慶祝特大號（4:8，1940.4.15），日本新體制運動言論特輯（5:9，1940.11.1），太平洋問題特輯（7:9，1941.11.1），大東亞戰爭特輯，新國民運動座談會（8:1，1942.1.1），德蘇戰深刻化特輯（10:7，1943.4.1），新生緬甸特輯（10:9，1943.5.1），大東亞戰爭二周年紀念號（11:11，1943.12.1）。

4　較具代表性的如：河相達夫（日本外務省情報部長）：〈世界大勢已由分散進於統合─希與中國結物心一體不分之契／融合渾化使成為亞洲一大生命〉（1:3，1938.12.1），原一郎（上海同文書院教授）：〈大東亞的基礎〉（10:2，1943.1.15），這篇文章由英文「The Foundation of East Asia」翻譯而成，原為向西方宣傳的文字。土肥原賢二（日本陸軍中將）：〈實行「一體主義」的理念〉（3:5，1939.9.1）。阿部賢一（東京日日新聞及大阪每日新聞主筆）：〈大東亞戰爭的倫理性〉（9:1，1942.7.1）。時子山常三郎（早稻田大學教授）：〈日本經濟新體制之世界史的意義〉（5:10，1，1940.11.15）。藤澤親雄（九州大學教授）：〈防共樞軸之現狀與將來〉（1:4，1938.12.15）。阿部賢一：〈打倒英美與建設大東亞經濟〉（8:3，1942.2.1）。樽崎觀一（東亞調查會理事長）：〈存華挫狄論〉（11:1，1943.7.1）。相類文章極多，不再贅引。在上述專題文章之外，引人注意的是日本國學者德富豬太郎（蘇峰）的《昭和國民讀本》，據《華文每日》介紹，該書於 1939 年出版後，「風行一世，銷行極多」，是「昭和年代唯一的國民訓育讀本」。《華文每日》立即於 1939 年 4 月 1 日出版的 2 卷 6 期開始翻譯連載，至 1941 年 5 月 15 日 6 卷 10 期為止。該書共 50 講，前 20 講側重思想文化，後 30 講側重日本與世界的關係。前者如第 3 講〈精神武裝〉，第 5 講〈日本學的源流〉，第 11 講〈國體的觀念〉，第 13 講〈渾然一體的合同民族〉，第 16 講〈無窮無極〉。後者如 24 講〈日本國史的關鍵〉，第 28 講〈日本與亞細亞大陸〉，第 36 講〈滿洲事變〉，第 41 講〈中國的歐美依存〉，第 44 講〈日德意三國防共協定的前途〉，第 45 講〈亞細亞人的亞細亞〉，第 50 講〈運命之神與日本的前途〉。這些篇題顯示日本官方大東亞共榮圈構想的梗概，《華文每日》著力鼓吹的文藝創作即以此為指導思想。

5　1938 年 11 月 6 日，日本農林大臣有馬賴寧與農民作家 22 人舉行「農民文學座談會」。有馬賴寧於會中致詞：「為了實施真正的農業國策，必須有廣大的國民的理解，因此唯有依靠農民文學方能使廣大農村家喻戶曉，農民文學沿著國策前進是一件大有希望的好事，尤其希望和文學的力量建立起遠比都市裡的官員坐在辦公室裡制定的國策更為傑出的國策來。」與會的農民作家島木健作發言回應：「願按國策積極活動」，並發表題為〈國策與農民文學〉的文章，文中推崇有馬賴寧的「比起順應國策，還不如創作樹立國策的參與文學好」的指示，是「遠見卓識」。座談會中決議設農民文學獎，發行機關刊物。

1938 年 2 月，日本開拓省主辦「大陸開拓文藝座談會」，宗旨為：「致力以開拓勇士為中心和對大陸（中國）開拓持關心態度的文學工作者，與開拓者相提攜，完成文章報國之舉。」與會者皆知名作家。會中決議：「今後將進行取材於大陸開拓的優秀作品的推薦與頒獎，為現地視察的文學家提供各種方便。此外還

計畫將作品戲曲化、銀幕化,舉辦以開拓勇士為對象的演講會。」以上資料轉引自山田敬三、呂元明主編《中日戰爭與文學—中日現代文學的比較研究》,東北師範大學出版社,吉林,1992。頁 7-9,頁 33-34,注釋 2,5。

6    此處討論的筆部隊及下述戰爭文學等問題,可參見王向遠:《『筆部隊』和侵華戰爭》,北京師範大學出版社,1999,第 5、6、9、10 章。

7    有關「滿洲國」文藝發展及文藝政策,可參考岡田英樹:《文學「滿洲國」にみるの位相》,研文出版,東京,2000,第 1 編。(靳叢林譯:《偽滿洲國文學》,吉林大學出版社,長春,2001)。施淑:〈「大東亞文學」在「滿洲國」〉,李豐楙《文學、文化與世變》,中央研究院中國文哲研究所,2002。

8    所謂東亞協同體是類同東亞聯盟、大東亞共榮圈的宣傳口號,觀念源自日本神道思想,按土肥原賢二〈實行「一體主義」的理念〉一文,日本的「一體主義是皇道的真精神,而皇道是從日本的國體產生出來的」,「所謂國體這東西,乃是天皇的御本質」,日本及東亞民族應「把一切根柢放置在那體會皇道主義之一體主義的實況」,也即「東亞黃色人種」應團結一致,互相提攜,成為一個「東亞協同體」,「建設東亞的新秩序,創造東亞的新文化」,這是保障東亞復興,世界和平的唯一途徑。見《華文每日》3 卷 5 期(1939.9.1),頁 2-3。

9    自 1932 年日本扶植建立「滿洲國」,反共產主義即為施政重大方針。七七事變後,日軍佔領區亦推行同樣政策,如北京臨時政府於 1937 年 12 月成立「新民會」,掌控華北文化教育,在大大小小分支組織的章程、宣言中,「剿共滅黨」、「鏟除共產思想共產工作」一直是必不可少的項目。1938 年起甚至舉行「滅共遊行運動」,實施「檢查共產主義書籍」。詳見北京市檔案館編:《日偽北京新民會》,光明日報出版社,北京,1989。〈滅共運動〉章,頁 188-208。

10   該次會議於 1938 年 7 月 19 日至 22 日召開,由近衛首相與陸相、海相、外相、藏相參加,主旨為「從內部指導中國政權」,決議分方針、要點兩部分。方針有:「促近日華兩民族的合作」,「確立日滿兩國不可分割的友好關係相結合,以適應我國的國防國策」。要點除軍事、政治、經濟外,第四項為「文化、宗教及教育」,條文有:「尊重漢民族固有的文化,特別尊重日華共通的文化,恢復東方精神文明,徹底禁止抗日言論,促進日華合作。」「對共產黨,應絕對加以排除、打擊;對國民黨,則應修正三民主義,使之逐漸適應新政權的政策。」「招撫學者,加以保護、並振興儒教。」詳見彭明主編:《中國現代史資料選輯》第五冊(1937-1945)下,頁 250-252 引日本外務省編《日本外交年表和主要文書》。中國人民大學出版社,北京,1993。

11   轉引自張泉:《淪陷時期北京文學八年》,頁 29-30,中國和平出版社,北京,1994。

12   這些順應時局改變刊名的雜誌中,值得注意的是原名「Le Serpent」的文藝雜誌。這份被譽為昭和前期的一流國際雜誌,創刊於昭和 6 年(1931)5 月,昭和 16 年

（1941）4 月第 123 期改名為《新文化》，昭和 19 年（1944）3 月停刊，共發行 158 期。雜誌原名法文 Le Serpent，意思為「蛇」，取其純粹、睿智、明晰、永遠的象徵等意義。創刊宗旨在傳達海外前衛文藝及現代主義文化的新動向，內容為具高雅及西洋走向的詩、小說、美術、思想、評論，執筆者皆一時之選，最盛時，訂戶達 5 萬，影響所及包括中國文化人士，魯迅即為讀者之一。創刊後，因中日戰爭，該誌路線逐漸脫離文學範圍，增加時事評論及海外報導，並陸續刊登有關戰爭的作品，最終成了研究者心目中一部解讀昭和時期戰爭文化和思想的不可缺少的第一手資料。資料來源 http://www.ird-kikaku.co.jp/ http://www.asahi-net.org.jp/

13　各刊物名稱及發行量為：《畫冊日本》5 萬，《太陽》4 萬，《新中華畫報》4 萬，《大陸畫刊》3 萬 5 千，《櫻》2 萬 5 千，《新亞》6 千，《日本，菲律賓》、《光》、《大東亞文學》、《日本泰晤士評論》各 5 千，《時代日本》1 千 7 百，《東洋經濟》1 千 5 百，《華文大阪每日》8 萬。按《華文每日》3 卷 9 期（1939.11.1）編後提到創刊一周年徵求百萬讀者，6 卷 10 期（1941.5.15）第一次短篇小說特輯預告，聲稱有「六十餘萬讀者」，數目都遠高於本則報導，又所列各國友情雜誌，亦應不只此數。

# 文藝復興與文學進路

## 《華文大阪每日》與日本在華佔領區的
## 文學統制（下）

### 一

　　1941 年 1 月至 4 月，《華文大阪每日》6 卷 1 期至 7 期連續刊登一系列標題為〈我們的文學的實體與方向〉的徵文，執筆者都是當時具指標性意義的學者和作家。按發表先後及執筆者代表的地區依次為：新中國之部楊正宇，「滿洲國」之部吳郎，台灣之部（吳）漫沙，朝鮮之部張赫宙，中國之部陸續、傅弼，「滿洲國」之部韓護。根據文章刊登時的政治情勢，這樣的地域劃分，明顯可以看出七七事變後日本軍國主義政府鼓吹的「建設東亞新秩序」的影子。其中除了台灣、朝鮮兩個殖民地和「滿洲國」傀儡政權，所謂「新中國」指的是 1940 年 3 月汪精衛在南京成立的「中華民國國民政府」，兩篇標示「中國之部」的文章，泛指華北、華中、華南等日軍佔領區。整體而言，它們都屬 1941 年太平洋戰爭爆發前日本在東亞的勢力範圍，就文學區塊來說，則是所謂東亞新秩序下，以日本為中心的文學帝國版圖的表徵。

　　因為是命題作文，標題中有關文學的「實體」、「方向」兩個核心觀念，當然脫離不了建構中的東亞新秩序對文學發展的要

求和規定，因而扮演日本政府宣傳工具的《華文每日》之執行這次徵文活動，除了文藝政策的宣導，還包含有對被納入日本文學帝國版圖的各地區的文學表現的考核及驗收意味。就這意義來說，徵文題目的「實體與方向」，於是成了理解日本侵華戰爭中精神動員和各地區文學實況的關鍵詞。

中日戰爭爆發後，日本政府一方面在國內推動「國民精神總動員運動」，把侵華戰爭的目的描述為「保全國體精髓歸一」及「確立東亞永久和平」，透過右翼文化人組織「新日本文化會」提倡「日本主義」，鼓吹以大和魂、大和心、國體論和日本特殊論為主導思想的「日本精神」[1]。另一方面，在淪陷後的北平，經由情報組織武德報社迅速成立控制社會、文教活動的「新民會」（1937.12），發行《新民報》（1938.1），並創辦提倡恢復東方固有思想的刊物。如 1938 年 1 月創刊的《東方文化》月刊，宗旨為「發揚孔學真諦」、「效法日本精神」、「闡發佛家大乘教典」，次月又創立《華北新聲》周刊，以「親善同種，促進和平」為宗旨，「敬天地君親師，學仁義禮智信」為口號，這類刊物開啟復古主義思想宣傳，成為日本法西斯侵略戰爭的文化先鋒[2]。

到了 1938 年 7 月，距七七事變一年，日本內閣五相會議擬定「日華兩民族合作，日滿兩國友好關係」的總綱領，並訂定恢復東方文明，振興儒教，修正三民主義，對共產黨絕對加以排除打擊等項目為文化、宗教及教育的實施方針。同一年，近衛首相也先後發布三次聲明，提出更生新中國、中日滿締結防共協定、建設東亞新秩序的方案。第三次聲明發表後，《華文每日》立即以〈對華國交調整的具體要求〉為標題刊登（2 卷 2 期，1939.1.15），並轉載日本國內報紙的社論，極力推崇近衛聲明的重大意義及歐洲各國的反響[3]。1940 年 3 月新國民政府成立，汪精衛以中國國民黨主席頭銜公布〈和平建國宣言〉，正式宣告「易抗戰建國之口號為和平建國」，保證新政府決意奉行近衛聲

明「善鄰友好，共同防共，經濟提攜」的三原則，並著重申述
「和平運動」的理念，認為就切近言之可使國家民族免於危亡，
就遠大方面言之可消彌戰爭，使中日兩國共存共榮，以至於東亞
和平，世界和平 4。汪精衛的宣言與北平、南京附日政權的相關
文化措施，加上日本操縱下先後出現的「東亞文化協會」（1938.8），
「東亞聯盟協會」（1940.5），《中國公論》（1939.4），《東亞
聯盟》（1940.5），《中和月刊》（1940.1），《國民雜誌》
（1941.1）等組織和刊物的推波助瀾，終於在日軍佔領下的華北、
華中形成繼前述復古主義思想之後的有關「東亞文藝復興」、
「和平文學」、「國民文學」等的討論，而這也規定了 1941 年初
《華文每日》徵文亟欲驗證的所謂文學的實體與方向的具體內容。

## 二

　　作為近衛聲明要求的「更生中國」的樣板，徵文系列裡打頭
陣的「新中國之部」的文章（6 卷 1 期，1941.1.1），作者楊正宇
為南京中央大學理學院院長，曾主持上海《中國公論》雜誌。文
章一開頭即表示自從看了近衛三原則及日本軍政界的言論，才認
識到日本建設亞洲新秩序並未輕視中國的力量和地位，於是引發
他檢討和思考兩國文學現象和文學發展的問題。首先，他指出兩
國文藝界向來「昧於黃白種族競爭的大利害，而專在挑動國民排
日或輕華的情感上面弄技巧。」就此，他提出中日提攜合作的重
要，而達成目標的基礎主要建築在日本的國策，也就是建設東亞
新秩序和解放亞洲的原則。在這樣的認定下，他批判「兩國以往
的文學」的諸多缺點，如浪漫、頹廢、囂浮、狹隘、殘酷、自
棄，等等，認為這些都是「我們現在文學的動向」該清除掉的，
因為「這都不是建國復興的文學，更談不到擔負發揚東方文化，
建設新亞洲的責任。」接著，他為心目中能達成「復興祖國，建

設新亞洲的新文學」的「實體」規劃了六個重點：一、造成東方
各民族互相了解敬愛的精神；二、發揚及昇華各國民族精神及愛
國情操；三、發揚東方文化特質和精髓，也即王道精神；四、獎
勵東方人勤奮耐勞樸實刻苦的精神，建樹東方經濟的堅固壁壘；
五、排除歐美勢力和文化侵凌，闡揚聖祖列宗創業英風及精神；
六、啟導中日兩國人士對人生最高尚最真實的覺悟。

　　以上言論的政治正確自不待言，在文章末了作者楊正宇即坦
陳，他這些有關文學創作的實體與方向的思考，是「對於以後文
藝政策上所貢獻的意見」。因此整篇文章的修辭不僅在現實層面
附和了近衛聲明善鄰友好，共同防共，經濟提攜的三原則，在觀
念層次也貫串著所謂建設東亞新秩序的意識形態要求。如論述東
方各民族相互了解敬愛的理由是同地方、同種族、同言文、同利
害；有關發揚東方文化特質和精髓問題，則在於東方人富於悲天
憫人民胞物與的宗教情操，東方精神是純粹理想主義的，唯有東
方生活才能感覺人生的真實，西洋則講求利害成敗，把倫理關係
當作商賈關係，沒有人生的真實意義。此外，西洋文化支配下的
世界是商業化、機械化的世界，西洋文化生產出來的帝國主義、
共產主義是鬥爭的、殘殺的，甚至於原本發源於東方的基督教，
經過西洋文化洗禮，就成為文化侵略的工具，政治經濟侵略的前
驅等等。是故，建設新的東方是「改造世界解放人類的主力」。

　　相對於這些帶有亞洲視野，然而卻陷入研究者所說的「昭和
法西斯」[5]的思想窠臼的論斷，其他地區的執筆者似乎還跟不上
它的思想脈絡，也弄不清日本官方對文學實體和方向的要求，而
兀自發出不同的聲音。繼楊正宇之後，任職於情報組織「滿洲弘
報協會」的吳郎，由文學青年、鄉土藝術、寫作群體及寫作傾
向、滿日文學交流翻譯等方面，描述當時滿洲文學發展情況。文
中首先指出滿洲文學之得以向前邁進，「完全取決於生存在滿洲
的文學青年之活力，取決於鄉土文化建設巨大勝利的信念之所

致」，而這像狂潮和旋風的新文學的活力，「是吸取了大眾的血
液的，集中了大眾的精神的」，它奠定滿洲新文學的基礎，並構
成「孜孜於文學寫作的滿洲青年，其所共具的性格」。接著，吳
郎檢討當時滿洲文壇以「熱與力」為口號來提倡鄉土文學的《文
選》派，以「寫與印」為口號，標榜「無方向的方向」的寫作態
度的《藝文志》派，他認為前者是藝術的良知，後者是藝術的功
能，二者維繫滿洲文學的發展，是「滿洲文學推進的理路」。有
關滿、日文學交流和翻譯，吳郎表示是值得欣喜的事件，不過因
同人雜誌的侷限，造成「滿洲文學青年不以理想相別，而以人的
流派相分」，為爭取作品被翻譯和介紹到日本，紛爭傾軋越發嚴
重。就此，他指出因政治上的關聯，滿洲文學被賦予「滿日交流
的功能而走向新開拓的途徑，憑空給予了新的估價」，對文學來
說，這固然有解放的意義，但卻不能把交流功能當寫作上的指
標，也不能拿它評斷滿洲文學的實際成就。文章末了，本身即是
小說家和評論者的吳郎，以斬截的語調，針對交流問題及滿洲文
學的實體與方向作了如下的總結：

> 我們始終自省著滿洲文學並不能因這種交流而自滿
> 的，還是要拖到人群生活的體驗中，更活潑的自由打進一
> 切人群中去，這才是需要的。
>
> 滿洲文學從來沒有偶像，只依賴著自由的文學本能去
> 發展，也無所謂正統，只沿著文學的路子往前行，我想倘
> 更被確定了交流工作的時候，則整個概括觀念也許比現在
> 被交流而介紹出來的人要多的多。

上述論斷，特別是對滿洲文學交流功能的否定，不論就作為
日本帝國主義「實驗田」的滿洲建國精神，或所謂建設大東亞新
秩序來說，無疑都是直接和根本的挑戰，而這背離《華文每日》

徵文目的的觀點，表現在韓護所寫的另一篇討論「滿洲國」文學的文章裡。

　　6 卷 7 期（1941.4.1）刊登的韓護的文章，是徵文的最後一篇，也是系列中與「中國之部」一樣，以一篇以上文章討論的文學區塊，足見日本當局對「滿洲國」文學的重視。只不過這篇內容冗雜的文章，雖然文前文後都引了魯迅作品的警句，文中也不時引述紀德、菊池寬、高爾基等等東西方作家對文學的看法，但正如作者強調的，五四新文學運動開啟了滿洲新文學的創造，「而這個新文學在今日也沒有再變更其本質的必要」，整篇文章本質上也像五四以後一般的文學評論，反覆和抽象地陳述作家需要對文學有正確的認識和信念，對生活有反省能力，作品需要表現時代色彩、地方性與民族氣息等等老套的觀念。比較值得注意的是，文中對正確的文學理論以及「本格」的，也就是真正的滿洲文學的重視，認為「進一步建設滿洲新文學的本格工作」是當務之急，「能夠建設支配作家的正確的文學理論比創造支配讀者的文學機能超越一倍」，只不過對於所謂本格及正確理論的意涵，作者韓護在解說上卻語焉不詳，很難斷定它們與當時的政治氛圍及徵文背後的意識形態要求的關聯。最終這篇檢討「滿洲國」文學的實體與方向的文章，也只能寄希望於未來：

　　　　滿洲文學的弱點—有的是忽略了文學的時間性與地方與民族性；有的在文學的內容上，主題模糊，不能建設典型人物，而題材也濫用些不重要的。在外形上，技巧過度或不足，用語不曾加工或加工過度，這樣的不完美的地方，在明日的新文學裡是不應存在的。

　　不同於滿洲文學之強調獨立自主或把難題丟給未來，另一篇代表華中地區的「中國之部」徵文（6 卷 6 期，1941.3.15），則

整個回到過去。文章執筆者為南京中央大學教授傅弼。這篇文白夾雜的奇文由孔子談起，在略述中國歷代文學風尚的變化之後，以百分之九十的篇幅，一路引述詩經、先秦諸子、唐代李華〈弔古戰場文〉，以及杜甫、白居易的社會寫實批判詩篇，來論證中國人非戰反戰的精神傳統。文章最末以孫中山提倡革命，章太炎、梁啟超為文鼓吹，及至中日戰爭出現了的抗戰文學，作者認為都不可取，因為它們「徒使一般民眾養成虛驕之氣」，幸而有汪精衛倡導和平建國，前景才一片大好。文章於是如此結筆：

> 　　吾敢謂「和平文學」，不特能引導國人趨向光明之途徑，更可增進東亞人群之幸福。還望東鄰諸文學家，本近衛首相宣言，共起鼓吹和平，中日同文同種，兄弟之邦，似宜親善，永歸於好，否則兄弟鬩於牆，何異鷸蚌相爭，豈不殆哉！

　　根據中國意在言外的美學傳統，傅弼這篇竭力迎合時局的文章，自有可能暗藏著對日本赤裸裸的侵略行為的指控。從女性及弱勢文學的修辭角度來看，它體現的也許正是「陽奉陰違」（palimpsestic）的書寫策略。但不論如何，這篇文白夾雜意識錯亂的怪異文字本身，正印證了霸權之下，迷失了自己的文學實體和方向的言說者的心理危機和思想破產。相似的情形發生在被殖民的台灣這塊土地上。

　　《華文每日》6卷3期（1941.2.1）「台灣之部」的文章由吳漫沙執筆，發表順序僅次於所謂「新中國」和「滿洲國」，可見台灣被重視的程度。或許因為吳漫沙本人為通俗文學作家並主編大眾刊物《風月報》，整篇文章的視野與當時台灣文學發展實況有明顯落差。

　　文中，吳漫沙花了一半以上篇幅介紹1937年台灣廢止使用漢

文後，碩果僅存的漢文大眾刊物《三六九小報》及《風月報》的作家和作品，只簡略介紹台灣新文學運動及 1941 年為止的中文及日文文學雜誌。對於漢文（中文）文學界，吳漫沙指出因為傳統文學觀念的阻礙，整個漢文創作顯得貧弱、幼稚，「現在不過是一個殘喘的狀態」，以白話文寫作的年輕作家所寫的具有時代意義的作品，因得不到老文人及社會歡迎，只有轉而寫適合大眾脾胃的東西，形成了台灣孤島文學特有的畸形現象。日文寫作群方面，比中文作家幸運，因可供發表的刊物多，使他們的寫作一帆風順。對於中文及日文創作界的差別現象，吳漫沙提出：「文學是沒有國境的隔膜和什麼界限，是絕對親善，絕對聯絡的」。在這信念下，他慶幸如今已有許多人關心「我們的」文學，並認為：

　　復興的姿態，已逐漸明顯了；這或者就是孤島文學的新體制運動吧？我們很期待這運動的具體實現。

在文學復興的期待下，吳漫沙一面頗為仔細地檢討他熟悉的漢文作品，指出它們缺乏時代色彩及商品化的傾向，一面列舉台灣日文及中文白話作家的寫作概況，台灣新劇運動及當局對戲劇的改良和提倡，並提到不在島內活動，但獻身「東亞和平，努力中日文化提攜的犧牲者劉吶鷗」，惋惜他的去世，相信他的精神不滅。在這些蕪雜的議論和漫談之間，文章點出了它的主旨：

　　東亞新秩序的建設，中日文化提攜的旗幟飄揚了。今後我們的文學，或者能由這復興運動而到了隆盛的時期；我們祈禱這時期早點到臨。

緊接著台灣之後，同屬殖民地的朝鮮文學由知名小說家張赫宙執筆（6 卷 4 期，1941.2.15）。相對於吳漫沙對文學新秩序和

文化復興的樂觀期待，張赫宙表述了朝鮮文學的憂鬱與哀愁。首先他表示經過三十年的努力，朝鮮現代文學「在質上有異常的進展」，三十年間，在吞食了西歐各流派的文學食糧後，朝鮮文學逐漸追上東京文壇達到世界水準，只不過它呈現的是令人窒息的哀愁和憂鬱。「在這憂鬱的外衣的裡面，是包含有朝鮮的哲學世界的」，那便是人性的追求和人道主義，它除了民族性使然，更多的是受政治與經濟的影響。隨著朝鮮工業發達導致的生產力的強大與經濟生活的改進，朝鮮人「在某種程度對政治存繫的希望」，朝鮮年輕作家的作品裡漸漸克服了憂鬱，呈現「親和」的力量：

> 朝鮮人原來有著易於嫉妒的激情的民族的缺點，後天又生長在憂愁裡，但他們一方卻具備著農民的善良性，易於相與，善於順應。他們的文學的素樸全是由於這民族性而來。這種特性被哲學化了的時候採取「親和」的形態。

張赫宙認為作為朝鮮文學新特徵的「親和」，「擴大說起來即是東洋精神的復活」，它是朝鮮作家「獲得新的高度的哲學世界」的表徵，它是一種人道主義，也是朝鮮一貫流傳下來的精神傳統。針對這問題，文章末了，張赫宙不無遲疑地下了這樣的判斷：

> 不過，這裡仍有一個疑問，就是他們到什麼時候才能拋棄、脫離他們像從先天帶來的一樣的容易誤解的憂鬱與哀愁。
>
> 然而，這有一個，就是給予他們政治的希望，把他們放置在能夠期待經濟生活改進的生產狀態裡，就可以解決。

　　繼張赫宙之後，6 卷 5 期（1941.3.1）陸續的文章，代表華北
地區文學發言，當時才 24 歲的他曾主編華北最大的文學雜誌《朔
風》，並擔任北平《晨報》副刊編輯，可能由於年少氣盛，全文
充滿火藥味。文章一開始即感慨七七事變後四年間文壇一片荒
蕪，「倘勉強一談，則『我們的文學的實體』是抄襲剽竊與取
巧；『我們的文學的動向』是投機與逢場作戲。」由於如此，
「在中日事變乍起，他們便捧出『抗戰文藝』的聖旨：嘶聲吶喊
儼然志士。但中日戰爭的結果是兩敗俱傷，而和平運動勃興，於
是這般人又轉身樹起『和平文藝』的大旗。」然而吶喊之後，所
謂建設和平文學的正確理論和作品，很快煙消雲散，反而是描寫
身邊瑣事的文章大行其道，造成了「容易的文學（La literature fac-
ile）」的發達，它表現為小說的隨筆化，用「字」堆砌起來的詩
和散文。陸續指出這是寫作的危機，暴露出作家生活的空虛及欠
缺嚴肅的寫作態度，連帶地也就產生不出反映時代現實的偉大作
品。就此，他質問：

　　　　「我們的文學」，此後究竟如何呢？到底是取得獨自
　　發展的地位，還是依然成為先進國家之文學的附庸？或簡
　　直連追逐也追逐不上，還是做一個可憐的、吃力已極的落
　　伍者呢？

　　透過前述的討論，答案不言而喻。文章結尾，陸續便以「我
們的文學，昨日如此，今日如此，明日恐亦只是如此」，表達他
個人對華北淪陷區及整個中國文學的絕望，並回應《華文每日》
此次徵文的企圖和目的。

## 三

　　上面六篇對台灣、朝鮮兩個殖民地,「滿洲國」、華北、華中傀儡政權下的文學狀態的描述,雖然可能因執筆者的個人因素而產生視野上的偏差,但它們呈現的各行其是的文學現象,以及附加和拼貼在文章裡的政治正確語言,卻證明了到 1941 年徵文活動為止,在所謂建設東亞新秩序和文學新體制的號召下,各個文學區塊的脫序及其對日本指導下的文學帝國的實體與方向的迷惘。這樣的現象,事實上也存在於扮演這文學思想的執行者的《華文每日》的文藝版面上。

　　從創刊到結束,文藝活動和創作在《華文每日》一直佔有顯著份量。1938 年創刊時,除了政策需要而舉辦的文藝座談及徵文活動,還闢有小說專欄發表長、短篇小說,「文苑」、「藝術」兩個欄目報導藝文動態、刊登隨筆、散文和中日文人酬唱的舊詩。到了 1939 年 9 月後兩個欄目改稱「文壇隨話」,以「熱風」為總題,隨筆和散文之外並刊登文學評論,主要反映滿洲及華北文學界情況,針砭它們千奇百怪的現象,如藝術與名利、寫作的正道、畸形流行的文化情調、幽默與低級趣味,等等,整個趨勢有如各期小說欄連載的章回武俠和社會言情小說。有篇短評即指出七七事變後北京文壇一片荒涼,「已經由 Golden Age 轉入頹衰,而益走向崩壞,消沉、寂絕了。」6

　　上述情形,《華文每日》編輯群自不能無視於它的存在,很快就進行必要的清理。3 卷 3 期（1939.8.1)「編後隨筆」坦言:來稿最多的是散文,大概因為散文沒有條件,沒有範圍,容易寫,「然則正可以見創作魄力薄弱之一般」,此外:

　　　似乎覺得現在不是吶喊的時代了,於是寫來都是一片

閑適，但是寫者處境未必閑適，由於其作品所表現的情感
之不率真，可以知道。

3 卷 7 期（1939.10.1）編後隨筆回答讀者質問長篇小說徵文
拒絕「章回體裁」的原因，理由是作品內容封建，無法使新藝術
接近大眾，而非關形式表現問題。到了 1940 年元旦出刊的 4 卷 1
期編後便直接表明應讀者要求，創刊以來不斷刊載的武俠小說，
本期連載完後即不再刊登此類作品。

相對於這類消極清理，編輯上還採取強硬介入的策略，它一
方面直接表現於像〈我們的文學的實體與方向〉的命題徵文，而
且進一步規定應徵作品的內容，要點不外乎是興亞建國、和平提
攜之類。另一方面則以迂曲的方式對作品的意義強行詮釋。2 卷
6 期（1939.3.15）編後隨筆推崇該期小說〈洪流〉，認為它是「播
種在本刊文藝荒地上的第一顆種子」，「作者底筆就像一把錐
刀，把暴戾者殃民的真相，一筆一劃地刻到人底眼珠子上。我們
相信東亞人底運命不會永遠這樣的，但是我們相信東亞人是永遠
不會忘掉這一幅刻圖的。」像這樣以人道主義的口吻，把一篇描
繪大河決堤，災民無以為生的慘狀聯繫到東亞人命運的說法，除
了共同體想像之外，對「暴戾者殃民」的充滿恨意的指控，恐怕
還指涉蔣介石抗日，因為就在這篇小說發表前數月，蔣介石曾炸
鄭州花園口黃河堤岸，造成大水災，阻擋日本侵略軍前進。

相同的手法又見於同一篇編後隨筆對〈夜和夢〉這首詩的詮
釋：「在高唱『建設』之秋，〈夜和夢〉中所謂『碰到了鬼火／拔
出來腳上的蒺藜』，正視那種不屈不撓的精神。本刊文藝底建設
的精神，也要那樣。」按這首小詩，第一人稱的敘寫者表現的是
夜中作夢，走到山角，看不到天上的星星，也找不到路，接下來
就以上面引的兩句表示行路的艱辛，而後全詩結束於「夢比夜還
沉還黑！孩子的人生到什麼時候天明？」這兩行總結全詩意義的

關鍵詩句，暗喻著對夢魘般的生存情境和對未來的驚懼疑惑，
《華文每日》編者視而不見，反而擴大解釋前面的詩行，務必無
限上綱到政策性的東亞建設及文藝精神，全未考慮這首小詩可能
正表現著沒有明天的中國人民對日本侵略行徑的控告[7]。

　　因為一切創作都必須而且可以無限上綱，創刊周年廣告上自
詡為：「不看華文大阪每日，不知興亞時代的思潮」的這份統戰
雜誌，從1938年底創刊到1940年底日本成立宣揚國體大義的「大
政翼贊會」為止，陸續發行了有關建設東亞新秩序、汪精衛國民
政府改組還都、日本近衛內閣新體制運動等專輯，刊載與之相關
的理論思想專文，以及中、日、滿文化人和文學者在北平、南
京、東京、新京（長春）的座談會紀錄。經由這持續而密集的意
識形態改造，《華文每日》的文藝版面也隨之出現相應的規訓化
作品和評論。如3卷5期（1939.9.1）入選電影腳本徵文的《同命
鴛鴦》，內容是戰亂中一對年輕夫婦和一個參加和平運動者，因
紅軍佔領小鎮，離家流浪，加入飢民暴動，被捕，越獄，他們的
信念是：「找正義去，到內地去，光明許是在那裡的！」電影最
後，年輕夫婦在野地上被兵士槍殺，死前朝著晨曦的東方自語：
「看，那光明終於是到了！」電影片頭，作者方之冀作了兩段說
明字幕，第二段說明故事大要，第一段表達他的問題意識：

> 　　朋友們！我們現在所聽到的，是：「為民族解放而鬥
> 爭」的口號，還是一片埋在飢餓線下的廣大的群眾的呼
> 聲：「和平罷！」

　　這樣的提問，對照片尾鏡頭，答案不難想見，而這部《華文
每日》周年紀念徵文的入選作品，雖然擱置日本解放亞洲民族的
承諾，它之追隨和平運動的態度仍得到高度肯定，編後隨筆即云
它「將給若干新中國青年底新生一個有力的啟示」。在殖民地台

灣，這啟示同樣獲得迴響，4 卷 5 期（1940.3.1）發布的《華文每日》第一次長篇小說徵文結果，吳漫沙即以《和平之歌》入選佳作，時間正好是他發表上引〈我們的文學的實體與方向〉的前一年，因此他會在該篇徵文中毫無保留地認同東亞新秩序、文學新體制，也就不足為奇。與此同時，他編輯的《風月報》和《南方》也逐步成為大東亞戰爭中興亞文學的陣地 8，與朝向時局和皇民化文學的台灣日語寫作群並駕齊驅。

透過對文藝現象的清理和作品意義的詮釋，《華文每日》的文學主張很快由文藝政策的代言者轉換到執行者的位置，變化的跡象首先表現在 1940 年第 4 卷編輯 方針的改變。繼 4 卷第 1 期停止刊登武俠小說後，創刊以來連載不斷的社會言情小說，於 4 卷 8 期刊完擁有廣大讀者的《北京之花》後宣告終止。自此以後，文藝版面雖仍有文壇新舊文人動向的報導和議論，創作方面一概轉為新文學作品。其次，在話劇、電影腳本和小說徵文之外，新增了「青年課題」大徵文，採命題作文方式，題目都扣緊時事和政策性議題，應徵者限在學學生。這項徵文被賦予特殊意義，如 4 卷 9 期（1940.5.1）第一次徵文入選名單揭曉後，編者的按語是：「無論說什麼，在這事變波瀾裡的青年們所寫的東西，也是東亞歷史上的，不可輕忽的一頁」。接下來一期，〈怎樣救中國〉的入選作品刊登，編後隨筆讚賞作者在文中引述汪精衛遵奉孫中山和平奮鬥救中國的看法，並斷言：「救中國的一切言行，需與這不相悖謬」，而它的前提是繫之於「中日提攜」。在 1940 年 3 月，汪精衛附日，發表和平建國宣言的背景下，不難看出這項徵文活動的政治風向球作用，即便是往後的徵文題目如何更換，為政治服務的目的絲毫沒有改變。

編輯方針的改變為七七事變後頹敗的文壇清理出新的創作空間，在建設東亞新秩序的想像下，也開啟了文學的新視野。相應於 4 卷 2 期（1940.1.15）卷頭語和編後語立意排斥使文化「釘

封」、「腐化或退行」的興亞時代害蟲，文壇隨筆欄出現了〈願與新文壇建設者協力〉，以及〈雷雨聲中談屑〉這篇被編者著力推薦的「跨越中日滿文壇的隨話」[9]。在這過程中，《華文每日》編輯群雖信誓旦旦表明：「我們始終沒有領導大陸上（按：中國）的文壇藝壇的野望（按：雄心）和計畫」，「我們僅是站在海外，竭盡最大的熱力，推動其共同走向新建設」[10]。但隱藏在不容挑戰的「中日提攜」前提下的日本帝國意志，卻只能在文藝領域複製不由自主的協力者。除了上面兩篇隨筆和開始連載的長篇小說得獎作《大地的波動》、《路》[11]，文藝版面依舊看不到什麼生機。倒是有關國民精神再建、日滿華關係、大亞洲主義等等時論文章[12]，以及佐藤春夫等日本知名作家談中日文學因緣的特稿[13]，為期盼中的興亞文學營造必要的氣氛，並為往後的東亞文藝復興討論提供理論基礎。

1940 年下半年，伴隨華北地區有關東亞文藝復興問題的討論，華中地區的和平文藝運動，以及日本近衛內閣新體制講話（8.30）、大政翼贊會成立（10.12）、日滿華共同宣言發布（11.30）等政治大事，《華文每日》的文藝政策執行者角色越發明朗。5 卷 7 期的編後隨筆，以前此未見的「集納里斯姆」，也即 Journalism（新聞傳播）為自己定位。編輯後語指出：領導、推動建設東亞共榮圈為目的的「日本新體制」已成日本報刊重點討論的對象。日本舊日建築在資本主義體制與自由思想的舊體制和舊思想依舊殘存，淘汰它們是日本「新集納里斯姆」最大任務之一，日本報刊差不多已從自己進行「矯風正俗」，「本刊是日本集納里斯姆下的刊物之一，今後無論在質與量上採行新體制，也是當然的事」。只不過不同於日本國內報刊：

　　　本刊原來不是由舊體制與舊思想裡殘留下來的產物，與其說是要「採行」新體制，勿寧說是要「強化」新體

制。所以我們的新體制說是強化工作，而不是淘汰工作也
無不可。

　　目前還無法確知「新集納里斯姆」的觀念，究竟是援用日本
國內說法，或《華文每日》編輯群自創，不管如何，新聞傳播和
媒體宣傳正是法西斯主義興盛壯大的憑藉。研究指出，二戰前和
二戰中，義大利、德國、法國維琪政府等法西斯政權，都是經由
報刊、廣播，影視的管道，吸納信徒，攫取權力[14]，日本的情況
自然也不例外。值得注意的是，《華文每日》於運用媒體職能，
自覺地投身作為侵略東亞的「日本新體制」倒影的文學新體制
時，自認不僅是要採行，而是強化，足見它的顧盼自雄，掌握歷
史先機的前衛姿態。
　　緊接著上述看法，編者又引該期〈法西斯治下義大利的文學〉
一文，指出義大利作家生活上雖與法西斯法令和思想完全調和，
但在他們作品裡，「法西斯黨的環境對他們好像不生任何影響」，
依然表現守舊的作風。然而日本不同，「日本的作家每個人都有
著創造日本文學劃時代的新的歷史的意欲和熱望。決沒有守舊，
或與政治上的新體制相悖離的理由。」據此，編者斷言：「集納
里斯姆與文學傾向合致」，才能創造新文化而且使它普遍化，並
進一步表白：《華文每日》的文藝部分今後需加強化，「再產生
足以構成東亞新體制化一環的傑出的文藝，是我們的希求。」
　　1940 年 11 月 1 日出刊的《華文每日》5 卷 9 期正值日本大政
翼贊會成立，近衛內閣以「翼贊大政之臣道」的理念，推動日本
成為高度國防國家新體制和大東亞共榮圈領導者的時刻，為此，
這一期除了推出「日本新體制運動言論」特輯，卷頭語〈我所看
的「新體制」〉也迫不急待地聲明：「本刊創辦的宗旨，不用
說，是基於今日的所謂『新體制』理念。」卷末編者除了重彈前
兩期強化新體制的論調，進一步表白，前此把讀者的期待和要求

當作座右銘的編輯方針，將不再存在，「我們的舊面目從此也與讀者告別」。對於即將出現的「新面目」，次一期編後的解釋是：新面目就是在強化新體制和積極促進建設，更重要的是「在所有各方面來極度發揮言論機關的所有權威」。據此，編者規定往後該刊所有文章，必須「加強其建設的及指導的效果，才是我們新面目的實質」。在這樣的認定下，1940 年末最後一期，有感於「現代的青年尤其對於文學，大多仍是迷於歧途」，為了給他們「指示一條充滿光明之路」，編者於是約請朝鮮、台灣、滿洲及日本在華佔領區的文學名家，就文學的「新面目的實質」進行查考，題目定為〈我們的文學底實體與方向〉。只不過正如本文第二節的討論，這文學新體制的第一塊試金石，似乎遠遠超出《華文每日》的權威和掌控，反而是在莫衷一是的論述間，突顯了各自的文學實體和文學進路。

## 四

　　在上述文學創作和文藝新體制問題的討論之後，1944 年 7 月到 9 月，《華文每日》又連續刊登總題為〈現階段中國文學的進路〉的四篇文章（12 卷 7 期至 9 期）。這系列出現於日本在太平洋上的戰局節節敗退時刻的文章，不論在作者陣容或論述規模上，都遠不如 1941 年為響應建設東亞新秩序和新體制運動而來的有關文學實體與方向的徵文，只不過以思想要求上看，它們除了與該次徵文一脈相承，而且還帶有總結珍珠港事變後，日本發動所謂大東亞聖戰和建設大東亞共榮圈所需的意識形態建構的作用。四篇文章的作者中、日人士各半，中國方面有北平武德報社編輯長和華北作家協會骨幹份子的柳龍光，另一篇署名吳自嚴，可能是南京汪精衛政府的文藝人士。日本方面為北平日文雜誌《燕京文學》主編引田春海，以及旅居上海的文藝評論家島田政

雄。

　　柳龍光的文章一開頭就明確指出，1944 年的中國文學正碰上它的發展過程中的「一個決定的機運」，理由是：

　　　　今日中國的國民生活跟隨大東亞的時代的思潮，在復興的意義之下，正積極地展開新的建設，力求確立新的局面，而反應國民對於未被完成的新的建設新的局面所發揮的精神，便是現階段的中國文學重大的任務，唯一的使命。

　　對於擔負如此重責大任的中國文學，他根據當時日本國內及華北日軍佔領區的通行觀念，將它稱之為「國民文學」，並說明這所謂國民文學的性格是「意識的、決定的、積極的、樂觀的、全體的、客觀的、正直的」，它將「一掃過去的文學之相反於這些的劣點」。關於如何達成國民文學的真正功用，他引述周作人在同一年發表的〈新中國文學復興之途徑〉裡的一段話作為回答：「做這工作的人須得一心為國家民族盡力，克復一切為個人為派別的私意。」（12 卷 7 期，頁 6-7）

　　柳龍光這篇簡短而且思想空洞貧乏的文章，除了堆砌當日流行的符咒式的概念，完全看不出對所謂國民文學及中國文學「進路」的具體論證，相同的現象進一步呈現在吳自嚴的文章。在這篇情緒急躁的文章裡，吳自嚴以口號似的「新世紀產生新的文化，新的文化生出新的文學」做為引言，而後同樣以時代大轉機、新生和復興等制式思考，抨擊當時文壇的幫閒名士、掮客、新鴛鴦蝴蝶、五四新文藝腔等等。他認為當時的社會和民眾要求的是「明朗的」思想和文學，也即能夠昂揚民族意識的「民族文學」和「國民文學」，「它不但是表現國家的國民精神，更要的是構成下一代精神生活的力量的」。在形式上，它必須是民眾的、通俗的，內容方面則需要有「正確意識」和「積極的指

示」，能夠激勵、領導、開發新生的世界。吳自嚴把這樣的文學命名為「徹底民眾文學」，「其性格是與鄉土文學、民族文學、國民文學等相合的」，他並且認為這樣的文學將會是個「奇蹟」，「這奇蹟更新了民眾沉悶頹廢的生活使之明朗煥發，剔盡那些世紀末的享樂和荒閒」。（12 卷 8 號，頁 7）

　　日本執筆者方面，島田政雄由當代亞洲和世界政治都處於「歷史的失常」的觀點，論述中國文學即停滯於這狀態中。他條列了當日中國文學的四種現象，一一加以批判：一、抗戰公式派；二、和平公式派；三、新第三種人派；四、新鴛鴦蝴蝶派。所謂新第三種人派，來自 1930 年革命文學論爭高潮時，堅持文藝自由，不願附隨革命文學和民族主義文學指令，自稱為「第三種人」的文學。島田以此指稱中日戰事時，上海一批觀望的文學家，他們雖懷抱著中國文學的民族革命、民族解放的信念，但實際作為上，卻把自己的懦弱轉嫁給環境的惡劣，寧願埋首西歐古典文學或整理國故，儘可能不寫什麼作品。所謂新鴛鴦蝴蝶派指的是躲避時代的嚴重，以發國難財的有閒階級為主顧的通俗作家，他們的行徑，一如前此專寫風花雪月的鴛鴦蝴蝶派文學。

　　抗戰公式派及和平公式派是島田文章論述的主要對象，前者針對國、共兩方面的抗日文學，島田認為它雖著意於民族文學的創造，但卻因「抗戰至上」的瘋狂觀念而陷入歷史的歧途，最終否定了自身的生命，並成了歷史發展的障礙物。所謂和平公式派指的是汪精衛推動的和平救國的民族運動，它雖曾捲起巨浪，但南京的新國民政府成立後，和平運動的戰將大部分跟進政府機構，「於是『運動』變成『行政』，『戰將』變成『官僚』。與這運動共同萌芽極有前途的和平派文學，本應以新的民族文學運動在這暴風雨中鍛鍊，不料尚無充分時間，馬上就列於官僚文化陣裡。」島田把這類作品稱為和平公式派，並拿它比較抗戰公式派的發展前景：

　　在抗戰文學方面，以戰爭文學的立場，文學的大眾組織運動及文學自體大眾化還有產生「民族形式創造運動」的時間，可是和平派文學，在尚沒有把大眾在抗戰文學影響奪回的餘裕之間，便打入「公式化」「官僚化」的規範裡去。

　　根據上面的判斷，島田按照他的歷史過渡期觀念，堅信不久的將來，中國文學「必打破這失常的變態，而確立起朝氣蓬勃的民族文學」，而這種民族文學先須打破公式主義，以「愛民族之血」，把握五四傳統，「在這亞細亞解放戰的正中，結果會取和日本一致的步伐而終於達到目的」。創作者必須如此，「才可成真正擔負民族的明日的民族文學家」，成為「墾拓中國現階段文學進路的人們」。（12卷7期，頁7-8）

　　系列文章的最後一篇（12卷9期，頁8-9），熟悉北平文壇生態的引田春海，以七七事變為分界線，以傳統漢民族精神為標準，衡定中國文學發展的進路。文中指出，事變前的中國文學雖為當時的世界風潮和國內的渾沌的社會所揉擦，但還能看到堅持傳統的優秀作家和作品，七七事變後，傳統完全失去了影響，開始了無政府的文學的混亂，幸而有周作人維繫了傳統的命脈，並且汲取希臘精神和日本文學正統，堪稱當日中國傳統文學表率，或「生存著的傳統」。據此，引田春海提出他所謂的「凝視傳統的必要」，認為：「在現代的中國文學裡若不認為是生存著的傳統，恐怕將來的文學，要失去文學的真正新意義了。因為在藝術上的新穎，就是傳統在其時代裡的新表現。」對於文藝創作，他指出道路是艱苦的，作家都應犧牲自己，「委身於人類的悲願之中」，在艱苦的創作路上，「只有被選中的一部分能夠完遂，大多數是要脫落的」。據此，他判斷：「現階段的中國文學，在這種意義上是有著極其危殆的狀態的」，原因在於戰事和國家分裂

使創作者逃避現實，在頹廢中求安逸，而且五四以來「接受的自然主義的不消化，及階級鬥爭的殘渣」，助長了這傾向，形成「對人生的追求有著完全潛沒影跡的形象」，像魯迅、沈從文的作品都不復見。他於是由魯迅、沈從文小說表現的對民族的愛和創作時的「青春精神」，批判背離傳統和精神荒廢的華北作家，並論述傳統和民族精神的重要性，認為文藝創作者除了要堅實地接續自己的文化傳統，還要沒有偏向地汲取遠近中外的傳統。根據文章中隱晦表達的普世主義理想和對人類歷史的進化論式信仰，他如是論斷：

> 一國的傳統，那是民族精神最高的表現，所以是持有著世界的普遍性的。今後的藝術由於各民族的傳統，作正當意義的交流，由此想當能有更偉大的東西生出，唯我獨尊的念頭，才是人類的墮落呢。

在這樣的理念下，引田在文章的後半部分，一方面不由自主地附合當日的政治思想要求，指出：「現在，世界化為動亂，東亞的新精神將對向美英的資本主義而興起，想中國復興之期亦除此無他。」認為這是中國作家應排除一切困難，戮力以赴的目標。另一方面，又以跡近本質主義的思考，把意義含混的創作活動中的「青春精神」，視之為唯一能夠觸及時代真實的「尊貴的」力量，將它與「東亞新精神」等同，並且與「傳統」聯繫在一起，共同構成中國作家寫作時必不可缺的「本質上的努力」。到了文章末了，他於是給出了這樣的結論：「對文學的本質不絕的努力，也就是為傳統而努力，這才是於過去、現在、未來，作家不變的途徑。現階段中國文學的進路，將由於接續傳統而自然地開拓出來吧。」

以上就是 1944 年《華文每日》有關「現階段中國文學的進

路」的討論內容。其中，不論是中國作者或旅居中國的日本人
士，他們的論述都一致地設定在大東亞時代、東亞復興、民族運
動、亞細亞解放與中國文學發展的內在關聯，對於中國文學的所
謂「進路」，也毫無例外地指向以傳統、土地、民族之血、民族
的愛為主題的民族文學和國民文學的建立。這樣的論述，明顯表
現出法西斯文學思想的特質，因為它與二次大戰中，納粹德國以
「血統和土地」（Blut und Boden）為旨歸，以宣揚日耳曼崇高神
聖精神為目的的「血與土文學」（Blubo）[15]，可說毫無二致。而
這總結了 1941 年以來《華文每日》有關文學實體與方向的要求，
並且成為建構中的大東亞文學在中國的規範理念的文學主張，雖
經日本掌控下的文藝組織、報刊雜誌、電台廣播等極力宣傳[16]，
在寫作成果上，除了《華文每日》例行的小說、論文及戲曲徵
文，照本宣科一番[17]，此外可說乏善可陳。

　　在對納粹德國文學的研究中，英國學者里奇（J. M. Ritchie）
曾分析以人民、土地、血、領袖等「赤裸裸的納粹詞語」構成的
「血與土文學」的意識形態，指出含藏其中的種族主義狂熱及其
非理性信仰[18]。被《華文每日》視為中國文學進路的國民文學和
民族文學，它的最後歸宿，也不過是在傳統、東亞復興、亞細亞
解放的假象下，按日本「國體論」所謂萬世一系的神話思維，朝
向一個精神返祖的家族主義的東亞帝國走去。在這過程中，十九
世紀末產生的國家、民族、國民等觀念的現代意涵，無可避免地
會被竄改，連帶地，現代國家的國民文學和民族文學，在認同和
價值取向上也必然發生根本的變化。太平洋戰爭前夕，日本國學
大師德富蘇峰在他那備受推崇的《昭和國民讀本》[19]，以類同聖
經舊約〈創世紀〉的語言，反覆告誡：天照大神後裔的日本是神
國；八紘一宇、天下一家是日本的肇國精神；萬世一系、一君萬
民的日本是家族國家、倫理國家；極天地、互萬世的日本皇統必
定無窮無極、生生不已。據此，他以忠良臣民、天皇赤子來為昭

和時代的日本國民定位，以忠孝一致、為國為君的日本固有精神
作為昭和時代日本國民不可更易的道德內容。他如是描繪日本對
二十世紀亞洲和世界歷史的「天命」：

> 　　德國是以日耳曼民族的一大統合為目標的。義大利是
> 以羅馬帝國的再生為目標的。我們日本是以皇道日本的亞
> 細亞化為目標的。如詳言之，則是亞細亞先容許日本的指
> 導成為亞細亞人的亞細亞。約言之，即是亞細亞的自主、
> 自治。也就是以皇室為中心統一日本，以日本為中心而圖
> 亞細亞的自立。而這便是皇道日本的可進而至於世界化的
> 必然的順序。所謂皇道日本的世界化並不是以力去把世界
> 征服。是以大和、大愛的精神給世界弄來一大和平，一大
> 福昌。[20]

　　這段具有指標意義的話語，以不同的程度不斷迴響在《華文
每日》有關東亞文藝復興和中國未來的文章裡。透過這指標性話
語及其規劃出來的世界歷史圖景，不難想見在所謂大東亞聖戰和
大東亞共榮圈中，被竄改和剝奪了自己的實體與方向的中國民族
文學和國民文學的虛幻身影。

（2008）

---

1　横地剛著（陸平舟譯）：〈讀《第三代》及其他〉第四節「官民一致的美德」，
　　《人間思想叢刊》2007年夏季號，頁66-69，人間出版社，台北。王屏：《近代
　　日本的亞細亞主義》，頁144-148，商務印書館，北京，2004。
2　封世輝編著：《中國淪陷區文學大系・史料卷》，頁44，廣西教育出版社，南

寧，2000。

3　同期刊登有：《大阪每日新聞》社論〈近衛聲明的意義〉，《大阪朝日新聞》社論〈近衛聲明的反響〉，以及報導〈滿洲國當局披瀝熱意〉，〈德國表示信賴日本的行動〉，〈義大利表示全副支持〉。

4　汪精衛：〈和平建國宣言〉，《華文大阪每日》4卷7期（1940.4.1）頁2。同期同版並刊登日本內閣總理大臣米內光政〈支援中國聲明〉，表示對汪精衛宣言的全面肯定。

5　這是日本社會學家子安宣邦對1930年代前後日本御用東亞文化論者的稱謂，有關這精神現象及20世紀前半葉日本思想界的亞洲主義問題，留待下文討論。

6　史策：〈北京文壇近況〉，《華文大阪每日》3卷3期（1939.8.1）頁45。

7　《華文每日》編者這種捕風捉影的手法與「滿洲國」文藝偵查部相映成趣，因為二者對思想問題的斷定剛好反其道而行。根據1943年「滿洲國」首都警察廳密件關於偵查文藝作品的密報，列舉多篇作品加以分析，如山丁的長詩〈拓荒者〉描述在流浪的路上，父親囑咐兒子不要忘記祖先遺願，回去守護田園。密件分析說：「借老人教訓兒子，鼓吹民族意識和愛鄉土思想。」兒子回家後，趕走騷擾村莊的野獸，重整家園。分析說：「以野狐、山鼠、豺狼象徵日本，是說日本掠奪了滿洲的寶藏，愛國愛鄉土的滿洲民眾必須毫不猶豫地起來趕走日本人，重建滿洲。」又如石軍的小說〈混血兒〉描寫俄國革命後貧窮的白俄人的生活，密件分析說：「借逃亡滿洲的白俄的苦痛及其感慨，喚起滿洲民眾的祖國觀念。」那便是「我們滿洲民眾不能忘記過去的悠久歷史，必須永遠保持一個獨立的民族，不能成為日本的屬國。」詳見于雷譯，李喬校：〈敵偽秘件〉中康德10年（1943）首都警察副總監三田正夫「關於偵察利用文藝、演劇進行思想活動的報告」，哈爾濱文學院編《東北文學研究史料》第6輯（1987.12），頁153-159。

8　詳見柳書琴：〈從官製到民製：自我同文主義與興亞文學〉，王德威、黃錦樹編：《想像的本邦：現代文學十五論》，頁63-90，麥田出版社，台北，2005。

9　式風：〈願與新文壇建設者協力〉，《華文大阪每日》4卷2期（1940.1.15），頁35。游衍生：〈雷雨聲中談屑〉，《華文大阪每日》4卷7期（1940.4.1），頁29；〈編後隨筆〉，同期，頁52。

10　〈編後隨筆〉，《華文大阪每日》4卷1期（1940.1.1），頁72。

11　田瑯：《大地的波動》，《華文大阪每日》4卷6期至5卷9期連載（1940.3.15-11.1）；張金壽：《路》，《華文大阪每日》4卷9期至5卷10期連載（1940.5.1-11.15）。

12　4卷8期（1940.4.15）「建設新中國時論特輯」有阮振鐸：〈滿洲與日本與中國〉，王蔭泰：〈對於所謂『建設東亞新秩序』之私見〉，周化人：〈大亞洲主義之哲學的基礎〉，費一方：〈什麼是興亞建國運動〉，谷口吉彥：〈世界戰爭

與東亞綜合體〉等文。

13　佐藤春夫：〈中國文學與我的因緣〉，《華文大阪每日》4 卷 1 期（1940.1.1），
頁 53-54；內山完造：〈回憶魯迅先生〉，同期，頁 48-49。村松梢風：〈中國
文學與日本文學〉，小田嶽夫：〈我與中國作家之交遊〉，長與善郎：〈回想魯
迅〉，這三篇文章合為「大陸與日本文學片談」專輯，《華文大阪每日》4 卷 8
期（1940.4.15），頁 64-67；長與善郎文章下一期讀完。

14　Walter Laqueur: Fascism, past, present, future,張鋒譯：《法西斯主義-過去、現在、
未來》，頁 76-79，北京出版社，北京，2000。Alice Yaeger Kaplan: Reporduction of
Banalily: Fascism, Literature, and French Intellectual Life, University of Minnersota Press,
Minneapolis, 1986, Slogan Text, Broadcasting, The Movies 等章。

15　J.M. Ritchie:German Literature under National Socialism,孟軍譯《納粹德國文學史》，
頁 110-112，文匯出版社，上海，2006。

16　北京「華北作家協會」機關雜誌《中國文學》1 卷 4 號（1994.4）發表柳龍光〈國
民文學〉，提出中國應建立的文學是「國民文學」，由此至第 9 號（1944.9），
該刊編者柳龍光、陳魯風、邱一凡連續在每期卷首發表有關國民文學的文章。第
6 號（1944.6）陳魯風的〈使「過渡期」早日過去〉即在附和和回應島田政雄的
文章。北京中央廣播電台也於 1944 年 3 月廣播〈現階段中國文學的進路〉，參
加座談者有華北作家協會會員徐白林、呂奇、陳辛嘉、陳綿相等人。華中、華南方
面，1940 年 2 月上海中華日報《文藝》周刊，連續兩期刊登林蓬〈建立和平文
藝〉一文，引起長達兩年有關和平文藝與國家民族未來之討論。1944 年 1 月下
旬，上海日文《大陸新報》發表島田政雄〈民族文學之確立〉，與章克標相互辯
論。同年 3 月，《大陸新報》舉辦「中國文學之現狀鼎談會」，由中、日作家及
文化人士陶晶孫、內山完造、草野心平與談。

17　《華文每日》自 1938 年創刊後，每週年例行舉辦小說、劇本、論文徵文，主題
都帶有政策及時局色彩。太平洋戰爭爆發後論文題目大多與東亞新秩序、世界新
體制、和平運動有關。太平洋戰爭中則為大東亞共榮圈之建設、中國民族意識的
發揚、大東亞戰爭必勝、十年後的大東亞、三十年後的世界等等。小說、劇本也
隨局勢加深政治色彩，特別是太平洋戰爭後增加「大東亞民族小說」徵文，如
1943 年 6 月到 8 月（10 卷 11 期至 11 卷 3 期）連載的〈星空〉，作者為日人小
田柿三，小說角色有中、日、滿、菲律賓人，內容為大東亞戰爭爆發後，這些東
亞人的民族意識的覺醒、交流、戀愛及共同在南洋奮鬥的故事。1942 年 4 月上
海中華日報、民國日報與日本大阪每日新聞、東京的日日新聞為紀念汪精衛政府
返都二周年，也聯合舉辦中、日文「大東亞民族小說」徵文。

18　同注 15，頁 28-35。

19　這本書《華文每日》於 2 卷 7 期到 6 卷 10 期連載，前後歷時兩年（1939.4-
1941.5）。根據連載前的簡介，該書在當時日本國內「風行一時，銷行極多」，

《華文每日》編者並推舉為：「這是日本昭和年代唯一的國民教育讀本，相信中國人民是有知道其究竟的必要的。」足見其影響力及被重視之程度。全書共 50 篇，以日本「國體論」為核心。探究日本三千年史及日本在東亞及世界的特殊意義。從思想性質看，這本名為「國民讀本」的著作，實際上根本竄改了現代社會的國民觀念，因而它的作用也從現代國家的啟蒙性「國民訓育」讀本，蛻變成不折不扣的日本「皇民練成」秘笈，一如 1930 年代以後在殖民地台灣和朝鮮推行的皇民化政策一般。

20　　《昭和國民讀本》第 44 篇〈日德意三國防共協定的前途〉，《華文每日》6 卷 9 期（1941.5.1），頁 16。

# 「大東亞文學」在「滿洲國」

「一隻蝴蝶，向韃靼海峽那邊飛去。」
　　　　　　　——安西冬衛：〈春〉

一

　　一九四二年二月，距珍珠港事變不久，日本官方發行一本宣傳神道政治和「大東亞聖戰」的小冊子，作者為九州帝國大學教授藤澤親雄。這位當時高居日本軍國主義組織「大政翼贊會」要職，而且曾擔任過日本在國際聯盟秘書處常駐代表的政治學教授，戰前戰後，都曾以大量日文著作和多種西方文字闡釋日本神道主義政治思想，其理念的代表性和權威性，固不待言[1]。

　　作為日本發動侵略戰爭的指導思想，藤澤親雄的宣傳小冊，披露了一套空間上涵蓋全球文化，時間上穿越人類的過去未來的大論述。它的理論大要是：被叫做「御神國」（Sumera Mikuni）的日本，意味著神聖、大一統、無所不包，它是全世界各民族的父母國，是「絕對的宇宙生活中心」。遠古時代，人類處於一個以日本天皇為首腦的大家庭系統，但災變破壞了一切，人類因而與日本疏遠。為了「使日本神聖統治中包含的宇宙生命力遍布整個世界和地球」，日本必須改造目前無法律而且混亂的弱肉強食的世界，「重建曾在遙遠的古代在各民族中盛行過的基本的垂直

統治秩序」，使所有民族「在和諧而合作的動態秩序中佔有自己的地位」。對此，藤澤特別點名美國資本主義的個人主義和蘇聯共產主義的官僚控制，是罪惡混亂的源頭，日本所以與英、美戰鬥，是為阻止它們妄圖統治東方的狼子野心，大東亞戰爭的目地是為喚醒所有民族了解宇宙真理，也即日本「威嚴的至上統治權」。為了突出東方世界在聖戰中的特殊性和日本的龍頭地位，藤澤除了認可「現在的大東亞實際上是天照大神（即日本神話的始祖）的再傳子孫」，還提出一幅據說出自一位叫 Hilliford 於一二八〇年繪製的古地圖，在那地圖上，「東方位於上端，日本人居住的地方叫做『天國』」。

　　鑒於太平洋戰爭期間美、日的敵對關係，藤澤的宣傳小冊很快地就引起美國文化人的注意。該年八月十四日的紐約時報即刊載托里休斯（Otto D. Tolischus）的批評文字，文中一一引述藤澤的論說，指責它彰揚日本人的帝國主義意識形態，認為它之「求助於日本人天性中最根深蒂固的宗教的、種族的和民族的觀念及情感」，使它無異是希特勒《我的奮鬥》的日文翻版，而藤澤本人則是日本的尼采和華格納。此外，奧國心理學家賴希（Wilhelm Reich）在他的著作中，亦轉引托里休斯的評述，指出藤澤的觀點表現了「法西斯主義的、帝國主義的和獨裁的神祕主義形式」，並由心理分析角度，論證這類神秘歪曲觀念與「父權制和威權主義的家庭及國家組織」的關係[2]。

　　上述藤澤親雄的神道政治思想，它的觀念傾向，與二〇年代以後，日本學界以建構日本特性，發現日本的真實傳統為要務的東洋學，可說一脈相承。因為拆解它的神異的語言幻象，我們不難看到像剛倉天心所說的「亞細亞是一個」（即亞洲是一體），實現亞洲統一是「日本的偉大特權」等觀念的影子[3]。從後殖民論述來看，這樣的意識或可稱之為薩依德（Edward Said）的東方主義的逆向操作，正因為如此，這個被藤澤確信為可以「拯救迷

失方向的人類」的西方主義觀點潛藏著的霸權意識，自屬必然。
而這套原教旨的天啟式（apocalyptic）觀念，一旦與明治維新後
日本人自詡的「脫亞入歐」，也即是自我東方主義（self-Orienta-
lism）的心態結合[4]，它的運作，將給被當作拯救對象的東亞人民
帶來的災難，應該也是預料中事。大東亞戰火中，由「日本文學
報國會」主導的所謂大東亞文學，正是毀滅性的戰場之外的這樣
的一個道場。

二

　　從一九四二年到一九四四年連續三年，日本軍國主義的文化
機構「日本文學報國會」策畫召開三次「大東亞文學者大會」。
被納入「大東亞共榮圈」參加會議的作家，除了日本本國，包括
有台灣、朝鮮、「滿洲國」，中國淪陷區的華北、華中地區以中
華民國代表名義出現，泰國、印尼、緬甸、菲律賓等也在邀請之
列，不過大都未赴會。三次大會雖然各有中心議題，但宗旨不外
乎是合理化大東亞「聖戰」，宣揚日本皇國文化等。如一九四二
年十一月在東京召開的第一次大會，原本定名為「宣揚皇國文化
大東亞文學者會議」，為掩飾它的露骨目的，才改名為「大東亞
文學者大會」。第二次則因戰局吃緊，乾脆定名為「大東亞文學
者決戰會議」，突顯命運與共。第三次大會，則是為宣傳以日本
文化為樣板的「大東亞共榮圈的文化政策」[5]。從三次會議日本與
會官員及作家言論，會後的決議宣言，可以看出「大東亞文學」
究竟要向東亞人民要求什麼？

　　　　我們的母親亞細亞受到歐美鐵蹄蹂躪的時候，也正是
　　　亞細亞文化的危機的時候。然而現在我們要將美英侵略者
　　　從亞洲驅逐出去，亞細亞才有了莫大的歡喜和希望。……

歷來美英的文化，是以主知主義、合理主義、唯物主義為特徵的，與此相反，亞洲的文化可以說是以全人格和直觀主義為根本的。……美英文化是以單純獲得生活手段為目地的高利貸的非勤勞文化，是剝削的商人文化，與此相反，我們的亞洲文化是為了生活的終極目的而生存的崇高的土地的和勤勞的文化。……要完成大東亞戰爭，使大東亞十億民眾都分擔新秩序的建設任務，還大大地有賴於文筆的力量。

　　——日本情報局次長奧村喜和男在第一次大會的祝詞

　　大東亞戰爭的勃發促使我們東洋文學者從根本上奮起，帶來了重建東洋的牢固意志。此乃日本的孤注一擲的大勇猛心使然。我們期望繼承東洋的傳統，復活祖先的靈魂，從長期的忍從和昏迷的境地中得以再生，並為東洋的新生奠定基石。……然而它的成敗，完全依賴於大東亞戰爭的勝利，整個東洋的命運全仗這次大戰的成功。我們亞細亞的文學者，要以日本為先鋒，誓死為偉大的東亞的到來而盡力。

　　——第一次會議決議的「大會宣言」

　　我們全東洋的文學者，都是帶著筆和劍，為大東亞戰爭的勝利完成而獻計獻策的戰士。互敬互信，團結一致，在新的東亞的信念下，披荊斬棘，為給世界帶來光明的大東亞文學的建設，而竭盡全力。

　　——第二次大會決議的「大會宣言」

　　日本在過去把東亞文化日本化，近代又把西洋文化日本化，像這樣把東西方文化調和融匯起來，日本已經畢業

了。而且已經達到了向全世界誇耀的境地。所以大東亞的
文化工作者，就是把現在的日本文化，向南方各地域加以
宣傳普及，就足夠了。為此，首先不能輕視他們的歷史習
慣，風俗民情，而應該努力讓他們漸漸地順應日本文化。
　　　　　　　　　──高嶋米峰在第三次大會發表的
　　　　　　　　　　〈決戰和大東亞的文化工作〉

　　以上言論是三次大東亞文學會議的主調，它的重音一再出現
在與會者的發言，會後發表的感言、隨想之中[6]。這類把槍桿子
和筆桿子等同視之，把文學當作政治傳聲筒的現象，只要是集權
體制，就有發生存在的條件。不同的是這個名為樹立大東亞精神，
復活亞洲傳統的大東亞文學構想，在以日本為先鋒的前提下，要
樹立的不過是日本文化精神與歐美文化的權力宰制的更替，不過
是岡倉天心所謂的實現亞洲統一是「日本的偉大特權」，在文藝
領域的殖民主義夢魘。三次大會中一再鼓吹的「皇道精神的滲
透」，重建東洋固有的「道義文化」，也即以日本為中心的「八
紘一宇的精神」，都不過是上引藤澤親雄規劃下的，以天皇為首
腦的世界「垂直統治秩序」的殖民主義意識形態的演練。

　　其次，這個以日本為先鋒的文藝部隊，它之以道義、直觀，
主知、唯物之類的本質主義的思考，區別東西文化的差異，事實
上只能把亞洲文化神祕化，亞洲社會非歷史化，從而使亞洲凝固
和僵化於歐洲東方主義觀念中的東方形象。而這內化了的東方主
義的自我形象，最終也只能朝向鞏固西方意識形態霸權的路上走
去[7]，與念茲在茲的樹立、普及、強化大東亞精神，大東亞文化，
可說背道而馳。

　　高嶋米峰在大會上暢言，日本過去把東亞文化日本化，近代
又把西洋文化日本化，因此日本文化是東西方文化的調和融匯。
在本質主義思想的前提下，這樣的「日本化」經驗，恐怕只是在

相對「落後」的東亞國家前，曾志在「脫亞入歐」的日本，對那
自我東方化了的自我形象的迷戀。因此這樣的「日本化」若施之
於東亞文化的建設，恐怕也不過是脫亞入歐而又自以為回歸東方
的日本，試圖以自己的形象，根據它那內化了的東方主義觀念，
根據它的權力邏輯，改頭換面地以西方主義的姿態，睥睨世界，
改造亞洲，而究其極，最終勝利的仍是殖民主義的意識形態，一
個東方主義的大東亞，一個失去了自己的歷史的「東方」。

　　以上的心理機制，在與會的日本代表的發言裡，表露無遺。
如頗負盛名的中國文學研究者吉川幸次郎，對大會議題「大東亞
文學者的提攜」發言，指責中國淪陷區文學現狀云：「現在的中
國文學處於非常貧困的狀態」，因此，「日本文學與中國文學的
關係，與其說要相互提攜，不如說是日本文學處在了對中國文學
加以指導的狀態。」作家一戶務在〈亞細亞文化的擁護〉的發言
裡，乾脆規定：「我覺得如果不把政治的東西和文學的東西結合
起來，就不會產生新的亞細亞文學。」[8]

　　在一片擁護、「昂揚」大東亞精神的情緒亢奮中，日本知名
的、優秀的作家，包括白色恐怖下被整肅的社會主義文藝陣營的
「轉向者」，幾乎傾巢參與這項文藝報國行動，其中固然有被徵
召的無奈，就像在會議裡扮演同路人或附和者的殖民地台灣和中
國淪陷區部分作家的處境一樣。但這樣的集體轉向，恐怕不能以
泛泛的迷失和被迫來解釋的。這些與會的日本作家代表，不乏在
一九三〇年代被稱為日本的「文藝復興」或「文學復興」中，嶄
露頭角，「好像從阿波羅時代的雲端現出自己的身姿」的新感覺
主義、超現實主義、日本浪漫派的詩人和小說家。正如山田敬三
的分析，這表面繁榮的文學「好時機」，「只不過是當時日本在
政治、軍事、經濟向外擴張的過程中，將妨礙其膨脹的國內（批
判的）理論家除掉之後的荒野上開出的文藝謊花。」[9]在思想貧
困的大東亞文藝復興的人造天堂（artificial paradise）裡，相似的

文藝神祇,相似的文化榮景,自可在戰爭的危機密雲裡,在權威
體制的壓抑下,再度編織起佛洛伊德式的集體妄想的文藝謊花。
這一次,在殖民主義意識形態,在日本先鋒的本質主義精神的帶
領下,開出來的是以不容挑戰的正確性和正當性,排除異己,貫
徹一己體系的內在一致性的法西斯文藝的暴力之花。[10]

## 三

九一八事變後,日本扶植溥儀於一九三二年三月建立「滿洲
國」,年號大同,一九三四年三月改行帝制,年號康德,定都新
京(長春)。對於被稱為滿洲的中國東北大地,對於這個所謂
「新而獨立」的「滿洲國」,日本人投注無限的幻想和欲望,即
使在投降多年後,仍戀戀難忘。

> 在那裡,民族協和,王道樂土的理想閃閃發光,科學
> 地,良心地進行著果敢的實踐。這是正確的唯一的近代國
> 家建設。不僅僅是直接參加這一實踐的人們在巨大的希望
> 之下傾注了純真的熱情,而且也贏得了日滿兩國人民的有
> 力支持……當時滿洲國是東亞的希望。
> ——岸信介:《啊,滿洲·序》(1965)

> 滿洲建國即是同國的再建,在這裡指的是取消中國的
> 統治,以其居住的各民族的協和一致為骨架,創造出一個
> 近代新國家,並把日本的技術導入這個新天地,使陳舊狀
> 態完全改變。令人遺憾的是,大東亞戰爭的敗退使它再次
> 被中國併吞,然而滿洲國的生命,將會迎來再次新生的時
> 節。
> ——作田庄一:《滿洲國史總論·推薦的話》(1970)

　　回憶，是多麼幸福，又是多麼悲傷，人們說：「對竭
盡全力而頑強生存的青春毫無懊悔」，這是那些把生命獻
給大陸的人們充滿幻想和雄心的家信。
　　　　——《滿洲戀情：全滿洲風情攝影集》（1971）[11]

　　這些回憶文字，再現了一九三三年八月八日日本內閣會議通
過的「滿洲國指導方針要綱」的精神，根據這個綱要的規定，日
本關東軍司令部規定了「滿洲國」的歷史內容和發展方向：日滿
民族協和，排除中國因素，農業生產建設，創立一個遵循王道思
想的現代人間樂土，以及實現這一切的必要條件的大量日本移民
[12]。相應於這預設的歷史，「滿洲國」首先需要發現和編纂符合
於它的傳統。這方面，日本的東洋史研究提供了學術根據：滿洲
是滿族、朝鮮、日本各民族相互發展之地，是「滿、蒙人的住
址」。自古以來日本與滿洲有文化血緣關係，復活昔日「渤海
國」是滿蒙的共同責任[13]。這些觀念成了國定教科書的教材，一
般宣傳甚至有成吉思汗是日本亡命英雄源義經，愛新覺羅是源義
經後代的說法[14]。
　　在營造歷史傳統的另一邊，日本關東軍司令部對滿洲國國家
機器和意識形態進行設計，這方面的負責機構是「滿洲帝國協和
會」和國務院「弘報處」。根據規定，協和會被定位為：「思想
的教化的組織」，「既非政府之從屬機關，又非對立機關，乃政
府之精神的母體也」，它的職責在：「以指導民族引導被指導民
族為主要目標的國家機構的團體」，它的分支組織遍布「滿洲
國」各地。弘報處為情報特務組織，工作範圍包括掌控出版、新
聞、宣傳、廣播、通訊、教科書等一切文化活動[15]。透過這兩個
遊走於體制內外的組織，「滿洲國」十四年的歷史（1932-1945），
成了日本企圖建立的大東亞文化、大東亞精神的實驗室。

　　「滿洲國」建國之初，根據溥儀頒布的〈建國宣言〉，「滿洲國」是以儒家的王道思想為立國精神的，此即「惟禮教之是崇，實現王道主義」。這樣的設計，當然有日本授意，如曾任台灣總督府民政長官的後藤新平，在他擔任南滿洲鐵道株式會社（簡稱「滿鐵」）首任總裁時，即曾提出治理滿洲的「文裝武備」論，鼓吹「以王道之旗而行霸術」，關東軍的〈對滿蒙方案（第四次方案）〉亦規定：「必須徹底普及王道主義、民族協和的建國精神和日滿融合之觀念，傾注日本文化，排擠三民主義和共產主義」。這個被定性為「禮教」的根本政策，經「滿洲國」大臣鄭孝胥、許汝棻等為文宣傳，復古的祭孔、讀經、獎勵孝子節婦，與民族協和、日滿親善等新道德題目，紛然雜陳，成為七七事變前社會和學校教育的方針，而「滿洲國」也於一九三二年十月公布「出版法」，嚴禁使用九一八事變前的教科書，取消中國史地之餘，極力朝向〈建國宣言〉擘劃的「必使境內一切民族，熙熙皞皞，如登春台，保東亞永久之光榮，為世界政治之模型」走去。這階段的滿洲國對日本的關係，表現於一九三五年溥儀第一次訪日歸來的〈回鑾訓民詔書〉所説的：「朕與日本天皇陛下，精神如一體」，「與友邦一德一心」[16]。只不過這被滿日雙方普遍宣傳的「精神一如」、「一德一心」的良好願望，很快就在日本的侵略戰爭中變了質。

　　　隨著中日戰爭的爆發，一九三七年「滿洲國」公布〈學制要綱〉，提出「新學制」，規定「遵照建國精神及訪日宣詔之趣旨，以咸使體會日滿一心不可分之關係及民族協和之精神，闡明東方道德，尤致意於忠孝之大義，涵養旺盛之國民精神，陶冶德性，並置重於國民生活安定上所必需之實學，授與知識技能，更圖保護身體之健康，養成忠良之國民為教育方針。」按照這套新學制，日語被訂定為「國語」，比滿語（中文）授課時間多一倍，並要求授課時，「不僅練習語學，更需使學生體認日本精神

及風俗習慣」。此外又規定：「教育內容一般均以實業科目為重點」，「道德教育，特別是以國民精神為基礎的精神教育需在一切學科中，普遍實行」[17]。這套以精神訓練、勞作教育、體育煉成為教育「三階段」以培訓「忠良國民」的新措施，配合修業年限縮短，實務課程增長（占總時數四分之一），以及日本文化教材比例的擴大，觀念上已經很少看到建國初年王道禮教的語彙，反而是在實務性的一技之長的要求上，突顯了日人操縱的協和會所謂「以指導民族引導被指導民族」的種族優劣的意識形態。在這個基礎上，「滿洲國」的建國精神也由王道過渡到「神道」。

一九四〇年，日本開國二六〇〇年紀念，溥儀東渡扶桑，返國時帶回代表天照大神的神器，在皇宮內興建「建國神廟」奉祀，成為「滿洲國」的「建國元神」。為此，溥儀頒布〈國本奠定詔書〉，內云「滿洲國」之所以邦基益固，國運昌隆，「莫不皆賴天照大神之神庥，天皇陛下之保佑」，故而敬立建國神廟，奉祀天照大神，「庶幾國本奠於惟神之道，國綱張於忠孝之教」[18]。這是「滿洲國」繼封建復古的王道國策之後，又一次上演神秘主義的政治劇。根據所謂「政祭合一」的神秘連結，「滿洲國」被納入「皇道聯邦」的版圖，空間上是「日本國國土的延長」，本質上是「一君萬民的日本國體的發展」，「名目上有國家之別，實質上是一個國家」，這意識反映於當時由弘報處處長武藤富男作詞，永尾巖作曲的〈協和進行曲〉，這首被定調為「豪壯力強」的進行曲，歌詞有：「我們共居此土，而為此土之民，這真是神秘的因緣、因緣。……我們甘苦同受，而福禍共享，努力造成美麗的樂土、樂土」，歌曲末了以重唱六次之多的「協和」結束[19]，以示被尊為「親邦」的日本與「滿洲國」因緣之深，關係之密。根據解釋，「親邦就是父之國的意思，日滿兩國的關係，就像父子的關係，至親之愛和道義，把兩國結合在一起」[20]。

發展至此，二十世紀初日本東洋史學界還帶有一定程度的啟

蒙理性的滿洲史研究，完全讓位給「政祭合一」的中世紀迷信。在「東洋固有道德」的見證下，本質上就是歷史的復辟的「滿洲國」和「滿洲國」皇帝，也在作為「精神母體」的日本殖民主義的神秘因緣下，復辟了封建東方的兒皇帝鬧劇。

## 四

　　一九四一年三月二十三日「滿洲國」國務院弘報處公布《藝文指導要綱》，這綱要共包含：宗旨、文藝特徵、文藝團體組織、文藝活動、文藝教育及研究機構等五部分[21]。宗旨部分首先指出「文化」有廣、狹二義，廣義指為使人生完美而來的政治、經濟、產業、交通等建設，狹義指「人類由於精神勞動所顯現的真、善、美、聖」，如藝術、道德、宗教。因有鑑於當時文化界有的只將藝術稱為文化，以致帶來觀念上的混淆，「也阻礙了文化自身的健康發展」，於是以「文藝、美術、音樂、戲劇、電影、攝影等，統稱之為『藝文』，使其觀念明確」。其次，它指出比起產業、經濟等文化部門的發展，「我國藝文水平尚低，處於跛行狀態」，為使藝文與其他各部門的發展協調，乃訂定指導方針，「以期與物質建設並行，開展精神建設工作」。這些話，道出了「滿洲國」改為帝制後，亟欲建立的「康德文化」的宗旨。從思想性質來看，這與十九世紀末二十世紀初英國的「文化與社會」論爭的意識衝突，似乎並無二致[22]。

　　綱要的重心在第二部分〈我國藝文的特徵〉，共三條：

1. 我國藝文以建國精神為基調，從而顯現八紘一宇巨大精神的美，並以移植於國土的日本藝文為經，以居住各民族的固有藝文為緯，吸取世界藝文的精華，組成渾然獨特的藝文。

2. 我國藝文需適於國民各階層的需要，喜聞樂見。從而典
雅、壯麗、健康；未來的目標在於世界藝文的最高峰；
同時其內容又具有廣度與深度；既是都市的，也是地方
的；既高尚，又平易通俗，具有彈力性與親切性。

3. 我國藝文是為國家建設而進行的精神、生產及其產品，
因而，需給與國民大眾以美與樂，以便純潔與提高其情
操，為其生活帶來歡喜與力量；同時，因藝文的發展滲
透而鞏固國民的團結，創造優秀的國民性，藉以鞏固國
基，推動國家建設的成長，對東亞新秩序做出貢獻，進
而對世界文化的發展做出貢獻。

　　在這帶有本質性意義的規定下，綱要於第四部分「對藝文活
動的促進」，指示十二項具體措施：提高創作者報酬，定獎賞制
度，創辦雜誌，對民謠調查研究、創作健康民謠，舉辦美術展覽
會，培育劇團，提高攝影藝術，將藝文滲透於新的開拓地，等
等。其中較具意識形態色彩的是第一、三項。「藝文家和藝文團
體必自覺擔負國家使命，作為一名建國鬥士，以熾烈的熱情與雄
偉的創意致力於滿洲藝文的創造，為文化發展做出貢獻，輔弼建
國大業。」「各報社、各雜誌社、滿洲映畫協會、滿洲電業電報
會社放送部、滿洲演藝協會、滿洲電唱機協會以及其他弘報機
關，應自覺承擔我國藝文哺育者之責，使弘報與藝文進一步緊密
地結合。」

　　就歷史背景來看，《要綱》的發布時間，正值溥儀第二次訪
日歸來，滿洲國的國家定位理論，也即政教合一的日本「國體」
發展的觀念建設，剛告成立。在日本方面，則是太平洋戰爭發動
前夕，近衛內閣繼七七事變侵華戰爭的「國民精神總動員運動」
後，成立「大政翼贊會」（一九四〇年十月十二日），明令建設
「高度國防國家的新體制」，宣傳封建性的「實踐臣道」及「國

體意識」的時刻。在這樣的情勢下,這個文藝政策之具有「大政翼贊會」所謂「翼贊大政之臣道」的道德指令,也即大東亞戰爭的戰備目的,自是不言而喻。因此,這個名為建設「滿洲國」文學的文藝政策,從本質上言,與同一階段中發生在台灣、朝鮮的皇民文學運動,以及中國淪陷區的「和平文學」、「國民文學」[23],可說都是日本「準備以太平洋為中心的世界爭霸戰」[24] 的文藝前哨,都是所謂大東亞文學的組成部分,只不過因為前述日本與「滿洲國」建國的特殊關係,它的運作機制,比較起其他地區更為典型和全面。

根據《藝文指導要綱》的規定,從太平洋戰爭爆發到日本投降,「滿洲國」瓦解為止,滿、日文藝工作者大都自願或非自願地附和它的指示,朝向那強制性的文藝烏托邦的建造。不過這純屬橫的移植的文藝建設工程,事實上是與「滿洲國」的建國歷程同步進行的,早在九一八事變後,「滿洲國」即透過出版法、徵文、白色恐怖、政策宣導等措施,對這文藝政策做了必要的思想整備[25]。七七事變後,更藉著文藝座談會、文學獎、新聞言論統制政策,進一步清除五四新文學運動留下來的異端聲音,營造符合官方的文學意識形態[26]。在這過程中,以中文寫作的「滿系文學」和日本人的「日系文學」,對滿洲文學的論述,經常是觀念分歧,各自為政。

在滿系文學方面,因中國東北新文學原受五四文學影響,對於滿洲國建國後,充滿復辟思想的王道禮樂,從根本上排斥,加上民族主義感情,對於日本人扶植的「滿洲國」政權,亦難以認同,因此對當局提倡的民族協和、建國精神的文學方針,多持疏離態度。是故到太平洋戰爭發生前,儘管當時的綜合性雜誌《新青年》、《斯民》、《新滿洲》等,每期都大事刊登有關王道濟世、日滿一德一心、新體制運動、大東亞共榮圈等等文章,雜誌的編輯宗旨也標榜忠愛孝義協和及建國精神,首都新京(長春)

的《大同報》亦由官方授意，從康德二年（1935）開始，徵集文
藝作品，輯為《滿洲帝國國民文庫》，協和會則徵輯大眾小說、
廣播劇，分集出版 27。面對這些措施，文藝界在蕭軍、蕭紅、舒
群等優秀作家相繼流亡關內，新起的孟素、秋螢、山丁、陳因一
輩，仍延續五四傳統，先後發起抨擊舊文學勢力、反言情、反頹
廢、反歌功頌德的建設新文壇論爭，以及強調暴露現實黑暗的鄉
土文學創作 28，對官方鼓吹的明朗健美的建國文學，反應冷淡。
這也是為什麼《藝文指導要綱》指責當時的文藝作品「水平尚
低，處於跛行狀態」的緣故。當時的日系文藝評論者大內隆雄曾
指出，九一八事變後的文藝「都是採取了苦悶的形式」，七七事
變後，文藝的「共有的主要思潮，就是描寫陰暗面」29，他甚至
懷疑：「滿人作家有把中國的北方文學建立在滿洲的意圖」30。

　　在對立的情緒下，這階段的中文創作，對當局所要的滿洲文
藝的獨特色彩或王道樂土的建國文學，幾乎毫無建樹，反而是以
「暗的文學」為特色。文藝評論方面，也因作品的意識傾向，同
樣明朗不起來，不論是個別作品或綜論性的批評文字，大都沿續
五四自由主義或其後的普羅文學思想，評斷當時的文學現象。如
歐陽博〈滿洲文藝史料〉，綜論五四到三○年代作品，這篇經弘
報處審查後，留下不少耐人尋味的「××××」的文章，就由中
國東北的歷史經濟變遷，論述作品中反映的社會集團利益、小市
民、布爾喬亞意識及一九三○年經濟恐慌在作品中的表現。衣雲
的〈文壇十年印象記〉，以兼容並包的態度，林林總總記述九一
八到一九四○年的作品印象，文中免不了提到一九三六年瀋陽
《盛京時報》舉辦的「如何振興滿洲文藝使之具有獨特色彩」的
徵文活動。但全文僅在記述一九四○年「詩運建設」時表示，這
活動「明顯地在全滿詩壇上，透射出一條明朗的粗線條」，算是
滿洲文藝振興的例證 31。作家小松曾以「欲暗不能；欲明不得」
形容當時的寫作處境，古丁則抗議當局要把作家變成「鸚鵡的同

類」32。對於這樣的文學環境，山丁在〈滿洲文學閒談〉末了，以頗具寓言意味的一段話，深刻而不無調侃地回應了在殖民主義的設計下，「滿洲國」的國家想像和文學想像的逆反現象：

> 滿洲文學恰似可愛的雛菊置於溫室，點綴著盛代。
>
> 滿洲文學有如批評家所說的那樣，「陰暗！」過去和現在，任何創作都可以看出農民的憂鬱，小市民的感傷，一般大眾的嘆息。以憂鬱、感傷、嘆息組成了滿洲文學。
>
> 這並不是說，時代不籠罩深濃的陰影。可是，在文學的正路上，這種陰影並不妨礙盛代。應該知道，身邊無陰影就顯不出陽光的燦爛，勿寧說，陽光希望有陰影。33

## 五

　　相對於中文寫作的滿系文學的抗拒態度，日本人的日系文學是預設中的「滿洲文學」的創作實踐和理論建設者。按地域和觀念傾向劃分，他們有「大連思想體系」和「新京思想體系」之別，前者多屬「滿鐵」及其相關文化人士，傾向於文學至上主義，對官方鼓吹的建國精神取消極、批評、旁觀的態度。後者則為在首都新京的軍人、官吏，「奉戴建國精神，並將其作為滿洲文學的基本思想而積極地進行普及」34。在《藝文指導要綱》公布前，這兩種不同的思想傾向，界限大致清楚可見。

　　按大連體系的青木實的看法：「所謂滿洲文學是對於居住在滿洲的五民族（即：日、滿、蒙、鮮、漢）各自發表的有關文學方面的作品的總稱。」加納三郎認為：「滿洲文學的主體，不僅僅是日本人，不能無視占滿洲國民中壓倒多數的滿人文學的發言權，這是不言而喻的道理。」35 以上看法雖著眼於民族協和的問題，但總是給予滿系文學應分享的主體位置。類似的具開放色彩

的觀點，以不同的思考角度出現在城小碓的〈滿洲文學的精神〉
（1938）[36]。

城小碓在文章中首先指出對日本人來說，滿洲文學是「一個
龐大的事物」，「一塊處女地」，對此，他認為「定居是一個極
為重要的條件」。其次，他由世界文學的格局論滿洲文學的可能
發展路向，認為它在地緣上接近俄羅斯文學，在人口比例上接近
中國文學，「若從指導地位上來看，則理應接近日本文學。然
而，若從歷史的角度來探討文學現象，則以接近美利堅文學發生
的形式為比較容易。」對此，他強調，並不是想把美國文學原封
不動地硬套在滿洲文學上，因為兩者無論是在國情或「獨立的動
機」都不同，他只是「要把它的新的歷史和它所確立的文學精神
採納進來」。根據以上理由，他主張滿洲文學應該理論建設先於
創作，「由理論賦予作品的價值」，應該以「日本文學為主軸，
以日文為主體來創造滿洲文學。」文末，他意味深長地以移民的
身份表示，在滿洲的日本人，「要把應該成為我們將來墓地留給
我們子孫的這個滿洲國，建設成為更好的理想之鄉。」在這裡，
他就碰到了鄉土和祖國的兩難問題：

> 祖國愛，還是鄉土愛？鄉土愛，還是祖國愛？
> 目前國民的苦惱——雖然沒有說出口，不是就在於這
> 個問題嗎？對於現在的我來說，祖國愛是大於鄉土愛的。
> 然而，不是從我個人的角度看，而是從更大的範圍來探討
> 滿洲文學的問題的，則似乎應該強烈地主張鄉土愛。
> 從五族融合的立場來說，在文學上，只有犧牲祖國愛
> 而熱愛滿洲國，這可能就是把滿洲文學提高到世界文學的
> 水平的過程。

在日本移民有關「滿洲國」文學的論述中，城小碓的說法可

說是離經叛道。按歐洲殖民文學的歷史來看，他的觀點應該接近殖民地民族主義的 Creole 文學，也即脫離宗主國控制，尋求獨立的移民者文學 37，而這對於政教合一的滿洲國，特別是對於它的「精神母體」的日本殖民主義，無異是大逆不道。儘管他這試探性的文學獨立，仍舊附加但書，仍舊以日本文學為創造滿洲文學的主軸和指導者，而且讓日文享有西方中世紀拉丁文的位置。

城小碓的文章立即招來反擊。角田時雄由文學至上的立場，批判城小碓理論先行，他的分裂了的祖國愛和鄉土愛，「太簡單地政治化」，顯示他並未真正體味日滿一如的建國精神。他主張「文學應該是純粹的文學，應該是徹底的純粹的生命的燃燒」，文學「必須有本質上的苦惱，本質上的懷疑，在本質上鑽進去」，就滿洲文學而言，這樣的本質，在於「自如地表現著我們人類的良心和日本人燃燒的精神」。

大河節夫由社會文化的人為的和自然的因素，分析城小碓和角田的觀念缺陷。他提出正確的世界觀、創作實踐，回應角田的本質論和城小碓的理論先行。這篇隱藏不少馬克思主義文藝理論語碼的文章，與當局的建國文學精神大異其趣，但卻表現當日文學批評的一個重要側面，而且顯示《藝文指導要綱》再三提醒的城市、鄉村文學落差的問題。文章的結尾說：「作者不應該把觀念強加給藝術。同時，也要把純真的藝術從玷污它的藝術商品化中解脫出來，而成為真正的藝術。」38

上述帶有不同程度的自由思考的論說之外，另一些日系評論者常以日本先鋒的高姿態要求滿洲文藝。他們有的鼓吹目的性的殖民地文學，有的以充滿等級意識的地方性、世界性規劃滿洲文學的精神系譜。西村真一郎在一篇論殖民地文學的短文中，以「這個國家的使命」和「強化與領導」兩個小標題，傳遞殖民主義的訊息。文中明白表示：所謂殖民地文學就是「把基調建築在殖民者政策之上的文學」，是「具有國家使命的地區文學」，任

務在強化殖民地，領導殖民地，按「滿洲國」的例子，這意味著
「對於在殖民地的日本人精神的領導」。據此，西村道出了心目
中的殖民地文學的「不言自明」的真義：

> 在培養移民的土著精神的同時，還要肩負起指導原有
> 土著民眾使之向上的任務和使命。這不是權宜之計，而是
> 永久地有時甚至還附加著侵略和佔據的意義，這是不言自
> 明的。39

　　在同一歷史處境的台灣，台北帝國大學教授島田謹二也曾提
倡過殖民地文學，不過比較起他那仿效歐洲帝國主義，把台灣的
民情風俗標本化、異鄉情調化了的文學主張，西村的倡議，更是
不稍假借的、赤裸裸的「帝國主義的文本化」40。

　　在〈地區與文學〉（1937）裡，大谷健夫提出一個由地區文
學到國民文學到世界文學的封閉體系。文中，他引據法國文學現
象，認為波爾多文學是地區文學，具有鄉土氣味，巴黎文學則是
脫離鄉土而具國民性的法蘭西文學，但因巴黎是世界文學的中
心，對世界有廣泛影響，因此它也就突破了國民文學的範疇，成
為世界文學。據此，他針對七七事變後，實際上是「滿洲國」文
學主流的鄉土文學，和觀念中的滿洲建國文學，也即他所說的國
民文學，作一價值判斷：

> 國民文學一旦形成，鄉土文學就只是以維持比較低級
> 的藝術創作階段為原則，我們的鄉土文學也就很難擺脫那
> 種樸素、幼稚而笨拙的藝術構想。

　　此外，他還討論殖民地文學問題，按他的見解：

　　　　殖民地，特別是在滿洲的日本移植文學，是從日本的
　　國民文學向滿洲輸出的。這個過程正是採取了我前面所說
　　的從鄉土文學到國民文學到世界文學的相反的方向進行
　　的。41

　　在大谷健夫的文章中，對於日本文學的世界性僅視為理所當
然地帶過，不像他在描繪古代世界性的希臘文學，中世紀基督教
文學和近世巴黎文學那麼篤定。不過由他把滿洲文學稱之為「日
本的北方文學」，隱然之間，日本已是個新的世界文學的中心，
因為在同一個時候，殖民地台灣就是以「日本的南方文學」的身
份存在的。大谷健夫這個中心思想尚未分明的文學體系，在《滿
洲浪漫》雜誌的重要人物長谷川濬的手上，終告確立。

　　在〈建國文學私論〉一文中，長谷川濬指出：建國思想就是
思考在滿洲如何建立新國家、新生活，「以在這過程中實際存在
的精神為母胎而產生的文學，我稱為建國文學。這是滿洲文學精
神的基礎理念。」又說：

　　　　以前我主張滿洲文學就是世界文學，這個主張始終沒
　　有變。就是說，滿洲建國就是世界的建設，……這兩者是
　　相互貫通的大道。滿洲文學和滿洲建國必須同時存在，必
　　須是同呼吸的亞細亞的世界精神。（岡倉）天心所謂亞細
　　亞是一個──這句話就是新興滿洲國文學發展方向的預
　　言。42

　　「亞細亞是一個」，在以太平洋為中心的世界爭霸戰中，岡
倉天心為日本大亞細亞主義定調的這個激情術語，果然就是滿洲
國文學和「滿洲國」命運的預言。預言的背後，當然包括了藤澤
親雄神道主義的世界垂直統治的新秩序。這些古代東方的本質論

的神秘激情，保證著日本在現代亞洲的先鋒地位及其不容挑戰的
統一亞洲的特權。通過它，日本在現代殖民主義的形式下，生產
著原教旨的亞細亞世界精神的中世紀內容。作為託生在這內容中
的大東亞文學的樣板，「滿洲國」文藝及其精神指標的《藝文指
導要綱》，就是這整個生產系統的集中體現。

<h1 style="text-align:center">六</h1>

在《藝文指導要綱》公布後，「滿洲國」弘報處先是邀集了
三十名新京文藝界權威對之進行討論，後來又集合全滿一百四十
個藝文界和文化人士懇談。對於這新的文藝政策，弘報處處長武
藤富男曾作了長達兩萬字的〈解說〉，解說中除了前述屬於新京
思想體系的西村真一郎、大谷健夫、長谷川濬等官方文藝觀念，
還突出了珍珠港事變前後，大政翼贊會有關神國日本的「國體意
識」和「大東亞共榮圈」的觀念形態。如其中說：

> 日本的藝文達到世界的最高水準線，大概可以算做世
> 界第一等，今後能指導世界藝文的，鄙人確信就是日本的
> 藝文了。……把世界最高的日本藝文移到滿洲來，同時滿
> 洲也有滿洲古來諸民族的藝文，把這兩項混合起來去建設
> 滿洲藝文……而造成最崇高的大精神，就是八紘一宇大精
> 神。43

以上武藤富男一方面強調日本八紘一宇大精神，另一方面又
容許滿洲諸民族文藝與日本文學混合的解說，追根究柢可說是日
本軍國主義者所謂的大東亞共榮圈的說帖。因為按他們的規劃，
大東亞共榮圈的建設方針是基於日本八紘一宇的肇國精神，「使
大東亞各國家、各民族，各得其所。並依據以帝國為核心的道義

樹立共存共榮的秩序」,而作為它的手段的大東亞戰爭,則是為使東亞各國「從英美的桎梏下解放出來」,在這過程中,日本與東亞各國「猶如家長與家族的關係」,東亞各民族的文化,「隨著戰局的進展,將各予以適當的處理」[44]。

上述這個類同納粹德國「生存圈(Lebensraum)」的共榮圈構想,它的瓜分地球的企圖,早有定論,而其中有關家族式的、等級秩序的觀念,除了表現日本傳統思想中,拋開「血統」以外,就再沒有其他原理可使王權正統化的牢不可破的情結[45],更明白顯示著納粹法西斯主義心理。根據阿多諾的分析,標榜領袖崇拜、血統和土壤(Blut and Boden)、兄弟部落(brother horde)、人民共同體(community of the people)等集團精神的法西斯主義,它的消滅外族的破壞性心理,不可避免地使它強調儀式和等級區分,使它以「種族那樣的擬自然的標準」作為集團精神的判準,以之區分集團和非集團的歸屬,而這樣的精神標準,「可以比中世紀的異端概念更殘酷地加以運用」[46]。阿多諾的這些分析,不難在大東亞共榮圈的藍圖裡找到印證,滿洲國《藝文指導要綱》的精神實質,也應在此尋找解釋。

根據大東亞共榮圈的法西斯思想要求,滿洲國弘報處和警憲機構,在《藝文指導要綱》公布後即對藝文界採取一系列措施。文藝組織方面,弘報處於一九四一年連續成立「滿洲文藝家協會」、「滿洲藝文聯盟」,以及劇團、美術家、作曲家、俳句家協會等組織,全面掌控文藝活動。一九四三年十一月又將停刊的《藝文志》雜誌重新發行,成為「滿洲藝文聯盟」的機關刊物,使這份原本傾向於藝術至上主義的文學雜誌,成了發表國策文學、決戰文學、生產文學、槍後(後方)文學的園地。在文藝思想方面,弘報處於一九四一年十一月頒佈對言論、出版、集會、結社等的臨時取締法,一九四一年一月開始實施全國新聞社新體制。就在這言論思想控制下,首都新京警察廳設立「文藝偵查

部」，秘密彙整〈關於偵查利用文藝、演劇進行思想活動的報
告〉，關東軍憲兵司令亦編集〈思想對策資料——關於滿洲左翼
文化運動〉，這些資料都針對被視為心腹大患的鄉土文學和社會
主義文學，進行偵防和密告。根據一九四三年的一份密件指稱，
左翼的鄉土和社會主義文學，因顧及政治情勢而以抽象的表現形
式出之，增加調查上的困難，「尤其是大東亞戰爭爆發後，政府
實行檢舉、鎮壓反滿抗日份子的政策，越發引起左翼作家的警
覺，其作品比以前更變得抽象曖昧了。」密件並整理出左翼文學
的幾種表現形式，其中有一項是：

> 高唱英美帝國主義終於征服亞洲，極力壓迫中華民
> 族：在反對英美的口號下，運用技巧描繪中華民族受壓迫
> 的苦痛，其實是把日本看成帝國主義的侵略者，藉以蘊釀
> 反滿抗日的思想。[47]

在有形無形的文藝組織和思想監控之外，被關東軍司令部操
縱的「滿洲國」文教部門，也按戰局變化，不遺餘力地深化所謂
大東亞文化的法西斯建設。如被定位為「國策會社」的「滿洲映
畫（電影）協會」，一九三七年成立時，原設置有娛民映畫、時
事映畫、文化映畫三個部門，前兩個部門負責拍攝一般商業娛樂
片和時事紀錄短片，文化映畫則是仿效納粹德國的「kultfilm」攝
制宣揚「滿洲國」建設成果的國策影片。到了一九四〇年，文化
映畫改名為「啟民映畫」，一九四四年再改為「啟發映畫」，更
改之後，娛民映畫數量銳減，國策電影和時事紀錄片快速發展，
國策電影內容更是隨時局調整，透過巡迴放映網對「滿洲國」人
民起著廣泛影響[48]。如《黎明曙光》（1940），片頭字幕云：
「謹以此片捧呈殉於滿洲建國之聖業的護國英靈之前」，內容描
述的是日本參事官與「滿洲國」軍警，討伐深山匪徒，「曉以滿

洲建國及大亞細亞建設之大義」，最後日本參事壯烈犧牲的故事。《銀翼戀歌》（1943），透過東北鄉下姑娘與飛機駕駛員戀愛的故事，歌頌「滿洲國」的航空事業，並表現駕駛員忠於職守的高尚風格。《夜襲風》（1944），描寫「滿洲國」製造生產飛機過程中，美國間諜通過各種渠道進行破壞並蒐集情報，但在「滿洲國」憲兵嚴密監視和偵察下，終被偵破。《蘭花特攻隊》（1945）描寫的是日本航空兵偷襲美國珍珠港的空戰故事[49]。以上最後兩部拍攝於日本戰敗前夕，取材上又針對美國的影片，無疑是日本在太平洋戰爭失利後，呼喊「擊滅美英」建設大東亞文化的樣板，而擊滅美英的口號或「擊滅而後已！」正是一九四三年第二次大東亞文學者大會訂定「決戰文藝」目標後，經常出現在滿洲藝文聯盟機關刊物《藝文志》空頁上的讓人怵目驚心的話語。

因為滿洲映畫協會與華北、華南和台灣的電影製作都有聯盟的關係，所以時而被委託攝製美化日本在華侵略的「宣撫」電影，或取材於日本侵略軍與中國淪陷區政府合作的影片。如一九四二年發行的《黃河》，就是由日本華北派遣軍委託攝製，汪精衛政府的皇協軍指導並協助拍攝。影片描寫國民黨軍隊為阻止日軍進攻，將黃河決堤，造成數十萬人流離失所，後由汪政府的皇協軍和日軍組織民眾，修復決口。片中除了歌頌日軍功德，還達到宣傳「滿洲國」「日滿一心」的目的[50]。

類同於電影聯盟，文學方面，日本軍部在中國各個淪陷區製作的「宣撫文學」，連同七七事變後，日本軍部和政府直接組織派遣到中國戰場的「筆部隊」、「軍隊作家」生產出來的侵華文學和戰爭文學，莫不都是所謂建設東亞新秩序的馬前卒[51]。擴而大之，被日本佔領的菲律賓、印尼也出現相同的情況。從一九四二年到一九四五年日本投降為止，日本佔領軍規定菲律賓以日語和當地語為表達工具，規定報刊、電影、文藝作品鏟除西方文化

影響，以期在「日本是亞洲的領袖」、「日本是亞洲的燈塔」的信念下，把菲律賓改造成大東亞共榮圈的「典範」。在印尼，日本佔領軍強制禁止荷蘭文報刊，當時新聞界的宗旨是：「協助奪取大東亞戰爭勝利」、「協助日本當局在爪哇建立一個『新社會』」、「為印尼人民提供領袖」[52]。

從「滿洲國」的國策電影，到為東南亞人民提供新社會、新領袖，其中一以貫之的鏟除西方影響，以日本為尊的要求，具體呈現了前述大東亞共榮圈隨侵略戰爭需要，對東亞各民族傳統文化的「適當的處理」和它所要的「共存共榮的秩序」。這個像納粹德國一樣高揚領袖崇拜（Fuhrer ideology）的東亞人民共同體，滲透著阿多諾所說的法西斯的「壓迫性的平等主義」。因此標舉大東亞人民解放的大東亞共榮圈，除了是西方殖民主義的東方形式，更是法西斯主義在東方的典範，它對東亞人民的意義也只能是阿多諾所說的：「壓迫性平等主義取代了通過廢除壓迫而實現的真正平等」[53]。建立在相同的意識形態上的大東亞文學，以及作為它的附庸的「滿洲國」文藝建設，它的意義也應作如是觀。

七

為了符合大東亞文學的新體制，也就是《藝文指導要綱》明定的：「顯現八紘一宇巨大精神的美，並以移植國土的日本藝文為經，以原住各民族的固有藝文為緯」，藝文家必須「自覺擔負國家使命，作為一名建國鬥士」等等，日本在「滿洲國」的文藝官僚不時介入相關的論述。繼武藤富男對《要綱》的解說之後，一九四三年為應和第二次大東亞文學大會議決的「決戰文藝」，新京舉行「滿洲決戰文學家大會」，日本關東軍報導部部長長谷川宇一在會上作了〈戰爭與文藝〉的報告。同年，新任的弘報處處長市川敏，為滿洲藝文聯盟機關刊物《藝文志》的創刊發表

「祝詞」，祝詞中期望該雜誌成為藝文家的「錬成道場」，並指示他們的使命：

> 一為舉藝文之總力，協力聖戰，即昂揚戰爭意識，潤澤戰時生活，俾國民得以竭誠奉公，增強戰力而寄與於親邦之完遂聖戰是也。一為創造新東亞藝文，即驅逐美英頹敗藝文，從新創造基於東洋道義而能象徵東亞復興，顯現肇國精神之藝文是也。[54]

市川敏的祝詞之外，有日本知名作家小林秀雄的〈文學者的提攜〉，文中指出：「今日的文學者等的大提攜運動，自然也有政治家協力的必要，也需各種政治的手段」，文章最後以堅定口氣結束云：「仰稜威之下，我們堅抱著必勝的信念，對此，英美是無一勝算的。」[55]

有別於上述二人照本宣科地指示協力聖戰、擊滅英美、東亞道義、天皇稜威等大東亞文學的主題意識，滿洲藝文聯盟主任委員山田清三郎的文章〈生產文學啊，繁興罷！〉表現的是神秘深奧的文學理念。按生產文學的提法，與三○年代末日本的農民文學和大陸開拓文學有關，都是順應國策，為日本佔領滿洲、征服中國的文學預備軍[56]。珍珠港事變後，為戰備需要，改以增產文學、勤勞文學、生產文學等名目出現，而一旦與「聖戰」掛勾，就生產出神秘主義的質素。山田清三郎在文章中說，他所主張的生產文學「不是單以唯物的見地，以單純的戰力增強一語來規定文學」：

> 所謂生產文學，應該是在此大東亞戰爭下，站在擊滅英美側的文學至高至上精神的體現，我所主張的即在這裡。
> 　一粒穀，一塊煤增產的重要性，這決不是增產自身的

結實，該是那促動增產時的行為，與收穫其成果的精神作
用，也就是後方的生產精神與增產精神。因為什麼呢？因
為這精神一面可以將前線與後方造成一體化，另一面又可
以對分擔聖戰完遂各國各民族，強固他們的連帶觀念與同
生共死的意識，在這上面再沒有比這精神再高遠的了。

　　我所說的（生產）文學是將那前線中兵士的心，為己
心的至高至純的精神，以此作為一基調，對參加此解放戰
的亞洲各國各民族，來昂揚它的連帶性。同時，來確立復
興亞細亞文化的共通的道德、精神的基礎。[57]

　　根據山田清三郎自己說，這是「持有別種新意味的生產文
學」，他提出的是「文學的本道」，針對的是「生產精神」。但
這難以解讀的精神生產和文學新意味，如果能夠賦予什麼意義，
大約只有求助於前述「政祭合一」的滿洲國建國精神。它之將一
粒穀、一塊煤的增產行為及其精神作用，無限上綱到東亞解放和
亞細亞文化復興的「連帶性」，這樣的思維形式，恐怕也只能借
助阿多諾對法西斯信仰的分析。阿多諾認為替代宗教信仰的法西
斯精神，它的一體化和集團性「已變成一種獨立的結構，獨立於
任何觀念化的內容，並且由於失去其內在信念而受到更加頑固的
辯護」[58]。在太平洋戰爭末期，以中文寫作的「滿洲國」滿系文
學，就是努力掙扎於那失去了內在信念的大東亞文學的幻象與泥
淖。

　　為了達成三次大東亞文學會議擬定的擊滅西歐頹廢文化，復
興以日本為先鋒的東洋道義文化等目標，整個「滿洲國」文藝界
自願或非自願地進入總動員狀態，從創作到理論批評都成了「完
遂聖戰」的修辭戰場。《藝文指導要綱》一公布，國都新京廣播
電台即主辦「文藝之夕」座談會，討論「對藝文運動及今後文學

之進路」，隨後又在綜合性刊物《新滿洲》刊出〈藝文家對藝文政策語〉，執筆者一致表示擁護《要綱》精神，不寫黑暗，要建樹明朗的文學 59。接下來的兩年多時間，類似的座談會陸續召開 60，文學獎、反映時局的作品特輯、「滿洲國」與日本在華佔領區的文藝交流持續進行 61。它們的基調不外乎是：東亞明朗、增產助戰、滅敵興亞、聖戰必勝等等。風潮之下，文藝的各分野無一倖免。如第一次大東亞文學者大會後，與會的知名女作家吳瑛和素有「鬼才」之稱的爵青，歸來後都發表感言。爵青的文章説：

> 　　大東亞戰爭雖然在現象上，是武力的，經濟的甚或是宣傳的戰爭，然而在本質上，卻是人類史上，前未曾有的世界觀的戰爭，所以精神文化的傳承和創造，是極重要的，我們的世界觀如能勝利，也就等於戰爭的勝利，而戰爭的勝利，是必由鞏固的世界觀出發的。

吳瑛的文章説：

> 　　不容諱言的，大東亞戰爭，不是全為武力的戰爭，而是包括了精神的戰爭，此種精神的戰爭，是必須以東洋各國一如的精神，一大協力為一先決條件，國家和國家的精神的聯繫，當然是端賴文化的推動。62

　　以上感言雖不免有應付的成分，但在聖戰精神的作用下，寫作活動的轉向卻奇蹟似地出現。小説方面，一向以現代主義傾向引人注意的爵青，被譽為「自黑暗裡的脱皮」，曾被形容為憂鬱、苦悶的鄉土作家石軍，更是重新來過的「胎生」63。戲劇方面，話劇工作者吳郎希望劇作家「在現實題材之中求與政治相配合」，並大力提倡「放送劇（廣播劇）」運動，認為「這樣的新

型態的演劇運動，確非易卜生，姆脫林克之輩所能想像」[64]。李喬提出利用傳統野台戲，把「近代劇」搬上野台：

> 決戰時，為了制勝於思想戰，為了鼓勵我們鎗後（後方）的士氣，為了掘發東方的道義精神，為了呼喚全國民的鞏固團結與奮勁，演劇該是個最有力最直接的手段，那麼為了發揚劇運，演野台劇又是其手段中之最有力最直接的了，因為近代劇出現於野台，給我們觀眾的，至少該是新的印象與普遍的灌輸。[65]

文學評論方面，曾抗議過「滿洲國」要把作家「變成鸚鵡的同類」的古丁，也急劇轉向，在〈日本是太陽〉一文中表示：「年輕的滿洲文學只有在親邦日本文學的哺育下，才能成長壯大。」[66] 在他主編的《藝文志》編輯後記裡，他強調：「以筆代劍，這是課給文學人現實的使命」，而《藝文志》為紀念大東亞戰爭二周年的〈決戰詩特輯〉，「沒有『風雅』，有的是血的呼喊！」[67] 除此之外，他甚至把文學批評和文藝論爭看做「昨日黃花」，而且視為「理之當然」，他要求以「協議」替代批評：

> 今日，「論爭」這批評的形式，已屬昨日黃花，完全是不能適用的陳腐的一種形式了。在此自然要產生一種新的形式。無他，即「協議」是也。為了共同完成一個更大的建設，批評家和小說家，互相協議，目的在於建設，並不在於破壞。……誠摯而熱烈地協議，想像一定會生產一種新的批評形式的。文藝之建設的協議，或評論的協議，想像一定會振興文藝的批評部門。[68]

根據古丁的說法，這具備新形式和新精神的文學「協議」，

「最終在於否定之後的肯定」，綜觀他議論中突顯的太陽神話（solar myth）及血統、民族等法西斯意識[69]，不難想見，在否定和肯定之際，他所想像的文學精神的辯證發展的最後歸宿。

## 八

在文學思想普遍的轉向風潮下，「滿洲國」的詩歌、小說創作，似乎也改頭換面地一切重新來過，這集中表現於雜誌中的作品特輯、文學獎徵文，以及弘報部以「弘報班」的形式，派遣作家到工礦、農村、部隊、華北佔領區視察後所寫的報導文學。詩歌方面，如一九四三年為紀念大東亞戰爭二周年的「決戰詩特輯」，作者都是一時之選，其中金音的〈聖戰二周年頌歌〉，歌頌「為解放東亞而興師的皇軍呵／──一戰／一戰而美英鼠竄」。田兵的長詩〈殲敵語〉，詩中反覆叮嚀同胞「愛此土」，並預言「還有一步／敵人就要傾倒／只還剩最後一步／敵人就要全面潰倒了」。疑遲的〈永恆的心銘〉，銘刻的是「整個東亞的民族，在昨日結成了血之誓盟／殲滅宿敵！擊盡美英！／勿忘祖先們百餘年前忍受了的仇恨。」[70]

這類禮讚鮮血、民族仇恨、愛這塊土地的詩歌，果如古丁所說「這裡沒有風雅，有的是血的呼喊」，以「滿洲國」的處境，作者容或別有懷抱，但其中的法西斯音色，仍舊不容忽視，因為這正證明大東亞文學在「滿洲國」的勝利。相同的意識形態，又見於應「弘報班」徵召的詩作，如小松〈礦山行〉，柳自興〈四千五百萬〉等等。到了日本敗相畢露的戰爭末期，這類詩歌反而一改決戰的態勢，而以懷舊、吟嘆的調子歌唱「滿洲國」的神話歷史和山川人文，如成弦〈國土頌〉，石軍〈過渤海宮殿〉、〈遊鏡泊湖〉，冷歌〈松花江〉[71]。這些詩歌情感上大都平實真切，氣勢上也與前此同類詩篇的狂暴躁動，不可同日而語。在稍

早的建構「滿洲國」精神的詩章中，百靈的〈成吉斯汗〉應該是
具典型意義的一篇，這首追溯已然消逝的大東亞人民共同體精神
的史詩，它的終章如是說：

> 回教徒驚為魔鬼喚為世界的末日已至，
> 基督徒頂禮膜拜唱著謝恩的讚美歌詞。
> 這遊牧民的首領毀滅了無數個大小帝國，
> 這不識文字的黃色人對五十種民族編了法令，
> 他不知豪華與奢侈終身穿著遊牧民的服飾，
> 他率領著鐵騎夢想著世界王國的創立；
> 他征服了一切，用他的鐵與火，
> 他開拓了一條世界的路，用他的血與力，
> 啊，這亞細亞的英雄已永眠在荒土裡，
> 且來聽我歌唱這全人類的征服者的史蹟。[72]

　　比較起詩歌的浮想聯翩，與現實正面交鋒的小說創作，反應
顯得低調冷淡。對此，一九四三年底到一九四四年初，除了官方
召開「全國藝文家大會」，《新滿洲》雜誌舉辦「勤勞增產視察
報告」，《藝文志》又開了一個「怎樣寫滿洲」的座談會，針對
滿洲建國後一直佔有重要地位的鄉土文學提出批判。首先，它指
責鄉土文學描寫「殘敗的人物和殘敗的自然」，「沒有一篇真正
能夠表現滿洲的作品」，並認為十九世紀以來的文學觀應該修
正，也就是「不能只以唯物的經濟的眼光觀察滿洲」。其次，它
鼓吹作家寫鄉土應「如德意志所提倡的『血與土』的精神」，而
「法國傳統主義作家巴里斯所倡導的『土與死者』的精神，實在
可作為滿洲文學的精神。」[73]這些觀點直接了當地宣告法西斯文
藝的要求，同時賦予建立在這種精神要求上的大東亞文學在「滿
洲國」的正當性及合法性。

　　座談會後，《藝文志》在一九四四年內密集刊登附和會議要求的小說，其中具樣板意義的應數石軍的〈新部落〉及疑遲的《凱歌》三部曲。〈新部落〉透過樣板農民鄭忠福的生活遭遇，宣傳增產報國、挺身崛起、恢復黃種精神、反對英美物質思想傳染等等意念，最後歸結於開發新部落，「建造起大國民的大勇猛心」的願景。《凱歌》三部曲由〈曙〉、〈望〉、〈明〉三個中短篇組成，小說以漢族地主吳海亭與日本開拓地主谷森為中心，描寫民族協和、復興東亞、科學種植、增強戰力等主題，相似的主題在疑遲的另一篇小說〈敵愾與童心〉差不多又重複搬演一遍[74]。小說創作之外，《藝文志》在一九四四年又以巨大篇幅刊登「西南紀行」特輯，以詩歌、散文、隨想形式表現作家到蒙疆、華北地區「實地踏查」的經驗，特輯中每篇作品的末了都有「關東軍檢閱濟」的字樣，以示通過大東亞文學的認證[75]。儘管如此，以上這些刻意營造共存共榮圖景，拼貼亞洲傳統文化符碼，以至於不惜以精神分裂的面目出現的作品，仍不能滿足文學「新體制」的根本要求。日系評論者大內隆雄在〈最近的滿系文學〉指出：「雖然並不是沒有帶有時局的色彩的作品，但是很少，而且差不多都不過是機械的牽強的加上一點新的觀念而已，實在不夠滿足」。而原因在於滿系作家「沒有戰鬥的情緒」，不能成為「戰鬥的部隊」[76]。

　　相對於創作實踐上的潰不成軍，文學理論方面，倒是在觀念層次圓滿達成不可能的任務。一九四二年末，爵青在出席第一次大東亞文學大會的感言裡，提出了文化的自主性和主體性的問題。文中說：

　　　　滿洲建國是東洋人自身建設的東洋文化的新礎石，是大東亞共榮圈建設的新歷史。換言之，東洋各國自從接受晚近的西歐文化，將獨自的「亞細亞」或「東洋」，只當

作對於「歐羅巴」或「西洋」的駁辭來解釋，完全失掉了自主的、自信的勇氣。唯有滿洲建國，才把「亞細亞」或「東洋」由相對的地位，移至絕對的地位上來了。[77]

　　一九四四年二月，爵青發表一篇近兩萬字的長文〈西歐知性的破滅〉，在序言裡他表示：大東亞戰爭的最後勝利是「東洋的復歸」，「為了找回這東洋人本來的面目，我們首先是該拭清百年來東洋的面目上的陰霾，這陰霾的一部分，就是西歐的知性」。據此，他以杜斯陀也夫斯基小說《惡靈》為例，進行分析。他的論斷是：「這部作品裡寫了普遍的非俄國人，進而更寫了純粹的俄國人的虛線輪廓」，它是杜斯陀也夫斯基「為寫純粹的俄國人，為追求最高的人間像，對西歐的知性所加的批判」。所謂非俄國人，「就是為西歐的知性所毒害的俄國的知識階級者」，他們「以純粹客觀作用理解著一切事物同時更裁斷這些事物，盡量使其合理化，在意識世界裡組成明確的形式，劃定了單純的關係」，他把這稱為「知性的放浪」，其中「棲住著不實的要素和惡魔的要素」。根據紀德對杜斯陀也夫斯基描寫人類心靈三領域，即知性、熱情、復活的說法，他指出杜斯陀也夫斯基追求的人間像和純粹的俄國人，「是在理性認識和熱情的對岸，換言之，就是超越了這二者的宇宙的調和。」文末，爵青希望「滿洲國」人以此為鑑，並提出他的結論：

　　　　東洋人過去曾在自然渾沌和理性的秩序之間，追求過完全的統一，曾在運動和靜止之間，追求過絕對的一致，但是進入近代以還，這精神一旦受過西歐的知性的洗滌，這東洋人的偉大的諧調便完全被破壞了。《惡靈》的世界雖然沒有出現在我們的生活裡，然而我們的生活裡卻已經蠢動著《惡靈》的世界的幼蟲了。[78]

　　繼爵青這篇充滿心靈的鄉愁的文章之後，田瑯發表了〈滿洲文學的誕生〉，這位曾以小説《大地的波動》全方位地呈現戰難中的中國的作者，在文章裡由大東亞理念切入，論述滿洲文學的神話創造和故鄉的文學等問題。文章一開頭，他引《滿洲公論》的森下辰夫所説的：「大東亞的理念，其意昭昭，此乃道也」為依據，而後又根據老子思想，認為「道」是「拒絕規定，而只容許體得」，「它的體得，需求之於歷史的現實」，而大東亞理念的文學是「道的文學」，也是「求道的文學」，它是「生生發展，開花不已的滿洲文學的進路」。接下來他討論滿洲文學和神話創造的問題，這方面，他引《滿洲浪漫》的長谷川濬有關日滿民族「運命共同感」的觀念，指出它是包括滿洲人在內的大東亞各民族的「宿命的必然，歷史的現實」。其次，他又引述長谷川濬論「滿洲國」文學者「應以滿洲國的神話創造為義務，這神話即是由所有自然之中，發現蠕動的純真之魂」，根據這段話，他提出：「用漢文寫的滿洲文學者，當然，也可以而且應該有我們的夢，也可以而且應該創造我們的神話」。就在這裡，田瑯展開有關的「故鄉的文學」的論述：

　　　　我所説的「故鄉」，是極其廣義的，「故鄉的復歸」，並不是「故鄉的困守」。
　　　　「故鄉的文學」，也無妨是「流浪的文學」。因為，只是「流浪」之後，才有「復歸」。恰如，在惡之後，才有善，暗以後，才有光。而且，「復歸」之後，也可以能有「重新的流浪」。

　　按照以上理念，田瑯進一步指出「只要文學的靈魂裡，有故鄉的存在」，就是「故鄉的文學」，他並且堅信：「『漂泊的魂』和『思歸的魂』，這是一個宿命的兩面顯現」，其中，「有

著文學最深湛的領域」[79]。

　　在上述兩篇文章發表後，一九四四年九月，爵青和田瑯做了一個對談，題目是〈談小說〉[80]。這個對談裡，曾經在大東亞文化的理念下，意識到東方的自主性問題、論述西方知性的破滅、試圖創造滿洲文學的夢與神話的他們，連同躲藏其間的他們的薄弱的自由意志，都消失於無形。在這個看不出對話的對談裡，貫徹其中的是反反覆覆的失去了內在信念的告白和誓言：

　　　　百年以來，東洋人完全成為沒有神同時沒有故鄉的人種了。在今日，我們東洋民族團結一致，要將美英的毒氣一廓而清，復興東亞，在文學上，正是將文學再導回神前和故鄉的時候。我們的文學是奉仕國神的文學，我們的文學是善化故鄉的文學。
　　　　……
　　　　總之我們的文學作品，每字都要是增強戰力的力量，每行都要是滅敵興亞的誓詞，在文學作品裡深藏著我們的「志」──國心和大和魂，這才是滿洲文學的美和永遠。
　　　　　　　　　　　　　　　　　　　　　　　──爵青

　　　　大東亞文學，是要從大東亞史觀胎生的。大東亞文學一環的滿洲文學，也是必須從大東亞史觀胎生的。大東亞觀念，和建國理念，是滿洲文學的母體。而建國理念，是發於惟神之道的。從來，好的文學，都是祭仕於神的文學。
　　　　……
　　　　做為武器的文學，是要奮起，參勢於精神之決戰的。精神能夠剔抉所有腐敗的物慾，使人歸復健康的秩序。精神能夠鼓舞勇氣，使國民精勵職域。決意和意志，能夠使不可能為可能。

──── 田瑯

這類言論，是大東亞文學在「滿洲國」的終結。從這語言的廢墟，從這大東亞精神的鍊成道場，我們看到的是「把自己的毀滅體驗為至上的審美愉悅」的法西斯政治，我們讀到的是「在亞洲的日本化中」擔負著「前衛作用」的「滿洲國」及滿洲國文學的中世紀意義[81]。

附記：

本文資料蒐集承呼蘭師範專科學校王金城教授，友人胡嘉陽女士，劉元珠教授熱心幫助，並蒙葛浩文（Howard Goldblatt）教授及其高足劉恒興教授慨允借閱「滿洲國」期刊，謹此致謝。

(2002)

1　日本國立情報學研究所（NII）資料索引（NACSIS webcat）登錄的藤澤親雄著作共五十餘種，範圍包括神道思想、東洋哲學、國際政治、歐洲思想、日本神話研究、共產主義批判等等。一九五六年他還出版了《民主和專制的辯證統一的神道主義：神道的存在主義詮釋》（Sumeracracy as a Dialectical Synthesis of Democracy and Autocracy：An Existentialist Interpretation of Shinto），可見其思想之龐雜和堅持。這份資料由石婉舜女士提供，藤澤親雄的經歷承藤井省三教授告知，一併致謝。

2　Wilhelm Reich, The Mass Psychology of Fascism, trans. by Vincent R. Carfagno, (N.Y. Touchstone Book, 1970), pp.131-36。中文譯本見張鋒譯：《法西斯主義群眾心理學》（四川：重慶出版社，1990 年），頁 120-25。Tolischus 及藤澤親雄相關論述俱見於此。

3　岡倉天心在《東洋的理想》中，論述實現亞洲一體的責任在日本：「在這複雜當中明確地實現這種統一，是日本的偉大特權。我們這個民族身上流貫著印度、韃靼的血，我們從這兩方面汲取泉源。我們能夠把亞洲的意識完整地體現出來，這

是我們的與這種使命相適應的一種遺傳。我們擁有萬世一系的天皇的無與倫比的祝福，有著未曾被征服過的民族所具有的自豪，我們有著在膨脹發展中做出犧牲而堅守祖先留傳下的觀念和本能這樣一種島國的獨立性，我們就能夠使日本成為保存亞洲思想和文化的真正的儲藏庫。」「就這樣，日本成了亞細亞文明的博物館。不，她遠遠高於博物館。因為這個民族有一種不可思議的天性，這個民族小心翼翼地保護著古老的東西，同時又歡迎新的東西。憑著這種具有活力的不二元論的精神，我們把過去一切理想的所有方面都保留下來了。」轉引自王向遠：《「筆部隊」和侵華戰爭：對日本侵華文學的研究與批判》（北京：北京師範大學出版社，1999 年），頁 9-10。

4　岩淵功一著，李梅侶等譯：〈共犯的異國情調：日本與它的他者〉，《解殖與民族主義》（香港：牛津大學出版社，1998 年），頁 191-234。文中討論日本二〇年代的「日本學」到七〇年代以後「走向世界」的一系列自我東方論的心理歷程。該文原題 Iwabuchi Koichi, "Complicit Exoticism：Japan and Its Other", Continuum: The Australian Journal of Media and Culture 8/2:49-82。

5　尾崎秀樹：《舊殖民地文學の研究》（舊殖民地文學研究）（東京：勁草書房，1971 年），頁 30-44。王向遠：前揭書，頁 204-230，下文所引大會祝詞、宣言、發言，俱見於此。

6　如參加第一次大會的代表龍瑛宗，返台後發表文章表示以英美為主體的科學文化已出現破綻，東洋文化的唯一保存國的日本，基於復興東亞，才發動戰爭，以期重建東洋固有的道義文化，所謂道義文化，「在日本來說是八紘一宇的精神，在中國來說就是四海兄弟的精神」。張文環藉會後參觀日本海軍航空隊，發表感言，認為它是精神和科學的結合，因此至為武勇。西川滿則為文提倡推動詩的朗讀，藉此涵養日本精神。濱田隼雄認為大會最大的成果是明確指出「文學的正道」，即「要創造出基於大東亞精神的文學」，所謂大東亞精神，就是「與（作）為敵性文化之土壤的主知主義、合理主義、唯物主義相對的，亞細亞特有的全人格的直觀主義。」第二次大會，台灣代表周金波在會中發言，提倡「皇民文學的樹立」，表示要使台灣人民成為「真正的皇國民」，在台灣建立「皇國文學」。見柳書琴：《戰爭與文壇：日據末期台灣的文學活動（1937.7-1945.8）》（台北：台灣大學歷史研究所碩士論文，1994 年），頁 141-42。王向遠：前揭書，頁 218-19。又滿洲國代表爵青、吳瑛於第一次大會後，亦發表〈出席大東亞文學者大會所感〉；第二次大會後，滿洲國文藝雜誌《藝文志》刊登專輯，介紹大會情況及發言，這些資料與中華民國代表言論，將於下文討論。

7　有關亞洲人自我東方化的討論，見德里克（Arif Dirlik）：〈中國歷史與東方主義問題〉見〔美〕阿里夫‧德里克著，王寧等譯：《後殖民氣圍》（北京：中國社會科學出版社，1999 年），「東方人的東方主義」，頁 277-289。

8　王向遠：前揭書，頁 221-2。

9　山田敬三、呂元明主編：《中日戰爭與文學：中日現代文學的比較研究》（吉

林：東北師範大學出版社，1992 年），頁 3-38。引文部分見頁 6。文中引川端康成：「也許是趕上了好時機，出現了文學復興的萌芽，形成文學雜誌輩出的景象。」林房雄：「文學家們開始復甦，作為舊道德、舊觀念的挑戰者，作為新教養與氣質的保衛者，作為精神與理想的再建者，作為有銳利目光的社會批判者，好像從阿波羅時代的雲端現出自己的身姿。文學雜誌的陸續創刊，便是這文學復興的前奏曲。它是映紅夜空的曙光。」

10　佛洛伊德指出，妄想（paranoia）與壓抑有密切關係，當自我被外在世界輕視和拒絕而經歷壓抑，自我會從外在世界撤離，力比多投注於自我本身，透過投射作用，將內在觀點外化，從而建構一個虛構的烏托邦，即妄想世界。這妄想世界有內在的完整自足秩序，排斥具威脅性的外來異質，自我即生活在這幻覺的、自足的世界之中。這可用來解釋法西斯心理特徵。見 Sigmund Freud, "Psycho-Analytic Notes upon an Autobiorphical Account of a Case of Paranoia（Dementia Paranoidies），" Sigmund Freud Collected Papers 3, trans. by Alix and James Strachey，（N.Y.:Basic Books, 1959），pp. 456-58。

11　以上言論轉引自岡田英樹著，陳宏譯：〈東北淪陷時期的日中文化交流〉，《中國現代文學研究叢刊》1999 年第 2 期，頁 276-77。

12　〈滿洲國指導方針要綱〉十四條條文見解學詩：《偽滿洲國史新編》（北京：人民出版社，1995 年），頁 197-200。日本移民政策及生產活動，見同書〈農業與日本大移民〉章，頁 536-70。孫繼武、潘佩孟：〈日本「滿蒙開拓青少年義勇軍」計畫的實施與崩潰〉，《社會科學戰線》1995 年第 4 期，頁 162-166，記述日本移民適應問題。〔蘇聯〕加‧佛‧札哈羅娃，李隨安譯：〈二十世紀初日本對「滿洲」政策的特殊性〉，《東北地方史研究》1991 年第 2 期（總 27 期），可略見俄、日殖民主義利益的衝突。

13　日本東京派的白鳥庫吉和京都派內藤虎次郎是東洋史學有關滿、蒙、朝鮮等歷史地理的主要理論供應者。滿鐵於一九三一年成立的「滿洲學會」出版《滿洲學報》；一九三二年成立「滿蒙地理歷史研究會」出版《滿蒙地理歷史專刊》；京都大學一九三五年成立「東洋史學會」出版《東洋史研究》，及其他學術機構的類似組織，都參與塑造滿洲史。相關的資料性敘述見王冬芳：〈日本史學界曾服務於侵略戰爭的歷史教訓〉、《東北地方史研究》1989 年第 4 期（總 21 期）。劉兆偉：〈論帝國主義在東北的殖民教育與東北人民收回教育權〉、《瀋陽師範學院學報》（社科版）1994 年第 4 期。

14　如高級小學《國史教科書》：「滿洲自肅慎至有清有特殊之風俗禮教，與中國習俗不同，文質異尚，實有對峙獨立之根據」。初級中學《滿洲國史教科書》：「及至近世，因俄國的侵略，滿蒙地方，迫於危難，日本不顧本國的存亡，便毅然奮起，救此危難，於是日滿關係，由此密切……於世界注視之下，產生出王道滿洲國家，永遠以日本為盟邦。」見趙家驥：〈東北淪陷初期的殖民主義教育〉，《東北師大學報（哲學社會科學版）》1990 年第 5 期，頁 92-93。

15　詳見解學詩：《偽滿洲國史新編》，第 11 章「協和會與文化專制」，頁 351-75。孫邦主編：《偽滿洲史料叢書・殖民政權》（長春市：吉林人民出版社，1993 年），「偽滿協和會」部分。

16　以上所述及相關資料引文參見趙家驥：注 14 上揭文。劉兆偉：〈論「滿洲國」的儒佛教育方略〉，《瀋陽師範學院學報（社會科學版）》第 22 卷第 3 期（1998 年）。郭振興：〈偽滿洲國佛教概說〉，《社會科學戰線》1982 年第 2 期。王穎：〈偽滿殖民教育方針的演變及其影響〉，《社會科學輯刊》1995 年第 6 期（總第 101 期）。莊嚴：〈日本在中國東北推行的奴化教育〉，《東北地方史研究》1991 年第 1 期（總第 26 期）。

17　王穎：注 16 上揭文。解學詩：注 12 上揭書，第 17 章「民族奴化」「新學制」部分，頁 587-591。

18　〈國本奠定詔書〉全文見解學詩：注 12 上揭書，頁 586。本文此處相關論述資料參見同書第 17 章「民族奴化」，頁 575-587。

19　〈協和進行曲〉歌詞：「向前進，向前進，親愛的同胞們，大家互相攜著手兒，向前進向前進。我們共居此土，而為此土之民，這真是神秘的因緣，因緣。我的良好朋友們，我的手足兄弟們，向前進，向前進，親愛的同胞們，大家要同心協力，向前進，向前進。我們甘苦同受，而福禍共享，努力造成美麗的樂土、樂土。我們必須遵守的信條是在乎，協和協和協和協和協和協和。」這條歌的詞曲見滿洲國雜誌《新青年》第 73 號（1939 年〔康德六年〕），頁 103。

20　〈文教審議會答申及建議〉（1944 年），轉引自王穎：注 16 上揭文，頁 114。

21　岡田英樹：〈偽滿洲國文藝政策的展開：從「文話會」到「藝文聯盟」〉，附錄資料七「藝文指導要綱」，見馮為群等編：《東北淪陷時期文學國際學術研討會論文集》（瀋陽：瀋陽出版社，1992 年），頁 174-78。本文凡引述這綱要，俱見於此，不另加注。

22　Terry Eagleton, Literary Theory: An Introduction（Minneapolis: University of Minnesota Press, 1983），pp.17-22. Criticism and Ideology（Verso Editions,1978），pp.104-10.

23　七七事變後，汪精衛與日本近衛內閣訂定「和平、反共、建國」三大政策，發表「和平宣言」（1939 年 3 月 12 日），自一九三九年歲末起，上海、北京及華北淪陷區開始提倡文藝復興、和平文學、增產文學、國民文學等口號，鼓吹文藝為戰爭服務。詳見張泉：《淪陷時期北京文學八年》（北京市：中國和平出版社，1994 年），頁 123-32。徐迺翔、黃萬華：《中國抗戰時期淪陷區文學史》（福州：福建教育出版社，1995 年），頁 335-40。Edward M. Gunn, Unwelcome Muse: Chinese Literature in Shanghai and Peking, 1937-1945（New York: Columbia University Press,1980），pp.19-20。

24　此為日本軍國主義者小山貞知在《滿洲國協和會的發展》（東京：中央公論社，

1941 年）一書中的言論，轉引自解學詩：注 12 前揭書，頁 351。

25　滿洲國弘報處於一九三二年十月二十四日公布〈出版法〉，規定凡有變革國家組織大綱，危及國家存在基礎，洩漏外交及軍事秘密，對國家產生重大影響之破壞行為，惑亂民心擾亂財政，妨礙法官及警察執行職務等等，都禁止出版。一九三六年九月奉天（瀋陽）盛京時報紀念發行三十週年，設文學獎，舉辦〈如何振興滿洲文藝使之具有獨特色彩〉徵文，引起廣泛注意。政策宣導方面如一九三六到一九三七年陸續舉辦「發揚國民精神週」，相似的活動到戰爭末期有「建國精神活動週」、「作興國民精神大會」。七七事變前的白色恐怖事件如一九三六年六月，左翼作家金劍嘯因在《大北新報畫刊》刊登蘇聯作家高爾基病危消息及留日學生上演《夜店》照片，被日本駐哈爾濱總領事館高等系逮捕，同年八月被殺。一九三七年四月，哈爾濱警特在所謂「大檢舉」中，逮捕左翼文藝組織「口琴社」成員，其中侯小古慘遭殺害。以上資料見楊志和：〈東北文藝大事紀要（1919-1948）〉，黑龍江社科院文學所編：《東北現代文學史料》第 9 輯（1984年 6 月）。呂欽文：〈東北淪陷時期文藝大事紀（1931.9-1945.8）〉，《克山師專學報（哲學社會科學版）》1984 年第 3 期。

26　一九三七年八月，弘報處公布新聞言論統制政策，將大連、瀋陽、哈爾濱等地十個有影響力的報紙廢刊，依附於這些報紙的文藝副刊也告結束。此後，整個滿洲國只剩大連《泰東日報》，瀋陽《盛京時報》，長春《大同報》，哈爾濱《大北新報》，不久，《泰東日報》副刊因不符新聞管制法要求，亦停刊。同一段時間，《鳳凰》、《淑女之夜》、《滿洲新文化月報》等雜誌，亦因弘報處言論控制而停刊，文學作品幾乎找不到雜誌發表，繼九一八事變後，文學再度凋零。一九三七年滿洲國設「民生部大臣文學賞」，自是以後，每年三月及九月兩次徵文，主題大都標榜建國精神、排共、禁煙、東亞明朗等。以上資料同上注，並見鐵鋒：〈再論淪陷時期的東北文學〉，《抗戰文藝研究》1987 年 1 月（總 24期）。

27　大內隆雄：〈關於滿人作家〉，《滿洲文藝年鑑》第 1 輯（1937 年）；王吉有譯文，載《東北現代文學史料》5（瀋陽：遼寧省社科院文學所，1982 年 8 月）。據該文所述，至一九三七年為止，《滿洲帝國國民文庫》已有小說二集，新詩一集，劇本一集，傳記小說二集，學生作品一集。

28　九一八事變後到《藝文指導要綱》公布，滿洲國文壇共發生三次較大規模論爭，第一次為一九三五年王孟素發起的建設東北文壇論爭，第二次為一九三七年以山丁為首的鄉土文學論戰，第三次為一九三八年《藝文志》派的古丁與《文選》派的山丁，就「寫印主義」引發的持續近三年之久的爭論。三次論爭經過詳見馮為群：〈東北淪陷時期文學概況〉，吉林省社會科學院：《社會科學戰線》（1987年第 2 期）。黃玄：〈東北淪陷期文學概況（一、二）〉，黑龍江社會科學院文學研究所編：《東北現代文學史料》第 3 輯（1981 年 4 月）、第 6 輯（1983 年4 月）。

29    大內隆雄：《滿洲文學二十年》（1944 年），第 18 章，見王文石：〈《東北文學二十年》第 18 章有關部分摘譯〉，《東北現代文學史料》，頁 91、92。

30    大谷健夫：〈地區與文學〉（1937 年），王吉有譯文見《東北現代文學史料》第 5 輯（遼寧省：社科院文學所，1982 年 8 月），頁 236。

31    歐陽博、衣雲二文，見王文石注 29 上揭文，頁 93-7、101-06。

32    小松《人和人們‧跋》、古丁《一知半解集》，轉述自徐迺翔、黃萬華：《中國抗戰時期淪陷區文學史》（福州：福建教育出版社，1995 年），頁 103、106。

33    同注 29，頁 101。相似的看法又見他評秋螢小說〈《去故集》的作者〉：「『暗──』這是在滿日系批評家一致對滿系作品的觀念批評，我們讀了人家的評文彷彿有許多話要辯駁，其實辯駁也無益處。八不主義不是明晃的頒在那裡嗎？有時也自己解剖自己問自己，我們為什麼不明朗起來呢？我們是活在以寫窮人為可恥的土地嗎？秋螢的作品是刻畫暗的。這暗是『明』的希求，是『明』的徵候，我們的作家彷彿是一辭送葬的歌手，倘能喚出新的，相信也會奏出健康的明朗的聲調的。」見陳因編：《滿洲作家論集》（大連：實業印書館，1943 年），頁 279。文中所言「八不主義」指弘報處〈出版法〉規定的八項違反國策禁止出版的圖書內容。請參見注 25。

34    大連、長春日人文藝集團的思想差異，詳見岡田英樹：注 11、21 前揭二文，並見他的〈「滿洲國」文藝の諸相──大連から新京へ〉，京都大學人文科學研究所：《「滿洲國」研究》專輯（1993 年 3 月）。

35    青木實〈滿洲文學的諸問題〉（1937 年），加納三郎〈滿洲文學的獨立性‧其他〉（1939 年），轉引自岡田英樹：注 11 前揭書，頁 278。

36    這篇文章收於一九三八年版《滿洲文藝年鑑》，由王吉有中譯，見《東北現代文學史料》第 7 輯（1982 年）。

37    Elleke Boehmer 著，盛寧譯：《殖民與後殖民文學（Colonial and Postcolonial Literature）》（香港：牛津大學出版社，1998 年），頁 122-128。

38    角田時雄〈關於滿洲文學──讀城小碓氏的論文〉，大河節夫〈人為的和自然的──同城、角田二位的分歧〉，兩篇文章並見一九三八年《滿洲文藝年鑑》，同注 36。

39    西村真一郎：〈再論殖民地文學──泛論殖民地文學〉，此文原收於一九三七年《滿洲文藝年鑑》，王吉有中譯，見《東北現代文學史料》第 5 輯，頁 237-38。

40    Boehmer：注 37 前揭書，第一章「帝國主義與文化」。

41    同注 39 前揭文，頁 235-36。

42    轉引自王向遠前揭書，頁 66。

43　馮為群：〈日本對東北淪陷時期的文藝統治〉，《社會科學戰線》1990 年第 2 期，頁 237。

44　這些觀點見東條英機一九四二年一月二十一日在帝國會議上的演説，轉引自伊原澤周：〈「大東亞共榮圈」論的成立及其構想〉，《第三屆近百年中日關係研討會論文集》（台北：中央研究院近代史研究所，1996 年），下冊，頁 778-779。有關大東亞共榮圈諸問題詳見此文及李永熾：〈日本「大東亞共榮圈」理念的形成〉，《日本近代史研究》（台北：稻禾出版社，1992 年），頁 321-379。

45　加藤周一指出：在《古事記》和《日本書記》中，「除了血統以外，沒有看到將王權正統化的原理，這與重視『天命』的正統化的中國傳統形成了鮮明的對照」。另外，與血統相關聯，在婚姻關係方面，《古事記》和《日本書記》承認極端近親婚姻的原則，這或許是「支撐日本地域共同體的明顯封閉性和高度的組合性的主要原因之一」。見氏著，葉渭渠、唐月梅譯：《日本文學史序説》（北京：開明出版社，1995 年），上卷，頁 40-41。

46　Theodor W. Adorno：'Freudian Theory and the Pattern of Fascist Propaganda', The Essential Frankfurt School Reader（New York：Urizen Books, 1978），pp.118-137.

47　以上所述弘報處及警憲的文藝統制，詳見於雷譯，李喬校：〈敵偽秘件〉，《東北文學研究史料》第 6 輯（哈爾濱市：哈爾濱文學院，1987 年 12 月），頁 153-159。申殿和：〈中國現代文學發展的一個特殊側影——論東北淪陷時期的文學思潮〉，《牡丹江師範學院學報（哲學社會科學版）》1991 年第 1 期，頁 44-45。馮為群：〈日本對東北淪陷時期的文藝統治〉，同注 43，頁 236-239。此處引文為康德十年五月四日首都警察副總監三田正夫的密報，見〈敵偽秘件〉，頁 154、155。

48　胡昶、古泉合著：〈娛民映畫〉、〈文化映畫〉，《滿映——國策電影面面觀》（北京：中華書局，1990 年《東北淪陷十四年史叢書》），頁 43-62；又〈從文化映畫到啟民映畫〉，同上，頁 127-135；〈啟民映畫的衰落〉，同上，頁 202-204。

49　有關這幾部影片解說，同上注，頁 99-100、184-185。

50　胡昶、古泉：〈「大陸電影聯盟」的建立〉，同注 48，頁 137-138。關於《黃河》的介紹，見胡昶、古泉：前揭書，頁 100-101。

51　對於日本侵華文學的作家及作品，王向遠《「筆部隊」和侵華戰爭——對日本侵華文學的研究與批判》，同注 3 有詳細的資料蒐集和分析。

52　潘一寧：〈太平洋戰爭時期日本的文化政策及其對菲律賓和印尼的影響〉，廣州暨南大學東南亞研究所：《東南亞研究》1990 年第 3 期，頁 51-56。

53　同注 46，頁 131。

54　市川敏：〈藝文志發刊祝詞〉、《藝文志》創刊號（1943 年 11 月〔康德 10 年〕），頁 1-2。

55　小林秀雄：〈文學者的提攜〉，同上注，頁 3-5。

56　詳見王向遠：〈日本對我國東北地區的移民侵略及其「大陸開拓文學」〉，同注 3，頁 40-58。山田敬三：〈文學與民族主義——日中十五年戰爭與日本及中國的文壇〉，同注 9，頁 6-9。

57　山田清三郎：〈生產文學啊，繁興罷！——興農增產運動的基本精神〉，同注 54，頁 29-35。引文各見頁 32-33、34。

58　同注 46，頁 129。

59　黃玄：〈東北淪陷期瀋陽文學志略〉，瀋陽文聯編輯：《瀋陽文學藝術資料》第 1 輯（1986 年 6 月），頁 12。

60　一九四二年到一九四三年的座談會有：第一次大東亞文學者大會座談會，紀要發表於一九四三年一月《新滿洲》，題為「大東亞文學建設語錄」；另有「出席大東亞文學者大會所感」。第二次大東亞文學會議後有「決戰文藝大會」，由《藝文志》刊載「第二回大東亞文學者大會特輯」。接著又有「勤勞增產視察作家報告」、「全國藝文家大會」。見楊志和：〈東北文藝大事紀要（1919-1948）〉，《東北現代文學史料》第 9 輯（1984 年 6 月）。

61　文學獎方面，一九四三年增設藝文賞、大東亞文學者賞、盛京賞；一九四四年滿洲八大雜誌聯合懸賞徵文，題為「大東亞戰爭與我們的覺悟」。作品專輯如一九四三年《藝文志》「決戰詩特輯」，一九四四年《藝文志》「西南紀行特輯」，《新滿洲》「女編輯者時局決心特輯」。文藝交流如一九四一年華北作家協會向滿洲文藝界推薦華北八作家作品，一九四三年華北作家協會、滿洲文藝家協會舉辦「中滿文藝家交歡」，《新滿洲》及北平《中國文藝》同時於七、八月號分上、下兩輯發表對方作品。以上資料，見上注楊志和前引文，並見鐵鋒：〈抗戰時期文學的多維性與特點〉，《吉林大學社會科學學報》1993 年第 2 期，頁 25-31。

62　爵青、吳瑛的文章，見〈出席大東亞文學者大會所感〉，《新滿洲》（1943.1）頁 48-50。

63　古丁與日系評論者大內隆雄應《青年文化》舉辦的文學對談，對談中古丁指出：「對於光明的追求，自大東亞戰爭勃發以後，漸漸的顯著起來。爵青的東西，可以說是自黑暗裡的脫皮，但石軍的卻有像是胎生了。好壞姑不論，很是一個新的轉機。」轉引自大內隆雄：〈最近的滿系文學〉，《藝文志》第 1 卷第 10 號（1944 年 8 月〔康德 11 年〕），頁 46。

64　吳郎：〈滿洲演劇隨想〉，《藝文志》創刊號（1943 年 11 月〔康德 10 年〕），頁 17-28。文中云：「於今，相信這實體的政治價值與藝術價值，確已達到如事

實上表演的統一問題上了。過去，那古典的，重文藝的，與人間靈肉分裂的腳本與演出，絕得不到廣大層一般的大眾擁護。現在我們約求的是話劇之人間性的拓展，在現實題材之中求與政治相配合。以爭取所有的觀劇層，發揮話劇的藝術能力。這一點，我們願意劇團協會考慮著此上的指導問題。」引文中的「拇脱林克」即比利時象徵主義劇作家 Maurice Maeterlinck（1862-1949），或譯「梅特林克」。

65　李喬：〈決戰下野台戲的構想〉，《藝文志》第 1 卷第 9 期（1944 年 7 月〔康德 11 年〕），頁 6-15，引文見頁 11。相似的看法又見吳郎、李喬對談：〈談劇〉，《藝文志》第 1 卷第 12 期（1944 年 10 月〔康德 11 年〕），頁 78-85。

66　古丁：〈日本是太陽〉，載於一九四二年十月二十八日《朝日新聞》，轉引自黃萬華：〈論「藝文志派」的文學道路〉，《牡丹江師範學院學報（哲學社會科學版）》1991 年第 1 期，頁 50。

67　古丁：〈編輯後記〉，《藝文志》第 1 卷第 2 期（1943 年 12 月〔康德 10 年〕），頁 249-250。

68　古丁：〈文議之建設的協議〉，《藝文志》創刊號（1944 年 9 月〔康德 11 年〕），頁 3。按文中敘述及欄邊篇目，此文標題應為〈文藝之建設的協議〉。

69　佛洛伊德分析妄想徵狀時即指出太陽、光芒的意象為集體心理中，人民對國家或領袖的愛的幻想形式，有關納粹德國藝術的研究，亦證明太陽、血統、民族的突出意義。詳見劉紀蕙：〈三十年代中國文化論述中的法西斯妄想以及壓抑：從幾個文本徵狀談起〉，《中國文哲研究集刊》第 16 期（2000 年 3 月），頁 115-120、131-135。太平洋戰爭中，日本詩人北原白萩傳頌一時的詩句：「大和天皇是高高統治大亞細亞的太陽」，亦可作為這集體妄想的注腳。

70　〈決戰詩特輯〉，《藝文志》第 1 卷第 2 期（1943 年 12 月〔康德 10 年〕），頁 25-39。

71　以上詩作俱見《藝文志》第 1 卷第 7 期（1944 年 5 月〔康德 11 年〕），頁 16-19、92-109。

72　百靈（徐白林）：〈成吉斯汗〉，《新青年》第 75 號，頁 157-160。這首詩表現的精神現象，可與一九三〇年國民黨文化人在上海發起法西斯主義的「民族主義文藝運動」後，黃震遐所寫的史詩《黃人之血》，比並參看。

73　呂欽文：〈東北淪陷時期的鄉土文學〉，《社會科學戰線》1989 年第 3 期，頁 296。

74　一九四四年《藝文志》刊登的時局小說主要有：石軍〈新部落〉（4 月），小松〈礦山旅館〉（6 月），疑遲〈敵愾與童心〉（6 月），《凱歌》三部曲（7、8、9 月連載），古丁〈下鄉〉（9 月）。

75    〈西南紀行〉特輯發表於《藝文志》第1卷第11期（1944年9月〔康德11年〕）
      執筆作家有田瑯、古丁、疑遲、小松、田兵、金音，皆為當時知名作家。

76    同注 63，頁 47、52。

77    同注 62，頁 49。

78    爵青：〈西歐知性的破滅〉，《藝文志》第 1 卷第 4 期（1944 年 2 月〔康德 11
      年〕），頁 31-53。

79    田瑯：〈滿洲文學的誕生——文學的隨想〉，《藝文志》第 1 卷第 8 期（1944 年
      6 月〔康德 11 年〕），頁 10-33。

80    爵青、田瑯：〈談小說〉，《藝文志》第 1 卷第 11 期（1944 年 9 月〔康德 11
      年〕），頁 4-18。

81    一九三八年滿洲國成立「建國大學」，以培養滿洲建國精神和大東亞文化的「神
      髓」、「先覺者」為目的，講授神道，反共產主義，它的研究課題有：「在亞洲
      的日本化中滿洲的前衛作用」。詳見解學詩：《偽滿洲國史新編》，同注 12，
      頁 593-597。又班雅明（Walter Benjamin）曾指出法西斯主義是政治的美學化、寓
      言化，法西斯主義促使人將自己的毀滅體驗為至上的審美愉悅。見"The Work of
      Art in the Age of Mechanical Reproduction," *Illuminations*（New York： Schocken Book,
      1978），pp.242.

# 後記

　　自從走進文學天地，我就遭遇到一個分裂的世界。開始的時候，似懂非懂地讀著的詩詞小說，是一個遠離光復後臺灣慘淡匱乏的小鎮生活的奇妙所在。一九六〇年代到台北念大學，現代主義文藝的熱潮首先使我沒頭沒腦地沉浸在艱澀的理論和翻譯作品間，覺得那就是生命的真象，人類命運的終極思考。它拒斥並獨立於黨國教育的愚昧黑暗，煩囂的、精神貧困的小市民社會，以及這之上的白色恐怖。

　　就在同一個時候，我發現了隱沒在白色恐怖裡的戰後臺灣思想的後街──台北牯嶺街舊書攤。從舊書攤倖存的、零星的五四以後，特別是三、四十年代的大陸作品，我戰悸地看到了文學史的禁區，一個左翼作家群活動著的藝術和思想的彼岸。在那裡，有我未曾想像到的人間的苦難，呼吸灼人的生命氣息，以及理想主義的召喚。

　　這禁忌的召喚，連同現代主義宣示的荒謬虛無、「沒有理由的反叛」等等信條，於是在那政治蕭殺的時日裡，在我不知道國共內戰的歷史意義，更不知有世界性的冷戰思維結構的情況下，在我的理解中，文學於是除了是藝術形式的創新實驗，還成了從權威、從社會現狀裂解出去的異議的、前衛的、甚至是危險的存在，一個穿越生活的此岸和彼岸，滿佈著新生和毀滅的場域。這信念支持我朝向時代的異端，朝向彼岸思想的深處走去。

　　離開臺灣，到加拿大念書，終於可以在北美的東亞圖書館裡看到臺灣的禁書，走進中國現代文學史的斷層。在急切的搜尋和閱讀中，最先打動我的是東北作家群。除了因為同屬被日本帝國主義殖民的緣故，還因為童年時從家中長輩遊歷「滿洲國」的照片，看到山海關、殘破的古蹟，聽過康德、新京、奉天之類感覺上不像中國歷史地理的年號和都市，使我對那傳說中的冰雪大地充滿好奇。一九七二年我於是無師自通地寫下了平生第一篇現代文學評論，寫下我對端木蕻良及其小說中的土地、人民和歷史血淚的禮敬和感動。接下來在眾多的作家作品中，胡風、路翎這兩個文學巨靈，激起我對久懸心中的理想主義者精神現象以及相關的左翼文學思潮的追蹤考掘。就是在胡風的著作裡，我找到他翻譯的楊逵的〈送報伕〉，呂赫若的〈牛車〉，他的翻譯和簡短的引言，讓我第一次讀到日據時代臺灣左翼作家和作品，深刻驚喜地認識和感受到社會主義文藝運動的寬濶巨大的國際主義精神。

　　當文革神話急遽消散，顛倒的歷史不知又將顛躓到何方，七十年代末，帶著困頓的心情我回到政治高壓依舊的臺灣。天翻地覆之後，再度站在歷史的十字路口，我自知因為資料的限制，已不可能繼續才剛起步的大陸現代文學研究。面對當時熾烈展開的鄉土文學論戰和黨外反對運動，我不禁茫然地思索著長久以來在新、老帝國主義的宰制播弄下，現實上已然分斷的兩岸的過去與未來，思索著經由胡風翻譯，藝術上、思想上曾深深震撼我的楊逵、呂赫若的兩篇小說可能蘊含的臺灣文學史的又一斷層。於是在教學之餘，我試著從歷史的荒煙蔓草找尋日據時代臺灣文學的踪跡，找尋殖民統治掩埋不了的社會主義的、因而是追求人的自由解放的文學的聲音。但因為懶散荒廢，因為能力的限制，至今只能交出貧乏單薄的成績。

　　應陳映真先生之邀，我答應給人間出版社出個集子，他一去大陸數年，我也就把出書的事拖延下來。如今重編這兩個集子才

發現裡頭的文章竟已跨越兩個世紀。若不是老友呂正惠教授一再催促，還有人間出版社編輯李志仁先生、淡江大學博士班林淑瑩同學費心校對，這兩個集子真不知什麼時候才能面世。在此謹致感激和謝意。

施　淑
2012 年 8 月 9 日

國家圖書館出版品預行編目資料

歷史與現實：兩岸文學論集. 二 / 施淑著 . --
初版. -- 臺北市：人間, 2012. 05
　　面；　公分
　　ISBN 978-986-6777-52-3（平裝）

　　1. 中國文學　2. 現代文學　3. 文學評論　4.
文集

820.7　　　　　　　　　　　101008170

兩岸文學論集　2

# 歷史與現實

出　版　者／人間出版社
作　　　者／施　淑
發　行　人／呂正惠
社　　　長／林怡君
地　　　址／台北市長泰街五九巷七號
電　　　話／02-23370566
郵 撥 帳 號／11746473　人間出版社
排　　　版／龍虎電腦排版股份有限公司
印　　　刷／龍虎電腦排版股份有限公司
登　記　證／局版台業字第三六八五號
初 版 一 刷／2012 年 7 月
定　　　價／280 元